다시,
나무에게
배운다

KINO INOCHI KINO KOKORO CHI·JIN

by MITSUO OGAWA, YONEMATSU SHIONO

Copyright © 1993 MITSUO OGAWA, 1993·1994 YONEMATSU SHIONO

Original Japanese edition Published in 1993·1994 by SOSHISHA Publishing CO., Ltd.

Secondly Japanese edition Published 2001 by SHINCHOSHA Publishing CO., Ltd.

Korean translation rights arranged with SHINCHOSHA Publishing Co., Ltd.

through Agent KIM SONG I

Korean translation copyrights © 2014 by SANGCHUSSAM Publishing House

몸의 기억을 물려주며 사람됨을 길러 온 장인들의 교육법, 그 어제와 오늘

다시, 나무에게 배운다

구술 | 오가와 미쓰오와 제자들
듣고 엮음 | 시오노 요네마쓰
옮김 | 정영희

상추쌈

차례 ------

오가와 미쓰오의 세계 (地)

새로운 도전, 이카루가코샤 (人)

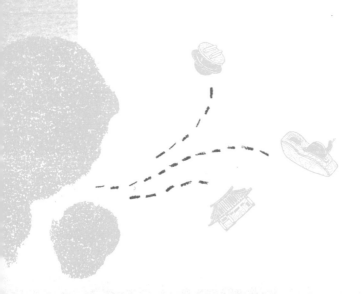

■ 《다시, 나무에게 배운다》는 일본 신초샤가 펴낸 《木のいのち木のこころ─天・地・人》 가운데 '地'편과 '人'편을 옮긴 것이다. 오가와 미쓰오의 스승 니시오카 쓰네카즈의 이야기가 담긴 '天'편은 2013년 《나무에게 배운다》로 출간되었다.

오가와
미쓰오의
세계 地

들어가며

제 직업은 궁궐목수입니다. 호류지法隆寺 대목장 니시오카 쓰네카즈西岡常一 밑에 제자로 들어간 것이 스물세 살 때였습니다. 고등학교 수학여행 때 호류지 오중탑을 보고 이런 탑을 만들어 보고 싶다고 생각한 것이 계기였지요. 완전히 문외한이었습니다. 그런 제가 그럭저럭 한 사람 몫을 하는 궁궐목수로 일할 수 있게 된 건, 전부 니시오카 대목장 덕분입니다. 편백나무를 깎고 짜 맞춰 가면서 아스카 장인들의 기술과 지혜를 배웠습니다. 거기서 배운 것은 이전까지 학교에서 배워 왔던 것과는 전혀 다른 것이었습니다.

목수 일은 손으로 하는 일입니다. 머리로 생각하기만 해서는 건물을 지을 수 없습니다. 학교에서는 추상적으로 생각하거나 기억하는 훈련을 해 왔습니다만, 니시오카 대목장 밑으로 들어간 뒤로는, 이전까지와는 전혀 다른 것을 하나하나 배워 나가야만 했습니다. 언어와 숫자를 다리 삼아 기억하거나 생각하는 대신, 몸과 손으로 생각을 표현해야만 했지요. 책이나 언어를 통한 가르침이 여기서는 아무런 쓸모가 없었습니다.

천삼백 년 전 모습을 그대로 간직한 호류지와 야쿠시지藥師寺 건물은 장인이 장인에게 물린 '손의 기억'을 통해 이어져 온 것입니다. 이러한 손의 기억은 언어나 수식이 아닌, 인간의 몸에 새겨진 기억이나 직감으로 전해 갈 수밖에 없을 것입니다. 앞으로 아무리 과학이 진보한다고 해도 말이지요. 그리고 그것을 실천해 가는 것이 바로 우리 목수들입니다.

저는 장인이 지녀야 할 모든 것을 니시오카 대목장에게 배웠습니다. 그분의 교육 방식은 독특한 것이었지요. 장인에게는 장인을 기르기 위한 독자적인 교육법이 있습니다. 도편수 노릇을 하게 된 뒤로, 저는 그분께 배운 대로 제자들에게 손의 기억을 전했습니다. 요즘은 모든 면에서 생각을 우선시하는 시대입니다. 사람의 생활 방식은 물론, 학교 교육도 머리로 생각하는 것을 지나치게 앞세운 나머지, 몸을 지닌 인간으로서의 본모습을 등한시하는 사태가 벌어지고 있다고 생각합니다.

목수는 한 그루 한 그루, 저마다 성질이 다른 나무를 다룹니다. 어디에도 같은 나무는 없습니다. 나무들 각각의 습성을 읽고 그것을 살리는 것이 목수의 일입니다. 이런 사고방식은 인간에게도 잘 들어맞습니다. 사람도 나무와 마찬가지로 같은 사람은 없습니다. 도매금으로 떨려 난 아이들, 사회에서 낙오자라고 낙인찍힌 아이들이 저에게 목수 수업을 받으러 옵니다. 낡은 악습이라고들 하는 도제 제도에는 일대일이라는 방식이 지닌 장점이 있습니다. 그리고 나무의 성질을 간파하고 그것을 살리는 아스카 장인들의 마음가짐을 물리는 일에서 큰 힘을 발휘합니다.

저는 니시오카 대목장에게 배운 대로 제자들을 기르고 있습니다. 그러나 이제 곧 그 방법도 세상에서 사라져 갈지 모릅니다. 나무의 생명을 살리고 나무의 마음을 읽는 그 방식이 사람을 기르는 일에 조금이나마 도움이 되었으면 하는 마음으로, 원고 청탁을 받아들여 이렇게 이야기하게 되었습니다.

아무래도 이 책은 목수 이야기입니다. 거칠고 변변찮은 기록입니다만 제가 이어받은 것을 아주 조금이라도 글로 드러낼 수 있었다면 그것으로 족하다고 생각합니다. 더 큰 것을 이어받았음에 틀림없지만, 지금은 이 정도로 정리할 수밖에 없습니다. 니시오카 대목장에게 "모자란 놈!"이라 꾸중을 들을 각오로 사사로운 것들을 정리했습니다. 목수가 건물에 남긴 작은 끌질 흔적이라 여기고 읽어 주십시오. 책을 묶으며 정말 많은 분들께 도움을 받았습니다. 고맙습니다.

1993년 초겨울
오가와 미쓰오

1. 니시오카 쓰네카즈의 곁에서

호류지 오중탑에 반하다

니시오카 대목장한테 "제자로 받아 주십시오." 하고 간 건 1966년 2월이었습니다. 고등학교를 졸업하기 직전이었지요. 그 전해에, 수학여행으로 호류지에 갔다가, '천삼백 년도 더 전에 이런 건물을 지었단 말인가?' 하고 놀랐거든요. 제가 도치기栃木 현 출신이라 그때까지 그만한 당탑堂塔을 본 적이 없었어요. 용케도 이런 걸 만들었구나, 대단하다고 생각했죠. 그때는 로켓이 달에 착륙하는 시대였습니다. 로켓을 달로 쏘아 올리자면 엄청난 자료를 바탕으로 발사 준비를 했을 테지만, 호류지를 세운 시대에는 그러한 준비 따윈 없었겠지요. 나무를 옮겨 오는 것도 큰일이었겠구나 싶었어요.

다른 동급생들은 대학에 간다, 수험 공부다 해서 웅성웅성했습니다. 다들 진학을 준비하는 그런 학교였거든요. 그런 데 대한 반발심도 있었을 겁니다, 대학에 가느니 천삼백 년 전에 당탑을 세운 장인의 피와 땀을 배우는 것이 낫겠다고 생각했던 건. 뭔가를 배워서 언젠가는 내 회사를 이끌겠다고 마음먹었지요. 그리고 어차피 사장이 될 거라면, 대학에서 공부하는 것보다 궁궐목수가 되는 게 좋겠다 싶었어요. 고등학교를 졸업하고 구체적으로 뭘 어떻게 할지 정한 건 없었지만. 아마 부모님은 대학에 갔으면 하셨을 겁니다.

그런데 호류지의 당탑 같은 것을 만드는 사람이 되려면 어떻게 해야 하는지 도무지 알 수가 없었어요. 학교 선생님한테 물어도 모른다고 하셨고요. 꽤나 고민했지요. 하지만 지금도 이렇게 건물이 서 있으니 그걸 세워 올린 목수도 있을 거다 싶어 배낭을 짊어지고 나라奈良 현 현청으로 갔습니다. 이런이런 일을 하고 싶다고 그랬지요. 문화재 보호과에서 호류지로 연락해 니시오카라는 궁궐목수를 소개해 주었습니다. 그렇게 호류지를 찾아가게 된 겁니다.

사람을 만난다는 건 정말 운이에요.

현청에서 소개받은 분은 니시오카 대목장의 아버지, 니시오카 나라미쓰西岡楢光 씨였거든요. 그 무렵 호류지에는 니시오카라 불리는 목수가 세 분 계셨어요. 한 사람은 방금 말한 니시오카 나라미쓰, 그리고 또 한 사람은 대목장의 아우 니시오카 나라지로西岡楢二郎, 그리고 마지막은 제 스승이 된 니시오카 쓰네카즈. 하지만 그때는 그런 걸 몰랐습니다. 호류지를 찾아갔더니 우연히 니시오카 쓰네카즈 씨가 계셨던 거죠.

"니시오카 씨 계십니까?" 하니 "니시오카는 셋인데, 누구 찾는가?"라고 물으시더군요. 이름까지는 못 외웠거든요. 어쩔 수 없잖아요? 그래서 "잊어버렸습니다."라고 했습니다. 그랬더니 "니시오카는 나야." 그러시길래 제자로 받아 달라고 부탁을 드렸지요. 그때 이름을 잊어버리지 않고 제대로 '니시오카 나라미쓰'라고 했다면 제 인생은 달라졌을 겁니다. 왜냐면 그때 나라미쓰 씨는 여든둘인가 셋이셨고, 그 전해에 즈이호쇼瑞宝章 4등 훈장을 받으셨지요. 니시오카 대목장의 책을 보면 알겠지만, 대목장은 아버지와 그다지 사이가 좋지 않으셨어요. 싸웠다거나 그런 이야기가 아닙니다. 그 둘은 대목장의 할아버지인 니시오카 쓰네키치西岡常吉 씨에게 함께 배웠지요. 말하자면 '형제 제자'였던 겁니다. 대목장의 아버지 나라미쓰 씨는 데릴사위였어요. 나라미쓰 씨는 할아버님의 사위로 들어오면서 목수 일을 배웠고, 쓰네카즈 씨는 어렸을 때부터 대목장감으로 할아버님한테서 영재 교육을 받아온 사람이었어요. 경쟁자 같은 그런 관계였습니다.

그러니 대목장은 자기 아버지를 찾아온 사람을 제자로 두지 않았을 겁니다. 뭐, 인연이 되려고 그렇게 잊어버렸던 거구나 싶기도 해요. 그렇게 제자가 될 기회를 얻었던 것이지요.

그런데 그때는 "일이 없어서 안 된다."고 하셨습니다. 게다가 "제자로 삼기에는 나이가 너무 많다."는 말도 들었지요. 목수 일이 얼마나 힘든 일인지도 이야기하셨습니다. 일이 없으니 가정을 꾸릴 수도 없고 아내를 얻을 수도 없다고요. 하지만 그때는 궁궐목수 일이 얼마나 하고 싶었던지 나머지는 상관없다고 생각했어요. 여하튼 호류지 같은 아름다운 건물을 짓는 사람의 기술을 배우고 싶다며 버티고 섰었지요.

대목장은 일이 없어 제자를 키울 여유가 없다고 했는데, 정말로 일이 없긴 없었나 봅니다. 호류지 작업장에서 냄비 뚜껑을 깎고 계셨으니까요. "내 밑에서는 어렵겠지만 호류지 같은 오래된 건축물이 전국 각지에 있으니 문부성에 가 봐라." 하시며 소개장을 써 주셨습니다. 처음 만난 사람, 그것도 불쑥 찾아온 고등학생한테 말이지요. 사실, 사람을 잘못 찾아온 인간이었지요. 그런 저를 위해 일부러 소개장을 써 주셨던 겁니다. 문부성 문화재 보호 위원회 건조물과에 계신 높은 분 앞으로 말입니다. 거기 계신 이런저런 분들의 이름이 쓰여 있었습니다. 보내는 사람은 '호류지 목수 니시오카 쓰네카즈'였고요. 흰 봉투에 먹으로 써 주셨습니다.

그래서 그 편지를 도쿄東京 가스미가세키霞が関에 있는 문부성에 들고 갔더니, 기술도 없고 건축에 대해 아무것도 몰라서야 어렵다더군요. 만약 사무원 같은 거라면 자리가 있을지도 모르겠다고 했어요. 그런데 제가 되고 싶은 건 당탑을 짓는 궁궐목수이지 않습니까? 그래서 어째도 목수가 되고 싶다고 했더니, 여기에 그런 사람을 기르는 곳은 없다, 하다못해 한 해라도 연장질을 익힌 뒤에 와라, 하는 거였습니다. 그러면 현장을 소개시켜 준다고 말이지요.

그래서 일단 도치기로 돌아왔습니다. 하지만 앞으로 어떻게 해야 할지 모르겠더군요. 저희 집이 딱히 목수 집안도 아니고 건축 사무소를 하는 것도 아니었으니까요. 아버지는 은행원이셨고, 어머니는 양재 학원을 꾸리고 계셨습니다. 제가 나온 학교도 공고나 상고가 아니라 그냥 인문계 고등학교였고요. 그러니 뭔가 해 보려고 해도 완전히 처음부터 해야 했습니다.

그러다가 소개로 도쿄의 가구 공방에 들어가게 되었습니다. 가구를 만든다니까 거기 가면 끌이나 대패, 톱 같은 것으로 목공을 할 수 있을 거라고 생각했지요. 집에서는 팥밥을 지어 도쿄로 나가는 저를 축하하고 배웅해 주셨습니다. 주인집에서 지내기로 해서 이불도 가져갔습니다. 어떻게든 연장을 다룰 수 있게 되었으면 좋겠다 싶었어요. 그런데 막상 가 보았더니 기계만 죽 늘어서 있고 목공 연장 같은 건 보이지 않았지요. 멜라민 수지를 입힌 합성 판재 가구를 만들고 있었는데, 기계가 판을 마름질해 접착제를 바르는 식이었습니다. 우리는 그 과정이 잘됐나 검사만 할 뿐이었지요. 이래서는 아무것도 안 되겠다 싶어 스무 날 만에 집으로 돌아오고 말았어요.

모처럼 보내 놨더니 한 달도 안 돼 돌아온 거잖아요? 아버지는 심기가 편치 않으셨는지 한 말씀도 없으셨습니다. 집에서 빈둥거린다고 해결될 일도 아니라서 친구 아버지가 하시던 오토바이 공장에 가서 선반 일을 했습니다. 두 달 정도 있었을까요? 마침 그때 본 여행 잡지에 나가노長野 현 이야마飯山에 불단을 만드는 이가 있다는 기사가 실려 있었어요. 깎아 만든 가느다란 나무가 나란히 놓인 사진 밑에 "하나하나 정성껏 섬세한 세공으로 완성해 간다."고 쓰여 있었습니다. 이런 일이라면 연장 쓰는 법을 익힐 수 있겠구나 싶어 거기 가기로 했지요. 불단 안에는 모형 불당 같은 것도 있고 하니까요. 연장을 다룰 수 있게 되면 좋겠다, 그 마음뿐이었습니다.

그때는 제자가 얼마나 괴로운 건지 몰랐습니다. 아무튼 일 년이라도 좋으니 끌질과 대패질을 배워서 오라는 문부성 담당자의 말만 머릿속에 있을 때니까요.

졸업하고 세 달이 지났을 때니까 6월이죠. 여름옷을 입고 가서 그대로 일 년을 머물렀습니다. 거기 가기 전까지는 벼랑 끝에 선 기분이었습니다.

　문부성에서 안 된다는 말을 듣고 돌아와서는 니시오카 대목장 댁으로 감사 편지를 드렸고, 가구 공방에서 일하다가 그만두려고 생각한다는 것도 편지로 써서 보냈습니다. 그때마다 그분은 정중한 답장을 보내 주셨지요. 늦은 나이에 목수가 되고 싶어 하는 저를 격려해 주시기도 했고, 이렇게 하면 어떻겠냐는 충고도 있었습니다. 정말이지 마음이 담긴 편지였어요. 딱 한 번 뵈러 갔을 뿐인데 정말 귀한 편지를 받았던 겁니다. 그 무렵 대목장께 받았던 편지들은 지금도 소중히 간직하고 있습니다.

　뭐, 그렇게 해서 나가노에 있는 불단 제작소에 제자로 들어가게 됐어요. 이번에야말로 제대로 배우겠다 싶었습니다.

　가난한 집이었습니다. 가족은 사장님과 사모님, 할머니, 초등학교 삼 학년짜리와 열 달 된 여자아이 둘이었는데, 사모님이 불단에 금박을 붙이는 장인이라 매일 아침 일하러 나가야 했습니다. 돌아오는 건 저녁 여섯 시쯤이었지요. 집에 남는 사람은 할머니와 사장님, 그리고 저뿐이었습니다. 할머니가 애를 볼 형편이 아니라서 제가 보채는 애를 등에 업고 달랬습니다.

　그때 스무 살이었습니다. 고등학교를 졸업한 지 얼마 안 된 남자가 애를 들춰 업고 있는 거잖아요? 꼴이 우스웠겠죠. 그렇지만 연장 쓰는 법을 배워야 했으니까요. 뭐가 제일 싫었냐면, 분유를 사러 가는 일이었어요. 집에 돈이 없으니 분유를 큰 통으로 살 수가 없었습니다. 그래서 매일, 여행용으로 나온 작은 통을 사러 가야 했는데, 그게 정말 싫었습니다. 하지만 그렇게 가난한 와중에도 저를 제자로 받아 주신 거였으니까요. 제자를 받으면 일이 반으로 준다는 말씀도 하셨습니다만, 저를 받아 주셨지요.

이런 이야기를 하면 다들 어느 시대 이야기냐고 신기해하며 듣지만, 그리 오래되지 않은 일입니다.

사장님께 일을 배우는 것도 쉽진 않았어요.

"사장님, 이거 어떻게 하는 거예요?"

"흠……."

이런 대답이 한두 번 이어지다가 다시 한 번 "이거 어떻게 하는 겁니까?" 하고 물으면 "성가시네!"라며 쇠망치로 때리셨거든요. 그러고 나서야 겨우 가르쳐 주셨습니다. 그래서 다음부터는 묻고 나면 휙 도망쳤어요. 도망치면 "왜 도망치냐!"며 화를 내셨지요. 그런 생활을 용케도 버텼구나 싶어요. 제가 거기 간 게 1966년이었으니, 낡은 도제 제도 같은 건 이미 사라져 버린 뒤였습니다.

도제로 들어가서 괴로웠던 게 뭐냐면, 주변과 차이가 너무 심하다는 거였습니다. 다들 비슷한 과정을 겪고 있다면 견딜 수 있어요. 하지만 그런 과정을 겪고 있는 사람이 아무도 없는 겁니다. 동창회 같은 데 다녀오면 참담하죠.

하루 품삯이 백 엔이었으니 한 달 치 해 봐야 삼천 엔. 그 무렵 이발비가 오백 엔이었습니다. 돈이 아까워 이발소에도 못 갔습니다. 그때 닛산에서 자동차를 팔던 동급생은 월급이 팔만 엔이나 됐으니까요.

불단 제작소에 있을 때도 대목장한테 편지를 보냈습니다. 답장도 받았지요. 자기 일에 푹 빠져 열심히 하라는 내용이었을 겁니다. 그리고 약속한 일 년이 지나자 그만두고 나오면서 쓰던 연장을 받아 나왔습니다. 불단 일이란 게 똑같은 걸 몇 번이고 반복해서 만드는 거예요. 그러니 일 년으로 대부분 익힐 수 있었던 거지요. 그래서 다시 호류지로 니시오카 대목장을 뵈러 갔습니다.

거기에 우연히 문화재 감독관인 고니시 다케히코古西武彦 씨가 계셨는데, 마침 도면 그리는 일이 있다며 소개해 주셨어요. 시마네島根 현 히노미사키진자御碕神社의 전각이 중요 문화재인데 그 복원 공사가 진행되고 있다고 하셨습니다. 그런데 저는 도면 같은 건 몰랐지요. 니시오카 대목장이 말씀하시길, "도면 일을 배우고 나서 실무로 옮기면 된다."고 하시더군요. 그 말을 들으니 그렇겠다 싶었어요. 그래서 히노미사키에 가기로 했습니다.

그때 저는 아무것도 모르면서 궁궐목수가 되고 싶다, 불교 건축 일을 하고 싶다, 그런 말을 했던 겁니다. 지금 생각해 보면 터무니없지요. 그런 저에게 니시오카 대목장과 불단 제작소의 사장님, 고니시 선생님은 현장에서 하나하나 일을 가르쳐 주셨습니다. 학교에 다시 들어간 거나 마찬가지였지요. 그것도 전부 니시오카 대목장이 제 형편을 봐서 길을 열어 주신 거였습니다.

그래서 일단 집으로 보내 놨던 이불을 등에 지고 이번엔 시마네 현 히노미사키로 갔습니다. 눈동냥으로 도면을 그렸어요. 그때 그린 도면이 아직도 문부성에 있다고 하더군요. 품삯이 이십일만 엔이었는데, 수월찮은 금액 같지만 어깨너머로 흉내 내서 그리는 수준이라 일 년 넘게 걸렸어요. 한 달로 치면 만 엔 조금 넘는 셈이니 뭐, 가난했지요.

이런 경험이 나중에 도움이 되었습니다만, 그때는 흘러가는 대로 맡긴 채 니시오카 대목장이 호린지法輪寺 재건이 시작되었다며 불러 주기만을 기다리고 있었습니다. 실제로 그 무렵 호린지 재건 공사가 조금씩 이뤄지긴 했지만 자금이 모자라서 니시오카 대목장 혼자 하고 계셨거든요.

히노미사키진자 일이 끝나자 이번엔 효고兵庫 현 도요오카豊岡 시에 있는 사카타레진자酒垂神社 현장 사무소로 갔습니다. 거기서 네 달쯤 있었어요.

그러다가 니시오카 대목장이 호린지 삼중탑을 재건한다는 기사를 보았습니다. 급히 편지를 써 보냈더니 이쪽 일이 정리되면 와도 좋다고 하시는 거예요. 기뻤습니다. 여기까지 딱 삼 년이 걸린 거죠. 또 이불을 짊어지고 서둘러 나라 현으로 갔습니다. 그렇게 겨우, 니시오카 대목장의 제자가 될 수 있었지요. 그때가 스물세 살이었습니다.

대목장과 주고받은 편지

이 편지들은 제가 니시오카 대목장을 처음 만난 뒤 제자로 들어가기 전까지 그분께 받은 겁니다. 갑작스럽게 찾아온 한 젊은이를 니시오카 대목장이 어떻게 보살펴 주었는지, 궁궐목수라는 직업이 어떤 것인지, 이 편지들을 보면 알 수 있지요.

처음 도편수를 찾아갔을 때 받은 소개장부터 제자로 들어와도 좋다는 편지에 이르기까지 차례로 정리했습니다. 다만, 여섯 번째 편지는 고니시 다케히로 씨께 받은 것입니다.

세키노 선생 귀하

삼가 아룁니다.

초봄을 맞아 다복함을 경애해 마지않습니다.

갑작스럽게 변변찮은 편지를 드리게 되어 대단히 죄송합니다만, 이 청년의 열의에 마음이 움직여 급히 이렇게 글을 드리게 되었습니다. 이 청년은 궁궐목수 일을 배우고 싶다는 꿈이 있으나 목수가 되기에는 나이가 너무 많아 어렵다는 것을 잘 알고 있습니다. 하지만 꼭 문화재청의 일을 해 보고 싶다는 의지가 굳건합니다.

대단히 바쁘실 텐데 참으로 죄송한 말씀이지만 한번 만나 보시기를 바라며, 적당한 자리를 찾아봐 주십사 삼가 부탁 말씀 올립니다.

1966년 2월 26일
호류지 목수 니시오카 쓰네카즈

오가와 미쓰오 귀하

편지 고맙게 잘 읽어 보았습니다.

다행히도 문부성에서 세키노關野 선생을 만날 수 있었지만, 건축학을 배우지 않아 마땅한 일자리를 얻지 못한 점, 저도 참으로 아쉽게 생각합니다.

궁궐목수의 정통은 이제, 거의 사라지려 하고 있습니다.

궁궐목수가 지닌 기술이 일본 민족의 문화사를 환히 보여주는 문화재 보존 사업의 기초임을 깊이 헤아려 주시고, 문화재를 사랑하는 사회인으로서 앞으로 살아가면서 우리의 어두운 처지를 따뜻하게 보듬어 주시기를 부탁드립니다.

귀하의 건승과 성공을 기원합니다.

1966년 3월 14일
호류지 목수 니시오카 쓰네카즈

오가와 미쓰오 귀하

보내 주신 편지, 마음을 다해 읽어 보았습니다.

공방에 취직하셨다니 우선 축하드립니다.

지금 배우고 있는 일이 마뜩찮으시겠지만, 요즘은 무슨 일이든 얼마쯤 기계의 힘을 빌리고 있고, 건축물을 짜 맞춰 나가는 일에도 꽤 숙련이 필요합니다.

지루한 일을 반복해 나간 후에야 자기 마음을 담은 작품이 탄생합니다.

수 년, 혹은 수십 년 수련을 쌓아야만 다른 사람이 고개를 끄덕일 만한 기량이 몸에 붙습니다.

초소해하거나 서두르지 말고 정진하시기를 기원합니다.

여전히 건축을 하고는 싶지만 그 일이 도무지 내키지 않는다면, 와세다 대학의 통신 교육에 등록해 공부하는 것이 좋을 것 같습니다. 일본 건축 기사 연합회 교육부에서도 통신 교육을 하고 있습니다.

제 제자로 들어오시라 하기는 어렵습니다. 세키노 선생 말씀대로 저희 집안은 대대로 가난하여 제자를 기를 만한 여유가 없습니다. 참으로 쓸쓸하고도 죄송한 마음입니다. 예로부터 이름난 장인은 극빈하다고 했는데, 소생도 가난함만큼은 명장 수준입니다. 이런 형편을 헤아려 이해해 주시기를 부탁드립니다.

공방 동료분들께도 안부를 전합니다.

1966년 4월 3일
호류지 목수 니시오카 쓰네카즈

오가와 미쓰오 귀하

편지 기쁘게 읽어 보았습니다. 추위로 접어드는 시절, 귀군이 건강하게 지내는 모습에 우선 기쁘다는 말씀 전합니다. 도쿄를 떠나 나가노로 옮긴다고 하니 이런 말을 전하고 싶습니다. 자신이 평생을 걸 수 있는 일을 하고자 한다면 가장 먼저 일에 빠지고, 자기 자신에게 빠지고, 주변 사람들에게 빠질 수 있도록 마음을 써야 합니다.

매일매일을 충실한 마음으로 보내도록 하세요. 사원 건축에 관한 일 가운데 궁금한 것이 있다면 소생이 아는 한 말씀드리겠습니다. 사양하지 말고 물어보십시오. 날이 갈수록 점점 더 추워집니다. 건강을 돌보며 정진해 나가시길 빕니다.

1966년 12월 15일
호류지 대목장 니시오카 쓰네카즈

오가와 미쓰오 귀하

편지 고맙습니다. 말씀하신 대로 다이와大和 거리는 봄이 한창이지만 관광객들로 몹시 붐비는 까닭에 천 년의 성지 호류지는 쓰레기와 속세의 냄새로 가득 차 있습니다.

쇼토쿠 태자께서 가람을 창건하신 거룩한 뜻은 불보佛寶와 법보法寶, 승보僧寶 이 삼보를 통해 국토를 개발하고 민생을 안정시키겠다는 것입니다. 이런 정신을 알려고 하지 않는 관광객들은 호류지의 건축과 불상을 결코 이해할 수 없겠지요.

저는 호류지의 당탑인 금당의 기둥이 천 년을 이어 온 이 땅의 문화를 떠받쳐 왔다고 믿고 있습니다.

인간 생활 속에 담긴 거짓 없는 희망과 이상이 형태로 드러난 것, 즉 마음을 표현한 것이 예술이라 불리는 양식일 겁니다. 단순히 겉모양만 번지르르한 작품은 진정한 것이 아닙니다. 세상 사람들에게 무언가를 이야기하고자 하는 마음이 거기에 깃들어 있어야만 합니다. 당탑 건축의 바탕은 곧 마음에 달려 있습니다. 스스로 불자가 되어 중생 제도라는 커다란 원願을 세우고 맡은 일을 해 나가야 합니다. 우수한 기술은 그 마음 위에서 비로소 꽃피는 것입니다. 이 점을 깊이 이해하고 지금 귀군이 하고 있는 일에 심혈을 기울이길 바랍니다. 당장 서 있는 그 자리에서 그것을 보는 사람의 마음을 강하게 사로잡을 명작을 만드는 데 마음을 써 주시길 바랍니다.

당탑도 조각도 그림도 모두 마찬가지입니다. 보는 사람의 가슴에 무언가를 새겨 넣을 수 있는 작품, 그것은 만드는 자가 지닌 혼의 깊이가 얼마나 그윽한지에 따라 결정됩니다. 정진 또 정진하시기 바랍니다. 귀군의 스승님께도 안부를 전합니다.

1967년 4월 3일
호류지 목수 니시오카 쓰네카즈

오가와 미쓰오 귀하

지난번 호류지의 승방 '야쿠시보藥師坊'에 걸음해 주신 것, 대단히 고맙습니다. 오늘 공사 현장에 들러 공사 주임인 마치다 유타카町田豊 군에게 오가와 미쓰오 군 이야기를 했습니다. 일단 현장에 들어와 제도를 배운 뒤 본인이 원하는 기술 실무 일을 해도 좋지 않겠냐는 이야기를 들었습니다. 저 역시 이 같은 공부 방법이 제대로 된 것이라 생각합니다.

사나흘 전, 호류지의 니시오카 쓰네카즈 씨께서 우리 현장의 마치다 군에게 전화를 주셨습니다. 이야마 시 문화재청 사무소의 료케 군이 귀군더러 함께하자는 제안을 했다는 이야기였지요. 물론 귀군 스스로 결정할 일이지 제삼자가 이래라저래라 간섭할 수는 없습니다. 하지만 제도를 배우면서 나중에 맡을 실무에 대한 기초를 쌓는 것이 제대로 된 순서라고 생각합니다. 니시오카 씨도 그러기를 바라고 계신 듯합니다.

저는 한 달에 대엿새 남짓 이 현장에 머물고 나머지는 다른 곳에 있습니다. 이후에 편지나 연락을 하실 때는 앞서 말씀드린 마치다 유타카 공사 주임에게 해 주시길 바랍니다. 니시오카 씨가 이번 달 말까지 우리 현장에 가 보라는 말씀을 하셨다고 들었습니다. 하지만 마치다 주임이 6월 28일부터 7월 2일까지 현장에 없기 때문에 만약 오실 생각이라면 7월 3일 이후가 좋습니다. 물론 마치다 주임이 자리를 비웠더라도 사무실에 다른 직원이 있을 겁니다.

도쿄에서 이곳으로 오자면 도쿄에서 아홉 시 오십 분에 출발하는 이즈모出雲 호, 하마다浜田 행 전차를 타는 것이 가장 편합니다. 이즈모 시 역에서 다이샤大社 행 전차로 갈아 탄 후, 다이샤 역에서 내려, 버스로 갈아타고 히노미사키로 가면 됩니다. 종점에서 내려 이삼 분 정도 걸으면 저희 사무소에 도착합니다. 아마 오후 두 시 반 정도면 닿을 겁니다.

저희 사무소에서 일하게 된다면 이부자리는 꼭 가져오셔야 됩니다. 궁금한 점은 마치다 주임에게 연락해 주세요. 우선 급한 용무만 이렇게 적어 보냅니다.

1967년 6월 21일
고니시 다케히코

오가와 미쓰오 귀하

도치기에서 보낸 편지 잘 읽어 보았습니다. 요전 날 고니시 선생 한테서 연락이 왔는데 도치기에 있는 귀군을 채용하기로 했다는 이야기를 들었습니다. 안심했어요. 3일부터 사토 군도 히노미사키로 출근하게 되었다는 소식을 전합니다. 새 사무소에서 사토 군과 재회할 수 있을 겁니다.

옷깃만 스쳐도 전생의 인연이라 하지 않습니까? 사토 군 역시 일에 열심인 보기 드문 사람입니다. 서로 많은 이야기를 나누고 힘을 모아 나가면 좋으리라 생각합니다. 또한 주임 기사인 마치다 씨 역시 대단히 유능한 분으로 알고 있습니다. 열심히 배우고 익히세요. 궁궐목수의 기초가 될 제도 기술을 마음 깊이 새겨 훌륭한 장인이 되기를 기원합니다. 한 인간으로 성장해 가는 소중한 첫걸음입니다. 일체의 것들을 잊고 오직 기술을 닦는 일에만 정진하기를 간절히 염원합니다.

1967년 7월 6일
호류지 목수 니시오카 쓰네카즈

추신: 마치다 선생에게 가르침을 받을 때에는 아집(자신의 생각, 자신의 신념)을 모두 버리고 마음을 비운 상태에서 가르침을 받아들이도록 하세요.

오가와 미쓰오 귀하

오래간만의 편지, 기쁘게 잘 읽어 보았습니다. 건강하게 공부하고 있는 듯해 진심으로 기쁩니다. 좋은 친구였던 사토 군이 다른 곳으로 옮겨 가 조금 외롭기도 하겠다 싶습니다. 그러나 독립자존의 정신으로 온 힘을 다하고 다해 신의 경지에 다다른 기술을 지닌 대가가 될 수 있도록 한층 더 정진하기를 기원합니다.

친목회에서 보내온 선물 고맙게 잘 받았습니다. 히노미사키의 특산품도 식구들 모두 맛있게 먹었습니다. 마음이 담긴 선물에 감사의 마음을 전합니다. 일에 관한 질문이 있다면 언제고 물어봐 주세요. 기쁘게 답해 드리겠습니다.

마치다 주임 선생과 현장의 모든 분들께도 안부 전해 주세요.

1967년 10월 27일
호류지 대목장 니시오카 쓰네카즈

오가와 미쓰오 귀하

귀군이 점점 더 건강해지는 것 같아 진심으로 기쁩니다. 기량 역시 그러하리라 생각합니다. 요전에 보내 주신 히노미사키의 여러 가지 특산품 감사히 잘 받았습니다. 원래 제가 좋아하던 것들이라 날마다 맛있게 먹고 있습니다. 점점 더운 계절로 접어듭니다. 건강을 돌보며 정진해 나가길 기원합니다. 마치다 선생에게도 안부 전해 주세요. 호린지 삼중탑 재건 공사는 자금이 부족해 근근이 이어지는 형편이라 일이 길어질 것 같습니다. 답례 편지 편에 일단 지금 상황을 간단히 덧붙입니다. 두서없는 편지를 마칩니다.

1968년 6월 24일

니시오카 쓰네카즈

오가와 미쓰오 귀하

편지와 함께 도면도 잘 받았습니다. 활기차게 정진하고 있다니 무척이나 기쁩니다. 호린지 일은 여전히 저 혼자 해 나가고 있습니다. 결국은 자금이 예정대로 모이지 않는다는 그런 이야기입니다. 하지만 오가와 미쓰오 군 한 사람 정도 오는 거라면 별 지장은 없을 겁니다. 마치다 선생과 고니시 선생이 허락해 주신다면 언제라도 호류지로 오시기 바랍니다.

지금 저는 현에서 요청을 받아 호류지 본전각의 지붕을 복원하는 중이라 이번 달에는 호류지에 있어야 합니다. 하지만 다음 달에는 다시 호린지로 돌아갑니다. 이렇게 간단히 근황만 전합니다.

이만 총총.

1969년 2월 4일

니시오카 쓰네카즈

아버지의 반대를 뿌리치고

우리 아버지는 고향 도치기 현 야이타失板 시에서 은행원으로 사셨습니다. 성실하고 세상일을 건실하게 생각하는 분이셨습니다. 그런 직종에 계셨던 걸 보면 아무래도 똑똑한 분이었겠지요.

제가 고등학교 이 학년 때, 아버지가 큰 수술을 받으신 적이 있습니다. 위험하셨죠. 의사가 친척들을 부르라고 해서, 저도 학교를 조퇴하고 갔습니다. 그런데 아버지가 저를 보시고는 대뜸 그러셨어요.

"너는 학생이니 학교로 돌아가."

그런 분이시라 제가 대학에 가서 회사원이 되길 원하셨을 겁니다. 그런데 궁궐목수가 되고 싶다고 했으니 반대하실 수밖에요.

그때는 궁궐목수가 어떤 일을 하는 직업인지 사람들도 잘 몰랐습니다. 먹고살기 힘든 직업이라는 것쯤은 상상이 된다고나 할까요. 은행원이셨으니까 그게 잘나가는 직업인지 아닌지 정도는 아셨을 겁니다. 저 역시 니시오카 대목장께 "먹고살기도 힘들고 아내 얻기도 힘든 그런 일이다."는 말씀을 듣기도 했고요.

더군다나 그 무렵만 해도 벌써, 견습생이나 남의집살이 제자로 들어가는 경우는 보기 드물었습니다. 그러니 제가 연장 사용법을 배우고 싶다며 가구 공방이나 불단 제작소에 제자로 들어갈 때에도 아버지는 거의 아무 말씀이 없으셨지요. 어머니는 어쩔 수 없다고 마음을 내려놓으시고는 팥밥을 지어 축하해 주셨지만요. 불단 제작소에 가기 전이었던가, 어머니가 아버지더러 미쓰오한테 무슨 이야기든 한 말씀 해 주시라고 하셨답니다. 아버지는 저한테 이런 이야기를 해 주셨습니다. 아직도 잘 기억하고 있어요.

"보통 사람은 강의 흐름을 타고 상류에서 하류로 가기 마련이야. 강의 흐름을 타고 간다면 수월하지. 별 힘 들이지 않아도 된다는 얘기야. 그뿐만이 아니다. 물살을 타고 가면서 경치 같은 것도 볼 수 있지. 오른쪽 절벽 위에 벚꽃이 아름답게 만개했다는 것도, 왼쪽 절벽 위로 단풍이 선명하게 물들었다는 것도 흐름을 타면서 즐길 수 있다. 그런데 너는 어떠냐? 그 물살에 맞서 하류에서 상류로 거슬러 올라가려 하고 있어. 거슬러 올라가는 데에는 힘이 필요해. 그것도 그저 그런 힘이 아닌, 엄청난 힘이 말이야. 괴로울 거다. 그래서 경치 따위 보고 있을 여유 같은 건 전혀 없을 거야."

제가 하고 싶어 하는 일이 시대의 흐름을 거스르는 것이라는 얘기셨습니다. 더 깊게는 편안한 길을 찾는 게 어떻겠냐는 부모의 심정이 담긴, 그런 말씀이기도 했습니다.

하지만 아버지의 직업은 다른 사람의 돈을 가져와 이쪽에서 저쪽으로 옮기기만 할 뿐, 아무것도 생산해 내지 못하는 거지요. 저는 실체를 만들어 내는 일을 하고 싶었습니다. 그러니 아버지 말씀을 들을 생각이 전혀 없었지요.

니시오카 대목장은 "내가 하는 일은 거대한 물줄기에 맞서 장대를 세우는 거나 마찬가지다."라는 말씀을 하셨습니다. 잊혀져 가는 일을 해 나가며 겨우 이 흐름 속에서 버티고 있다는 말씀이셨을 겁니다. 그 무렵 궁궐목수란 확실히 그런 존재였지요. 그분은 자신을 "강 한가운데 서 있는 말뚝 하나"라고 하셨습니다. 그때는 아직 그것이 무슨 뜻인지 잘 몰랐을 때지만, 저는 그냥 말뚝 하나여도 좋다고 생각했습니다.

이런 분위기였으니, 아버지는 제가 니시오카 대목장 곁으로 가고 나서도 실제로 제가 어떤 일을 하고 있는지 모르셨을 겁니다. 그 무렵 많이 편찮으셔서 몸져누우셨다가 회복하기를 되풀이하셨지요.

야쿠시지 금당을 재건할 때, NHK에서 〈하쿠호 시대의 재현白鳳再現〉이라는 다큐멘터리를 만들었는데, 전국에서 모인 궁궐목수들과 대목장 사이에 섞여 저도 출연하게 됐어요. 그 방송을 보고 처음으로 제가 어떤 일을 하고 있는지 아셨던 것 같아요. 그때까지 일에 대한 얘기는 아무것도 말씀드리지 않았으니까요. 아버지 주변 사람들도 그 방송을 보았겠죠. 어쩌면 산책 같은 걸 하실 때 "미쓰오 씨를 방송에서 봤어요. 훌륭한 일을 하고 계시는군요."라는 말을 더러 들으셨는지도 모르겠습니다. 그 전까지 아버지는 궁궐목수가 되겠다는 것이 강을 거슬러 오르는 바보 같은 짓이라고밖에는 생각하지 않으셨을 거예요. 하지만 그 뒤로는 "너를 생각하는 게 가장 즐겁다. 건강에 보탬이 되고 있어." 그렇게까지 말씀해 주셨어요. 한참 나중 일이지만, 제가 처음으로 도편수를 맡았던 도쿄의 안논지安穩寺를 보러 오시지 않겠냐고 여쭤보니 몸이 불편하신데도 그러마 하셨지요.

그 다음에 맡았던 곳이 후지야마富山 현 다카오카高岡의 고쿠타이지国泰寺였는데, 개기식 날 아버지가 위독하다는 전화가 걸려 왔습니다. 도편수였으니 그 자리를 지켜야 했지요. 평소에도 부친의 임종을 지킬 수 없을지도 모른다는 생각을 하고는 했습니다. 식을 마치고 서둘러 기차와 신칸센을 갈아타며 집으로 돌아가다가, 마이바라米原에서 전화를 걸었더니 돌아가신 뒤였지요.

어머니는 제가 불단 제작소에 있을 때부터 "집안에 재齋가 있더라도 미쓰오는 안 불러도 된다. 그 아이는 도제 수업 중인 몸이니까."라고 말씀하실 정도였으니까요, 제가 하는 일을 잘 이해하고 계셨을 겁니다. 아버지는 1908년생으로, 니시오카 대목장과 같은 해에 태어나셨습니다.

니시오카 쓰네카즈의 제자가 되다

"세자로 들어와도 좋다."는 허락이 떨어졌으니 니시오카 대목장 댁으로 이불을 짊어지고 들어갔습니다. 1969년 4월이었지요. 그때 대목장 집에는 할아버지와 할머니(니시오카 나라미쓰, 니시오카 쓰기西岡つぎ), 대목장 부부(니시오카 쓰네카즈, 니시오카 가즈에西岡カズエ), 큰아들 부부(니시오카 다로西岡太郞, 니시오카 사토에西岡里枝), 작은아들(니시오카 겐지西岡賢二)이 함께 살고 있었지요. 대가족이었습니다.

이미 그해 3월부터 호린지 일은 시작됐어요. 대목장이 제일 처음 저한테 하신 말씀은 "연장을 꺼내 봐라." 하는 것이었습니다. 그래서 끌을 꺼냈지요. 칠 할쯤 끌질을 했을까요? 잠시 보시다가 제 연장을 휙 던져 버리셨어요.

실망스러웠습니다. 삼 년을 기다렸고, 그동안에 끌이랑 대패 정도는 능숙하게 다룰 수 있게 하자는 생각이었으니까요. 불단 제작소에서는 일 년 약속이기도 했지만, 얼마쯤은 연장을 쓰는 일에 익숙해졌다 싶어서 나왔던 거거든요. 그런데 잠깐 보시고는 휙 던져 버리셨어요. 이딴 건 끌질도 아니라는 말씀이셨죠.

하지만 저는 그런 일에 그리 낙담하지 않는 편입니다. '그렇군.' 하고 생각한 것이 다였죠. 쓸데없는 일을 심각하게 걱정하거나 곱씹지 않고, '될 일은 된다. 말씀하신 대로 해 보자.' 그렇게 여기는 성격이라고 할까요? 원래부터가 손이나 몸이 먼저 움직이는 쪽이었습니다. 머리로 이렇게 할까 저렇게 할까 고민하지 않으니까요. 뭐, 이쪽 일에서 보면 유리한 성격이라고 할 수 있겠습니다. 장인의 일이란, 그런 식으로 몸을 써서 기술을 익혀 가는 것이 중요합니다. 나중에 대목장이 저를 두고 "머리로 생각하지 않고 몸이나 손으로 기억하기 위해 열심히, 남들보다 몇 배나 더 노력하는 사람"이라 말씀하셨다고 들었습니다만, 저는 그래야겠다는 생각조차 없었습니다. 그냥 그런 성격이었던 거지요.

그러니 연장을 휙 던지셨을 때 기분이 어땠냐고 물으셔도 별다른 기억이 없어요. 그저 '대목장이 연장을 내던지셨다. 실망스러웠다.'고 기억할 뿐이지요. 그렇다고 '좋아, 열심히 해 보자!' 그렇게 결심한 것도 아니고요.

"헛간을 청소해 둬."

그 다음에 대목장이 제게 하신 말씀이었습니다. 이 말뿐이었지요. "예." 하고는 헛간을 치우러 갔습니다. 헛간에는 당신 연장이며 대팻밥 같은 것이 놓여 있었습니다.

헛간을 청소하라는 말은 '헛간에는 내 연장이 놓여 있다. 내 연장을 자세히 봐라. 내가 네 끌이나 대패를 보고 글러먹었다고 한 뜻을 알게 될 것이다. 연장도 연장이지만 너는 연장을 제대로 갈아 두지도 않았다. 헛간에는 제대로 간 대패로 민 대팻밥이 있다. 그게 바로 진짜다. 연장을 갈고 갈무리한다는 것은 바로 그런 것이다. 청소를 하면서 내가 하는 일이 어떤 것인지 똑바로 봐라.' 하는 이야기였습니다.

아무튼 대목장의 교육 방식이란 전부 그런 식이었어요. 알기 쉽게 직접 이야기해 주는 법이 없었습니다. 간결하지만 간접적이었지요. 곧바로 못 알아들을 때도 있지만, 어느 순간 그 진의가 번뜩 떠오르며 별안간 새로운 것을 깨닫게 되곤 합니다.

그리고 "지금부터는 책도 신문도 텔레비전도 보면 안 돼. 일단 연장부터 갈아."라는 이야기를 들었습니다. 하라는 대로 했지요. 신문도 텔레비전도 책도 보지 않았습니다. 건축을 다룬 책도, 목수 기술에 대한 책도 전혀 읽지 않았어요. 연장 날을 세우는 기술을 익히는 단계에서 그런 것들은 아무 쓸데 없다는 얘기였던 거지요. 나중에 제가 제자를 들이게 되었을 때, 저 역시 대목장이 하신 말씀과 똑같은 이야기를 해 주었습니다. 지금도 마찬가지고요.

기초를 닦을 때는 어느 한 시기, 다른 데 한눈팔지 않고 철저히 몰두할 필요가 있습니다. 아무튼 머리로 외우려 들면 손으로 외우는 능력이 떨어지게 되니까요. 손으로 연장을 갈아 가며 익히는 수밖에 없는 겁니다. 그러니 아침에 눈을 떠서 잠들기 전까지 '어떻게 하면 연장을 잘 갈 수 있을까?' 이 생각뿐이었던 거지요.

얼마만큼 갈아야 좋을지, 날붙이를 가는 일이란 게 그리 쉽지 않은 일입니다. 연장을 가는 사람의 역량에 따라 이해의 폭이 달라집니다. 이 정도로 됐겠지 싶어도 보는 사람에 따라서는 날이 전혀 안 섰다고 볼 수도 있는 거니까요. 서툴 때는 알 수가 없는 노릇이지요. 아무튼 간에 열심히 날만 갈았습니다. 미숙한 저에게 대목장은 이렇게 말씀을 해 주셨습니다.

"딴 데서 청소나 아이보개, 빨래 같은 집안일 돕기를 마치고 온 거니까, 우리 집에선 그런 일은 안 해도 좋아."

그리고 들어온 다음 날부터 바로 호린지 현장으로 데려가 주셨어요. 식사 준비나 청소를 하지 않아도 되니까 그렇게 일찍 일어나지 않아도 되었지요. 여섯 시 반쯤 일어나 그 댁 식구들과 아침을 먹고, 큰며느님이 싸 주신 도시락을 들고 호린지로 갑니다.

호린지 현장에는 둘뿐입니다. 먼저 가서 청소하고 날붙이 갈 때 쓰는 물을 갈아 두지요. 그러고 나면 대목장이 일을 시작하십니다. 아무런 말씀도 없으셨어요. 묵묵히 일만 하셨죠. 함께 밥을 먹고 나무를 다듬고, 그것뿐이었습니다. 부재가 커서 대목장 혼자 못 들어 올릴 것 같으면 돕고, 대목장이 도면을 그리고 있을 때는 서까래를 다듬었습니다. 아무튼 아무것도 할 줄 아는 게 없었으니까요. 그렇지만 날마다 그런 식으로 대목장이 하는 걸 곁에서 보고 있자니 자연스럽게 다음에는 무슨 일을 할지 알게 되었습니다.

대목장 댁에서 호린지로 가는 길은 늘 같았습니다. 호류지 뜰을 지나서 갔지요. 대목장은 자전거를 타셨지만 저는 걸어갔어요. 어쩌다 호류지 안에서 여유를 부리다 보면 대목장보다 늦기도 했습니다. 그런 날엔 대목장 혼자서 열심히 청소를 하고 계시지요. 화는 나 있지만 아무 말씀도 안 하십니다. 몸놀림에는 화가 배어 있지요. 그럴 땐 저도 서둘러 일에 달라붙습니다. 현장에 둘밖에 없으니 상대방이 생각하는 것, 하는 일에 숨김이 없어요. 숨길 수가 없는 거지요.

쓸데없는 이야기는 한마디도 하지 않으셨습니다. 이렇게 해 봐, 그건 틀렸어, 이렇게 하는 거야, 뭐 이런 말도 없었습니다.

"이 일을 해 두도록."

이 말뿐이었지요. 그러니 할 수밖에요. 그게 좋은 수업이었구나 싶습니다.

대목장이 저더러 "뱃심 좋은 녀석"이라 하셨다고요? 그렇지 않아요. 하라고 하시니 그냥 할 뿐이었습니다. 하지만 뭘 못 해냈다고 해서 끙끙대며 고민하거나 하지는 않았습니다. 이렇게 하면 되겠지, 대목장은 분명 이렇게 하셨어, 이런 걸 떠올리면서 일을 해 나갔습니다. 그전에 도면을 그리는 일을 했기 때문에 지금 내가 어떤 부분을 손질하고 있는지 정도는 알았지요.

대목장은 심술궂은 분이기도 했어요. 호린지 현장에 오기 전까지 끌이나 대패는 써 본 적이 있지만, 자귀나 자루 대패 같은 걸 써 봤을 리가 없잖아요? 그런데도 제 손에 연장을 넘겨주시면서 "이쪽 절반은 네가 해." 그러시는 겁니다. 그렇게 둘이서 기둥 하나에 매달리는 거지요. 해 본 적이 없으니 일이 느렸고, 서두르면 여기저기 울퉁불퉁 땜통이 생겼습니다. 그러든 말든 대목장은 당신 쪽 일이 끝나면 제 쪽이 끝나기를 기다리지 않고 기둥을 굴려 돌려 버리셨지요. 그러고는 반대쪽을 깎기 시작하는 겁니다. 어쩔 수 없으니 저도 반대쪽 작업을 시작하는 거지요. 대들 수도 없지 않겠습니까? 시작한 지 얼마 안 된 초보니까요. 대목장은 상관없다는 듯 당신 일을 하셨습니다. '이런 빌어먹을!' 싶었지만 당해 낼 재간이 있어야죠. 그렇게 뒤처진 부분은 열시 쉬는 시간이나 점심시간에 마저 합니다. 그럴 수밖에 없었지요. 누가 그렇게 하라고 시킨 건 아니었습니다. 내가 맡은 일은 내가 해야 되는 거니까요. 달리 해 줄 사람도 없고요.

그런 식으로 대부분 현장에서 일을 배웠습니다. 궁궐목수 일은 기간이 깁니다. 삼중탑을 세운다고 하면, 삼사 년은 걸리지요. 호린지 탑도 오래 걸렸습니다. 도중에 쉰 기간도 있고 해서 완성될 때까지 팔 년 정도 걸렸습니다. 저에게 호린지 탑은 좋은 교육 현장이었어요. 내가 일을 어떻게 했는지 눈에 보이는 데다가, 눈앞에 훌륭한 본보기가 계셨습니다. 니시오카 쓰네카즈라는 명장이 실제로 손을 움직여 어떻게 하는 건지 보여 주시는 거니까요. 그것도 같은 부재가 여러 개 필요하니, 몇 번이고 같은 과정을 되풀이합니다. 일이 시작되거든 오라고 하신 뜻이 바로 여기에 있겠지요.

현장에서 일하고 집으로 돌아와 저녁을 먹고 나면, 헛간에 가서 날붙이를 갈았습니다. 밤늦은 시간까지요. 스스로 됐다 싶은 생각이 안 드니까 될 때까지 하는 거지요. 대목장만큼 되지는 않았습니다만, 특별히 비장한 결심이라든지 각오 같은 건 없었습니다. 죽을힘을 다하기는 했지만 울면서 한다든가 그런 식은 아니었어요. 괴롭거나 그러지는 않았으니까요.

잠은 할아버지 방이 있는 별채 이 층에서 잤어요. 할아버지 방 바로 위였고 혼자서 썼습니다. 이 년쯤 지나자 마쓰시타松下라는 아이가 제자로 들어왔습니다. 그 친구가 오고 나서부터는 벽장도 둘이서 반씩 나눠 썼지요. 그 전까지는 혼자였습니다. 마쓰시타가 왔을 때, 힘든 일이 있으면 뭐든 이야기하라고 말은 했지만, 가진 돈이나 물건이 저보다 훨씬 풍족했어요. 그 아이는 도제 수업이 처음이라 식사 준비와 집안일을 도왔습니다. 그런데 눈이랑 귀가 좀 불편한 친구여서 이 직업이 잘 안 맞는 것 같다며 중간에 되돌아갔지요.

제가 쓰던 방은 니시오카 대목장이 글을 쓰고 도면을 그리시던 방이라 벽장 속에 이런저런 도면이 들어 있었어요. 벽장을 써도 된다고 하셔서 시간이 나면 도면을 꺼내 보고는 했습니다. 대목장은 아마 그런 것도 계산에 넣고 저한테 그 방을 쓰게 하셨을 겁니다.

제자 입문식

이야기 앞뒤가 바뀌지만, 대목장 댁으로 들어간 며칠 뒤에 제자 입문식을 열어 주셨습니다. 정확히 며칠 뒤였는지는 잊었지만요.

다른 식구들은 빼고, 대목장과 저, 그리고 입회인 자격으로 할아버지, 이렇게 셋이서 했어요. 커다란 도미 한 마리를 앞에 놓고 "내 제자로 삼는다. 최선을 다해 열심히 하도록." 하는 말씀을 해 주셨지요.

대목장한테도 집에 제자를 두는 건 제가 처음이었을 겁니다. 큰아들 다로 씨도 둘째 아들 겐지 씨도 궁궐목수의 길을 걷지 않았으니까요. 게다가 호류지 대목장이라는 처지에서도 제자가 필요하지 않았을 겁니다. 규모가 큰 일을 할 때에는 대목장 밑으로 제대로 된 장인들이 모였고, 현장을 정리하는 일 따위는 잡부들한테 맡기면 되었으니까요. 일을 해 나가는 데 제자가 없어 어려운 적은 없었을 겁니다.

입문식이 끝나고 나서였던가, 대목장이 식구들더러 이런 말씀을 하셨지요.

"오가와는 내 뒤를 이을 사람이야. 고마운 일이지. 지금부터는 무슨 일이든, 내 바로 다음은 오가와다. 너희들은 내 아들이지만 오늘부터는 오가와가 너희들보다 위다."

그 뒤로는 밥 먹는 자리도 대목장 바로 옆이었습니다. 다로 씨는 나이가 저보다 열두 살이나 위였습니다만, 제가 목욕통에 들어가 있으면 "밋짱, 물 온도 괜찮아?" 하고 물어보며 목욕 물을 데워 주셨지요. 마음이 편하지만은 않았습니다. 그래서 다로 씨가 목욕통에 들어가 있을 때, 저도 장작을 더 넣어 물을 데우려 했습니다. 그랬더니 다로 씨가 당황하며 작은 목소리로 그러는 겁니다.

"밋짱, 그러지 마. 아버지한테 들켰다간 혼난다고."

가족에게 그는 도깨비처럼 무서운 사람이었습니다. 식구들 누구한테 묻든 대목장은 무서운 사람이라는 답이 돌아옵니다만, 저는 그렇게 생각하지 않았어요.

언제였던가, 쉬는 날 겐지 씨가 조루리지淨瑠璃寺로 저를 데리고 간 적이 있었습니다. 집에 돌아왔더니, 대목장 혼자 무더위 속에서 풀을 뽑고 계셨습니다. 아무 말도 하지 않으셨지만 '놀러 다닐 시간이 어디 있냐!' 하고 온몸으로 말씀하고 계시는 듯했어요. 지금 생각하면 좀 웃기기도 하지만, 그때는 큰일 났다 싶었죠. 저를 데려갔던 겐지 씨 쪽이 더 그랬을 겁니다. 우리 쪽은 쳐다보지도 않고 입을 꾹 닫은 채 풀만 뽑고 계셨으니까요.

차남 겐지 씨는 저보다 두 살 위인데, 지금도 '겐짱'이라고 부르고 있어요. 겐쌍은 말을 확실하고 솔직하게 하는 사람입니다. 그런 겐짱이 이런 말을 했어요.

"이번에 온 오가와는 너무 어두운 녀석이야. 아버지도 무섭겠다, 전혀 부지런하지도 않은 녀석이니 금방 집으로 돌아갈 거야."

하지만 저는 그럴 마음이 전혀 없었습니다. 무섭다기보다는 대단한 사람이라고 생각했거든요. 니시오카 대목장은 우리 아버지하고 동갑이셨습니다. 은행원이셨던 아버지는 여러 모로 대목장하고는 전혀 달랐습니다. 아버지의 말은 폭은 넓었지만 깊이가 없고 얕았습니다. 고객의 마음을 사기 위한 말일 뿐 자기 자신에게 철저히 파고드는 일은 없었으니까요. 하지만 니시오카 대목장의 말은 심오했고, 그분이 해 보이는 일이란 게 말도 안 되게 대단한 기술이잖아요? 거기다가 사사로운 이익을 탐하는 분도 아니었고요. 말씀 하나하나에 고개가 끄덕여졌지요.

도제 제도도 운이 따라야 한달까요? 좋은 스승을 만난다면 문제없지만, 나쁜 스승 밑에 들어간 제자는 비뚤어집니다. 덮어놓고 무조건 "이렇게 해라." 해서는 무슨 소리인지 모르니까요. 호통치고 때려도 그게 무슨 뜻인지 모르니 엇나갈 수밖에요. 이래서는 나중에 그게 무슨 뜻인지 번뜩 깨닫거나 하는 일도 없습니다. 제자로서야 그저 혼나는 게 무서워 그 자리를 대충 넘기려 하지요. 이래 가지고는 단순한 기술 쯤이야 어떻게 익힐 수 있겠지만, 거기서 더 나아가기란 어렵습니다.

그 댁 식구들은 전부 저를 '밋짱'이라 부르며 귀여워해 주셨어요. 할아버지도 이런저런 좋은 이야기들을 자주 들려주셨습니다.

야쿠시지 금당 재건에 참가하다

니시오카 대목장은 말로 무언가를 가르치는 분은 아니셨습니다. 호린지를 오가는 동안, 길가에 자라난 참억새 이삭을 꺾거나 자투리 나뭇조각을 쥐고 걸으며, 끌 가는 연습을 하고는 했습니다. 끌은 손잡이가 달려 있어서, 여간해선 똑바로 갈기가 어렵거든요.

호린지에서 집으로 가는 길은 늘 같았습니다. 호류지 동문으로 들어가 서문을 지나 돌아갔는데, 대목장은 가끔 이런 이야기를 해 주시고는 했습니다.

"당이나 탑 처마가 왜 저런 식으로 젖혀져 있는지 아느냐? 저건 중국의 사상이야. 천제를 우러르는 마음에서 온 거지. 젖혀진 처마 모양은 새의 날개 같은 거다. 하늘로 날아오르는 모습을 표현하고 있는 거지."

"오중탑이 왜 안정된 아름다움을 지니고 있다고 생각하느냐? 저게 절구통처럼 뚱뚱하다면 아름답지 않았겠지? 저쪽에 있는 소나무를 한번 봐라. 어딘가 오중탑하고 비슷하지? 자연에 있는 소나무가 지닌 유려한 곡선, 그 곡선의 아름다움을 오중탑도 지니고 있는 거야."

항상은 아니고 가끔이었지만, 그때는 왜 이런 이야기를 해 주시는지 모르는 채 '아, 그렇구나.' 하며 들을 뿐이었습니다. 그런데 지나고 생각해 보니 그때그때 제 역량에 맞는 이야기, 다음에 할 일에 얽힌 이야기를 해 주셨던 거였습니다. 그래서 그 한마디 말씀이 나중에 제 안에서 커다랗게 자라나는 겁니다. 한마디 말이 백배나 더 크게 자라서 기억되는 것이지요.

이런 식으로 조금씩 일을 배워 갔습니다. 자루 대패 같은 것도 쓸 수 있게 되었지요. 대목장은 오른손잡이라, 자루 대패를 쓸 때도 한쪽만 미셨습니다. 반대쪽은 저한테 시키셨기 때문에 양손 모두 자루 대패를 쓸 수 있게 됐어요.

그때 제가 받은 품삯이 하루에 천 엔이었습니다. 거기서 백 엔은 기부금 조로 절에 드렸습니다. 그리고 대목장 댁에 식비로 한 달에 만 오천 엔을 드렸지요. 남는 돈은 쓸데가 없었습니다. 책을 읽는 것도, 텔레비전이나 영화를 보거나 신문을 읽는 것도 아니었거든요. 라디오도 안 들었습니다. 그러니 돈이 모이면 연장을 샀지요. 그 연장 이야기는 나중에 하기로 하고, 언제였던가, 자전거를 사도 되냐고 물어본 적이 있었습니다. 대목장은 자전거를 타고 일터로 가시니까요. 그랬더니 한마디로 "안 돼." 그러시더군요. 그래서 계속 걸어 다녔습니다.

호린지 일이 중단되었습니다. 공사 자금이 바닥난 것이지요. 돈이 모일 때까지 일을 쉬게 됐습니다. 작가인 고다 아야幸田文 씨가 돈을 모으신다며 동분서주하셨지요. 재미있는 분이셨어요, 고다 씨는. 벽토를 섞어 비비는 걸 돕겠다고 헐렁한 작업복 바지에 다비足袋**를 신고

**다비足袋: 엄지발가락과 검지발가락 사이가 갈라져 있는 일본식 버선.

오신 적이 있는데, 발이 벽토에 박혀 옴짝달싹 못하게 되고 말았지 뭡니까. 다들 신나게 웃었지요. 고다 씨도요.

그 당시 호린지 재건을 둘러싸고 니시오카 대목장과 설계를 한 학자 사이에 논쟁이 벌어졌습니다. 신문을 읽는 것도 아니라서 저는 무슨 일이 벌어지고 있는지는 잘 몰랐습니다만, 대목장이 어떤 생각을 하고 계신지는 알았습니다. 그래서 그 학자 양반이 온다는 소리를 듣고, 만들고 있던 곳을 파란 천막으로 덮어 가려 버렸어요. 대목장은 쓴웃음을 짓고 계셨지요. 제 마음대로 해 버린 거니까요. 삼중탑에 철골을 쓸 것이냐 말 것이냐에 대한 논쟁이었습니다. 대목장은 "철보다는 편백나무 쪽이 강하다. 철 같은 건 쓰지 않겠다."고 하셨죠. 이 일로 나중에 저도 어떤 사건에 휘말리게 됩니다만.

아무튼 니시오카 대목장은 현장에 있는 사람이라 강했어요. 상대방이 뭐라고 하면 "네. 그러시군요. 그렇게 합시다. 맡겨 주세요." 한 다음 자기가 옳다고 생각한 대로 해 버렸으니까요. 현장에서 싸운다거나 그러지는 않았습니다. 논쟁은 회의 석상에서만 했지요.

호린지 일을 쉬는 동안 대목장과 함께 야쿠시지 삼중탑 모형을 만들러 갔습니다. 나라 현 오다구미尾田組의 작업장이 일터라 가까운 기숙사에 묵게 되었어요. 이불이나 자잘한 일상용품은 대목장 집에 둔 채기숙사 것을 썼습니다. 대목장은 출퇴근하셨어요. 가끔은 저도 함께 돌아가기도 했지요. 긴테츠(긴키 일본 열차 주식회사) 역사 교실에서 부탁한 일이었는데, 야쿠시지 삼중탑을 십분의 일로 줄인 학술 모형을 만들어야 했습니다. 지금은 긴테츠 나라 역 역사 교실에 전시되어 있습니다.

학술 모형 제작은, 대접받침*부터 기둥, 서까래 하나까지 정확하게 실물 그대로 복원하는 까다로운 일입니다. 탑을 십분의 일로 줄였다는 것뿐, 나머지 과정은 똑같거든요. 기둥 치수부터 나무 창살, 가로지름대, 들보, 내부 구조에 이르기까지 모든 것이 정확하게 십분의 일이지요. 실제로 탑을 세우는 것만큼 힘든 일인 데다, 세공도 섬세해야 합니다. 모형이라고 쉬울 거란 생각은 오산이에요. 하나 만드는 데 이 년 남짓 걸리니까요. 비용으로 따져 봐도, 보통 살림집 한 채는 거뜬히 지을 정도입니다. 그때 돈으로 천오백만 엔쯤 들었으니까요.

이때만 해도 아직 야쿠시지에는 서탑西塔이 없었습니다. 지금 있는 서탑은 1981년에 완성된 것이지요. 그래서 애초에 설계부터 시작해서 모형을 복원했습니다. 이런 식으로 모형을 만들어 보는 것은 공부에 도움이 됩니다. 탑을 만드는 방식을 처음부터 배울 수 있는 데다가, 구조도 잘 이해할 수 있게 되거든요. 그리고 잠깐이었지만, 호린지 삼중탑 일을 하며 커다란 부재도 만져 보았던지라 더더욱 탑을 잘 이해하게 되었습니다. 정말 좋은 기회를 만났다는 생각을 해요.

니시오카 대목장은 꽤 많은 학술 모형을 만들었습니다. 도쿄 국립 박물관에 있는 호류지 오중탑 십분의 일 모형도 그렇고, 호류지 강당에 전시되어 있는 금당 모형도 만드셨지요. 모형은 그냥 만들어지는 것이 아닙니다. 가람 건축을 꿰뚫지 않고서는, 그 구조에 대한 지혜 없이는 불가능하니까요.

학술 모형 일이 끝나자, 1970년부터 야쿠시지 금당을 짓게 되었고 제가 도면을 그리게 되었습니다. "히노미사키에서 도면 그리는 일을

---

* 대접받침 : 기둥 위를 장식하며 공포栱包를 받치는 네모난 나무. 주두柱枓라고도 한다.

했으니 네가 그려 봐라." 하셨지요. 그러는 동안 고대 건축을 전공한
학자, 설계를 맡은 학자……, 다양한 사람을 만났습니다.

목수 견습생이란 보통 청소나 정리 같은 자질구레한 일부터 시작해
기술을 쌓아 갑니다. 그런데 저는 완전히 반대로, 별안간 높은 단계의
일을 맡고는 했습니다. 니시오카 대목장의 배려도 있었겠지만 운도
따랐다고 봐요. 큰 규모의 일을 잇달아 만나 배울 수 있었으니 말입니
다. 시대도 좋았습니다. 그 전까지는 일이 없어서 대목장이 솥뚜껑을
깎을 정도였으니까요. 일본이 고도 성장기로 접어들었던 것이지요.
"그렇게 나이가 많아서는 궁궐목수가 되기 힘들다."는 말을 들었던 제
가 조금은 빨리 일을 익힐 수 있었던 것도 일할 수 있는 현장이 있었기
때문입니다.

그런데 이상하게도 그 당시 니시오카 대목장은 저를 한 번도 제자
라고 부르지 않으셨습니다. 저 역시 어떤 호칭을 써야 할지 몰라 '도편
수'라고도 불러 보고, '십장'이라고도 불러 보고, '선생님'이라고도 불러
봤습니다. 둘이서 일을 할 때는 부를 일이 없어요. 묵묵히 일만 하니까
요. 하지만 다른 사람이 있으면 역시 불러야 할 때가 생기지 않습니
까?

요즘 들어 다른 사람들한테 "처음부터 오가와를 보통 목수가 아닌
도편수감으로 가르쳤다."고 말씀하시지만, 그때는 그런 것도 몰랐습
니다. 어딘지 모르게 보통 제자들 대하는 것과는 다르구나 싶었지만,
스스로 도편수가 되겠다는 생각은 해 보지 못했습니다.

야쿠시지 금당의 입주식立柱式 날 일이었습니다. 목수들은 입주식 때
여러 역을 맡습니다. 흰옷을 입고 "이영차이영차." 하며 노래를 부른

다거나 하는 그런 거지요. 그런데 저만 아무런 역이 없었습니다. 역을 나누는 것은 전적으로 공사를 책임지는 도편수 몫이고, 당신이 깜빡했을 리는 없지요. 아무튼 저한테 주어진 노릇은 없었습니다. 그래서 동료들이 하나 만들어 줬어요. 탕건을 쓰고, 윤척으로 통나무 지름을 재는 꽤 중요한 역이었습니다.

왜 그러셨나 알게 된 건 한참 뒤였습니다. 너는 내 뒤를 이을 사람이니 도편수가 어떤 일을 하는지 봐 둬라, 하는 생각이셨다고 합니다. 하지만 그런 말씀은 한마디도 해 주시지 않았으니까요, 저는 아무것도 모르고 동료들이 마련해 준 역을 놀며 함께 입주식을 즐겼던 거지요. 니시오카 대목장은 뭔가 기대하게 만들거나 상대방을 우쭐하게 할 만한 말은 결코 하지 않으셨습니다. 일을 익힐 때에는 달콤한 말이 아무 도움도 되지 않는다고 생각하셨기 때문일 겁니다.

스물일곱, 호린지 삼중탑 일을 맡다

금당 입주식이 끝날 무렵, 호린지 쪽도 자금이 마련되어 공사를 재개하게 되었습니다. 당시 니시오카 대목장은 호린지와 야쿠시지의 도편수 자리를 겸하고 계셨어요. 야쿠시지 금당 공사가 본격적으로 시작된 지 얼마 되지 않았고, 양쪽 공사를 한꺼번에 하기란 힘든 일이었습니다. 그러니 호린지 일은 저더러 하라고 하셨지요. 그게 1973년이니까 니시오카 대목장 곁에 온 지 오 년째로 접어든 때였습니다. 제 나이 스물일곱이었습니다.

그래서 저 혼자 호린지로 갔습니다. 그리고 야쿠시지 일을 하다가 그만두고 나간 녀석과 아오모리森로 되돌아간 기술자들을 편지로 불러 모았어요. 함께 일하던 동료들이었지요. 그랬더니 이번에는 야쿠시지에서 일하던 녀석이 자기도 가겠다며 호린지로 와 버렸어요. 제가 부른 건 아니었지만, 하고 싶다고 하니 어쩔 수 없는 것 아니겠어요? 그렇게 네 명 정도 모였습니다. 모두 한 사람 몫을 톡톡히 하는 장인들이었고, 전부 저보다 나이가 많았지요.

호린지 일을 하라며 니시오카 대목장께 받은 인원은 '사천오백 명'이었습니다. 품삯은 총인원 몇 명이라고 계산하지요. 그때 생각했습니다. '이 공사로 아스카의 탑을 재건하겠다. 형태가 같은 것을 만드는 것이니 아스카 장인들을 기술로는 이길 수 없다. 이길 수 있는 것은 일꾼 수다. 이번 공사를 이천오백 명으로 끝내겠다.'고 말입니다.

호린지 일은 기요미즈 건설 회사가 맡고 있었어요. 그래서 그 뜻을 기요미즈 측에 전했지요. 총인원이 적다는 말은 일을 일찍 끝내겠다는 말이고, 공사비가 싸게 먹힌다는 이야기입니다. 기요미즈 쪽에 "이 정도 기간과 인원으로 할 생각인데, 남은 돈으로 호린지 이곳저곳의 상한 곳들을 손보고 싶습니다." 하고 양해를 구했습니다. 그쪽이야 나온 예산이 있으니 예산을 더 쓰지만 않는다면 상관없는 일이었지요.

우리 동료들은 다들 젊었던 터라 "으쌰으쌰." 하며 일을 해 나갔습니다. 모두들 혈기왕성했지요. 제 뜻을 이해해 주었고 정말 재미있게 일을 했습니다. 아침 첫 버스를 기다리지 못하고 그냥 걸어서 일터로 오는 사람도 있었어요. 돈을 벌려는 생각이 아니었습니다, 우리는. 절을 위해 그렇게 했던 거지요.

스물일곱에 그런 큰일을 맡아서 불안하지 않았느냐고들 물어보시지만, 그렇지도 않았습니다. 성격인 거지요. 니시오카 대목장은 이 일을 두고 나중에 "오가와는 사람을 모아 이끄는 데 능하고 뱃심도 좋다."고 칭찬해 주셨지만, 제가 무슨 생각이 있어서 그랬던 건 아니었습니다. 어쩌다 보니 자연스레 일이 그렇게 되어 갔던 거였어요.

완성을 얼마 앞두고, 니시오카 대목장이 보러 오셨습니다. "철재를 썼나?" 하고 물으셨지요. 기요미즈 건설은 설계도에 철재가 있으니 필요한 자재라고 현장에 철재를 쌓아 두었습니다. 대목장은 철재 따위는 필요 없다고 쓰지 않으셨기 때문에 현장에는 늘 철재가 산처럼 쌓여 있었습니다. 철을 쓸 것인가 말 것인가에 대한 논쟁이 계속되고 있던 때라, 우리는 사찰 쪽과 협의해 철재를 최소한으로 사용하기로 했지요. 도면에 있는 대로 조금 썼습니다. 그 사실을 솔직히 말씀드렸더니 차갑게 한마디 하시는 게 이랬습니다.

"철을 써서 좋을 거 하나 없다. 거기서부터 썩어 들어간다."

1975년, 탑이 완성되었습니다. 저도, 다른 사람들도 과연 가능할까 싶었지만, 가능했습니다. 공사 중에는 가림막, 그러니까 작업용 발판 위로 씌운 임시 지붕이 탑 둘레를 완전히 감싸고 있어서 그걸 걷기 전까지는 탑 전체의 모습을 볼 수 없습니다. 그날 탑 아래에서 가림막을 치우는 것을 지켜보았지요.

제일 윗부분에 씌워 둔 가림막이 벗겨졌습니다. 탑 꼭대기의 탑머리가 보이고 삼 층 지붕이 드러나는 순간, 제 얼굴이 새파랗게 질리고 말았습니다. 지붕이 크게 기울어져, 하늘로 너무 치솟아 있는 게 아니겠습니까? 할복하는 심정으로 사죄하고 책임을 져야겠다고 생각했지요. 그래도 계속 지켜봤습니다. 그렇게 두 번째 층, 첫 번째 층이 모습을 드러내자 제일 위쪽 지붕이 위로 젖혀진 것처럼 보였던 것이 착시였다는 걸 알게 되었습니다. 삼 층 지붕만 보고 있었기 때문에 그렇게 보였던 거였습니다. 그야 물론 몇 번이나 확인했지요. 삼 층 지붕이 확 젖혀져 있던 그때 그 모습이 아직도 꿈에 보이고는 합니다.

호린지 삼중탑은 제 손으로 시작해 마무리한 최초의 일이었어요. 제가 세운 공방 '이카루가코샤鵤工舍'가 그 탑 바로 근처에 있습니다. 그러니 매일 탑 앞을 오가는 데다가, 창 너머로도 탑이 보이지요.

만족하냐고요? 어려운 질문이네요. 지금이라면 이렇게 했겠지, 저렇게 하고 싶었는데, 그런 생각도 들긴 합니다. 하지만 건조물이란 게 그렇다고 해서 고칠 수 있는 것도 아니니까요. 그때 그 순간의 승부인 겁니다.

규구술의 귀재 니시오카 나라미쓰

호린지 삼중탑 완공 기념 행사가 끝난 직후, 할아버지(니시오카 나라미쓰)가 쓰러지셨습니다. 호린지 삼중탑은 원래 할아버지가 하시기로 되어 있었고, 도면도 나온 상태였어요. 하지만 여든을 넘기셨을 때, 주지 스님이 쓰네카즈에게 맡기면 어떻겠냐는 제안을 하셨습니다. 그렇게 해서 니시오카 대목장이 그 일을 넘겨받으셨던 거지요. 이런 일에서 장인들은 보통 사람들보다 훨씬 더 완고합니다. 좀 무서운 말이지만, 자신이 일을 맡으면 아들이라 할지라도 적이지요. 할아버지는 형식상 '총도편수'직을 맡으셨습니다.

두 달쯤 후였던가, 친척이 전부 모였습니다. 한동안 입원해 계셨지만 좀체 병세가 나아질 것 같지 않자 할아버지를 집으로 모시기로 했지요. 병원에서 앞으로 일 주일밖에 살 수 없다고 했거든요. 할아버지는 그때 아흔넷이셨습니다. 그러니 죽음을 맞으러 집으로 돌아가는 것이나 마찬가지였습니다. 그래서 친척분이 구급차 운전수더러 삼중탑이 완성되었으니 호린지 앞을 지나 집으로 가 주십사 하고 부탁했습니다. 그 차에는 니시오카 대목장과 할아버지, 그리고 제가 타고 있었지요. 할아버지는 병환이 깊어 침대에 누워 계셨습니다. 호린지 앞에 도착해 차를 세웠습니다.

"할아버지, 호린지 탑이 완성되었어요. 가림막도 다 걷었어요."

그렇게 말씀드리며 차창 밖으로 탑을 볼 수 있도록 몸을 일으켜 드렸지요.

"탑이 보여? 보여?" 니시오카 대목장이 그렇게 묻자 "응. 봤어." 그러셨습니다. 그런데 제가 할아버지 얼굴을 살펴보니, 할아버지는 눈을 꼭 감고 계셨어요. 보셨을 리 만무했지요. 그러고는 "이제 됐으니까 가자." 하셨습니다. 일 주일 뒤, 할아버지는 세상을 뜨셨습니다.

장인이라는 사람들은 죽을 때까지 이런 사람들인가 봅니다. 하지만 저는 알고 있었지요. 니시오카 대목장이 삼중탑 들머리 쪽 기둥 위를 가로지르는 첨차에 '총도편수 니시오카 나라미쓰', 즉 이 탑을 재건한 이는 할아버지라고 쓴 것을 말입니다.

니시오카 대목장은 자주 "아버지 솜씨는 형편없었다."고 하셨지만 걸음쇠나 곱자를 쓰는 데서나, 사람들을 추슬러 끌고 나가는 일에서는 탁월한 분이셨습니다. 어떻게 보자면, 대목장은 아버지인 니시오카 나라미쓰를 늘 경쟁자로 여겼던 것은 아닐까 싶습니다. 하지만 이런 말을 하면 당신은 아니라며 고개를 저으실 거예요. 지금도 여전히 "아버지 솜씨는 형편없었다."고 하시거든요.

할아버지도 대단한 분이셨습니다. 할아버지와 대목장은 서로 사이가 좋지 않았지만, 두 분 모두 저를 귀여워해 주셨어요. 말하자면 제가 두 분 사이에서 전령 같은 노릇을 했던 거지요. 그래서 잘 압니다. 도급을 맡은 업자들이나 장인들도 할아버지를 믿고 따랐고, 인격적으로도, 궁궐목수 대목장으로서도 훌륭한 분이셨다고 생각합니다. 무엇보다도, 스물넷에 니시오카 집안에 데릴사위로 들어와 그때부터 목수 일을 배워 대목장에 이르셨으니, 보통 노력으로는 절대 불가능한 일입니다. 이런 사실을 니시오카 대목장도 당연히 알고 계시고, 대목장 역시 그렇게 느끼실 겁니다.

할아버지는 마지막까지 호류지 작업장을 그대로 두셨습니다. 이대째 호류지 대목장으로서 마지막까지 성실하셨지요. 니시오카 대목장은 할아버지가 돌아가신 뒤에도 호류지에 있던 부친의 연장을 거두러 가지 않으셨습니다. 연장을 수습하러 간 건 삼 주기가 끝난 후였어요.

"이제 삼 주기도 지났으니 아버지 연장을 가지러 가자."

대목장이 그렇게 말씀하셔서, 대목장의 동생인 나라지로 씨, 저, 이렇게 셋이서 호류지로 갔습니다. 연장은 거의 없었어요. 호류지 일을 거드는 사람들이 전부 쓰고 있었거든요. 하지만 대목장은 이해타산을 따지는 사람이 아니었던지라 "그걸로 됐다."고 하셨어요. 남아 있는 것을 셋이서 기념으로 나눠 가졌습니다. 다들 자기 연장이 있었으니까요, 필요해서 가져간 것은 아니었습니다.

연장 쓰는 재주가 남달랐던 니시오카 나라지로

니시오카 대목장의 동생, 나라지로 씨는 연장 기술의 명인으로, 그가 쓰는 연장들도 다 훌륭한 것들이었습니다. 우리는 '나라짱'이라고 불렀습니다. 체격도 좋았어요. 대목장보다 몸매가 다부졌고, 산적 같은 풍모를 지닌 사람이었습니다, 그분은. 과묵해서 말수도 거의 없었고, 대목장처럼 술도 입에 대지 않으셨지요. 심성이 착한 분이었습니다. 니시오카 대목장은 아버지의 뒤를 이어 호류지의 대목장이 되었지만 나라지로 씨는 공무원이 되었고, 문화재 보호과에서 호류지에 파견된 처지였습니다.

니시오카 대목장, 그의 부친 나라미쓰 씨, 동생 나라지로 씨. 이 세 분은 니시오카 쓰네키치 할아버님께 목수 일을 배운 형제 제자였습니다. 아버지와 그 밑의 아들들이 모두 궁궐목수였지요. 생각해 보면 대단한 환경입니다. 누구 하나 따로 떼어 놓고 보아도 한 나라의 보물 같은 사람이었으니까요. 서로 경쟁의식을 불태웠을 거예요. 장인들끼리는 부모 자식이나 형제더라도 전부 경쟁자입니다. 누구에게도 지고 싶지 않아 하고, 자신이 최고가 될 때까지 갈고닦는 사람들이기 때문이지요. 그런 가운데서도 나라지로 씨의 기술은 대단했습니다. 연장은 늘 잘 손질되어 있었고, 날붙이 갈아 놓은 것을 보면 감탄의 한숨이 나올 정도였습니다. 니시오카 대목장도 현장에서 수수한 편이었지만 나라지로 씨는 더했습니다. 함께 있으면 대목장 쪽이 화려해 보일 정도였어요. 호린지 일을 도우러 와서는, 잠시 쉬는 시간이면, 나직하게 말을 걸어 주셨지요. 현장에 올 때는 다비에 짚신을 신고 계셨습니다.

전에도 말했듯이, 니시오카 대목장은 연장 쓰는 법이나 날붙이 가는 법을 알려 주실 때도 이렇게 하는 거라며 손수 딱 한 번 해 보여 주시면 그걸로 끝이었습니다. 스스로 알 때까지 그 이상은 아무것도 이야기해 주지 않는 교육 방식이었지요. 하지만 나라지로 씨는 대패는 이렇게 다루면 좋다, 끝은 이렇게 쓰는 게 좋다, 날붙이를 갈 때는 이런 방법이 있다며 당신 연장통을 열고 하나하나 꺼내 보이며 가르쳐 주셨습니다. 만약 그분이 연장 쓰는 사람이 되었다면 그 분야에서 최고가 되고도 남았을 겁니다. 마음가짐도 남달랐지요.

목수란 나무를 깎는 사람입니다. 나무를 깎는 것이 우리 일이지요. 나라지로 씨는 "나무를 깎는 일이야 목수밖에 못 하는 것이지만, 깎은 목재를 짜 맞추는 일은 굳이 내가 아니어도 된다."며 어쩔 수 없는 때가 아니라면 짜 맞추는 일은 하지 않으셨습니다. 예전에는 목수가 깎은 목재를 막일꾼들이 옮겨 짜 맞췄습니다. 그만큼 자기가 깎은 것에 자신이 있었던 거지요. 나라지로 씨가 연장 쓰는 일을 했다면 대목장보다 더 뛰어났을 거라고 생각합니다. 대패질도 그렇고 끌질도 그렇고, 정말 훌륭했으니까요.

나라지로 씨는 아버지 나라미쓰 씨와 종종 대화를 나누곤 하던 사이였습니다. 쓰네키치 할아버님은 손자인 쓰네카즈를 자신의 직계로 특별히 가르쳤던 것 같아요. 가족이 다 모였을 때에도 니시오카 대목장 혼자 외따로인 듯 보이기도 했으니 말입니다. 아마 그만큼 대목장도 책임감을 강하게 느꼈을 테지요. 식구들한테도 긴장의 끈을 놓지 않으셨던 분이니 형제들 사이에서도 분명 그랬으리라고 생각합니다.

나라지로 씨가 니시오카 대목장 집에서 식사하는 것을 본 건 딱 한 번뿐이었습니다. 할아버지의 삼 주기가 끝나고 유품을 수습해 나누던 날이었는데, 대목장은 평소답지 않게 "밥이라도 먹고 가지 않겠나?" 하고 말을 건넸지요. 흔치 않은 일이었습니다. 아마 아버님 생각이 나셨던 모양이죠. 그러자 평소에는 절대 그러지 않던 나라지로 씨도 "그럴까?"라며 대목장 집에서 함께 밥을 먹었습니다. 저도 함께였지요.

일 주일 뒤, 나라지로 씨는 호류지 회랑을 손보던 중에 심장 발작으로 세상을 떠났습니다. 한평생 일에만 전념했던 사람이었습니다.

나라지로 씨한테도 많은 것들을 배웠습니다. 연장을 쓰는 법이나 다른 일들도 그렇지만, 목수로서 어떻게 살아야 하는지를 바로 눈앞에서 지켜보게 해 주신 분이셨지요. 궁궐목수가 지녀야 할 삶의 자세를 배웠다는 그런 느낌입니다.

대대로 이어져 오던 호류지 목수 집안이 낳은 최후의 꽃이 니시오카 쓰네카즈라고 생각합니다. 그런데 저 혼자 핀 꽃이 아니지요. 그 꽃을 피우기 위해 아버지인 나라미쓰 씨, 동생인 나라지로 씨 같은 훌륭한 목수가 곁에 있어 주셨고, 경쟁자로서 조용히 힘을 보태 주셨습니다. 이런 것들이 니시오카 대목장을 훨씬 더 크게 키웠다고 생각합니다. 니시오카 대목장이 갑자기 어딘가에서 튀어나온 것은 아니니까요. 저 역시 니시오카 대목장께 많은 것을 배웠습니다. 그리고 할아버지와 나라지로 씨한테도 많은 것을 이어받았습니다.

큰 가르침을 주신 다카다 종정 스님

저한테 소중한 배움터는 니시오카 대목장이 계신 곳이었지만, 야쿠시지 또한 또 하나의 소중한 배움터였습니다. 그 밖에도 호린지나 안논지, 고쿠타이지처럼 스스로를 시험하며 배워 나간 여러 곳이 있습니다. 하지만 목수 일을 배우던 시절을 돌이키자면 야쿠시지는 제게 큰 의미가 있는 곳이었습니다.

그 이유 가운데 하나는 니시오카 대목장이 마지막 꽃을 피우기 위해, 당신이 지닌 지식과 기술을 모두 쏟아부어 가며 야쿠시지 가람 재건에 매달리셨기 때문이지요. 또 다른 까닭은 야쿠시지의 다카다 고인高田好胤 종정 스님 때문입니다.

아직 제가 대목장 댁에 있을 무렵인데, 대목장의 부탁으로 도쿄 문부성에 갈 일이 있어 교토에서 신칸센을 탔습니다. 그런데 같은 열차에 종정 스님이 타시는 게 아니겠습니까? 어쩐지 불편할 것 같아 다른 차량으로 건너갈까 싶었습니다. 그러자 "오가와, 왜 도망치나?" 하며 저를 불러 세우셨지요. "어디 가나?" 물으셔서 "도쿄에 갑니다." 하고 대답했더니, "그래? 그럼 같이 갈까?" 그러시는 거였어요.

종정 스님쯤 되는 분이라면 일등칸에 타시겠거니 싶었는데, 저랑 같은 보통 칸이었습니다. 종정 스님을 알아본 사람들이 멀리서 합장으로 인사를 건넸지요. 그때마다 종정 스님도 손을 모아 화답하셨습니다.

하는 수 없이 종정 스님 곁에 앉았습니다. 스님도 아직 아침을 안 드셨다고 하셨어요. 수행원이 스님께 함께 식당차로 가자고 권했지만 마다하셨습니다. 그리고 이동 판매대에서 당신 것과 제 샌드위치를 사셨지요. 샌드위치를 나눠 먹던 중에 불쑥 이런 말씀을 하셨습니다.

"세상 사람들이 나더러 인기를 팔아먹는 '탤런트 승려'라고들 하지만, 그런 말에 개의치 않아. 오직 야쿠시지만을 생각하며 해 나가고 있다네. 자네도 쓸데없는 것은 생각하지 말고 니시오카 쓰네카즈 대목장만을 바라보며 일하게."

이 말씀이 제게 큰 도움이 되었습니다. 니시오카 대목장이 "지금부터는 책도 신문도 텔레비전도 보지 말고 오직 날붙이 가는 것만 하라."

는 말씀을 제게 하셨잖아요? 물론 대목장의 그 말씀을 따르고야 있었지만 내심으로는 갈피를 잡지 못하던 때였습니다. '책도 안 보고 신문도 멀리하다가는 세상일에 뒤처질지도 모르는데 괜찮을까?'라고 말이지요. 그런데 종정 스님의 그 말씀이 흔들리고 있던 제 마음을 꼭 붙들어 매 주었습니다.

제자로 들어와 무언가를 배워 제구실을 하는 사람이 되고자 한다면 스승에게 모든 걸 맡기는 수밖에 없습니다. 하지만 아무리 모든 걸 맡긴다고 해도, '이래도 될까?' 그런 생각을 하게 됩니다. 그리고 그런 의문이 드는 동안은 좀처럼 앞으로 나가기 어렵습니다. 이런 때 다카다 종정 스님께서 그런 말씀을 해 주셨던 거지요. 지금 이렇게 제가 '이카루가코샤'라는 조직을 꾸려 궁궐목수 일을 할 수 있는 것도 그 말씀이 있었기 때문이라고 생각합니다.

연장은 손의 연장이다

맨 처음 갈았던 연장은 끌입니다. 어려운 연장이에요, 끌은. 손잡이가 달렸잖아요? 그게 거치적거려서 날을 갈기가 어렵죠. 손잡이가 똑바로 수평으로 움직여야 하는데, 좀처럼 안 되는 겁니다. 그래서 걸어 다닐 때도 작은 나뭇조각을 손에 쥐고 연습했어요. 숙달될수록 점점 더 폭이 좁은 끌을 갈 수 있게 됩니다. 폭이 좁은 끌이 더 갈기 어려우니까요. 끌에 비하면 대패는 쉬운 편이지요.

제가 처음으로 산 연장은 숫돌이었습니다. 비쌌어요. 고르기도 어렵지요. 그래도 남한테 물어서 사면 안 됩니다. 자기 돈으로 이것저것 사 보면서 성공과 실패의 경험을 쌓아 가지 않으면 결코 제 것이 되지 않습니다.

"숫돌 열 개 사서 좋은 거 하나 건졌다면 꽤 운이 좋은 편이야."

니시오카 대목장도 그렇게 말씀하셨지요.

제가 제일 처음 산 숫돌 가격이요? 삼만 엔 정도였나 그래요. 지금 돈으로 치면 오십만 엔쯤 될 겁니다. 큰 맘 먹고 샀지요. 숫돌이 제일 중요하니까요. 좋은 날붙이를 가지고 있더라도 숫돌이 시원찮다면 소용없거든요. 숫돌이 좋으면 연장이 그만 못하더라도 쓸 때마다 갈아 쓰면 괜찮습니다. 하지만 반대라면 그렇게 안 되지요.

다들 숫돌을 소중히 다룹니다. 다른 사람 손을 태우지 않지요. 사람에 따라 가는 방식이 달라서, 다른 사람이 쓰면 그렇게 길이 들어 버립니다. 니시오카 대목장은 손수 만든 숫돌 보관함이 있었는데, 옻칠한 뚜껑까지 있는 제대로 된 것이었습니다. 굉장히 소중하게 다루셨지요. 목수들 연장도 잘 들어야 하지만, 옛날부터 좋은 숫돌을 써 온 이들은 갖바치들하고 이발사였습니다.

현장에 가져가는 숫돌은 세 개면 충분합니다. 거친 숫돌, 중간 숫돌, 고운 숫돌, 이렇게 세 개만 있으면 되지요. '나구라名倉'라고 숫돌 표면을 고르는 도구도 있긴 하지만, 그냥 숫돌 세 개만 있어도 괜찮습니다.

연장이란 참 신기한 물건인 게, 소중히 쓰면 쓸수록 거기에 보답해 줍니다. 연장은 자기 손의 연장延長이지요. 그래서 매일 쓰다 보면 연장에서 혼 같은 것이 전해져 오는 듯한 느낌이 듭니다.

다룰 때도 정중해야지요. 추운 겨울날 우리가 몸을 데우듯이, 톱 같은 것도 쓰기 전에 데워 줍니다. 안 그랬다간 조금만 휘어도 날이 부러져요. 그래서 톱은 헝겊에 말아 보관하고, 끌 같은 것은 부드러운 대팻밥으로 감싸 둡니다.

지금은 대목장께서 연장을 안 쓰시니, 당신 연장통을 열어 봐도 바로 쓸 수 있는 건 없어 보이죠. 날붙이가 안 갈려 있으니까요. 하지만 참 이상하지요? 지금 바로는 어렵겠지만 언제든 때가 되면 파고 깎고, 그렇게 쓰일 수 있다고, 연장들이 굳건하게 채비를 하고 있는 것 같아요. 보통은 사흘만 그대로 둬도 이래서는 도무지 못 쓰겠다는 생각이 들거든요.

니시오카 대목상이 지니고 있는 연장은 몇 개 안 됩니다. 예전에는 일을 할 때 연장통 하나면 그걸로 끝이었지요. 하지만 지금은 연장만 작은 짐차 한 대분이나 됩니다. 전동 공구가 많아졌기 때문이지요. 요즘은 그 정도 연장 없이는 일을 못 하게 돼 버렸습니다. 연장을 쓰는 것이 아니라, 연장한테 끌려가게 돼 버렸습니다.

스스로 궁리하는 힘을 기르는 교육

저는 대목장께 이건 이렇게 하고, 여긴 이렇게 한다, 하는 식으로 배운 적이 한 번도 없습니다. 이 층 헛간에 올라가 "대팻밥은 이런 거야." 라며 대패를 한 번 밀어 보여 주신 게 전부였지요. 그 대팻밥을 창문에 붙여 놓고 같은 대팻밥이 나올 때까지 대패를 밀며 연구할 수밖에 없었습니다. 훈련 학교처럼 이 받침대의 어디를 고치라든가, 여기가 부족하다든가 하는 그런 말은 하지 않으셨지요. "대팻밥은 이런 거야." 그게 다였습니다. 대목장도 할아버님께 그렇게 교육받으셨을 겁니다.

하지만 어릴 때부터 목수 일을 보고 자라면서 대팻밥을 가지고 놀던 사람이랑 고등학교를 나와 현장에 뛰어든 사람은 전혀 다르지요.

둘째 아드님인 겐짱이랑 일을 해도 그랬습니다. 둘이 똑같이 장작을 패도 몸놀림이 전혀 달랐으니까요. 겐짱은 어릴 때부터 나무와 함께 자라서 그런지 몸이 자연스레 기억하고 있었습니다. 하지만 저는 나중에 들어온 사람이잖아요? 참 다르구나, 그런 생각을 했지요.

"대팻밥은 이런 거야."라고만 하는 것. 이것도 하나의 교육 방식입니다. 그 말 한마디뿐이니 스스로 궁리할 수밖에 없지요. 만약 하나하나 자상하게 가르침을 받았다면 그 이후의 과정, 그 속에서 느낀 것도 달라졌으리라고 생각합니다.

때로는 대목장의 말씀을 듣고도 한동안 그게 무슨 말인지 모를 때가 있습니다. 그렇지만 얼마쯤 시간이 지나고, 어떤 순간이 오면 그 의미를 깨닫게 되고는 합니다. 이렇게 하라는 말씀이셨구나, 하고 말이지요. 하지만 그 호흡에 익숙해지기 전까지는 심술궂은 사람이라고 생각했지요.

목수 학교에서 조금 배우고 온 사람은 전혀 다릅니다. 목수 학교에서는 "이렇게 하면 잘 깎인다." 하고 설명해 주잖아요? 그래서 그 설명이 머리에서 떠나지 않는 겁니다. 되도록 비슷하게 하려고 하지요. 머리에 남아 있는 설명 그대로 굳어져 버리게 됩니다. 그러면 그게 오히려 이해를 더 어렵게 만들어요. 목수처럼 몸으로 기술을 익히는 사람에게 그런 지식은 필요 없습니다. 오히려 방해만 되지요. 스스로 생각하고 몸으로 익힌 기술은 앞으로도 얼마든지 발전해 갈 수 있습니다. 그러니까 어떤 의미에서 지식 같은 건 없어도 된다고도 할 수 있어요. 기술이 몸에 배는 데에는 그편이 훨씬 낫습니다. 지식이 없으면 스스로 생각하게 됩니다. 하지만 인간인지라 지식을 버리라는 말을 들어도 그게 좀처럼 잘 안 됩니다. 자기 지식에서 한 발짝도 밖으로 못 나가는 존재가 우리 인간이니 말입니다.

수학여행으로 호류지 백제 관음상을 보러 갈 때도, 6세기 후반에서 7세기 중엽, 그러니까 아스카 시대 작품으로 중국 남조의 목조 미술에서 영향을 받았다, 옷깃과 천의天衣의 흐름이 대단히 아름답다, 그런 걸 배운 뒤에야 보러 가는 거잖습니까? 그래서 학생들도 배운 부분만 보고 '아, 그렇구나!' 그렇게 생각합니다. 하지만 그것뿐, 이제 다들 평론가 같은 소리만 합니다. 예비지식에 얽매여 그 바깥으로 나오려고 하지 않아요. 쓸데없는 소리는 집어치우고, 있는 그대로 백제 관음상을 보여 주면 되는 겁니다. 그렇게 하면 그것이 아름다운지, 아름답지 않은지 자신의 눈으로 느낄 수 있겠지요.

나중에 다시 말하겠지만, 제자로 들어가 제일 먼저 하는 일은 지니고 있던 불필요한 지식을 버리는 일입니다.

형제 제자 기쿠치와 오키나가

저와 형제 제자 사이라 해도 될지 모르겠지만, 니시오카 대목장 밑에서 궁궐목수 일을 하는 기쿠치 교지菊池恭二와 오키나가 고이치沖永孝一라는 사람이 있습니다. 얼마 전 오랜만에 만나 둘의 제자 입문 이야기를 들었지요. 재미있었습니다.

농사짓는 집 아들이었지요, 기쿠치는. 중학교를 마치고 목수가 되려고 제자로 입문했습니다. 살림집을 짓는 목수 밑으로 들어갔다고 해요. 형도 그 집에서 수업 중이었지요. 처음 약속했던 삼 년이 지난 뒤, 거기에서 다시 일 년, 다른 곳에서 또 일 년, 주인집에서 먹고 자며 목수 일을 배웠답니다. 그러다가 어떤 절에서 수장 공사를 도운 적이 있는데, 그곳 주지 스님이 다카다 고인 스님이 쓴 《마음心》이라는 책을 읽어 보라며 빌려 주셨대요. 도제 수업을 마치고 어느 정도 기량을 익혀 집으로 돌아갔을 때라지요.

그 책 끝부분에서 불경을 옮겨 쓰는 사경 이야기와 사경으로 모은 돈으로 금당을 세운다는 이야기를 읽고는, 야쿠시지를 한번 봐야겠다 마음먹고, 백중 휴가 때 야쿠시지로 가게 되지요. 거기서 기쿠치는 동탑東塔을 보게 됩니다. 그러자 '나도 이런 걸 만들어 보고 싶다.'는 생각을 하게 되지요. 기쿠치는 절 안내소 아주머니한테 야쿠시지 금당을 누가 짓는지 물어보았답니다. 그분이 호류지의 대목장 니시오카 쓰네카즈라는 사람이 짓고 있다고 가르쳐 줬다고 해요. 대답을 들은 기쿠치는 곧바로 호류지로 갑니다. 그리고 대목장의 집 주소를 받아 그길로 대목장의 집을 찾아가게 됩니다. 갑작스럽게 찾아간 것이었지요.

NHK에서 촬영을 하고 있던 터라 잠시 기다렸다가 니시오카 대목장을 만날 수 있었답니다. 집안 이야기며 목수 도제 수업을 끝낸 지 얼마 되지 않았다는 이야기를 나눈 뒤에, 금당 짓는 데 자신을 써 달라는 부탁을 했다고 해요. 그러자 대목장은 "혼자 판단할 수 없으니 여기로 가서 의논해 봐라." 하고 야쿠시지의 이코마 쇼인生駒晶胤 씨께 소개장을 써 주셨대요. 제가 처음 찾아갔을 때랑 똑같았지요. 기쿠치는 그길로 야쿠시지로 가서 이코마 씨를 만났는데, 그분 역시 대목장과 같은 걸 물어보더랍니다. 신원 조사 같은 거지요. 그러고는 자기 혼자 결정할 문제가 아니니 백중 휴가가 끝나는 17일에 다시 한 번 오라고 하셨답니다. 기쿠치는 이와테岩手 현 도노遠野 출신이었어요. 멀어서 오가기 힘드니 교토 역 앞 싼 민박에 묵었지요. 17일에 다시 니시오카 대목장을 뵈러 갔는데, "와도 좋다."는 말을 들었다고 합니다.

기쿠치가 들어오기 얼마 전, 규슈에서 온 오키나가라는 사람도 니시오카 대목장 밑으로 입문했습니다. 그 역시 다른 곳에서 목수 수업을 마친 지 얼마 안 된 인물이었지요. 오키나가는 지금 이카루가코샤에서 저랑 같이 일하고 있습니다. 학술 모형 제작이 전문인데, 실력이 좋아요. 오키나가는 평생 연장 목수로 살겠다고 하는 특이한 사람입니다. 날붙이 가는 실력노 으뜸이지요. 작업장에서 삼중탑이나 오중탑 모형 같은 걸 몇 년에 걸쳐 만드는 사람입니다. 이런 장인도 필요합니다. 도면만 그려서는 완성된 후의 모습을 알 수 없기 때문에 실제 모형을 만들어 보거든요. 이것도 궁궐목수의 중요한 일 가운데 하나지요. 오키나가만큼이나 여러 탑과 당을 만들어 본 사람도 흔치 않습니다.

오키나가는 다카다 고인 스님의 《정橷》이라는 책을 읽고 스님께 편지를 보냈습니다. 중학교 때 야쿠시지 삼중탑 모형을 만들어 본 적이 있다, 가능하다면 나무만으로 짓는다는 야쿠시지 금당 일을 같이 해보고 싶다, 그런 내용이었지요. 그랬더니 니시오카 대목장이 "금당을 전부 나무로 짓는 것은 아니다. 콘크리트도 쓸 수밖에 없지만, 그래도 괜찮다면 현장에 와라." 하는 답장을 주셨대요.

그렇게 오키나가가 왔고, 세 달 뒤에 기쿠치도 합류하게 됩니다. 그때 오키나가는 스물넷, 기쿠치는 스물둘이었지요. 저는 니시오카 대목장을 대신해 야쿠시지에서 호린지로 일터를 옮긴 뒤였는데, 그래도 숙사에 자주 들러 버릇해서 그 두 사람이 새로 들어왔다는 건 알고 있었지요. 금당 공사를 하던 장인들은 그때, 숙사에서 지냈거든요.

니시오카 대목장이 기쿠치랑 오키나가한테 제일 처음 한 말도 "연장을 꺼내 봐라." 하는 것이었습니다. 그러더니 형편없다면서 처음부터 다시 시작하라고 하셨대요. 저하고 다름없었지요.

"나야 이 정도면 쓸 만하다고 생각했어. 그런데 그게 전혀 통하지 않았지."

나중에서야 다른 장인들의 연장을 보고 놀랐답니다. 날붙이 가는 것 하나에도 이렇게나 높은 경지가 있을 수 있다는 사실에 놀랐던 것이지요. 그래서 기쿠치도 오키나가도 숙사에 살면서 처음부터 모든 것을 새로 시작했다고 합니다. 쌓여 있는 목재를 보니 '이렇게나 거대한 목재를 어떻게 다뤄야 하나!' 감이 안 잡히더래요. 밖에서 다섯 해쯤 배우고 왔어도 다들 그렇습니다. 누구나 처음에는 나무의 거대함에 압도당하고 말거든요. 그렇게 두 사람은 니시오카 대목장 밑에서 일을 배워 가기 시작합니다.

제일 신참이었던 기쿠치는 새벽 다섯 시에 일어나 형판실과 화장실을 청소한 뒤에, 목공소로 갑니다. 목공소의 여닫개 문을 올리고 물을 채워 두고는 아침을 먹으러 숙사로 돌아오지요. 그러고는 일곱 시에 다시 현장으로 가서 찻물을 끓입니다. 대목장이 오시면 바로 차를 들고 갈 수 있게, 찻주전자에 녹차를 넣어 놓고 뜨거운 물만 부으면 되도록 준비했다가 가져갑니다. 대목장은 버스로 일곱 시 사십 분에 도착합니다. 이런 생활을 오 년 동안 계속했지요.

형판실이라는 데는 도면에 그려진 것을 실제 크기의 나무판에 옮겨 그리는 곳인데요, 그 작업은 니시오카 대목장이 합니다. 그런 곳을 매일 청소하다 보면 도면을 어떻게 그리는지, 각 부재가 어떻게 전체를 이루게 되는지 잘 이해하게 됩니다. 헛판실을 청소하라는 말씀은 저한테 헛간 청소를 시키셨던 것과 마찬가지로, 거기서 제대로 된 공부를 하라는 것이었지요. 니시오카 대목장 특유의 교육 방식입니다.

다른 데서 공부를 마치고 온 기쿠치였지만 그 규모부터가 전혀 달라, 먹줄 긋기나 목재 깎기 같은 어엿한 목수 일은 할 수가 없었습니다. 작업대를 설치한다거나 목재를 잇는 게 주된 일이었대요. 오후 네 시 오십 분에 벨이 울리고, 다섯 시면 모든 일을 마칩니다. 그러면 기쿠치는 다시 헛판실로 돌아와 찻물을 올려놓고 니시오카 대목장이 오기를 기다립니다. 대목장은 차를 좋아하셨어요. 당신이 좋아하는 찻잎을 사 가지고 와 기쿠치한테 건넸다고 합니다. 일을 마친 대목장은 부도편수와 차를 마시며, 도편수로서 오늘 현장에서 반성할 점은 무엇인지 내일 작업 계획은 어떠한지 말씀을 나누셨지요. 그 시간 동안 여러 이야기가 오갑니다. 그 이야기들이 기쿠치한테는 가장 큰 도움이 되었다고 합니다.

일요일은 쉬는 날입니다. 일요일이면 기쿠치와 오키나가는 동료, 선배 들과 함께 나라 현 여기저기에 흩어진 절을 보러 돌아다녔습니다. 그때 저는 결혼을 해 따로 아파트에 나와 살고 있었지만, 일요일이면 자주 동료들과 함께 외출하고는 했습니다. 그렇게 목수 일을 배우고 공부했지요. 그 시대의 야쿠시지는 수많은 동료들이 서로 모여 공부했던, 일종의 학교 같은 곳이었습니다. 작업 현장이 학교였던 셈이니, 더할 나위 없이 좋았지요. 우리의 스승이셨던 니시오카 대목장도 함께 연장을 들고 일을 하셨으니까요. 보고 듣고 일하는 것, 이 모든 것이 저희들한테는 수업이었습니다.

제대로 물어야 한다

기쿠치한테 물어보면 "니시오카 대목장은 무서운 분이셨어."라고 합니다. 어디가 그렇게 무섭냐고 물으면, 화를 내서 무서운 게 아니라, 하나하나 모든 일에 엄격한 분이라는 말을 하지요. 대목장은 사고방식이 엄격한 분입니다. 일에서도, 말하는 데서도 결코 함부로 한다거나 소홀한 법이 없습니다. 저도 니시오카 대목장과 마찬가지로 말수가 적은 편이라, 그가 말하려는 바, 하고자 하는 것을 직감으로 이해하는 편이었습니다. 하지만 저 역시 대목장이 엄격하신 분이라는 생각에는 동감합니다.

일을 하다 보면 '이건 어떻게 하는 거지?' 하는 궁금증이 생길 때가 있습니다. 궁금증이 생기면 기쿠치는 차 마시는 시간에 니시오카 대목장께 물었고, 그럴 때마다 대목장은 반드시 "기쿠치 군은 어떻게 생각하나?"라고 되물으셨다고 합니다.

서탑을 지을 때 일인데요.

"삼 층의 기둥 간격은 얼마나 됩니까?"

기쿠치가 그렇게 묻자 대목장은 이렇게 되물으셨지요.

"동탑 기둥 간격은 어땠나?"

기쿠치는 황급히 동탑을 보러 뛰어갔지요. 삼 년 동안이나 매일 곁에서 보던 동탑인데도 몰랐던 겁니다. 보고 있었지만 사실은 보지 않았던 거지요. 기쿠치는 자기가 보는 눈이 없어서 그랬다고 말하지만, 인간이란 원래 그런 존재입니다. 눈여겨보지 않으면, 평생 보지 못한 채 모르는 채로 지나가 버리고 맙니다. 곁에서 매일 보는 것이라 하더라도 말이지요.

니시오카 대목장의 대답은 늘 그랬습니다. 그것은 이런 것이다, 이렇게 곧장 말씀하시는 법이 절대 없었습니다. 그러니 섣부른 질문은 못 했지요. 비록 그것이 틀렸다 손 치더라도, '나는 이렇게 생각한다.' 하는 것이 없이는 여쭐 수가 없었습니다. 그래서 묻기 전에 생각하게 되는 것이지요.

니시오카 대목장은 이런 말씀을 하셨습니다.

"무언가를 모를 때, 모르니까 무조건 가르쳐 달라고 하는 것은 무례한 일이다."

질문할 때에는 자신의 생각을 먼저 말하는 것이 중요하다는 사실을 깊이 가르쳐 주셨던 것이지요.

집에서도 마찬가지이셨던 것 같습니다. 대목장의 아드님들도 비슷한 이야기를 하셨으니까요. 숙제 하다 모르는 걸 물으러 가면 되레 "네 생각은 어떠냐?"는 질문을 받았다고 합니다. 답을 가르쳐 주기 전에 계속 질문을 던지는 거지요. 답을 못 하면 혼이 났고 주먹으로 쥐어박히기도 했답니다. 그래서 아드님들은 지금도 "아버지는 무서운 분이셨어."라는 이야기를 합니다.

니시오카 대목장은 누구한테나 엄격한 분이었습니다. 그런데 지금 생각해 보면, 자기 자신에게 가장 엄격했던 분이 아니셨나 싶습니다. 당신의 그런 면이 제자나 주변 사람들에게는 더 엄격하게 느껴졌던 거지요.

기쿠치와 오키나가의 이야기도 그런 면에서 같았습니다. 저하고는 모양이 다른 제자였지만 저마다 니시오카 대목장의 좋은 부분을 배운 사람들이지요. 배운다는 것은 이런 것입니다. 좋은 스승이 곁에 있고,

거기에서 스스로 배우는 겁니다. 가르침을 받는 것이 아니라 스스로 배우는 것. 대목장의 말씀은 그런 것이었습니다.

도면 너머를 보라

저는 꽤 여러 곳의 도면을 그렸습니다. 히노미사키에 가서 도면 그리는 법을 배운 뒤에 대목장과 함께 호린지 일을 했지요. 그때도 도면을 그렸습니다. 그런 다음 현장에서 실제로 목재 깎는 일을 했지요. 그러면서 도면이 어떤 것인지 대략은 알게 되었습니다. 그래서 하는 말이지만, 도면은 연장을 못 쓰는 사람이 그리면 안 됩니다. 요즘 설계자들이 깊이 생각해 봐야 할 문제입니다만, 자기를 드러내고자 기묘한 발상에 골똘한다거나, 건물을 그저 하나의 그림처럼 보고 있는 사람이 많아요. 그래서 실제로 그 건물을 지으려 하면 정확하지 않은 부분이 많습니다. 예를 들어 처마를 받치고 있는 서까래가 어떤 식으로 맞물려 있는지, 이런 중요한 대목이 빠져 있는 거지요.

호린지 삼중탑에서도 그랬습니다. 실제로 세우다 보니 여기저기 설계가 엉성한 부분들이 보여 설계도를 고칠 수밖에 없었습니다. 건네받은 도면은 호류지 오중탑의 제일 아랫단, 삼 층, 오 층을 그대로 가져온 것이었어요. 거의 그런 비율이었지요. 그런데 그 비율로 탑을 만들면 전체가 꽉 껴 버려 경쾌한 느낌이 들지 않습니다. 만약 그 비율로 탑을 짜 올리고자 한다면 높이를 더 높일 수밖에 없었습니다. 하지만 탑 전체 높이는 정해져 있는 것이라 이제 와서 다시 바꿀 수는 없었지요. 그래서 이 층 기둥을 조금 낮추기로 했습니다. 그리고 낮춘 높이만큼 삼 층을 높였지요. 이렇게 하면서 삼 층이 좀 더 쭉 뻗어 있는 것 같은 느낌을 주게 되었습니다. 이렇게 손보지 않았다면 땅딸막한 삼중탑으로 완성될 수밖에 없었을 겁니다.

설계자한테는 고친 도면을 보여 주지 않았습니다. 봐도 모를 테니까요. 만약에 봐서 아는 사람이었다면 처음부터 제대로 된 도면을 그렸겠지요. 자료를 모으고, 쌓인 자료를 기초로 도면을 그렸겠지만, 그렇다고 그것만 가지고 도면을 그려서는 안 됩니다. 호린지 삼중탑은 다른 어떤 곳의 삼중탑이 아닙니다. 이런저런 자료를 바탕으로 도출할 수 있는 것도 아닙니다. 호린지의 삼중탑은 호린지 삼중탑이어야만 하니까요.

우리가 만드는 것은 단순히 불교 의식을 위한 여러 도구 가운데 하나가 아닙니다. 어떤 싸움이자 진검 승부입니다. 한 번 세워 두면 오랜 세월 그 자리를 지켜야 하고, 어딘가 좀 이상하다고 다시 고칠 수 있는 것도 아닙니다. 게다가 천삼백 년 전 같은 방식으로 만든 탑이 무사한데, 우리들이 만든 것만 부서진다면 그야말로 부끄러운 일입니다. 지금도 지진이나 태풍이 올 때마다 '과연 견뎌 내 줄 것인가?', 그런 생각을 합니다.

니시오카 대목장도 자주 말씀하셨지만, 우리가 짓는 건물은 이백 년, 삼백 년 앞을 내다보고 만들어야 합니다. 그런 만큼 고생스럽고 힘든 일도 많습니다만, 반대로 그만큼 재미도 있습니다. 공예품이나 예술품하고 달리, 건조물은 대자연을 거스르며 그 자리에 서 있는 것입니다. 인력을 거슬러 우뚝 솟은 채, 비바람을 견디며 그 자리에 서 있어야만 하지요. 그러니 머릿속으로만 궁리한 다음 그림을 그리듯 그린 도면은 정말이지 처치 곤란입니다. 설계자의 이름은 후세까지 남을지 모르지만, 우리 목수들 이름은 남지 않습니다. 그렇지만 목수들은 생각합니다. 어차피 만들 거라면, 자연에 지지 않아야 한다고, 아름다워야 한다고 말이지요.

나무의 성질이나 강도를 알고, 그것을 어떻게 짜 맞춰 올려야 하는지도 아는 상태에서 그린 도면이라면 문제없어요. 지금은 아무래도 목수 일도 분업화되어 버려 어쩔 수 없지만, 니시오카 대목장이 저한테 도면 그리는 법을 배우고 오라고 하셨던 것도 나무를 만지는 목수의 일 가운데 도면이 꽤 중요한 일이기 때문이겠지요.

나무를 깎을 때 목수는 도면을 봅니다. 도면을 보며 목재를 다듬을 때, 대목장은 이런 말씀을 자주 하셨어요.

"도면을 보기만 해서는 안 돼. 도면을 읽어라. 도면에는 나무가 이렇게 나와 있지만 뒤쪽은 다르게 되어 있을 거다. 이런 식으로 겉만 보지 말고, 보이지 않는 면도 읽어야 하는 거다."

그리고 또 하나, 도면에 적힌 치수만으로 모든 일을 해치워서는 안 됩니다. 치수대로 자르고 짜 맞춰 가면 형태야 갖춰집니다. 하지만 그렇게 지은 건물은 자연 속에서 살아남지 못하지요. 구전에는 "나무 짜 맞추기는 치수가 아니라 나무의 성깔에 따라 하라."는 말이 있습니다. 목재를 짜 맞춰 본 적이 없는 사람이라면 철이나 콘크리트처럼 치수만으로 도면을 그리고 말겠지요. 하지만 나무는 다릅니다. 그것을 오랜 옛날부터 경계해 왔던 것이지요.

호류지 귀신, 니시오카 쓰네카즈

니시오카 대목장을 '호류지 귀신'이라 부르던 사람도 있습니다. 그만큼 무서운 존재였던 거지요. 자라 온 방식 하나만 봐도 대목장과 호류지의 관계를 알 수 있습니다. 목수 물림으로 태어나, 호류지 대목장 재목으로서 일찍부터 영재 교육을 받은 사람이었습니다. 호류지 근처 니시사토西里에서 나서 일생을 대부분 그곳에서 보냈습니다. 니시오카 대목장에게 호류지 없는 삶이란 생각조차 할 수 없는 것이겠지요.

대목장은 할아버지인 니시오카 쓰네키치 씨에게 목수 일을 배웠습니다. 할아버님은 에도 시대에 태어난 분이지요. 대대로 절을 돌보는 목수 집안이었고, 할아버님 대에 처음으로 호류지 대목장이라는 자리에 오르게 됩니다. 그런 시대를 산 사람이었으니 자기 책임을 다하고자 목숨 바쳐 호류지를 돌보았을 겁니다. 아들이 없어 데릴사위를 들였지만, 손자인 쓰네카즈가 태어나자 그 아이한테 자기의 모든 것을 쏟아부을 생각이셨겠죠. 쓰네카즈가 일곱 살 무렵, 도편수 자리를 제자한테 내주고 데릴사위인 나라미쓰와 손자인 쓰네카즈를 가르치는 데 온 힘을 쏟았다고 하니까요. 대충 어설픈 방식으로 교육시킨 것이 아니었습니다. 윗학교를 선택할 때도 흙을 알아야 한다며 농업학교로 보냈고, 졸업하고 나서도 두 해 남짓 농사를 짓게 한 뒤에야 목수 일을 하게 했을 정도니까요.

니시오카 대목장 마음속에는 호류지밖에 없습니다. 당신의 집도 가족도 호류지를 위해 존재하는 거라고 철저하게 교육받았을 테니까요. 우리처럼 밖에서 제자로 입문한 사람들은 좀처럼 이해하기 어려운 부분일 겁니다. 기술이나 마음가짐이야 우리들도 배울 수 있지만, 니시오카 대목장이 호류지를 헤아리는 생각이란, 그 깊이가 너무 깊어 도무지 가늠할 수가 없거든요.

할아버님이 대목장직을 맡으셨던 때부터 살펴보자면, 불교 배척 운동이 시작되던 고난의 시대였습니다. 불교가 쇠퇴해 갔고 전쟁이 일어났습니다. 호린지 삼중탑이 화재로 소실되었죠. 그사이 일본이 패전했고, 호류지 금당도 불탔습니다. 그런 악몽과도 같은 시대에 대목장직을 이어받으셨던 거지요. 결국 니시오카 대목장이 가문의 마지막 대목장이 되고 말았습니다만, 가장 어려운 시대를 만났던 것이지요. 그 시대에는 절에 돈이 별로 없었습니다. 절에 속한 장인들도 다들 다른 일자리를 찾아갔습니다. 그런데도 니시오카 대목장은 한사코 다른 일은 하지 않았습니다. 할아버님 가르침 그대로 민가를 짓는 일은 절대 하지 않았고, 당신 집조차 다른 목수한테 짓게 했어요.

대목장은 자는 시간을 아껴 연구하며 해체 수리에 임했습니다. 아스카 건축을 구석구석 연구했고, 실제로 나무를 만지며 몸으로 알아갔습니다. 해체 수리 때, 학자 가운데 이런저런 의견을 말하는 이가 있었습니다. 대목장이 보시기에는 '도대체 무슨 말을 하고 있는 거냐?' 싶으셨을 겁니다. 학자들하고 여러 번 논쟁을 하시기도 했지요. 이미 그때는 서양의 사고방식을 받아들인 근대 건축이 주류이던 시대니까요. 대목장처럼 고대 건축법을 알고 있는 사람은 없었습니다. 학자들은 문헌에 기대 조사, 비교라는 방식으로 연구하던 책상물림이었고, 니시오카 대목장은 경험과 구전으로 기술을 이어받은 사람이었습니다. 처음부터 그 바탕이 달랐던 거지요.

게다가 니시오카 대목장이 보기에 학자들이 하는 말은 틀렸거나, 한쪽만을 보고 하는 이야기로 들렸던 겁니다. 그런데 수리하고 복원하는 건 자신이었지요. 그는 호류지의 대목장입니다. 틀린 말을 들을 수는 없었던 거지요. 결사적으로 막을 수밖에요.

학자들과 엇갈린 의견을 바로잡기 위해서 그들에게 지지 않을 만큼 연구했고 책도 읽었습니다. 불교 경전도 훑었습니다. 그렇게 하기 위해 가족, 친척, 친구, 모든 것을 희생했습니다. 오직 호류지 일에만 전념했지요. 이런 모습을 본 사람이라면 '호류지 귀신'이라 부를 수밖에 없을 겁니다. 아마 자신이 물러서면 천삼백 년이나 지켜 온 것이 눈앞에서 무너질지도 모른다고 생각했을 겁니다.

전쟁터에서도 그랬습니다. 소집이 해제되자 제일 먼저 간 곳도 집이 아니라 호류지였습니다. 제가 묵던 방에는 니시오카 대목장이 부친에게 보낸 엽서가 잔뜩 있었습니다. 전장에서 보낸 엽서였지요. 중국의 사찰 이야기나 실제로 본 탑을 그려 놓지 않은 것이 없었습니다. 전쟁터에 나가서도 머릿속에는 온통 호류지뿐이었던 겁니다.

대목장한테는 아들이 둘 있지만, 두 사람 다 대목장 뒤를 잇지 않았습니다. 두 아들 모두 어릴 때부터 연장을 쥐어 주며 가르쳤다니까, 내심 뒤를 이어 주기를 바라셨겠지요. 교육 방식도 꽤나 엄했던 모양입니다. 사람이라면 다 그렇겠지만, 자기 자식을 대하다 보면 못 참는 부분이 있으니까요.

그 당시 절에서 받는 돈은 정말 적었습니다. 그걸로 먹고살아야 했지요. 식구들도 힘들었을 거예요. 게다가 아이들이 한창 커 갈 무렵, 대목장이 결핵으로 몸져눕기도 했으니 오죽했을까요. 생사의 기로를 헤맬 정도였지만, 병석에 누워서도 책을 손에서 놓지 않으셨답니다. 아드님들은 "그때 너무 고생스러웠다."고 하시더군요. 겨우 끼니를 잇는 형편이니, 갖고 싶은 장난감을 산다거나 그러지는 못했을 겁니다.

어린 마음에 주눅도 들고 그랬을 테지요. 하지만 대목장으로서는 그런 사소한 것들에 마음 쓸 겨를이 없었습니다. 어찌 됐든 호류지를 지켜야 했으니까요. '스트렙토마이신'이라고 눈이 튀어나올 만큼 비싼 항생 물질을 암시장에서 사다가 먹고, 이 년 만에 결핵이 나았습니다. 밭을 팔아 마련한 돈으로요. 사모님의 고생도 엄청났지요. 농삿집에서 태어나 목수 일에 대해서는 아무것도 모르셨고, 시부모님에 아이가 넷이었습니다. 어떻게든 당신이 살림을 꾸려 갈 수밖에 없는 상황이었습니다. 가난한 살림과 어머니의 고생을 다들 알고 있었으니까요, 아이들은 궁궐목수의 길로 들어서지 않았습니다.

장남 다로 씨는 "만약 이 차 세계 대전이 없었고, 예전처럼 가업을 잇는 게 당연한 시대였다면 나도 궁궐목수가 되었을지 모르지." 그렇게 말하기도 했습니다. 차남 겐지 씨는 대목장한테 "만약 내 뒤를 잇겠다면 대학에서 건축학을 공부하고 난 뒤에 이어라." 하는 말을 들었다고 합니다. 학자들과 논쟁을 벌일 때, 장인의 의견이 거의 먹히지 않는 불합리함을 통감했기 때문이겠지요. 겐지 씨는 그때 일을 떠올리며 이런 말을 했습니다.

"아버지는 자주 말씀하셨어. '학문이 있고 나서 건축이 있는 게 아니야. 호류지도, 호린지도, 야쿠시지도, 학식도 뭣도 없는 장인들의 시대에 만들어진 거지. 학자들은 나중에 이런저런 논리를 갖다 붙였을 뿐이야. 그러니 학자라는 건 장인 뒤에 있는 존재일 뿐이다.'라고. 장인으로서 자긍심을 늘 품고 계셨던 분이지."

겐지 씨더러 학문을 닦은 후 궁궐목수의 일을 이으라고 했던 말 속에는 호류지 목수들이 물려 온 기술과 학문을 어떤 식으로든 연결하고 싶은 마음이 있었기 때문일지도 모르겠습니다. 하지만 결국 겐지 씨역시 아버지 뒤를 잇지는 않았지요. 그래서 제가 제자로 들어왔을 때, '요즘 세상에 이런 기특한 녀석이 있다니.' 그런 생각을 했다는 말도 아드님들한테 들었으니까요. 니시오카 대목장도 어린 시절에는 다른 아이들은 다 놀고 있는데 자신은 호류지 작업장에 가야 해서 슬펐다, 왜이런 집안에서 태어났을까, 그런 생각도 했다고 하셨습니다. 그러니장남이 다른 길을 선택했을 때도, 차남이 당신 뒤를 잇지 않아도 "그걸로 됐다."는 말씀을 하셨던 것이겠지요.

아무튼 집에 있어도 늦게까지 책을 읽거나 글을 쓰던 아버지였고, 아버지의 그런 모습만이 아이들의 머릿속에 진하게 남게 됩니다. 집에서도 엄한 아버지이셨던 것 같아요. 사모님도 넷이나 되는 자식들도 한목소리로 대목장을 무서운 분이셨다고 하니 말입니다.

하지만 단순히 화를 내서서 무서운 것이 아니라, 삶의 방식이나 자세에서도 그 까닭을 찾을 수 있을 겁니다. 남한테 엄한 만큼 자신에게도 엄격했고, 누군가의 응석을 받아 줬다가는 거기서부터 점점 무너져내릴지도 모른다는 두려움도 있었던 게 아닐까 그런 생각도 하게 됩니다. 그렇게 집에서도 아버지는 '귀신'처럼 무서운 존재였지요. 대목장이 집에 계실 때는 식구들 모두 소리를 죽이고 긴장했다고 하니까요. 하지만 가정적인 모습을 보여 주시기도 했습니다. 아이들과 함께 잠자리에 들었고, 군가를 불러 주기도 하고, 아내의 어깨를 주물러 주기도 했다니 말입니다. 천성은 부드러운 분이셨던 거지요.

지금이야 몰라보게 다정해지셨습니다. 귀신처럼 무서운 사람이었다는 이야기를 해도 아무도 믿지 않을 정도니까요. 얼마 전 입원하신 병원에 들렀더니 사모님께 진심을 담아 이런 말씀을 하시더군요.

"나 때문에 고생이 많구려."

이런 말을 들어 본 게 처음이라며 사모님은 웃고 계셨지요.

제가 제자로 들어갔을 무렵에는 역시 '귀신'처럼 무서운 분이셨습니다. 함께 일하던 사람들도 그렇게들 말했어요. 대목장이 순순해지신 건 연장을 내려놓고 난 뒤부터였습니다. 언제였던가, 이렇게 말씀하시기도 했어요.

"자네가 이런 일을 해 주니 고마운 일이네."

예전이라면 상상조차 못 할 말이지요.

다로 씨는 이렇게 말합니다.

"아버지는 여든여섯에 은퇴하실 때까지, 그 가운데 육십몇 년은 고생만 하셨어. 겨우 자신의 일을 인정받은 것이 최근 이십 년 정도였지. 정말 고생 많이 하셨어."

시대가 변하면서, 낙뢰로 불타 버린 호린지 삼중탑이 재건되고, 이제 야쿠시지 가람을 재건하고자 했던 꿈도 이뤄질 듯합니다. 드디어 할아버님 대부터 이어 온 아스카 시대, 그리고 하쿠호 시대 장인들의 지혜가 꽃을 피우려고 하는 참이지요. 이 역시 니시오카 대목장이 '귀신'으로 살아온 덕분에 가능한 일이었다고 생각합니다. 그러니 '귀신'에게 감사할 수밖에요. 이런 시대가 와서 다행입니다. 니시오카 대목장의 훌륭함이 인정받았으니 말입니다. 게다가 그 나이가 되도록 가족에게 사랑받고 존경받는다는 건, 지금 일본에서는 그다지 흔치 않은 일입니다.

니시오카 대목장이 귀신이 되어서까지 지키려고 했던 것이 무엇이었냐고요? 물론 호류지 그 자체였겠지요. 그런데 그게 다는 아닐 겁니다. 나무의 생명을 살려 써 온 옛사람들의 기술과, 나무의 마음을 꿰뚫는 아스카 장인들의 지혜를 대를 이어 전하고 싶었던 것이 아닐까, 그런 생각이 듭니다.

마지막 큰 나무

니시오카 대목장은 호류지의 마지막 대물림 목수입니다. 저는 그분께 궁궐복수로서 모든 것을 배운 사람이지만, 니시오카 대목장의 뒤를 온전하게 잇지는 못했다고 생각합니다.

기술적인 면에서는 모든 것을 물려받았습니다. 그 기술을 다음 세대에 전해야 한다고도 생각하고 있습니다. 하지만 니시오카 대목장과 저는 처지가 서로 다르고, 시대도 다르지요. 니시오카 대목장 시대까지는 자나 깨나 호류지가 머릿속에서 떠나지 않는 그런 생활이었습니다. 호류지의 대목장으로서 말이지요. 그만큼 대목장 마음속에 호류지가 차지하고 있는 부분이 컸을 겁니다. 호린지나 야쿠시지 일이 시작되더라도 가슴속에는 호류지가 무겁게 자리하고 있었을 겁니다. 지금도 마찬가지일 거예요. 그분한테 가장 중요하고, 일생토록 가장 큰 부분을 차지하고 있는 것은 호류지입니다. 그런 말을 입 밖에 내지는 않으시지만요.

아무튼 태어날 때부터 일생을 호류지의 대목장으로서 헌신하도록 훈련받은 사람입니다. 그리고 당신 스스로도 그렇게 생각해 오셨지요. 식구들이 끼니를 못 때울 형편에서도 다른 일은 결코 하지 않으셨습니다. 학자나 세상 사람들한테 '호류지 귀신'이라는 소리를 들어도 어쩔 수 없었습니다. 그만큼 집념을 다해 지켜 온 것이니까요. 그분 마음에 버팀목이 되어 주었던 것은 호류지를 창건한 쇼토쿠 태자를 우러르는 뜨거운 신앙심이었습니다.

저는 그분의 제자지만, 저와 대목장 사이에는 커다란 경계선이 있습니다. 우리들도 사찰이나 궁궐을 짓습니다. 하지만 니시오카 대목장에게 호류지가 그랬던 것처럼, 거기에만 얽매여 있지는 않습니다. 부탁을 받는다면 일본 어디라도 갑니다. 반대로 말하면, 대목장에게는 언제나 돌아갈 호류지가 있었지만, 우리한테는 돌아갈 곳이 없다고도 할 수 있지요. 니시오카 대목장이 활동하던 시대의 궁궐목수들은 절을 섬기는 목수였습니다. 절에 속한 절목수였지요. 우리들도 분명 절을 짓는 목수이기는 하지만, 한곳만을 섬기는 그런 처지는 못 됩니다.

니시오카 대목장이 생각하는 방식의 바탕에는 늘 아스카 건축이 있었습니다. 아스카 건축은 대목장의 피와 살 같은 것이지요. 호류지의 대접받침 하나부터 서까래 하나까지 대목장이 모두 해체해서 수리했으니까요. 형식뿐만이 아니라, 건축재 하나부터 얼개에 이르기까지 호류지의 모든 것을 알고 계십니다. 이런 것이 또한 호류지 목수가 맡아야 했던 일이기도 했지요. 시대가 변하며, 절에 소속된 장인이라는 제도는 니시오카 대목장 시대를 끝으로 사라지게 됐습니다. 천삼백 년 동안 이어져 온 호류지는 앞으로도 계속 그 자리에 남을 테지만, 호류지를 지켜 온 절목수는 대가 끊긴 것이지요.

니시오카 대목장은 선인들께 이어받은 구전대로, 나무를 고르러 직접 산을 올랐고, 목숨을 걸었고, 가족들 또한 희생시키며 자신의 일을 지켜 왔습니다. 논밭과 산을 팔면서까지 절목수 일을 계속해 온 것이지요. 대목장은 그런 것에 개의치 않는 성품이었습니다. 그러니 그런 상황에서도 비장한 마음을 품는다거나 하지는 않았을 겁니다. 하지만 당신 자식들은 전부 목수 일을 먹고살기 힘든 일이라고 여겼습니다. 그래도 대목장은 해 나갔습니다. 이런 삶을 산 사람을 이제는 좀처럼 찾아보기 힘듭니다. 니시오카 대목장은 이런 말씀을 하셨지요.

"옛날에는 나와 같은 장인이 숲 속의 나무처럼 많았다. 그런데 수많은 큰 나무들이 쓰러져 갔고 정신을 차려 보니 이제 단 한 사람, 나만 남았다. 그래서 호류지의 궁궐목수로 내가 세상에 알려지게 되었지만, 원래 어디에나 있던 일이고, 기술이다."

저도 그렇게 생각합니다. 우연히 시대가 이렇게 변했고, 니시오카 대목장은 마지막 큰 나무가 되었습니다. 호류지 절목수가 대를 이어 키워 온 마지막 큰 나무가 바로 니시오카 대목장이지요.

하지만 저희들은 다릅니다. 호류지에서 대목장께 아스카 장인의 사고방식과 기술을 배웠지만, 그건 다른 수많은 것들 가운데 하나에 불과합니다. 제가 독립할 때, 대목장은 이런 말씀을 해 주셨어요.

"호류지는 앞으로 이백 년 정도는 이대로 괜찮을 거다. 야쿠시지도 이백 년은 끄떡없을 거야. 그러니 너희들은 좀 더 몸을 낮추고 새로운 시대의 것을 하지 않으면 벌어먹기 힘들지 몰라."

맞는 말씀이라고 생각합니다. 저는 대목장의 생각과 하는 일을 보면서, 벌어먹기 힘든 궁궐목수에서 벌어먹고 사는 궁궐목수가 되겠다고 생각했습니다. 그래서 이 길을 선택한 것이지요. 니시오카 대목장의 길을 따르고자 해도, 그 길은 이미 끊어졌고 끝이 나고 말았습니다. 길을 벗어나 서 있을 때, 새롭게 시작하는 다른 길에 저를 세워 주신

분이 니시오카 대목장입니다. 저는 그렇게 생각합니다.

그래서 이카루가코샤를 세웠고, 제자를 길러 왔습니다. 우리 손으로 탑이나 당을 만들어 보자는 마음이었지요. 그 제자들이 제 몫을 하는 목수가 되어 널리 퍼져 간다면, 곳곳의 사찰과 궁궐에서 니시오카 대목장이 전해 준 기술이 되살아날 수 있을 겁니다. 그리고 몇 세대가 지나 호류지나 야쿠시지를 해체 수리할 일이 생긴다면, 그 일을 하고자 모여든 사람들은 니시오카 대목장의 기술을 이어받은 이들일 겁니다. 니시오카 대목장의 생각만 제대로 물릴 수 있다면, 당신이 전해 준 전통도 지켜 낼 수 있으리라 생각합니다.

목수의 교과서, 호류지

그렇습니다, 저한테 호류지는 은인이기도 했고 길잡이이기도 했습니다. 어떤 길을 가야 할지 모르고 있을 때, 호류지 오중탑이 그 길을 가르쳐 주었으니까요. 니시오카 대목장을 만날 수 있었던 것도 그 덕분이었습니다. 호류지 오중탑을 만나 삶이 바뀌었다고 할 수 있지요.

호류지에서 목수의 길로 들어서게 된 것도 다행이라고 생각합니다. 만약 에도 시대 언저리 건축으로 시작했다면, 장식의 아름다움에 사로잡혀 건조물이 지닌 진정한 아름다움, 소박하고 강인한 아름다움을 알아채지 못했을지도 모르니까요. 수학여행 때 처음으로 오중탑을 봤을 때는 '대단하다.'는 생각뿐이었습니다. 그런데 대목장 곁에서 기술을 쌓아 가며 고대 건축에 대해 조금씩 알게 되면서, 호류지가 지닌 위대함, 심오함, 그것을 만든 아스카 장인들의 위대함에 압도되고 말았습니다.

가장 놀라웠던 것은 나무로 만든 건축물이 천삼백 년이나 그대로 이어져 왔다는 점입니다. 호류지는 썩어 가며 그 자리를 지키는 것이 아니라, 옛 모습 그대로 늠름하게 서 있는 건축물입니다. 나무에 대한 모든 것을 철저하게 이해한 다음 세운 이 가람은 오늘날의 기술로는 도무지 따라잡기 힘든 건축물입니다. 달에 갈 수 있을 만큼 기계가 발달한다고 해도, 결코 도달하기 힘들 겁니다. 오히려 기계에 의존하면 할수록 목수의 기술은 한낱 목각쯤으로 치부되고 말겠지요.

호류지에 갈 때마다, 옛날 장인들이 어떻게 나무를 고르고 어떤 식으로 그것을 짜 맞춰 갔을까 생각하게 됩니다. 상당한 실력을 지닌 장인들이 모였을 테고, '승려를 기르는 건물을 짓는다.' 하는 뜨거운 마음으로 일을 했을 겁니다. 이렇게나 거대한 목조 건축물을 이전에는 지어 본 적이 없었을 테니, 가람을 짓는 데 참가한 장인들도 일을 해 나가는 동안 퍽 재미를 느꼈겠지요. 저도 여러 장인들과 여기저기에서 당과 탑을 만들고 있습니다만, 언제나 아스카 장인들이 호류지를 짓던 때 일을 생각해 보고는 합니다.

뭐니 뭐니 해도 가장 뛰어난 점은 구조의 훌륭함이에요. 장식을 멀리하고 나무가 지닌 강인함을 제대로 살리고 있는 것이지요. 이런 점이 아름다움을 만들어 냅니다. 니시오카 대목장은 "다른 건축물은 보지 않아도 좋다. 일단은 호류지만 생각해라." 그렇게 말씀하셨어요. 매일 호린지 작업장에 갈 때마다 호류지 뜰을 지나며 탑과 금당을 바라보았습니다. 뭔가 모르는 것이 있으면 호류지에 가서 보면 되었지요. 호류지는 저한테 교과서 그 자체였습니다.

탑 안쪽이나 뒤편에도 올라가 보았습니다. 그곳은 탑을 지탱하기 위해 아스카 장인들이 궁리해 낸 지혜로 가득 차 있었습니다. 그 지혜란 어떻게 하면 나무의 특성을 살려 쓸 것인가를 철저히 연구한 산물이었습니다. 일본 풍토에 맞게 길게 뺀 처마를 받치기 위해 얼마나 많은 연구를 거듭했는지도 뼈저리게 깨닫게 되었지요. 그럴 때마다 이 건물이 천삼백 년 전에 지어졌다는 사실에 새삼스레 놀라게 됩니다. 어떻게 그런 걸 생각해 냈을까 하고 말이지요.

탑을 지을 때 도면을 그리고 나면 이것도 아니고 저것도 아니다 싶어 만족스럽지 않을 때가 있어요. 하지만 대목장께 듣기로는, 호류지를 지을 때는 도면 같은 건 없었을 테고, 옆에 널린 아무 판자 조각에다가 이렇게 하자, 하고 대충 그린 것이 전부였을 거라고 합니다. 그걸 이해하는 장인들도 대단하다는 생각이 들어요. 자기한테 주어진 일만 하면 된다는 생각으로는 호류지 같은 건물은 지을 수 없었을 겁니다. 저마다 크기가 다른 대접받침, 길이가 다른 기둥을 짜 맞춰, 천삼백 년이 넘게 버틸 건물을 지은 것이니, 그 당시 대목장은 정말 대단했구나 싶어요. 구전에는 "백 명의 장인이 있으면 백 가지의 생각이 있다. 그것을 하나로 모으는 것, 이것이 대목장의 기량이자 가야 할 바른 길이다.", "백 가지 생각을 하나로 모으는 기량이 없는 자는 조심스럽게 대목장 자리에서 떠나라."는 말이 있지요. 호류지에 있다 보면 그 구전의 의미를 제대로 이해하게 됩니다. 이 구전뿐만이 아닙니다. 호류지에 가서 두 눈으로 보다 보면, 호류지 목수들이 물려 온 여러 구전들이 지닌 진짜 의미를 이해할 수 있습니다.

"대형 목조 건물을 지을 때는 나무가 아니라 산을 사라."

"나무는 나서 자란 방향 그대로 써라."

"나무 짜 맞추기는 치수가 아니라 나무의 성깔에 따라 하라."

정말 어디 하나 틀린 데가 없는 말입니다. 지금은 예부터 내려오는 일본의 건축법이 무시되고, 무엇이든 간단하고 편리한 것만 좇는 건물이 세워지고 있습니다. 하지만 언젠가, 일본 풍토에 걸맞은 건축을 다시 볼 날이 찾아오겠지요. 그런 날이 왔을 때, "이것이 일본의 전통적인 건물이다."라고 할 만한 건물은 호류지임이 분명합니다. 저는 니시오카 대목장에게 호류지의 건축 기술과 마음가짐을 배웠습니다. 이제 제자와 동료들이 그 전통을 이어 가게 되겠지요. 그 기술의 훌륭함을 증명해 주고 있는 것이 바로 호류지입니다. 그런 의미에서 호류지는 우리 목수들의 교과서입니다.

모르는 게 있다면 호류지에 가면 됩니다. 나무로 건물을 짓는다는 것이 어떤 것인지를 가르쳐 주기 때문입니다. 새로운 기계가 발명되고 기술이 진보할수록, 인간의 능력은 퇴보하기 마련입니다. 편리한 것이 좋다는 말만 계속하다가는 앞으로 어떻게 될지 걱정이에요. 특히 우리처럼 '손의 기억'에 기대어 일하는 사람이 그렇게 된다면, 생각만으로도 오싹합니다. 호류지는 기술의 진보로만 내달릴 미래에 대한 경고인지도 모릅니다.

그럼에도, 좋은 건물은 시간의 흐름을 뛰어넘어 살아남을 겁니다. 아름다움이란 바뀌지 않는 것이지요. 우리 목수들이 지닌 기술의 뿌리가 호류지에 있다는 것을 저는 자랑스럽게 생각합니다.

2. 오가와 미쓰오, 새로운 길을 묻다

벌어먹고 사는 궁궐목수의 길을 생각하다

니시오카 대목장은 대대로 이어 온 호류지 목수의 흐름을 이어받은 사람입니다. 저는 그런 분께 기술과 마음가짐을 배워 온 사람이지만, 대목장직을 물려 온 지금까지와는 조금 다른 형태로 그 흐름을 잇고 있다고 생각합니다.

구전을 계승하고, 논밭을 부치면서 일이 없을 때는 여느 백성처럼 농사를 짓고, 여염집을 짓지 않는 것. 그것이 호류지 목수의 기개였습니다. 이런 장인들로 이루어진 '타이시코우太子講'라는 조직도 있었습니다. 하지만 지금은 다릅니다. 호류지도 변했고 목수도 변했지요.

호류지가 있는 이카루가에 니시사토라는 곳이 있습니다. 니시오카 대목장이 태어나 자란 곳으로, 호류지를 섬기며 일하는 수많은 장인들이 살던 곳입니다. 기와장이, 미장이, 석수장이, 목수가 다들 모여 살았지요. 그래서 늘 호류지를 돌아보며 손보았고, 언제 시작될지도 모를 수리를 위해 미리 재료를 마련하기도 했습니다.

제가 니시오카 대목장 댁에 갔을 때만 해도, 대목장, 할아버지, 나라지로 씨 말고도 이름난 장인 세 사람이 호류지에서 함께 일하고 있었지요. 하지만 오늘날은 그러기가 어려워졌습니다. 선대의 대목장들이 했던 일을 지금은 건축 사무소에서 하고 있을 뿐, 호류지에 속한 목수는 이제 없습니다.

예전에는 일이 있다는 소리에, 실력 좋은 사람들이 잔뜩 모여들었습니다. 야쿠시지 금당 때도 그랬고, 서탑 때도 그랬어요. 기량이라면 자신 있는 장인들이 '일생에 한 번, 탑을 만들어 보고 싶다.'며 전국 각지에서 모여들었지요. 물론 니시오카 대목장 밑에서 일하고 싶어서 온 사람도 있었습니다. 다카다 고인 스님의 책을 읽고 야쿠시지 일을 해 보고 싶다고 온 사람도 있었지요.

하지만 호류지 일을 해 보고 나서야 알았습니다. 스스로 제자를 키우지 않는다면 앞으로 제 일을 해 나가기란 불가능하겠구나, 하는 것을요. 사찰이나 궁궐 일에는 커다란 나무가 필요하지요. 그러니 기둥 하나 옮기는 것도 한 사람으로는 불가능합니다. 아무리 실력이 좋고 연장을 잘 다루는 이라 하더라도 혼자서는 기둥 하나 움직일 수가 없으니까요. 기둥을 드는 사람 둘에 기둥 밑에 받침을 놓는 사람 하나, 적어도 이렇게 셋은 있어야 합니다. 그러자면 제자가 필요해요. 제자를 키워 가며 조직을 꾸리지 않으면 앞으로는 궁궐목수 일을 해 나갈 수 없습니다.

목수는 기본적으로 하루에 얼마라는 식으로 품삯을 받습니다. 목수들의 우두머리인 도편수가 되어도 그렇습니다. 일을 쉬면 한 푼도 못 받는 거지요. 도편수들은, 최근까지 얼추 하루에 만 오천 엔 정도 받았습니다. 니시오카 대목장 같은 분도 말이지요.

니시오카 대목장은 돈에 대해서는 전혀 괘념치 않으셨습니다. 일을 할 수 있다면 그걸로 됐다는 사람이었으니까요. 선대로부터 물려받은 논, 밭, 산도 모두 팔아 버렸지요. 아프기도 했고, 먹고살자니 하는 수 없이 그렇게 된 것도 있지만, 본디 그런 것에 집착이 없는 분이셨습니다. 산에는 대팻집 하기에 좋은 떡갈나무가 자라고 있었고, 도끼 자루 삼기에 좋은 나무도 심겨져 있었습니다. 그걸로 자루를 만들면 투명한 황갈색으로 빛나면서도 다색을 띠는 좋은 나무였습니다. 하지만 다른 데서 그 나무가 필요하다고 하면 "그래?" 하면서 줘 버리셨지요. 니시오카 대목장은 그런 분이셨습니다.

니시오카 대목장 집안은 호류지 목수로 대대손손 이어 온 가문이었습니다. 그런데 자식들은 뒤를 잇지 않았고, 그분의 뒤를 이은 사람은 다른 데서 온 저였지요. 하지만 그런 것에 연연하지 않으셨습니다. 니시오카 대목장은 마지막 호류지 목수로서 지금까지 해 오던 일을 완수하면 된다고 생각하셨으니까요. 대단한 분이지요. 곁에서 지켜보며 정말 그렇게 생각했습니다. 하지만 제가 당신 뒤를 그대로 이을 수는 없었습니다.

그래서 저는 니시오카 대목장이 못 하셨던 것을 해 보자고 생각했습니다. '제자가 필요하니 제자를 받자. 제자들이 먹고살기 힘들다면 먹고살 수 있는 일을 하자.'고 말이지요. 그렇다고 그리 심각하게 고민했던 건 아니에요. 하다 보면 그렇게 될 거다, 생각할 뿐이었지요. 저는 먼 앞일을 내다보는 성격은 못 됩니다. 너무 생각만 하고 있으면 앞으로 나아갈 수가 없어요. 그러다 보면 결국에는 행동하지 않게 됩니다. 요즘 아이들은 너무 똑똑해서 다음에 무슨 일이 생길지 다들 알잖아요? 이렇게 하면 저렇게 된다, 하는 식으로요. 하지만 그래 가지고는 뭔가 해 볼 마음이 사라집니다. 메이지 유신 때처럼 단순하고 완고하게, 일단은 행동이 먼저 나가야 사람이 움직이게 되는 거 아니겠어요? 저는 그런 사람입니다.

목수라는 직업을 가진 사람은 몇 수 앞을 계산하고 일을 하는 것처럼 보일지도 모르겠습니다만, 그렇지도 않아요. 큰 졸가리만 가늠합니다. 세세한 것은 그때그때 닥칠 때마다 해결해 나가지요. 이 부분을 잘 몰라서 그 다음으로 못 넘어간다고 한다면, 뭔가를 만들어 내는 일은 불가능합니다. 그렇게 해서 틀리면 고치면 됩니다. 처음부터 완전히 새로 고치는 건 어렵겠지만, 그 나름대로 어떻게든 해냅니다. 그건 그때 가서 생각하면 됩니다.

제자로 받아 달라고들 오는 사람을 돌려보내는 대목장을 볼 때마다 이런 생각을 하게 됐지요. 아무리 뛰어난 기술이 있더라도 그걸로 먹고살기 어렵다면 직업이라 할 수 없다고요. 기술자를 굶기면서 뭐가 문화란 말입니까? 기술을 이어받는 것도 그렇습니다. 먹고살기 어려운 형편이라면, 아무리 기술을 이어받고 싶어도 이어받을 수 없지 않겠습니까?

장인 집단 이카루가코샤를 세우다

1977년 초, 니시오카 대목장이 위암 수술을 받으시려고 입원했습니다. 병세는 가벼웠지만 앞으로 야쿠시지 서탑을 지어야 할 터인데, 일하는 도중에 쉬게 되면 너무 큰 폐를 끼치게 된다며 수술을 하신 거였습니다. 서탑에 쏟는 대목장의 마음이 그대로 드러나는 대목이지요. 서탑을 예로 들어 말씀하셨지만, 아마도 이때부터 야쿠시지 가람 전체를 재건하는 일이 대목장 머릿속에 있었을 겁니다. 니시오카 대목장은 2월 말에 무사히 퇴원해 집으로 돌아왔습니다.

그 무렵 기타무라 도모노리北村智則라는 고등학생이 제자가 되고 싶다며 야쿠시지를 찾아왔습니다. 도면을 그리며 그 이야기를 듣고 있었지요. 그때 아직 저는 대목장의 제자였어요. 그런데, 그 아이가 학교를 졸업하는 대로 제자로 들이겠다고 마음먹었지요. 나중에 그 이야기를 했더니 대목장은 "그렇군." 하실 뿐이었습니다. 제자를 키우고 싶어 하는 저의 생각을 알아차리셨던 거지요. 그래서 이카루가코샤라는 것을 만들고, 그해 5월 서탑 도면 제작을 끝낸 시점에 야쿠시지 일을 그만두었습니다.

특별히 대목장 밑에서 일하는 것이 싫어서 그만둔 것은 아니었어요. 대목장은 몸도 다 추스리셔서 건강하셨습니다. 야쿠시지에서도 당신이 원하는 만큼 일을 하실 정도였고, 제가 없어도 됐습니다. 저는 대목장 밑에 있는 것보다는 밖으로 나가 다른 일을 해 보고 싶었습니다. 그쪽이 나으리라 생각했지요. 대목장께 의논을 드렸더니 "그게 좋겠다." 하시며 힘을 실어 주셨습니다. 대목장은 이카루가코샤에서 고문을 맡고 계시지요. 애당초 저라는 존재가 있을 수 있는 것도 제 뒤에 니시오카 대목장이 있기 때문에 성립되는 이야기니까요.

그때 제가 이런 이야기를 했던 기억이 납니다.

"주제넘은 얘기지만, 도면을 그리고 실제로 일을 해 오면서 아스카나 하쿠호의 건축을 조금은 알게 됐습니다. 대목장이 건강하실 동안, 다른 시대의 것, 가마쿠라鎌倉나 무로마치室町의 것들을 익혀 두고 싶습니다. 안 그러면 앞으로도 지금처럼 아스카와 하쿠호의 것만으로 해 나갈 수밖에 없습니다. 그것만으로는 너무 좁다고 생각합니다. 더 넓고 다양한 것들을 알고 싶고, 실제 공부도 해 보고 싶습니다. 그래서 그만두려고 합니다."

일 년 뒤, 이카루가코샤의 개업 안내장을 만들었습니다. 제가 대표였고 니시오카 대목장은 후견인이셨지요. 그때 만든 안내장에 대목장께서 이런 인사 말씀을 써 주셨습니다.

1977년 5월 21일, 문부성 고시 제 71호에 의거, 문화재 보존 기술 보유자로 삼가 인정을 받아, 기법 전승을 위해 노력하라는 뜻으로 국고에서 보조금을 받게 되었습니다. 이를 계기로, 저의 정통을 이어받은 제자 오가와 미쓰오와 서로 협의하여 호류지와 야쿠시지의 고대 기법 전승을 근간으로 하는 특수 집단, 이카루가코샤를 발족했습니다. 전통 기법을 한층 더 갈고닦아 더 훌륭한 기법을 잇기 위해 진실로 한길만을 걸으며 정진하겠습니다.

많은 건축주 여러분들의 협력과 충고를 감사히 받아 안고, 이카루가코샤의 기둥으로서 오직 한길로 열심히 노력하겠다는 것을 약속하며 인사 말씀을 드리겠습니다.

1978년 음력 3월 어느 좋은 날
이카루가코샤 목수, 니시오카 쓰네카즈

1977년 5월 대목장은 문화재 보존 기술 보유자로 지정되셨습니다.

그보다 한 달 전에 기타무라는 고등학교를 졸업하고 저희 집으로 들어왔습니다. 날붙이 갈기를 시작했지요. 제 형편이라면, 야쿠시지를 그만둔 것은 그렇다 쳐도, 일에서 특별한 전망이 보일 리가 없었습니다. 어쨌든 가구라도 짜면 밥은 먹을 수 있겠거니 했어요. 그래서 얼마간 가구를 만들었습니다.

그해 11월, 야쿠시지에서 저를 부르러 왔더군요. 목재 깎기가 시작됐는데 좀처럼 진도가 나가지 않으니 와 줄 수 없냐고요. 일도 없고 돈도 떨어진 참이라 가기로 했는데, 제자는 안 된다는 거였습니다. "그럼 안 갑니다." 그러면서 옥신각신했습니다. 결국 기타무라를 데리고 가는 것으로 결론이 났지요. 그랬더니 이번에는 니시오카 대목장이 총도편수를 맡고 저보고 현장 도편수를 하라는 겁니다. 그런 복잡한 건 필요 없잖아요? 그래서 "도편수는 니시오카 쓰네카즈 혼자서도 족합니다." 그렇게 말씀드렸습니다. 제 의견이 받아들여졌지요.

뒤에 위원회 기록을 보니, "일이 진척되지 않는 까닭은 현장 책임자가 없기 때문"이라는 말씀을 니시오카 대목장이 하셨고, 그래서 저를 부르기로 했답니다. 대목장은 아무 얘길 안 하시니, 그런 사정을 전혀 몰랐을밖에요.

서탑 일은 재미있었습니다. 제가 그린 도면이었던 데다가, 각지에서 장인들이 모여들었습니다. 그 중에 뛰어난 이들도 있었지요. 지금은 다들 사는 곳으로 돌아가 자기 일을 하고 있을 겁니다. 서탑처럼 큰 일은 모두가 활기를 띠지 않으면 불가능합니다. 자주 모여 같이 마시고 떠들어 댔지요. 서탑은 1981년 봄에 완성됐어요.

도쿄에서 큰 공사가 들어오는 바람에, 저는 서탑이 완성되길 기다리지 못하고 그만두게 되었습니다. 안논지 조사당을 짓는 일이었습니다. 이카루가코샤에서 처음부터 맡아 하게 되었지요. 일억 수천만 엔짜리 대규모 일을요. 이 일도 니시오카 대목장 덕분에 맡을 수 있었습니다.

"내 제자인 오가와는 독립했습니다만, 궁궐목수 일이 없을 때는 가구를 만들고 있습니다."

텔레비전에 나오셨을 때 대목장이 그렇게 말씀하시며 운을 떼셨고, 오가와는 이런 인물이라는 이야기를 해 주셨거든요. 그 방송을 본 안논지 관계자가 일을 맡기고 싶다며 저를 찾아온 것이었지요. 안논지는 유서 깊은 사찰입니다. 그야말로 '니시오카'라는 이름이 있었기 때문에, 니시오카 대목장이 "오가와라면 문제없습니다."라며 보증을 해 주셨기 때문에 가능했습니다. 그러지 않았다면 누구라도 일억 엔이나 하는 공사를 내주지는 못했을 거예요. 신도들이 보시한 돈으로 짓는 것이니 일을 부탁하는 쪽도 조심스러울 수밖에 없습니다. 이것도 호류지나 야쿠시지에서 쌓은 성과가 있었으니 그분들 마음을 움직일 수 있었다고 생각합니다.

대목장이 늘 하시는 말씀처럼, 사람을 키우는 가장 좋은 교실은 현장입니다. 대목장 덕분에 그 뒤에도 일이 이어졌고, 몇 개의 당과 탑을 세우는 동안 제자들도 일을 배워 갈 수 있었습니다. 지금 제 밑에 있는 제자는 스무 명 정도 됩니다.

마지막 시험, 안논지 조사당

독립하고 처음 맡은 일은 도쿄 아다치足立 구에 있는 안논지 조사당이었어요. 저한테 맡겨 주시다니, 놀라운 일이었지요. 호류지나 야쿠시지에서 일을 하긴 했지만, 특별히 제 이름을 걸고 한 일은 아니었으니까요. 전부 니시오카 대목장 덕분에 할 수 있었던 일들입니다. 대목장께 고마운 일이야 이 나이가 되도록 부지기수지만, 뭐니 뭐니 해도 최고는 안논지 일을 맡았던 때였습니다.

그 당시 저는 서른넷이었고, 총액 일억 수천만 엔짜리 일이었습니다. 그 돈을 선뜻 내주신 거지요. 제가 해낼 수 있을지 어떨지도 확실하지 않은 상황이었지만, "니시오카 대목장 곁에 있던 사람이라면 걱정 없다."며 일을 맡겨 주신 거였습니다. 우리 목수들이 하는 일에는 시작할 때 보증 같은 것이 없습니다. 결과를 보고 돈을 내놓는 게 아니잖아요? 결과물의 만듦새를 보고 이러니저러니 따지며 그에 맞춰 돈을 내는 게 아니니까요. 그 전까지는 제가 도편수를 맡아서 했던 일이 하나도 없었습니다. 물론 최선을 다해 열심히 했지만, 전부 다른 사람이 책임을 맡은 일을 돕는 처지였지요. 신용은 얻었지만, 성공할 수 있다는 담보는 아무것도 없었습니다. "오가와라면 문제없습니다." 니시오카 대목장의 그 말씀 하나뿐이었지요. 그런 저에게 일을 맡겨 주신 것이니 정말 고마운 일이죠.

안논지는 무신 정권 막부의 우두머리라 할 수 있는 쇼군將軍이 매사냥을 하러 가거나 닛코日光를 방문할 때 반드시 들리는 유서 깊은 사찰입니다. 옛 닛코 대로 가에 있는 사찰인데, 도쇼구東照宮에 가기 전에 들르게 되는 곳이지요. 제삼 대 쇼군 도쿠가와 이에미쓰德川家光가, 에도 막부를 세운 선조 도쿠가와 이에야스德川家康의 위패를 모신 이 사당을 방문했을 때, 안논지 주지 스님이 "앞으로 재난을 만날 것입니다. 조심

하셔야 합니다." 하고 경고한 일이 있습니다. 그런데 정말로 천장이 무너져 이에미쓰가 암살당할 뻔하죠. 그때 주지 스님의 충고 덕분에 살아남았다고 해요. 그래서 안논지는 '텐카조쿠산고쿠도안논지天下長久山国土安穩寺'라는 이름을 하사받고, 도쿠가와 가문의 문장을 쓸 수 있게 된 니치렌 종日蓮宗 계열 사찰입니다.

안논지 일을 맡았지만, 해낼 수 있을지 불안했습니다. 어떻게든 될 거라는 생각은 했지만요. 나중에 니시오카 대목장도 이런 말씀을 하셨어요.

"내가 오가와라면 문제없다고 해서 저쪽에서는 안심한 것 같던데, 사실 나는 걱정이었어."

그도 그럴 것이, 만약 제가 실패한다면 저 한 사람의 부끄러움으로 끝나는 게 아니라 "문제없다."고 하신 니시오카 대목장께도 흠이 되기 때문이지요. 상량식 때 현장을 보기 전까지는 걱정이셨다고 합니다.

한데 지금 와서 생각해 보니, 안논지 일 역시 니시오카 대목장이 제게 준 시련 가운데 하나였습니다. 언제나 뭔가 새로운 것을 가르쳐 주실 때에는 반드시 커다란 어려움을 준비해 두셨던 분이거든요. 그때는 필사적이라 그런 의미에 대해 생각할 겨를이 없었어요. 하라고 하시니 그냥 할 뿐입니다. 죽을 둥 살 둥 하다 보면 어느새 앞으로 한발 더 나가 있었지만, 다음 단계로 한발 더 내딛기 위한 과정이라고는 도무지 생각 못 했지요. 대목장은 절대 그런 이야기를 해 주시지 않으셨습니다. "몸으로 배워라. 그리고 앞으로 나아가라."고 하실 뿐이었어요.

돌이켜 보면 안논지 일은 '시험'이었습니다. 일종의 졸업 시험이었던 셈이지요. 보통 시험이란 학생이 치르는 겁니다. 기술이나 마음가짐이 스승이 기대하는 수준에 이르지 못했다면 그 학생은 불합격입니다. 그러면 다시 시작하는 겁니다. 그게 다입니다. 그런 거라면 가르치는 쪽이 받는 타격은 그리 크지 않습니다. 하지만 니시오카 대목장의 시험은 달랐습니다. 대목장은 언제나 함께 그 시험을 치르고 계셨습니다. 늘 '이렇게 중요한 일까지 맡기셔도 되는 걸까?' 싶은 일을 처음부터 시키셨지만, 만약 제가 틀린다면 대목장이 책임을 모두 떠맡을 수밖에 없었습니다. 안논지 일은 더 그랬지요. 지금까지 궁궐목수로서 쌓아 온 자긍심과 공적 모두를 저한테 거신 것이었습니다. 나중에 그런 사실을 깨달았을 때, 식은땀이 흘렀지 뭡니까.

우리처럼 사찰이나 당을 짓는 사람들의 일이란, 대부분 수억 엔짜리 일들입니다. 그런 대규모 일을 맡다니 대단하구나 하시지만, 하나하나 일을 하며 쌓아 온 성과 덕분에 맡을 수 있는 것입니다. 게다가 장인은 '나라면 할 수 있다.'는 우쭐함도 얼마쯤 있어야 합니다. 이러한 도전이 자신감이나 자부심 같은 걸 자연스럽게 키워 줄 수 있는 방식이었구나 싶습니다. 물론 정도가 심하다면 적당히 하라며 남의 눈총을 받겠지만, 큰일에 맞설 때는 일에 주눅 들지 않을 만한 우쭐함도 필요합니다. 뱃심도 중요하지요. 안논지 공사를 해낸 것이 목수 일에서 제 몫을 할 수 있는 첫걸음이 되었습니다. 이 첫걸음의 발판을 닦아 주시고 거기에 저를 올라타게 해 주신 분도 니시오카 대목장이셨습니다. 정말 감사한 일입니다.

사람을 기른다는 것

제 밑에 있는 제자들은 자신이 일반적인 집을 짓는 목수가 아니라 궁궐목수가 된다는 생각을 하고 있습니다. 긍지도 있을 거예요. 제가 그런 긍지를 심어 준 건 아닙니다. 하는 일이란 게 여느 목수와 다를 게 없으니까요. 하지만 부재 하나하나의 크기가 다릅니다. 거대한 나무를 다루다 보면 자연스레 인간도 커집니다.

연장 갈기만은 스스로 노력해서 배워야 합니다. 우리는 나무를 다루는 장인이지요. 자기 생각을 표현하고자 한다면 연장을 자유자재로 쓰지 않으면 안 됩니다. 이것이 가장 중요한 조건입니다. 그 뒤로는 아무것도 가르치지 않아도, 일할 수 있는 현장만 마련해 주면 자연스레 알게 됩니다. 가르칠 필요가 없어요. 함께 일하는 동안 자연히 익히는 겁니다.

깨끗한 나무를 대패질할 때, 흙 묻은 신을 신고 그 위를 밟고 다니는 녀석은 없어요. 손이 더러운 채로 일을 하지도 않지요. 이런 것들을 현장에서 자연스레 배워 가는 겁니다. 일을 할 수 있을 만큼 실력이 쌓여도, 혼자서는 커다란 기둥을 못 옮깁니다. 모두가 힘을 모으지 않는다면 꿈쩍도 하지 않으니까요. 그러면서 기꺼이 서로 돕게 됩니다.

궐목수 일이란 긴 호흡으로 바라보아야 합니다. 지금은 단기간에 가르치고 단기간에 이익을 내려고들 하잖아요? 하지만 그래서는 제자를 키울 수가 없습니다. 우리 일이란 호흡이 긴 일입니다. 하나하나 쌓아나갈 수밖에 없는 일이지요. 니시오카 대목장은 대패질을 가르치실 때, 당신이 민 대팻밥을 보여 주며 "이렇게 해." 하시는 게 다였습니다. 그걸 이렇게 해라, 저렇게 해라, 이런 방식으로 깎아라, 그런 식으로 가르친다면 빠를 수야 있겠지만, 그래서는 가망이 없습니다. 배우는 제자는 아무것도 생각하지 않게 되고 번득이는 깨달음도 얻지 못합니다. 느닷없는 상황을 만나거나 이런 때는 어떻게 하면 좋을까 싶을 때 아무 생각도 내

놓지 못해요. 그저 시키는 대로 배우기만 했다면 거기에서 한발도 내딛지 못하는 겁니다. 이래서는 진정한 목수가 될 수 없습니다. 니시오카 대목장은 말씀하셨어요.

"달이고 달이고 끝까지 달이다 보면 결국 남는 것은 직감이다."

그럴듯한 이론이 아니라 오직 몸으로 익힌 것이어야만 어느 한 순간, 불현듯 깨닫게 된다고 하셨지요. 그러기 위해서도 가르침을 받는 것이 아니라, 스스로 몸에 붙여야 합니다.

이카루가코샤는 학교가 아닙니다. 그러니 스스로 익힐 수밖에 없지요. 예전과는 달리, 배우러 온 지 얼마 안 돼 아무것도 할 줄 모르는 제자한테도 품삯을 줍니다. 할 수 있는 일이란 게, 작업장 청소나 정리, 식사 준비 그런 거죠. 이런 제자들은 시간이 빌 때마다 날붙이 가는 연습을 합니다.

연장을 들고 일할 수 있을 정도가 되려면 삼 년쯤 걸립니다. 그 삼 년 동안 연장을 써 보고 싶어 안달이 나지요. 그렇게 안달이 나게 만들어야 하는 것이 제가 할 일이기도 합니다. 처음부터 연장을 쥐여 줬다가는 큰일 납니다. 잘 안 되니까 괴롭기만 하고 재미도 없지요. 머리에 남는 것도 괴롭다는 생각뿐, 그래서는 아무것도 안 됩니다. 하고 싶어 미치겠다, 할 정도까지 참게 만들 수밖에 없습니다. 제자와 저 사이의 인내심 대결 같은 것이지요.

그렇게 이제 슬슬 됐다 싶을 무렵, 턱하니 일을 맡깁니다. 커다란 부재에 매달리게끔 하는 거지요. 일을 맡은 제자는 기쁘기도 하지만 불안하기도 할 겁니다. 그저 그런 나무가 아니니까요. 값어치로만 봐도 상당한 나무입니다. 그러니 치수도 몇 번이나 재고, 이렇게 하는 것이 맞나

고민을 거듭하게 되지요. 그렇게 결심이 서야 일을 할 수 있는 겁니다. 시키는 쪽도 쉽지는 않아요, 책임을 져야 하니까. 물론 실패하는 녀석도 있습니다만, 그래도 어쩔 수 없습니다. 시킬 수밖에 없으니까요. 반대로 그 일을 해낸다면 실력이 붙습니다. 자신감도 생기지요.

사람을 기른다는 건 어려운 일입니다. 나무만 해도 삼 년 정도는 묘상에서 키우고, 그렇게 키운 묘목을 산에 가져가 심습니다. 묘상에서 동쪽으로 서 있던 나무라면 산에서도 동쪽을 바라보도록 심어야 합니다. 이걸 서쪽을 보게 심는다면 일 년 안에 원래 방향으로 몸을 틀어 버리지요. 그러면 나무가 비틀려 버립니다. 식재하는 사람이 한 말이지만, 실제로는 그런 데까지 주의를 기울이지 못하고 그냥 심어 버린다고 합니다. 할당된 작업량이 있어 그 일을 하루 안에 끝내야 하니까요.

오늘날 학교와 가정에서도 그와 같은 일이 벌어지고 있는 건 아닌가 싶습니다. 예전에는 집에서도 아이들을 잘 돌봤고, 훈육도 엄했습니다. 그런데 지금은 아이를 학교에 맡기는 걸로 끝이고, 학교가 끝나면 학원으로 보내잖아요? 학원을 마치고 집에 돌아온 아이는 제 방에 들어가 나오지 않습니다. 이래서는 자기 아이가 어떤 아이인지 알 수가 없어요. 그러니 아이가 사고를 치거나 비뚤어지고 나서야 비로소 아이를 전혀 모르고 있다는 것을 알아차리게 되는 겁니다. 학교도 마찬가지입니다. 학교는 모든 아이가 같다고 여깁니다. 저마다 다른 묘목을 모두 같은 비탈면에 심는 것과 같은 일을 하고 있는 건 아닐까요?

저는 제자를 들이면 한 사람 한 사람으로 봅니다. 함께 밥을 먹고 함께 자고 다 같이 생활합니다. 그렇게 하지 않으면 그 아이가 어떤 아이인지 알 수가 없고, 일을 배울 때 방해가 되는 습관을 버리게 할 수도 없습니다. 무엇보다 그 습관을 못 버린다면 더는 나아지기 어렵기 때문입니다.

인내를 통해 배우는 시간의 길이

수학여행으로 처음 호류지에 갔을 때, 천삼백 년 전에 세운 오중탑을 보고 감격해서 '이런 탑을 나도 만들어 보고 싶다.'는 생각을 하게 되었습니다. 그런 이야기를 하면 "천 년이라는 시간이 잘 가늠이 안 된다."는 사람이 많아요. 기둥만 해도 수령 천 년이 넘는 나무가 즐비합니다. 니시오카 대목장이 말하는 편백나무만 해도, 천 년을 살아온 나무는 목재로서도 천 년을 견딘다고 하거든요.

기대한 당이나 탑을 세울 때에는 아무래도 천 년, 이천 년 된 편백나무가 필요합니다. 야쿠시지도 그런 나무를 사용했고, 호류지도 그랬습니다. 제가 깎고 있는 나무가 천 년 넘게 살아온 나무라는 것을 그 현장을 통해 실감하게 되었지요.

그리고 궁궐목수의 일은 시간의 도움을 받고 있는 부분도 있습니다. 예를 들어 호류지의 심주▪를 세운다고 할 때 심주는 탑의 전체 높이보다 짧게 만듭니다. 탑 한 층의 높이에 견주어 몇 촌▪쯤 작게 자르는 식이지요. 탑은 탑머리나 기와 무게 따위를 견디다 보면 시간이 갈수록 점점 낮아집니다. 그것을 미리 가늠해서 심주를 짧게 해 두는 것이지요. 그것도 쓰는 목재가 대만산 편백나무라 일본산 편백나무보다 단단합니다. 그래서 삼 촌을 줄일지 사 촌을 줄일지는 감으로 결정합

▪심주 : 불탑의 중심이 되는 기둥.
▪촌 : 일 촌은 3.03센티미터이다.

니다.

반대로 고쿠타이지는, 지붕이 기와가 아닌 동판이라서 가볍습니다. 이럴 때는 건물이 묵직해야 하니 각 층의 뼈대 기둥 사이에 벽토를 채워 넣습니다.

호류지 삼중탑도 그렇고, 고쿠타이지 삼중탑도 그렇고, 이백 년 정도 지나면 우리가 그린 도면대로 되겠지 계산하고 그렇게 합니다. 그러니 탑을 다 짜 올리고 나면, 나머지는 시간의 도움을 빌려야 합니다. 시간이 그만치 흘렀을 때 어떻게 하면 도면대로 완성시킬 수 있을까 하는 문제인 것이지요. 그런 의미에서 궁궐목수의 일은 시간의 도움이 필요한 일입니다. 이백 년, 삼백 년이라는 시간을 이해하지 못하면 안 되는 직업이지요.

이 거대한 시간의 흐름을 이해 못 하는 건 '인내'라는 것의 의미를 모르기 때문이라고 생각합니다. 제자 처지에서 보자면 배우는 일이 항상 즐겁고 기쁘기만 한 것은 아닙니다. 싫을 때도 엄청 많을 거예요. 주변 친구들은 전부 한몫하는 직장인으로 일하고 있는데, 자기는 청소만 하고 있는 거니까요. 일 년이 지나고 이 년이 지나도 연장 한 번 쥐어 보지 못합니다. 비로소 연장을 쓰기 시작한다고 해도 제대로 자기 몫을 해내기 위해서는 많은 시간이 걸릴 거라는 걸 알게 되지요. 쉽게 뛰어넘을 수 있는 단계도 없으니, 정말 만만찮은 직업을 선택했다는 생각도 들 겁니다.

제자들에게 천삼백 년 된 호류지의 탑 이야기를 해 줍니다. 목재 창고에 있는 편백나무가 호류지의 기둥이 세워졌던 때부터 자라난 것이라는 이야기도 해 줍니다. 그러면 대부분 처음에는 불가사의한 이야기를 듣는 것 같은 얼굴을 하곤 합니다. 세월의 길이가 현실로 느껴지지 않는 거지요. 천 년이라는 시간을 가늠할 수가 없는 겁니다. 그것도 무리는 아니에요. 지금까지 해 온 생활이란 게, 어머니한테 "빨리해!" 하는 소리를 들으며, 밥을 먹는 것도, 노는 것도, 공부하는 것도 전부 짧은 분 단위로 해 왔을 테니까요. 공부도 마찬가지입니다. 심지어 역사를 가르치면서도 "이것이 천 년 전의 사건이다."라며 교과서 한 쪽으로 끝내 버리고 마니까요. 시간의 흐름을 느낄 여유 같은 건 없었을 겁니다. 게다가 우리한테 온 제자들은, 중학교를 마치고 바로 들어온 아이라면 겨우 열여섯이나 열일곱 살입니다. 가장 오래 관계를 맺은 시간이 초등학교 육 년인 거지요.

하지만 식사 준비부터 청소, 날붙이 갈기, 연장질에 이르기까지 모두가 '빨리빨리'만으로 되는 게 아닙니다. 일 초, 일 분, 한 시간, 일 년이라는 시간이 몸에 스며들어야 알게 되는 것들입니다. 기쁘거나 즐겁다면 시간은 금방 흐릅니다. 그런데 괴로워서 견딜 수가 없을 때는 느리게 지나가지요. 저는 제자들이 시간을 들여 하나하나 익혀 가는 쪽이 좋다고 생각합니다. 아무것도 서두를 게 없어요. 언뜻 보면 시간 낭비처럼 느껴질 수도 있겠지만, 그 시간을 어떻게 보내느냐가 기술 면에서도 됨됨이 면에서도 큰사람으로 만들어 줍니다.

그것을 견뎌 낸 녀석은 시간의 길이를 이해하게 됩니다. 천 년이라는 시간을 헤아릴 수 있게 됩니다. 고대 건축을 보았을 때, 그것을 만든 장인의 손길 하나하나, 그 나무가 자란 세월, 산에서 베어 낸 나무가 여기 오기까지 걸린 시간, 그런 것들을 가늠할 수 있게 됩니다.

수학여행 온 아이들이 호류지나 야쿠시지를 돌며 그러지요. "이것이 천삼백 년 전에 세워진 것이구나.", "이런 형태가 하쿠호 시대의 건축이구나." 배운 대로 짐짓 이해한 척 말은 합니다만, 거기엔 선입관만 있을 뿐 아무런 감동이 없습니다. 요즘 아이들한테는 시간에 대해 이렇다 저렇다 얘기해도 이해 못 할 것 같아요. '시간의 길이'를 알려면 '인내'를 체험하는 것이 중요하지 않겠습니까?

이카루가코샤의 도제 제도

저를 한 사람의 목수로 키워 준 것은 니시오카 대목장입니다. 그분의 교육 방식은 말하자면 도제식입니다. 도제 제도라고 하면 낡은 봉건 제도에 딸린 유물이라 여기는 사람이 많지만, 목수로서 제대로 된 기술과 지혜, 감각을 키우기 위해서 그만큼 좋은 것은 없다고 생각합니다.

물론 도제 제도는 스승의 인품에 큰 영향을 받지요. 그 스승 밑에서 지금까지 익숙했던 것을 버리고 스승이 하는 대로 일을 배워 가는 것이거든요. 그러니 나쁜 스승을 만나게 되면 딱한 일이지요. 같이 생활하며 오랜 시간에 걸쳐 배우다 보니 스승의 생각이나 취향, 이런저런 것들이 제자한테 옮겨 가게 됩니다. 좋은 것도 나쁜 것도 모두 닮게 되는 거지요.

자기 말을 못 알아듣는다고 때리거나 하는 스승도 있어요. 옛날에는 다들 그랬습니다. 생각하기 전에 손이 먼저 나가니까요. 그런 안 좋은 부분도 있었습니다. 예전에는 오 년 안에 모든 기술을 물려야 했지요. 그동안 밥도 먹여 주고 일생 벌어먹을 수 있을 만한 기술을 가르치는 것이라, 성격이 급한 스승이라면 화도 내고 그랬습니다. 제자로 들어온 녀석은 아무것도 모르는 상태이니까요. 그렇게 오 년, 때로는 삼 년 만에 제 몫을 하는 장인으로 키워 내야 하는 경우도 있었을 겁니다. 도제 교육이 끝나면 한 해 동안 스승을 위해 일하며 은혜를 갚는 제도 가 있기는 했지만, 가르치는 쪽도 힘이 드는 건 마찬가지예요.

제 경우, 니시오카 대목장 밑으로 들어간 건 우연이었지만, 오 년 안 에 모든 기술을 물린다든가 하는 것은 애초부터 하나도 정해져 있지 않았습니다. 몇 년이 걸리더라도 탑을 세워 올릴 수 있는 기술과 지혜 를 익히고 싶었습니다. 그러니 서두를 일도 없었습니다. 대목장도 저 를 당신 제자로 키울 작정을 하셨던 것이니 운도 좋았지요. 처음에는 몇 년이 걸릴 지 도무지 알 수 없었습니다.

대목장 밑으로 들어오기 전, 삼 년 정도 다른 곳에서 배우며 연장 쓰 는 법을 익혔습니다. 하지만 대목장한테 왔더니 처음부터 전부 새로 시작해야 했습니다. "집안일은 딴 데서 하고 왔으니 괜찮다." 하고 곧 바로 현장으로 데려가 주셨지만, 원래대로라면 청소나 식사 준비부터 해야 했지요. 모르는 사람이 듣는다면 왜 목수 일을 배우러 가서 청소 나 식사 준비를 해야만 하느냐고 생각할 겁니다. 직업 훈련소 같은 학 원에서도 기술을 배울 수 있지 않느냐고요. 하지만 목수 일이란, 마지 막은 이런 식입니다.

"대팻날을 갈았는데, 어떻습니까?"

"틀렸어."

"어디가 틀렸습니까?"

"어디가라니, 전부 틀렸어."

"좋고 나쁨은 어떻게 구분합니까?"

"촉감, 감이다. 그걸 알 때까지 날을 갈아라."

"……."

말로는 아무것도 전달할 수 없습니다. 사물의 원리라는 게 말로 전달되지 않는 것도 있거든요. 다들 말이나 문자로 모든 걸 전달할 수 있다고 생각하지만, 그런 건 일부에 불과하죠. 냄새나 소리, 손의 감촉 같은 것이 문자로 전달될 수 있겠습니까?

인간에게는 머리뿐만 아니라 몸도 있습니다. 몸으로 익히지 않으면 안 되는 직업이 목수입니다. 물론 계산을 한다거나 도면을 그린다거나 하는 머리로 하는 일도 있지요. 그렇지만 대부분은 손으로 합니다. 수작업이라는 말이지요. 손으로 연장을 갈고, 나무를 깎고, 얼마나 잘 됐나 손으로 확인합니다. 손끝에 닿는 감촉으로 판단하는 겁니다. 물론 익숙해지면 눈으로도 알 수 있습니다. '이 정도면 됐다.'라는 것, 이것이 직감입니다. 결국 목수의 마지막은 이 직감을 키우는 것입니다.

학교나 훈련소에서 이런 감각을 키울 수 있을까요? 뭐든 학교에서 다 배울 수 있으리라 생각한다면 오산입니다.

직감을 어떻게 배우냐고요? 스승한테서 그대로 베껴 올 수밖에 없습니다. 그렇지만 사람은 모두 성격도 다르고 지닌 재능도 달라요. 가르치는 쪽이 제자의 성격이나 재능, 익히는 속도에 맞게 '여기까지 해낸다면 다음에는 저기까지 시켜 보자.'고 생각할 줄 알아야 합니다. 마음 내키는 대로 가르치고 그걸로 끝, 그래서는 안 되는 겁니다.

인간에게 개성이라는 것이 없다면 누구든지 같은 방법으로 가르치겠지요. 하지만 사람은 나무와 마찬가지로 저마다 성질이 서로 다릅니다. 그걸 무시하면 망치게 됩니다. 각각 성질을 잘 살릴 수 있도록,

그 성질을 좋은 방향으로 이끌어 주는 것이 가르치는 자가 해야 할 일입니다. 니시오카 대목장은 이런 말씀을 하셨습니다.

"사람은 천성이란 게 있다. 진정한 교육이란 그 타고난 기질을 살려 주는 것이다."

이렇게 하려면 가르치는 쪽도 배우는 쪽도 고생을 해야 합니다. 학교처럼 한 교실에 모두 모여, 같은 속도로 가르치고 배우는 게 불가능하니까요. 제자가 되기 전까지, 제자와 스승은 완전한 남입니다. 그런 타인의 성질을 꿰뚫고 그 사람에게 맞는 방식을 찾아 제대로 된 장인으로 기르고자 한다면 어떻게 해야 할까요?

스승과 항상 함께해야 합니다. 함께 밥을 먹고, 같은 공기를 마시며, 무엇을 느끼는지, 그것에 어떻게 반응하는지, 어떤 생각을 하는지 알아야만 하지요. 이는 저의 체험에서 비롯된 생각이기도 합니다. 저는 니시오카 대목장 댁으로 들어가 그분과 함께 생활했습니다. 대목장이 만진 것을 저도 만졌고, 뭐든 대목장이 하시는 대로 했습니다. 다른 건 아무것도 생각하지 말고, 책도 읽지 말고, 신문도 텔레비전도 보지 말고, 오직 날붙이 가는 연습부터 하라고 하시면 그대로 따랐습니다.

제 밑으로 들어온 제자들도 그렇게 하도록 하고 있어요. 더 품이 많이 드는 방식이지만, 제자를 제대로 키우자면 이 방법밖에 없다고 생각하니까요. 무엇보다 중요한 것은 함께 생활하며 한솥밥을 먹는 겁니다. 가르치는 자와 배우는 자는 같은 공기를 마셔야 합니다.

궁궐목수 일을 뜯어보면, 날붙이 갈기, 끌질, 대패질, 톱질, 송곳질, 도면 그리기같이, 몇 가지로 나눌 수 있습니다. 그걸 하나하나 종이에 쓴 다음, 하나가 끝날 때마다 연필로 지워 갈 수도 있을 거예요. 왔다

갔다 출퇴근하듯 끌질을 배우고, 다음에는 남은 대패질을 익히면 된다고 생각하겠지요. 그런 식으로 마지막 단계까지 끝낸다면 이제 다 배웠다고 생각할 겁니다. 학교라면 이렇게 할지도 모르겠습니다.

하지만 이런 방식으로는 배울 수 없는 게 너무 많지요. 연장 쓰는 법을 익히자면 연장이랑 손만 있으면 된다고 생각하겠지만, 저마다 다른 나무를 목수가 어떻게 보고 있느냐 하는 것도 중요합니다. 무슨 나무든 완벽하게 마무리하면 아름답지 않느냐고요? 안 그럴 때도 있습니다. 겉에 칼자국을 슬쩍 남긴 쪽이 더 나을 때도 있으니까요. 이런 건 해 보지 않으면 모릅니다. 나무 하나하나와 관계를 맺으면서 생겨나는 저마다의 '호흡' 같은 것이지요. 전하려 해도 잘 전해지지 않습니다, 이런 건. 스승이 별생각 없이 하는 동작, 걷다가 무심코 흘러나오는 말, 소나무를 보며 떠올리는 오중탑, 아무튼 인간이 느끼는 다양한 것들이 있을 겁니다. 이러한 것들이 일과 일 사이를 채우게 되고, 이것이 목수의 '직감'을 만들어 갑니다.

함께 있는 친구와 같은 것을 보고 동시에 웃을 때가 있지 않습니까? 대화도 없고 신호를 주고받지도 않았지만 같은 것을 느끼고 똑같이 반응할 때가 있지요. 이러한 것이 스승과 제자 사이에 생겨나지 않는다면 '직감'은 자라지 않습니다. 가르치려 해도 다 가르칠 수 없는 부분도 있습니다. 이러한 직감은 자기도 모르는 사이, 스승한테서 옮겨 오는 것입니다. 짧은 시간에 되는 일도 아닙니다. 시간이 걸리는 일이지요. 시간을 들여 개성에 맞게 키워 나가는 것, 그것이 도제 제도의 기본적인 교육 방식입니다.

지금 시대는 무엇이든 빨리빨리, 결국에는 이익을 내야 합니다. 그러니 도제 제도처럼 시간을 들여 가르치고 배우는 일을 해내기가 좀처럼 쉽지 않지요. 인간은 다들 서로 다릅니다. 이 점을 잊고 있다 보니 교육이 문제라는 말이 나오는 게 아니겠습니까?

그런데 스승과 제자가 일대일이라면 가르치는 데 시간이 너무 많이 들고, 가르칠 수 있는 인원수도 얼마 안 되지요. 게다가 가르치려면 일할 수 있는 현장이 필요합니다. 현장에서 제대로 된 편백나무를 가지고 익혀 나가야 합니다. 그래서 이카루가코샤를 만들었습니다. 그러니까 이카루가코샤는 도제 제도를 실시하는 학교 같은 곳이에요. 함께 생활하고 현장에서 일을 하며, 선배나 스승에게 일을 배워 가는 곳이지요. 여럿이 모여 있으니 각자가 지닌 기술 수준이 다릅니다. 말하자면 시골 분교의 복식 학급 같은 그런 곳입니다.

학교와 다른 점은 가르치지 않는다는 것이고, 배우는 사람이 어떻게 하느냐에 달렸다는 겁니다. 가르치는 쪽에서 일당이라며 돈을 주는 형편이라 가르칠 의무가 없습니다. 현장이든 숙사든 누구든지 해낼 수 있는 일이 얼마든지 있습니다. 자신이 할 수 있는 일을 하며 스스로 배우면 됩니다. 그런데 우리 일이란 게 시주자들이 보시로 내놓은 돈으로 무언가를 만드는 일입니다. 허투루 해서는 안 되지요. 그러니 현장은 엄할 수밖에 없습니다.

이것이 지금 우리들이 모색하고 있는 도제 제도입니다. 이카루가코샤는 실력과 인격에 따라 위아래가 분명한 조직으로 이루어져 있습니다. 가장 위는 '총도편수'인 니시오카 쓰네카즈, 이어서 '도편수' 오가와 미쓰오, 다음이 '목수'인데 여기부터는 여럿입니다. 목수는 제대로 된 기술과 인격을 지닌 사람으로, 현장에서 도편수를 대신할 수 있는 사람입니다. 그 밑이 '부목수'라 하여 견습이 끝나 연장을 다룰 수 있는 사람입니다. 마지막은 들어온 지 얼마 안 된 이들로 '견습'이라 합니다. 이카루가코샤는 이런 조직으로 되어 있습니다. 옛날 목수들의 신분 제도와 비슷하지요.

누구라도 허드렛일부터

이카루가코샤는 사찰이나 궁궐을 짓는 곳인 동시에, 궁궐목수를 키워 내는 곳이기도 합니다. 제가 니시오카 도편수한테 배운 것을 이카루가코샤 제자들한테도 가르치고 있습니다. 가르친다는 말보다는 목수에게 필요한 것 일체를 스스로 익혀 갈 수 있게 돕는다고 하는 편이 더 정확하겠습니다. 제가 무언가를 가르치고 있는 건 아니거든요. 배움의 기회를 마련해 줄 뿐 익히는 것은 그들 자신이니까요.

이카루가코샤는 제자가 되고 싶다, 사찰을 짓고 싶다, 오중탑을 세우고 싶다, 하고 찾아오는 녀석은 누구나 받아들입니다. 하고 싶으면 찾아오면 됩니다. 하지만 도중에 괴롭고 싫어서 그만두고 나가는 녀석도 붙잡지 않지요. 그래서 이카루가코샤에는 다양한 사람들이 있습니다. 대학을 졸업하고 온 사람도 있고, 회사 다니다가 그만두고 온 사람도 있고, 중학교를 졸업하고 바로 온 아이도 있고, 고등학교를 중퇴하고 온 아이도 있어요. 학교 성적이 좋은 아이도 나쁜 아이도 있고, 도무지 손쓸 방도가 없는 아이도 있습니다. 누구든지 들어올 수 있는 곳이지요.

대신에 누구든 숙식을 함께해야 합니다. 함께 밥 먹고, 일하고, 같은 지붕 아래에서 잡니다. 이것이 원칙이지요. 일터에서만 함께 일하고

일이 끝나면 자기 방으로 돌아가는 출퇴근 형식은 사절입니다. 나라에 있는 이카루가코샤는, 일 층이 제자들 방입니다. 다다미 한 장보다 큰 나무 침대를 만들어 나란히 놓아두었는데, 그 침대 하나가 한 사람 몫의 공간인 것이지요. 식당은 이 층입니다. 공방은 호류지와 호린지가 가까운 이카루가노사토鵤の里에 있습니다. 거길 오가는 제자도 있고 다른 현장에 가는 제자도 있습니다. 이외에도 이바라키茨城 현에 큰 가람을 짓고 있기 때문에 거기도 숙사를 만들어 뒀습니다. 그쪽 숙사에서 먹고 자며 일을 하는 제자도 있지요. 도치기에도 공방이 있어서 거기에도 숙사가 있습니다. 규슈에서는 솜씨 좋은 제 형제 제자가 학술 모형을 전문으로 만들고 있는데, 그 일을 도우러 가는 제자도 있지요. 더러 이카루가코샤에서 독립한 사람이 맡은 현장으로 일을 거들러 가기도 합니다. 그렇게 현장은 여기저기 많습니다.

어디에 가든, 처음에는 모두 밥 당번에 청소부터 합니다. 아무것도 모르는 상태에서 들어와도 이카루가코샤는 일당을 줘야 합니다. 근로기준법으로 정해진 것이라 최저 임금을 지불하지 않으면 안 됩니다. 옛날처럼 제자로 들어와 밥을 공짜로 먹는 대신 집안일을 도우며 일을 배우던 때랑은 달라졌지요. 일을 못해도 처음부터 일당을 받으니까 말입니다.

보통, 학교에서 뭘 배울 때는 수업료를 내는 것이 당연합니다. 돈을 내고 배우는 거지요. 하지만 학교를 졸업하고 사회로 나오면 돈을 받으며 일을 배우게 됩니다. 이상한 이야기지만 이런 것이 당연한 것으로 되어 있습니다.

이카루가코샤만 그런 게 아니에요. 어떤 회사든 마찬가지입니다.

학교를 졸업하고 갓 들어온, 아무것도 모르는 사람에게 월급을 줍니다. 받는 쪽은 가장 높은 월급을 주는 회사로 갑니다. 월급이 적으면 그만두고 다른 곳으로 가지 않습니까? 처음에는 아무것도 못 해요. 그런데도 돈을 받으며 일을 배워 갑니다. 개중에는 일을 익혔다 싶으면 그만두고 다른 곳으로 가는 사람도 있겠죠.

이카루가코샤에서도 목수가 되고 싶은 사람이 돈을 받으며 배우고 있습니다. 그 돈은 일할 줄 아는 목수가 번 돈이지요. 그러니까 신입 제자는 자신이 할 수 있는 일을 해야 합니다. 뭘 할 수 있냐고요? 식사 준비입니다. 그 정도라면 할 수 있지요. 목수는 아침 일찍 움직입니다. 그래서 다른 사람들보다 빨리 일어나 아침밥을 짓고 점심 도시락을 싸야 합니다. 늦어도 다섯 시에는 일어나야 해요.

현장에서 돌아오면 곧바로 저녁을 차려야 하지요. 맛있는 걸 만들면 칭찬을 듣고 맛없는 걸 만들면 혼이 납니다. 당연하겠지요. 일을 가르쳐 주는 사람한테 조금이라도 보답하고 싶다면 열심히 할 수밖에 없습니다. 날마다 세 끼를 차려야 하니까 고생스러워요. 요리를 배운 것도 아니니 스스로 궁리할 수밖에 없지요. 그것도 하루 종일 느긋하게 만들 수 있는 것도 아니고, 정해진 시간에 빨리, 맛있는 것을, 질리지 않도록 만들어야 합니다. 장 볼 시간도 빠듯하죠. 차려진 밥을 먹는 쪽도 별스런 것을 바라지는 않아요, 다들 그런 과정을 거쳐 왔으니까. 아랫사람의 노고를 모두들 잘 알고 있습니다.

식비는 각자 추렴해서 계산합니다. 비싼 음식만 만들어 가지고 식비 부담이 커져도 트집이 잡힙니다. 다음 번 제자가 들어오기 전까지 식사 준비는 계속되지요. 길게는, 사오 년 동안 밥 당번을 한 제자도 있었습니다. 운이 좋은 아이는 두 달쯤 지나 신입 제자가 들어온 경우도 있습니다. 그럴 때는 먼저 하던 아이가 식사 준비를 도와줍니다. 누구도 그렇게 하라고 시키지는 않지만.

도중에 그만둔 제자가 돌아오는 경우도 있습니다, 아무리 생각해도 다시 한 번 해 보고 싶다면서. 그러면, 그 녀석이 전에 몇 년 있었건, 제 아무리 실력이 좋았건 간에 다시 처음부터 밥 당번을 합니다.

맛이 없다거나 같은 것만 계속 만들다간 혼이 나지요. 이렇게 혼이 나는 것에 익숙해지고, 괴로움을 두려워하지 않게 되어야 비로소 일을 배울 수 있게 됩니다. 다른 사람을 위해서 하는 일이 괴롭거나 짜증스럽다면 아직 멀었습니다. 그동안에는 아무도, 아무것도 가르쳐 주지 않습니다. 작업 현장에 가도 연장 가는 물을 준비하거나, 뒷정리를 하거나, 청소를 하거나, 가져오라는 것을 가지러 가거나 하는 그런 일뿐입니다.

하지만 그런 과정이 중요합니다. 니시오카 대목장의 할아버지는 손자 쓰네카즈를 어릴 때부터 일터로 데려가, 곁에 앉혀 뒀다고 합니다. 그렇게 일터의 분위기와 공기에 자연스레 익숙해지도록 했던 거지요. 처음부터 뭔가 해 보려고 하다가는 마음대로 안 되고, 방해만 될 뿐입니다.

연장 가는 물을 준비하는 일만 하더라도 조심조심 신경 써야 합니다. 우리 현장은 정리 정돈이 철칙입니다. 깨끗하지 않으면 좋은 것을 만들 수가 없거든요. 쓰레기 가득한 곳에서 깨끗한 것을 만들자고 해 봤자 안 됩니다. 그러니 자투리 나무를 정리하고 대팻밥을 한데 모으는 일을 합니다만, 목수가 여럿 있는 곳에서는 그것만으로도 바쁘지요. 무거운 것을 들 때도 돕습니다. 장인이 정성스레 대패질한 나무를 더러운 손으로 잡으면 쥐어박힙니다. 기둥을 들 때는 장인이 가벼운 쪽을 들도록 눈치껏 애써야 합니다. 누구도 가르쳐 주지는 않지만, 현장에서 남들이 일하는 모습을 보며 이런 것들을 절로 익히게 됩니다.

목재 중에는 둘이 붙어야 겨우 들만큼 무거운 것도 있습니다. 절집 짓는 목재는 거의 그런 것밖에 없으니까요. 그런 건 실제로 들어 보지 않으면 얼마나 무거운지 알 수 없습니다. 들어 보고 만져 보는 동안 나무라는 것이 어떤 것인지, 몸으로 이해하게 됩니다. 머리로는 누구나 압니다. 아이라도 '저 나무는 무겁겠다.' 하는 것쯤은 압니다. 마치 제가 들어 올리는 양 얼굴이 새빨개진 채, 기중기가 들어 올리고 있는 나무를 보고 있는 아이도 있으니까요. 이렇게 머리나 눈으로 보고 느낀 것을 자신의 허리나 어깨로 실제로 기억하는 겁니다. 기억하게 만드는 겁니다.

처음으로 무거운 나무를 들게 되면, 다들 '나무가 이렇게나 무거운 것이었나?' 싶습니다. 좀체 들어 올리지도 못하지요. 몸도 아직 안 만들어진 데다가, 못 들어 올리더라도 누가 어떻게 해 주겠지 하는 생각을 하기 때문입니다. 그런 마음가짐이라면 혼이 납니다. 또 무거운 나무를 들면 빨리 내려놓고 싶어 나무를 거칠게 다루기 쉽지요. 목재보다 자기한테 더 신경을 쓰는 겁니다.

하지만 현장에서 일을 도우면서, 그렇게 무겁다고 생각하던 나무를 들어 올릴 수 있게 됩니다. 나무를 만지는 손길 하나도 바뀔 뿐 아니라, 손으로 느끼는 감촉도 달라집니다. 이런 건 의식해서 바뀌는 것이 아니에요. 현장에 있는 동안, 시간을 들인 만큼, 자연스럽게 알아 가게 되는 것입니다. 나무에 익숙해지는 것이지요. 목수는 평생 나무를 다룹니다. 나무를 접하는 방식을 손과 몸, 머리에 스며들게 만드는 것, 이것이 중요합니다.

스스로 몸에 붙여야 한다

제가 니시오카 대목장 댁으로 들어갔을 때 "지금부터는 책도 신문도 텔레비전도 보지 말고 오직 날붙이만 갈아라." 하는 말을 들었습니다. 그때는 다른 제자도 없었으니까 저녁을 먹고 나면 할 일이 없었습니다. 그래서 밤늦게까지 날붙이를 갈았지요.

지금 이카루가코샤에는 수많은 제자가 있습니다. 그러니 혼자 있을 일도 없어요. 텔레비전이 있으니 보고 싶으면 보면 됩니다. 책을 읽지 말라는 소리도 안 합니다. 일요일은 쉬는 날이니 영화를 보러 가거나 놀러 가도 상관하지 않아요.

하지만 저녁 식사가 끝나면 다들 연장을 갑니다. 나라에 있는 숙사 일 층에는 연장 가는 방이 따로 있습니다. 이카루가코샤가 아니라, 현장 근처의 다른 숙사에서 지낼 때에는 현장에 숫돌을 가지런히 정돈해 둘 장소를 따로 만듭니다. 거기에 숫돌을 모두 나란히 놓아두는 것이지요.

저녁 식사가 끝나면 거기에서 모두 연장을 갑니다. 신입 제자는 저녁 설거지를 끝내고 갑니다. 늦게까지 연장 가는 연습을 하는 것이지요. 억지로 시킨 사람은 아무도 없습니다. 하고 싶은 사람이 가서 할 뿐입니다. 하지만 먼저 들어온 선배가 앞장서서 연장을 갈고 있으니까요. 목수는 일하다가도 날붙이가 무뎌지거나 나무 종류가 바뀌면

때마다 연장을 갈러 갑니다.

우리 쪽 젊은 제자가 다른 현장에서 모르는 장인과 함께 일할 때도 있습니다. 그러면 그 장인의 날붙이가 잘 갈렸는지 어떤지 반드시 보게 되지요. 그 사람이 연장을 가는 솜씨를 보고 실력을 가늠하는 겁니다. 제가 처음 대목장 댁에 갔을 때, 연장을 꺼내 보라고 하신 것과 같은 맥락인 셈이지요. 날마다 그렇게 갈고닦기 때문에 연장 가는 솜씨는 다들 좋습니다.

날붙이는 한쪽으로 치우친 성격이라면 절대 제대로 갈 수 없습니다. 하지만 이카루가코샤에 오는 녀석은 다들 한성질 하는 녀석들입니다. 사회에 적응하지 못하고 뒤처졌다거나 불량 청소년이었던 아이들이지요. 그런 녀석들이 목수가 되겠다고 여기 오지만, 이미 그 전에 저마다 나이만큼 치우친 성격을 짊어지고 옵니다. 이런 시대에 궁궐목수가 되겠다는 것이니 보통 사람보다 훨씬 더 강한 성격을 지닌 녀석들뿐인 거지요. 개중에는 '다른 일은 할 수 있을 것 같지도 않으니 목수라도 되어 볼까?' 하는 생각으로 찾아오는 녀석도 있습니다. 그런 사람이 날붙이를 가는 것이니 아무래도 처음부터 잘하기는 어렵습니다.

날붙이 갈기라는 것은 기본적으로 평평한 숫돌 위에서 수평으로 날붙이를 움직이는 겁니다. 숫돌에도 저마다 성질이 있습니다만, 수평으로 움직이는 것이 될 것 같으면서도 잘 안 됩니다. 이 수평의 움직임이 얼마나 어려운 건지 모릅니다.

니시오카 대목장이 말씀해 주신 호류지 목수 구전에 "나무 짜 맞추기는 치수로 하지 말고 나무의 성깔에 따라 하라."는 것이 있습니다. 나무의 성질을 꿰뚫어 그것을 살려 당탑을 짜 맞추라는 것인데, 사람에게도 들어맞는 말이에요. 저는 스무 명이 넘는 제자와 함께 거대한 건조물을 세우고 있습니다만, 더러는 나쁜 습관이 밴 제자도 있습니다. 손이 빠른 녀석도, 눈치 없는 녀석도 있지요. 끌질을 시키면 견줄 자가 없을 만큼 훌륭한 녀석도 있지만, 그런 녀석도 하나같이 저만의 어떤 버릇이 있습니다.

한쪽으로 치우친 그런 버릇을 없애지 않는다면 날붙이를 잘 갈기란 불가능합니다. 연장 가는 걸 보면 그 사람이 지금 어떤 수준인지 바로 알 수 있습니다.

아무튼 날붙이 갈기는 일단 무조건 해 봐야 합니다. 갈아 보아야, 날붙이가 오른쪽으로 휘어진 채 갈리고 있다, 그런 걸 알게 되지요. 그래야 오른쪽으로 휘는 것을 고치려는 마음을 먹을 수 있습니다. 하지만 오랜 시간 몸에 밴 습관이고, 그 사람이 지금까지 살아온 생활 방식이 버릇으로 고스란히 드러나는 것이니 그렇게 간단히 고쳐지지는 않습니다. '오른쪽으로 휘지 않게!' 하고 머리로 생각하면 할수록 더 잘 안 됩니다. 무심한 상태에서 간다고나 할까요? 자꾸 연습을 해 나가는 동안 팔, 어깨, 허리가 자연스럽게 제대로 자세를 잡게 됩니다. 거기까지 기다릴 줄 알아야 해요. 그 단계에 이르면 제자의 낯빛이 달라집니다.

품행이 거칠고 뻗장대던 녀석도 그래선 안 되겠다고 깨닫게 되는 거지요. 자기 마음을 고쳐먹게 됩니다. '이렇게 하는 게 더 좋을 거야.', '다음번에는 기술이 더 늘겠지?', '지금까지야 설렁설렁 살아왔지만 여기서는 이걸 못 갈면 다른 일은 시작도 못하잖아?', '내 습관을 고치지 않으면 날붙이 갈기는 안 돼. 절대 못 갈아.' 이런 식으로 말이지요.

이런 건 머리로는 익힐 수 없습니다. 경험이니까요. 몸으로 기억해야 하는 것이니 몸으로 익힐 수밖에 없습니다. 시험을 쳤는데 팔십 점이라는 합격점을 받았으니 된 거 아니냐는 식의 상대 평가하고는 다릅니다. 처음에는 자기가 잘 해 나가고 있는 건지 아닌지도 잘 모릅니다. 아무리 해도 잘 갈리지가 않거든요. 그건 어쩔 수 없어요. 자신을 완전히 비우고 날붙이 갈기를 시작한 것이 아니기 때문이죠. 습관이 몸에 뱄다면 사실 그 사람은 영점에서 한참 처져 있는 거나 마찬가지입니다. 우선 습관을 버리고 영점으로 돌아와야 합니다. 그러기 전에는 실력이 붙지 않아요.

제가 니시오카 대목장께 제자 입문을 청했을 때 거절당한 건 일이 없어서이기도 하지만, 나이가 너무 많다는 이유도 있었어요. 제자로 들어와 기술을 익히려고 한다면 "학문 같은 건 필요 없고 빠를수록 좋다. 늦어도 중학교 졸업한 나이쯤이라면 적당하다."고 하셨습니다. 몸으로 기술을 익히기 위해서는 쓸데없는 것에 물들지 않고 구김살이 없는 편이 좋다는 말이지요.

그렇지만 도제 수업은 힘이 듭니다. 자기 혼자 뒤처진 것 같은 생각도 들 테고요. 사회에 나간 동급생이나 친구들은 한 사람 몫의 일을 하며 제대로 된 월급을 받고 어엿한 어른으로 대접받습니다. 제가 불단 제작소에 들어가서 받은 일당은 백 엔이었습니다. 자동차를 팔던 친구가 있었는데, 제가 한 달에 삼천 엔 받을 때 그 친구는 팔만 엔 받았으니까요. 비교해 보면 참담한 거지요. 어쩔 수 없어요. 처음부터 다시 시작하는 거거든요. 지금까지는 학교에서 머리로 기억하는 훈련을 해 왔지만, 손과 몸으로 기억하는 공부를 이제 막 시작한 거였으니까요. 게다가 지름길 같은 것도 없는 분야잖아요.

이카루가코샤에 있는 동안은 그래도 좀 낫습니다. 모두 동료들이고 같은 길을 걷고 있으니까요. 앞서 가는 사람이 있다고 해도 다들 내가 하는 일을 이해하는 사람들이거든요. 그런데 잠시 바깥공기를 쐬게 되면 '내가 지금 뭐 하고 있는 건가.' 하는 생각을 하게 됩니다. 누구든 그런 생각이 듭니다. 그래서 좌절하는 녀석이 많아요. 저로서는 수업 도중에 집으로 보내기가 싫습니다. 정월이나 백중 때 고향에 갔다가 그대로 그만두는 제자도 있거든요.

게다가 매일 혼만 나니 자신감도 무뎌질 겁니다. 이 일이 적성에 맞는지 고민도 하겠지요. 시간이 얼마나 걸리느냐는 사람마다 다릅니다만, 착실히 하기만 한다면 반드시 실력이 붙습니다. 시간이 걸리는 건 어쩔 수가 없어요. 요령이 좋아 뭘 시켜도 소질이 있다며 칭찬받는 제자도 있습니다. 그런 사람이 장인이 되기에 적합하다고들 생각하겠지만, 그렇지 않아요.

잘 새겨들어야 합니다. 이 일은 빨리 간단히 습득하는 것보다 몸 구석구석에 이르기까지 제대로 익히는 것이 더 좋습니다. 그렇게 익히면 결코 잊지 않습니다. 머리는 금방 잊어버리지만, 머리와 몸은 그런 점에서 다릅니다. 손은 잊지 않으니까요. 다른 사람이 오 년 걸린 일을 십 년 걸려 하더라도 괜찮습니다. 실제로 일을 하게 되면서부터는 십 년 걸린 사람이 잘 해낼 확률이 더 높습니다.

제자들 가운데는 빨리 배우고 싶다며 책을 읽는 사람도 있습니다. 대팻날은 이렇게 가는 게 좋다, 이럴 때는 이렇게 하는 게 좋다, 책에 그렇게 써 있을 겁니다. 그걸 동료들한테 말해 주면, 다들 '아. 그렇구나.' 하고 고개를 끄덕입니다. 언어란 참 편리하죠. 그렇다고 생각하면 그 생각만으로도 마치 할 수 있을 것 같은 기분이 드니까요. 저한테도 그럴듯한 질문을 하러 오는 제자가 있습니다만, 지는 말로는 가르쳐 주지 않습니다. 해서 보여 줍니다. 하지만 본을 보여 줘도 좀처럼 이해를 못 하지요. 책에서 배운 건 자기 손으로 한 게 아니기 때문입니다. 그런 의미에서 책은 읽어도 아무 소용이 없습니다. 뿐만 아니라 그것을 의식하고 신경 쓰는 만큼 기술은 더디게 늡니다. 니시오카 대목장이 주신 편지글 가운데 "마음을 비우고 가르침을 받아들이도록 하라."는 글귀가 있습니다. 정말 맞는 말입니다.

시간을 들이다

궁궐목수 수업은 시간이 걸리는 일이지만, 저는 그게 좋다고 생각합니다. 사찰이나 탑을 짓는다면 완성되기까지 긴 시간이 걸립니다. 때로는 이 년, 삼 년도 걸리지요.

니시오카 대목장 곁에 있으면서 일을 대부분 실제 현장에서 배웠습니다. 궁궐목수 일을 배우자면 당이나 탑을 만드는 현장이 없이는 도무지 불가능합니다. 다행히 이카루가코샤를 세운 뒤부터 계속 일이 이어지고 있는지라, 제자가 들어오면 몇 군데 현장을 돌며 서로 다른 일을 경험해 볼 수 있게 되었습니다. 고마운 일이지요. 이게 만일 살림집을 짓는 일이라면 반 년 정도면 공사 하나가 끝나고 맙니다. 공사 기간이 짧으니 서두르지 않으면 안 되고, 일을 익히는 쪽도 그렇게 여유를 부릴 형편은 못 되지요.

하지만 이카루가코샤에서는 다릅니다. 서까래 깎는 것만 하더라도 몇백 개나 해야 하고, 서돌을 짜는 일만 해도 일 년은 걸립니다. 처음에는 자기가 어떤 일을 하고 있는 건지 모르지만, 시간이 지나면서 자신의 임무를 이해하게 됩니다. 이것이 중요한 부분입니다. 다른 사람이 하는 일과 어떤 관계인지를 이해하게 되는 것이니까요. 그러면서 점점 자기가 하는 일이 어떤 일인지 선명하게 볼 수 있게 됩니다.

날붙이 갈기도 그렇고, 궁궐목수의 일이란 시간을 들여 익혀야 하는 것입니다. 그래도 실제로 커다란 탑을 만들게 되면, 과연 이런 엄청난 일을 내가 해낼 수 있을지 고민하게 됩니다. 시간도 이 년, 삼 년 걸리는 일입니다. 그 시간에 져 버리면 마음이 짓눌린 듯 불안해집니다. 기가 꺾여 버리지요. 이삼 년이란 무서운 시간입니다. 내일까지라든가, 일 주일 안에 끝내라고 한다면 누구든지 그 시간을 가늠할 수 있습니다. 그런데 그것이 이 년 뒤, 삼 년 뒤가 되는 거니까요. 중학생이나 고등학생이라면, 졸업도 할 수 있을 만큼 긴 시간입니다. 만만하게 시삐 볼 시간이 아니지요. 그 시간의 무게에 지지 않기 위해서라도 시간을 들여 무언가를 완전히 소화하는 것을 몸으로 익혀 두어야만 합니다. 그래서 신입 제자가 시간을 들여 날붙이를 갈고, 식사 준비를 하고, 허드렛일을 하는 것이 중요하다는 것입니다.

그리고 이 정도 시간이 걸리는 일이기 때문에, 처음부터 끝까지 모든 일을 현장에서 체험할 수 있는 겁니다. 지금은 좋은 시대예요. 니시오카 대목장이나 할아버님의 시대에는 해체 수리를 통해 이 모든 것을 익힐 수밖에 없었습니다. 익히고 이어받은 기술로 새로운 당이나 탑을 지어 볼 기회를 좀처럼 만날 수 없었던 것이지요. 니시오카 집안은 대대로 호류지 목수 일을 해 왔습니다. 하지만 가문의 마지막 대목장이었던 니시오카 쓰네카즈에 이르러서야 비로소 탑과 당을 재건하는 새로운 일을 만날 수 있었던 것입니다. 그랬던 것이 지금은 당과 탑을 올리는 신축 현장이 몇 개나 있습니다. 아스카 시대와 하쿠호 시대의 장인이 그랬듯이, 자기 실력으로 새로운 탑을 만들 수 있는 기회를 맞이한 것이지요. 궁궐목수로서 이보다 더 큰 행복이 어디 있겠습니까?

시간은 사람을 키워 줍니다. 제가 현장에서 니시오카 대목장께 배운 것처럼, 목수 일이란 같은 공기를 마시고, 함께 톱질을 하고, 함께 나무를 짊어지고, 함께 밥을 먹고, 함께 시간을 보내면서 자연스레 익히는 것입니다. 학교에서는 정해진 시간 안에 얼마나 빨리, 얼마나 손쉽게 기억하느냐 하는 것이 문제입니다. 시험이 끝나면 잊어버려도 되니까, 시험 전날 통째로 외워 버립니다. 하지만 우리 제자들은 시간을 얼마든지 써도 됩니다. 익히기까지 시간은 넉넉합니다. 손에 기술이 익을 때까지 하면 됩니다. 저마다 맞춤한 일이 있고, 자기보다 조금 기량이 뛰어난 사람이 눈앞에서 본보기를 보여 줍니다. 이러한 동료들과 한솥밥을 먹고 있는 것이니 서로 무슨 생각을 하고 있는지도 잘 압니다.

아무튼 커다란 건물은 혼자나 둘이서는 결코 못 짓습니다. 여러 사람이 모여 오랜 시간을 들여 짓는 것입니다.

하고자 안달할 때까지 기다려야 한다

매일 날붙이를 갈고, 현장에서 장인들이 하는 일을 지켜보다 보면, 자기도 하고 싶다는 생각이 듭니다. 자기 날붙이가 얼마나 잘 갈렸는지 시험해 보고 싶어지는 거지요. 현장에서 청소하고 목재를 옮기는 동안, 자연스레 그런 기분이 드는 겁니다. 선배가 하는 대패질 따라 대팻밥이 나오잖아요? 그거 정말 기분 좋아 보입니다. 가볍게 밀었을 뿐인데 대패가 미끄러지듯 나가고, 혹 불면 날아갈 듯 종잇장보다 얇은 대팻밥이 나오는 걸 보고 있자면, 그런 선배가 정말 멋져 보이지요.

장인이 하는 일이 멋있어 보인다면 자기도 해 보고 싶어지지 않겠습니까? 그런 기분이 무르익고 날붙이 가는 실력도 제법 늘었을 때, 일을 맡깁니다. 그럴 때까지 하고 싶은 마음을 참도록 만드는 것이 중요하지요. 주변의 흔한 어머니들처럼, 원하는 것을 뭐든 금방 줘 버리면 받는 쪽에서는 크게 기쁘지 않습니다. 인간이란 원래 심술궂은 데가 있어서, 쉽게 손에 들어오는 것에는 금세 흥미가 떨어지지요. 그래서는 안 됩니다.

원하는 것을 줄 때에는 안달이 날 때까지 기다려야 합니다. 너무 빨리 주면 능력에 부쳐 일이 힘들고, 너무 늦게 주면 열정이 식어 버리게 됩니다. 때를 잘 보아서 커다란 나무를 주고 깎아 보라고 시키는 거지요. 주변에 널린 하찮은 나무를 주면 안 됩니다. 목수가 나무를 얼마나 소중히 다루는지는 지금까지 현장에서 뼈저리게 배웠을 겁니다. 함부로 하거나 더러운 손으로 만지면 쥐어박히곤 했으니까. 사찰을 짓는 부재는 꽹장히 비쌉니다. 이삼백 년은 족히 된 나무들이고, 기둥감이라면 천 년이 넘은 나무도 있죠.

아직 먹줄은 튕길 줄 모르니까 선배가 나무에 먹줄을 그어서 줍니다. 처음이고 나무도 크고 하니, 나무를 건네받은 쪽은 흠칫 놀라게 되지요. 다른 데서 도제 수업을 받고 온 목수들도 기가 죽어 위축될 정도니까요. 살림집을 짓는 목수와 궁궐목수의 가장 큰 차이점은 다루는 부재의 크기가 다르다는 겁니다. 작은 나무라면 쉽게 덤빌 수 있습니다. 하지만 거대한 나무는 그 존재만으로도 박력이 넘칩니다. 궁궐 같은 곳에 심겨진 삼나무나 녹나무 같은 거목 근처에 가면 가슴이 떨리는 것 같은 기분이 들 때가 있지 않습니까? 황송하다고나 할까, 거대한 나무를 신처럼 모신 기분이 이해가 가는 거지요. 이런 느낌은 부재를 대할 때도 마찬가지입니다.

특히 목수는 매일 나무를 다루는 사람이라 나무에 대해서 민감합니다. 커다란 부재를 앞에 두면, '내가 정말 할 수 있을까?' 그런 생각이 떠오를 수밖에 없습니다. 실력도 뱃심도 시험받고 있는 거지요. 장난삼아 만지작거릴 나무가 아니라, 아주 크고 비싼 나무를 맡겨, 깎게 하거나 끌질을 시킵니다. 이렇게 하는 게 맞는지, 어느 정도 깊이까지 파내면 되는지 몇 번씩 확인할 테고, 마지막에는 뱃심을 부려 결정해야만 합니다. 그렇게 성공한다면 커다란 자신감을 얻게 되는 거지요.

이럴 때 성격이 나옵니다. 개의치 않고 금세 달라붙어 연장질을 하는 녀석도 있고, 천천히 몇 번이나 곱자를 대 보며 누군가 "이제 적당히 좀 하고 깎아 보는 게 어때?" 할 때까지 고민하는 녀석도 있지요. 어느 쪽이든 다 괜찮습니다.

그러다 보면 머지않아 커다란 나무를 앞에 두고도 평상심을 유지할 수 있게 됩니다. 커다란 나무는 자연스레 사람을 크게 성장시키니까요. 생각해 보면 대단한 일입니다. 평범한 살림집을 지었다면, 평생 가도 천년을 살아온 나무를 만져 볼 일이 없었을 테니까요. 거대한 것을 대하다 보면 사람도 커집니다. 이상한 일이지요. 젊을 때부터 시간이다, 돈이다 그런 것만 생각하면 인간이 자잘해집니다. 여기서는 그럴 일이 없습니다. 어찌 되건 말건 마음껏 끝까지 해 버립니다. 그게 답니다.

십 년은 벼려야 하는 연장질

그렇게 연장을 쓸 수 있게 되면, 자신이 얼마나 미숙한지 깨닫게 됩니다. 같이 일을 하고 있는 장인과 자신의 차이를 알게 되는 거지요. 알고 싶지 않아도 알게 됩니다. 일단 연장 갈아 놓은 것부터가 다르니까요. 지금까지 열심히 갈고닦았고, 이 정도면 내 실력도 쓸 만하지 않겠나 생각했다가 발끝도 못 따라가는 수준이라는 걸 알게 되는 거지요. 게다가 연장 쓰는 솜씨도 다릅니다. 장인이 하는 걸 보고 있으면, 동작에 쓸데없는 움직임이 없습니다. 연장 다루는 솜씨가 깔끔합니다.

장인처럼 해 보자고 생각할수록 동작에 힘이 잔뜩 들어가게 됩니다. 하루 종일 그런 식으로 하다 보면 지치고 말지요. 젊은 자신보다 체력이 좋을 리는 없을 텐데, 옆에서 일하는 장인은 가볍게 해치우는 걸 보면서 왜 그럴까 생각하게 되지요. 목수는 힘으로 연장질을 하는 게 아닙니다. 적당히 힘을 준다는 게 어떤 것인지 알게 될 때까지 경험을 쌓는 수밖에 없습니다. 갑자기 실력이 느는 그런 일은 없으니까요.

어찌 되었건 목수 일의 뼈대는 목공입니다. 연장을 마음대로, 충분히 다룰 수 있는 것이야말로 좋은 목수의 기본 조건입니다. 연장을 자유자재로 다룰 수 있어야 비로소 자기 자신을 표현할 수 있거든요. 뜻대로 연장을 다룰 수 있기까지, 보통 십 년쯤 걸린다고들 합니다.

날붙이 갈기나 연장 쓰는 것에도 저마다 개성이 있습니다. 다들 버릇이 있는 데다가, 아무래도 재능이라는 천성도 있으니까요. 이런 것들이 배우는 동안 드러납니다. 학교에서는 구성원 모두를 동등하다고 여기고, 모두 같은 것을 같은 방식으로 가르칩니다. 하지만 사람은 전부 다릅니다. 배우는 것만 봐도, 빠른 사람 느린 사람이 있고, 잘하는 사람 못하는 사람도 있고, 손재주가 있는 사람 없는 사람도 있고 다들 제각각이지 않습니까? 일하는 모습을 지켜보며 개성을 판단한 다음, 각자에게 맞는 방식과 각자에게 맞는 현장을 찾아 주어야 합니다.

수업을 위해서는 제대로 된 현장이 중요합니다. 연장을 다룬다는 것은 다른 사람에게 배울 수 있는 게 아닙니다. 현장을 마련해 주고 연장을 쓰게 한 뒤에, 해 놓은 일을 마주하고서야 비로소 "네가 한 건 이렇다.", "이렇게 된 건 대패를 이렇게 썼기 때문이다."라고 말할 수 있기 때문입니다. 이런 충고를 들으며 자신의 연장질을 스스로 고쳐 나가는 겁니다. 그러므로 일이 주어지면 자연스레 스스로 일을 배울 수 있는 거지요. 사람은 누구나 일감을 앞에 두면 진지해지니까요. 일은 안 주면서 매일 연습용 나무만 깎게 해서는 아무것도 안 됩니다. 실력이 늘지 않아요.

니시오카 대목장도 그렇게 하셨습니다. 저한테 커다란 부재를 예사로 맡기셨으니까요. 그러면서 자신감이 붙었고, 연장도 다룰 수 있게 되었다고 생각합니다. 제가 제자를 키울 때에도 그렇게 할 수밖에 없습니다. 일할 줄 아는 녀석들만 모아서 해 나간다면 뒤를 이을 제자는 키울 수가 없으니까요. 시간을 들여 가르치고 키워 가다 보면 그 아이의 좋은 점이 커 나갑니다. 서둘러선 안 됩니다. 얼렁뚱땅 해 버려도 뭐가 문제냐고 생각하게 되는 데다가, 스스로를 속이게 만들기 때문입니다. 그런 생각들은 연장이 지나간 자리에 고스란히 남는 법입니다.

우리 일은 몇 년만 견디면 되는 주변의 흔한 집이나, 그저 한 이십 년 정도만 견디면 되는 건물을 짓는 것과는 다릅니다. 우리가 쓰는 나무는 천 년을 살았던 나무입니다. 그런 나무는 목재로서도 최소한 천 년은 가야 합니다. 그 수명을 제대로 끝까지 살려 내지 않으면 안 됩니다. 엉터리 공사는 나무의 힘을 죽이고 맙니다. 건조물은 어느 한 부분만 따로 고칠 수 없습니다. 가림막을 벗겨 냈다면, 더 이상 정정은 불가능합니다. 일을 한 사람은 그 건물의 약점과 잘못된 점을 알고 있겠지만, 나중에 고칠 수 있는 것도 아닙니다. 그러므로 늘 있는 힘껏 정성을 다하지 않으면 안 되는 겁니다. 그래서 궁궐목수 일이 엄격하고 힘들다는 겁니다.

그 대신, 연장질이 익숙해질수록 조금씩이나마 일에 재미가 붙습니다. 나무를 깎고 구멍을 뚫거나 하면 재미납니다. 날붙이 가는 것도 마찬가지예요. 처음에는 아무리 해도 늘지 않던 것이, 아주 조금이라도 실력이 늘었구나 싶으면 얼마나 재밌는지 모릅니다. 연장질을 처음 시작한 녀석한테는 주로 서까래를 깎게 하는데, 개중에는 연장을 잘 먹는 좋은 나무가 걸리기도 해요. 그런 나무는 슥슥 기분 좋게 대패가 나갑니다. 그러면 한순간 제 실력이 늘었구나 싶은 생각이 들지요. 그게 재미있어서 언제까지고 대패질을 하다가 서까래가 얇아져, 못 쓰게 만든 녀석이 있을 정도니까요.

잘 드는 날붙이로 무언가를 만든다는 건 정말 기분 좋은 일입니다. 사람을 시켜 일을 하는 도편수나 스승이 되기보다, 평생 연장만 잡고 살겠다는 사람도 있을 정도입니다. 그 재미가 잊혀지지 않는 거지요. 나무를 만지는 일에는 그런 이상한 매력이 있습니다.

기계의 힘을 빌리지 않고
이카루가코샤에서는 되도록이면 사람의 힘으로 일을 하려고 합니다. 궁궐목수 일에는 크고 무거운 재목이 많이 쓰입니다. 그래서 기중기나 삽차 같은 기계가 있으면 편리하지요. 이러한 기계 덕분에 아스카 장인들이 쏟았던 몇분의 일 남짓한 수고와 공사 기간으로 작업을 할 수 있게 되었습니다. 하지만 우리는 되도록 기계를 쓰지 않으려고 합니다.

기계로 하면 간단하지요. 무거운 나무를 옮기는 일도 금방 끝나니까요. 아스카 장인들은 무거운 나무를 짊어지고 이영차, 이영차 발판을 밟아 올라갔을 겁니다. 무거운 걸 들고 고생해 봐야 한다는 건 아니에요. 공사를 맡은 처지다 보니, 저야 일이 빨리 끝나는 게 좋습니다. 하지만 기계로 뚝딱 해치워 버리면 탑을 만들어야 할 목수가 아무 생각도 하지 않게 되지요.

목수 일이란 "일머리를 잡는 것이 일의 팔 할"이라 할 만큼, 다음에 할 일, 다음 과정을 생각하면서 일을 해 나가야 합니다. 때문에 목재를 가져와 정리할 때 바로 다음에 쓸 것을 먼저 내려놓으면, 그 목재를 써야 할 때 그 위에 있는 다른 목재를 치워야 하는 일이 생깁니다. 이런 게 반복되면 일이 나아가질 않는 거지요. 그러니 목재를 내려놓는 일 하나만 하더라도 잘 생각해서 해야 합니다. 목재 정리만 그런 게 아니에요. 나무 마름질도 그렇고, 짜 맞춰 나갈 때도 그렇고, 뭐든 다 그렇습니다. 기계로 하면 틀린 걸 간단하게 바꿀 수 있으니 목수도 대충대충 생각하게 되는 거지요. 대충대충 생각하는 버릇이 든 목수는 제대로 된 걸 만들지 못합니다.

전동 공구도 마찬가지입니다. 콧노래를 부르면서 밀어도 대패질이 가능하니까요. 손대패라면, 옹이가 있는지, 나무의 질이 어떤지, 자세히 보며 일을 하게 됩니다. 그러기 위해 지금껏 배웠던 것이니까요. 처음부터 끝까지 전동 공구를 써서 해도 뭐가 문제겠습니까? 하지만 그래서는 나무를 제대로 이해할 수 없습니다. 손으로 깎은 것이 뭐가 좋은지도 이해하지 못하겠지요.

우리도 사전 준비 과정에는 전기 대패를 사용합니다. 하지만 전동 공구는 손 연장을 제대로 쓸 줄 아는 사람이 씁니다. 손 연장을 제대로 쓸 줄 아는 사람은 전동 공구를 맡겨도 제대로 쓸 줄 아니까요.

그럼 무거운 나무는 어떻게 하느냐고요? 다 같이 듭니다. 그러면 들려요. 우리도 산처럼 쌓인 목재를 보고 있자면, 이렇게 큰 나무를 들어 올릴 수 있을지 불안해지기도 해요. 그런 걸 젊은 패들이 궁리를 해서 들어 올립니다. 무거운 걸 들 때 대충 드는 사람은 없어요. 대충 들다간 누군가 크게 다칠 수 있거든요. 자신의 안이함이 다른 사람의 목숨을 휘두를 수 있기 때문에 그 일에 집중하게 되지요. 다들 그런 마음이라 누구나 온 힘을 다하고, 알아서들 잘 합니다. 특별히 칭찬받고자 하는 것도 아니에요. 우리 현장에는 칭찬이 없으니까요.

기계가 없어도 사람 손으로 가능합니다. 이 사실을 알아야 해요. 그렇지 않으면 기계 없이는 아무 일도 할 수 없게 돼 버리고 맙니다. 이래서는 기계에 끌려다니는 것 아니겠습니까? 기계가 목수 일을 얼추 해치우더라도, 기계로 다루기 어려운 나무가 반드시 나오게 되어 있습니다. 기계는 나무에 맞춰서 날을 간다거나 각도를 조절하지 않으니까요. 그러면 어떻게 되냐고요? 기계로 다루기 어려운 나무는 쓰지 않게 됩니다. 그렇게 쓰기 편한 쪽으로 계속해서 흘러가고 마는 거지요. 그러면 장인의 손 기술 같은 건 죽어 버리고 맙니다. 장인의 손 기술이

죽으면 '제대로 된 것을 만들어 보겠다.' 할 때, 아무것도 못 하게 되어 버립니다. '기본으로 돌아가 생각해 보자.'고 할 때, 아무런 생각도 내놓지 못하게 됩니다.

> "연장을 제대로 못 쓰는 목수는 제 생각을 나타낼 수 없다. 그러니 실력을 갈고닦아라."

니시오카 대목장 말씀 속에는 그런 의미도 들어 있는 것이겠지요. 일은 사람이 생각하고 하는 행위라는 것을 가슴 깊이 새겨야 합니다. 사람이 만들었기 때문에 호류지도 야쿠시지도 아름다운 겁니다. 결코 기계가 만든 것이 아닙니다.

우리는 단지 건물만 짓는 것이 아니라, 사람도 키웁니다. 그래야만 나중에 저도 마음이 놓일 테고 다들 편해질 겁니다. 일이라는 것의 재미도 알게 되지요. 니시오카 대목장도 그런 생각으로 저를 품어 주셨을 겁니다.

제자를 돌보며 배운다

어느 수준까지 이르렀다면, 새로 들어온 사람을 제자로 붙여 줍니다. 이카루가코샤처럼 사람이 스무 명쯤 모이게 되면, 저 혼자서는 모두를 살필 수가 없으니까요. 니시오카 대목장 밑에 저 혼자 있던 때와는 크게 다른 점이지요. 일을 맡길 수 있을 정도라면 다른 사람을 돌보는 경험도 해 보는 게 좋습니다.

저는, 비교적 빨리 제자를 들였습니다. 아직 대목장의 제자였을 때 첫 제자를 들인 거였지요. 그게 잘한 일이었다는 생각이 듭니다. 장인이라는 사람들은 대부분 완고합니다. 자기 세계 속에 갇혀 버리는 경우가 많아요. 남한테 뭔가를 가르친다는 것은 본인에게 큰 공부가 됩니다. 게다가 언젠가는 궁궐목수가 되겠다고 한다면, 혼자서는 그 일을 못 합니다. 아무리 실력이 좋아도 그건 불가능해요, 혼자서는 기둥 하나 옮길 수 없으니까. 그러니 사람을 쓸 줄 알아야 합니다. 사람을 쓰는 건 연장을 쓰는 것만큼이나 중요합니다. 끌이나 대패도 그렇지만, 갑자기 그렇게 해 보자, 한다고 해서 잘되는 게 아니니까요. 어떤 면에서는 연장 쓰는 것보다 더 어렵습니다. 다정하게만 대해 줬다가는 가르칠 수가 없고, 화만 내서도 안 됩니다. 하나하나 자상하게 가르쳐서는 안 된다는 이야기는 이미 몇 차례 했지요.

가르치는 쪽도 수월찮이 공력을 들여야 합니다. 아이를 낳아 봐야 부모 마음 이해한다는 말을 자주 하지 않습니까? 마찬가지입니다. 제자를 두게 되면서 비로소 스승의 말과 교육 방식에 담긴 의미를 이해하게 됩니다. 자기는 별생각 없이 하던 일인데, 가르치는 처지가 되고서야 처음으로 그 의미가 무엇인지 생각하게 되는 거지요.

이런 것들이 자기 기술을 닦아 나가는 일에도 연결됩니다. 우리의 기술이란 그야말로 천삼백 년 전부터 이어져 온 것입니다. 혼자 완성시킨 건 단 하나도 없어요. 그런 의미에서 우리도 그 기술을 정확하게 이어 나가야 할 책임이 있는 것입니다. 가르친다는 것은 자신의 기술이나 사고방식이 올바른 것인지 다시 한 번 확인하는 작업이기도 할 겁니다.

몇몇 제자를 들이면서 그런 생각을 하게 되었습니다. 그런 까닭으로 일을 맡길 만한 때가 되면 제자를 붙여 주고 있는 것이지요.

겐짱이라는 녀석

사람은 저마다 몫이, 할 일이 있다고 생각합니다. 새로 들어와 아무 것도 할 줄 모르는 녀석이라도 청소나 식사 준비는 가능합니다. 자기가 할 수 있는 일을 하면서 공사에 참가하는 겁니다.

거대한 당이나 탑을 세워 올리자면, 여러 해 무리 지어 일을 해야 합니다. 모두 같은 실력, 그것도 훌륭한 실력을 지닌 사람들로 이루어진 집단보다, 기술은 제각각이더라도 인간적인 사람들이 모여 있을 때 오래 걸리는 일을 훨씬 더 잘 해내지요. 이카루가코샤에는 다양한 사람들이 있습니다. 연장질만 보자면 저보다 훨씬 나은 녀석도 있고, 도편수가 될 만한 자질을 보이는 녀석도 있어요. 사람은 다 제각각 다릅니다. 그리고 제각각 다르다는 게 좋은 겁니다.

호류지 목수 구전에 이런 것이 있습니다.

"백 명의 장인이 있으면 백 가지의 생각이 있다. 그것을 하나로 모으는 것, 이것이 대목장의 기량이자, 가야 할 바른 길이다."

백 사람이 있으면 저마다 다른 생각이 있고, 그것을 하나로 모아 가는 것이 우두머리가 할 일이라는 말이지요. 과연 지당한 말씀입니다. 현재 제 밑에 있는 제자는 스무 명입니다. 그 스무 명은 각자 전혀 다릅니다. 물론 실력도 다르지요. 연장질이 뛰어난 사람도 있고, 그렇지 못한 사람도 있습니다. 다른 사람들과 소통을 잘하는 사람도 있고, 그렇지 못한 사람도 있습니다. 계산을 잘하는 사람도 있고, 그렇지 못한 사람도 있습니다.

하지만 저는 '이 아이는 이런 일이 적성에 맞다.'며 제가 나서서 그런 것들을 애써 권하거나 하지는 않습니다. 그러지 않아도 되니까요.

누구나 일을 맡게 되면, 그 속에서 자기 위치를 자연스레 알아차리고 제 할 일을 하게 되어 있거든요.

제가 입을 닫고 있어도 괜찮습니다. 의견을 한데 모으는 사람이 있어, 결국 그 일을 해냅니다. 여럿이 모여 있다 보면 반드시 그런 사람이 나오기 마련이지요. 목수 일은 결국 자기 일을 남한테 넘겨서는 안 되는 일이에요. 이것을 해야 한다고 여긴다면, 자신이 그것을 다 해낼 때까지 그 일은 아직 끝난 게 아닙니다. 제자로 배우는 동안 이러한 마음가짐을 충분히 다져야 합니다.

현장에 가면 대개 아무 말 없이 일을 합니다. 일일이 묻는 녀석도 없고, 일일이 이렇게 하라고 소리 지르는 녀석도 없습니다. 다들 자기 할 일을 알고 있으니, 그 일이 끝날 때까지 묵묵히 하는 거지요. 제가 니시오카 대목장과 함께 일할 때도 그랬습니다. 쓸데없는 말은 하나도 없었습니다. 일하다가 모르는 것이 있어도 스스로 생각했지요.

얼마 전이었습니다. 제자 둘이서 본당 천장에 판재를 붙이던 중이었는데, 천장 가장자리까지 붙여 가다 보니 어떻게 일을 마쳐야 할지 모르게 되어 버렸어요. 지금까지는 위아래로 나눠서 일을 했지만, 마지막 판재를 붙이기 전에는 위에 있던 사람이 내려와야 했거든요. 하던 대로 끝까지 한다면 위에서 작업하던 사람이 천장에서 못 내려올 판이었어요. 어떻게 해야 할지 생각했겠죠. 그렇다고 그 자리에 주저앉아 고민하는 건 아니었습니다. 둘이서 마지막 판재를 들고 여기 뒀다가 저기 뒀다가 궁리 중이었습니다. 그러더니 지금처럼 했다가는 마지막 부분이 들어맞지 않고 떠 버리게 된다는 걸 알게 됐지요. 마지막 판재를 딱 맞게 끼워 넣기 위해 어떻게 해야 할지 궁리하기 시작하더군요.

판재 크기를 작게 할 수는 없는 일이었습니다. "홈을 더 깊게 파는 건 어떨까?", "그 수밖에 없겠다." 그런 이야기를 나누며 고민하더군요. 옆에 다른 사람들도 많았습니다. 미닫이틀 작업을 하던 녀석도 있었지요. 하지만 아무도 "이렇게 하면 된다."고 일러 주지 않았습니다. 그 두 녀석도 묻지 않았고요. 만약 물으러 왔다면 가르쳐 줬겠지요. 그런데 물어서 해결하지 않고, 이렇게 하는 건 어떨까, 둘이서 의견을 나누며 그 일을 끝냈습니다. 그렇게 천장 판재 일은 제대로 끝이 났지요.

만약 학교나 집이었다면 어땠을까요? 바로 달려가 "이렇게 해!" 하고 가르쳐 줬겠지요. 가르쳐 주는 건 간단한 일입니다. 만약 바쁜 현장이고, 빨리 끝내야만 하는 공사라면 "이런 것도 못 하냐?" 하면서 호통치는 사람이 나올 테고, 그 사람이 후딱 그 일을 해치웠을 겁니다. 하지만 우리 현장에서는 그런 일이 없습니다. 물론 둘이서 사흘이고 나흘이고 생각만 하느라 일을 못 한다면 곤란하겠지요. 그런데 그런 일은 없습니다. 그 자리에서 천장 일이 제대로 끝났으니까요. 마지막 마무리도 같은 식으로 잘 해냈지요. 하고자 하면 다 되는 겁니다.

니시오카 대목장은 문화재청이 지정한 보존 기술 보유자입니다. 아스카와 하쿠호 시대의 목조 건물과 그 의미에 대해 전부 알고 계시는 분이지요. 쇼와昭和 시대*에 탑을 재건할 때였는데, 학자하고 논쟁이 붙었습니다. 철재를 쓰느냐 마느냐 하는 걸 두고요. 대목장은 이렇게 잘라 말했습니다.

"아스카 시대의 건축물은 철을 쓰지 않고 천삼백 년이나 견뎌 냈습

---

* 쇼와昭和 시대 : 1926년부터 1989년까지, 히로히토 일왕의 재위 기간을 이른다.

니다."

학자는 이렇게 항변했지요.

"그건 니시오카 대목장처럼 모든 기술을 알고 있는 사람이 있을 때 그런 거지요. 그런 사람이 있으면 다행이지만, 언제까지고 그런 사람이 있으리란 보장은 없습니다. 그러니 철을 쓰는 게 어떻겠습니까?"

하지만 그건 틀린 말입니다. 어떤 기술로 뭔가를 만들었다면, 그것이 없어지기 전까지는 그 기술도 사라지지 않아요. 제대로 된 나무를 만지는 목수라면 사물을 보기만 해도 어떻게 해야 그것을 만들 수 있을지 압니다. 하라는 것만 하면 되는 회사원하고는 다르니까요. 거기에 얽힌 일을 이해하지 못한다면 제대로 된 목수가 아닙니다. 기술은 차근차근 쌓아 가는 것이지, 갑작스레 전혀 새로운 것이 튀어나오는 게 아니거든요.

배움을 쌓아 가다 보면 한 발짝씩 기술이 자라납니다. 목수의 기술이란 그런 겁니다. 후대 사람들이 못 할 거라고 생각하는 건 무례한 겁니다. 해 본 적이 없는 사람한테는 목수들의 호흡이 이해되지 않겠지요. 안 될 거라고 생각하는 건 머리로 일하는 사람들 사고방식입니다. 우리는 다릅니다. 재료를 앞에 두고 연장을 손에 쥐었을 때, 할 수 있을지 없을지 모르겠다면 '어떻게 하면 할 수 있을까?'를 생각합니다. 하기 전에는 생각하지 않아요. 그러기 위해 제자로 들어와 훈련을 쌓는 겁니다.

현장에는 다양한 사람들이 있습니다. 말없이 일을 한다고 했지만, 그렇다고 작업 현장이 껄끄러운 분위기인 건 아니에요. 평온합니다.

긴장감은 있죠, 다들 필사적이니까요. 하지만 그 속에 평온함이 돌 수 있는 까닭은 그런 분위기를 만드는 녀석이 있어서예요. 그렇다고 까불까불 장난친다거나 그런 건 아닙니다.

겐짱이라는 제자가 있습니다. 몸집도 크지 않아요. 마르고 작은 녀석인데, 중학교를 졸업하자마자 열일곱의 나이로 입문했지요. 체구도 그때와 그다지 달라지지 않았습니다. 겐짱 아버지는 솜씨 좋은 목수지요. 와카야마和歌山 현 류진무라龍神村라는 곳에서 살았는데, 밭농사를 돕고 가끔 낚시하러 가기도 하고 그랬대요. 학교 성적은 꼴등이었고요. 그 녀석 아버지가 아들을 돌봐 달라며 직접 데리고 오셨지요.

말재주가 있는 것도 아니었습니다. 계산을 잘하는 편도 아니고요. 겐짱이 신입 제자로 들어와 밥 당번을 할 때 일인데요, 한 달 치를 계산했더니 한 사람당 밥값이 삼만 이천 엔씩 나왔다는 거였습니다. 다들 놀랐지요. 절대 그럴 일이 없으니까요. 장부를 보여 달라고 해서 다른 녀석이 계산했습니다. 계산이 완전히 틀렸어요. '0'을 하나 더 붙이고 덜 붙이고 하는 수준으로 틀린 게 아니었습니다. 간단히 말해 계산을 못 하는 녀석이었던 거지요.

계산하는 게 싫으니 되도록 뭘 사러 나가지도 않았고, 갈 때도 잔돈은 안 가져갔습니다. 항상 만 엔짜리나 오천 엔짜리만 들고 갔지요. 큰 돈을 내면 잔돈을 거슬러 주니까요. 자기가 계산하지 않아도 되는 거지요. 받아 온 돈은 깡통에 넣었습니다. 옷도 안 사고 책이든 뭐든 필요한 게 없는 녀석이었습니다. 그러니 돈이 쌓여 갔지요. 자기한테 얼마가 있는지도 모르는 겁니다. 욕구가 없는 거지요. 뭐가 갖고 싶다, 그런 게 없는 녀석이었습니다.

그런 녀석이었으니 영어도 잘 못 했습니다. 언젠가 선배가 노래방에 데리고 간 일이 있었어요. 잘은 못 하지만 겐짱한테도 노래를 시켰지요. 그랬더니 영어 가사가 나오자 입을 꾹 다물고 있는 겁니다. 이상한 녀석이구나 싶었는데 나중에 물어보니 영어를 전혀 못 한다고 하더군요. 어느 정도 못 하느냐고 물어봤지요.

"성적표에 영어가 1이었어요. 1이었으니 그래도 약간은 할 줄 알겠거니 하시겠지만, 사실은 빵점이에요. 하지만 성적표에는 0이 없으니 1이 된 거죠."

그래서 좀 더 물어봤더니, 산수는 덧셈은 할 줄 알고 뺄셈도 그럭저럭, 곱셈도 아예 못 하는 건 아니라고 했어요. 그런데 나눗셈은 전혀 못 한다는 거였습니다. 무슨 말인지도 모르겠고, 나눗셈이라는 소리만 들어도 머리가 멍해진다는 겁니다. 아무튼 분수가 나오거나 소수점이 붙으면 뭐가 뭔지 하나도 모르겠대요. 왜 숫자 위에 숫자가 올라가는지, 왜 숫자와 숫자 사이에 점이 찍히는 건지 모르겠다고 했지요.

저도 고등학교 때 쉰다섯 명 중에 오십오 등이었지만 그 정도는 할 줄 압니다. 목수들한테도 규구술이라는 꽤나 어려운 계산법이 있어요. 계산을 전혀 못 해서는 곤란합니다. 덧셈만으로는 어렵죠. 나눗셈, 소수점, 분수도 필요하니까요. 그래서 함께 있던 동료가 서점에 가서 초등학생용 산수 문제집을 사 와서는 겐짱을 가르치기 시작했습니다. 기특했지요. 일이 끝난 밤에 산수 공부를 했으니 말입니다.

이런 맹한 녀석이었지만, 현장에서는 제법 쓸모가 있었습니다. 다른 누구도 겐짱처럼 못 해요. 그렇게 하려고 애쓴 것도 아닐 겁니다. 만약 작정하고 그랬다고 한다면 그것도 대단한 거지요. 겐짱의 어떤 점이 그렇게 좋으냐고요? 그 녀석이 있으면 현장 분위기가 부드러워집니다.

겐짱이 있는 현장은 껄끄럽지가 않아요. 대단한 녀석이지요. 많은 이들이 여러 해 함께하는 현장에서는 이런 사람이 꼭 필요합니다. 누구나 마음먹는다고 할 수 있는 그런 일이 아닙니다. 뛰어난 도편수가 사람을 이끄는 것과는 다르지요. 겐짱 덕분에 사람들 마음이 한데 모입니다. 이상한 일이지요. 사회였다면, 어눌한 데다가 계산도 못 하는 겐짱을 낙오자라고 상대조차 안 해 줬을지 모르지만, 우리 현장에서는 중요한 존재니까요.

이것만으로도 겐짱은 제 몫을 충분히 하는 셈이지만, 이 천진함이 다른 데에도 도움이 됐습니다. 이런 녀석은 구김살이 없고 순수합니다. 쓸데없는 것을 생각하지 않으니까요. 겐짱한테는 우선 다른 건 다 괜찮으니 날붙이를 제대로 갈 수 있도록 가르쳤습니다. 이런 식으로 갈아 보라고 본보기를 보여 줬지요. 그랬더니 곧잘 가는 거였습니다. 그 녀석 아버지는 목수치고는 특이한 사람이었습니다. 아들한테 목수 일도 연장질도 아무것도 가르치지 않았거든요. 이카루가코샤에 와서 처음으로 연장을 쥐어 본 녀석이었지요.

올해로 겐짱이 들어온 지 팔 년째입니다. 연장 가는 데 있어서는 우리 중에서 첫 번째, 두 번째에 드는 솜씨입니다. 연장도 잘 갈고 일하는 게 꼼꼼한 녀석이니 끌을 맡겨도 그 솜씨가 훌륭했습니다. 그만큼 일을 할 줄 알게 된 뒤로는, 다른 사람의 일이 어떤지도 볼 수 있게 되었지요.

"겐짱, 그 녀석 솜씨는 어때?"

"괜찮긴 한데, 좀 서두르는 편이에요."

물어보면 이렇게 꽤나 적절한 대답을 할 줄 알고 말입니다.

겐짱은 자신이 그런 위치에 있다고 남 위에 서려고 드는 사람이 아니에요. 묵묵히 자기 일을 해 나가는 거지요. 그러면서도 젊은 녀석이 제자로 들어오면 날붙이 가는 걸 가르쳐 주기도 합니다. 겐짱 같은 사람은 남한테 뭔가를 가르칠 때 절대 화를 내지 않아요.

류진무라에 있는 겐짱의 집에는 논밭이 조금 있습니다. 장남이고 하니 모내기나 가을걷이 때에는 시골에서 농사일을 돕지요. 어떤 목수가 되고 싶으냐고 물으니, 바쁜 시절에는 농사를 짓고 그게 끝나면 목수 일을 하겠다는 겁니다. 옛 호류지 목수가 살아온 바로 그 방식입니다. 니시오카 대목장을 마지막으로 하는, 궁궐목수 본연의 생활 방식인 것이지요. 자신의 생활 방식을 이해하고 땅에서 멀어지지 않는 삶을 살겠다는 거였습니다. 이렇게 살면 이익에 떠밀려 날림으로 일하는 법은 없을 겁니다. 그러고 보니 겐짱은 똑똑하게 사는 것만이 정답은 아니라는 것을 가르쳐 준 중요한 존재였구나 싶습니다.

커다란 사찰이나 탑을 짓는 것이 궁궐목수의 일입니다만, 이렇게 각자 능력이나 성격에 맞는 일도 있습니다. 그 하나하나가 다 중요한 일들입니다. 함께 생활하고 일을 하다 보면, 모두 힘을 모아 같이 해 나가 보자는 기분이 듭니다. 그렇게 일을 해 나가는 가운데 점점 더 많은 일을 배워 가는 거지요. 스승이나 도편수만 무언가를 가르쳐 주는 건 아닙니다. 각자가 자신의 좋은 면을 보여 주고, 그것을 다른 사람이 배워 가는 것이지요. 어떤 것을 배운다는 것의 진정한 뜻은 이런 것 아니겠습니까?

아들 료이치

겐쨩의 아버지 마쓰모토 진松本仁은 야쿠시지 금당과 서탑을 재건할 때 도편수 니시오카 대목장 밑에서 부도편수를 맡았던 실력 있는 사람입니다. 모두에게 '진상仁さん'이라 불리며 존경받았던 장인이지요. 앞에 말했던 기쿠치와 오키나가도 그 양반 도움을 꽤 많이 받았습니다. 야쿠시지 일이 끝난 뒤에는 이카루가코샤에 들어와 젊은 제자들을 봐 주기도 했지요. 이카루가코샤의 전력戰力 면에서 중요한 인물이었습니다. 그런 마쓰모토 씨가 겐쨩이 중학교를 졸업할 때 이런 말을 했습니다.

"오가와 씨, 우리 집 아들 녀석을 맡아 주지 않겠소?"

"좋아요. 제가 맡지요. 그 대신, 미안한 말이지만, 마쓰모토 씨는 그 만두셔야 합니다."

아들을 맡기 위해서는 부모가 근처에 있어서는 안 됩니다. 마쓰모토 씨는 실력이 좋으니 어디서든 일자리를 찾을 수 있는 사람이었지요. 마쓰모토 씨가 없다는 건 우리로서도 큰 손실이었습니다. 하지만 그 아들을 맡아 가르치기 위해서는 그럴 수밖에 없는 일입니다. 그러지 않으면 그 아이가 커 나가지 못하거든요. 어설프게는 못 하는 거지요. 그 아이의 일생을 맡는 거니까요. 그러자 마쓰모토 씨는 "알겠소. 부탁하네."라며 이카루가코샤를 그만뒀습니다.

그렇게 해서 겐쨩을 제 첫 제자였던 기타무라에게 맡겼지요. 이런 당부와 함께 말입니다.

"이 녀석은 다른 건 다 제쳐 두고, 구멍을 팠다 하면 누가 판 구멍보다 훌륭하다는 소리를 듣도록 해 주게. 다른 건 어찌 되든 상관없어. 그 하나로도 충분해. 잘 가르쳐 주게."

배우는 속도가 더딘 사람이라도 같은 것을 최선을 다해 하다 보면 반드시 실력이 늡니다. 다른 사람보다 시간이 더 걸려도 상관없어요. 그렇게 해서 구멍 하나라도 제대로 팔 수 있게 된다면 그 다음엔 대패질을 배워 나가면 됩니다. 얼렁뚱땅 뭐든 할 줄 아는 것보다 이런 편이 훨씬 나아요. 겐짱은 지금 제대로 된 목수로 자랐습니다.

이번에는 우리 집 아들 녀석입니다.

우리 집 큰아이 료이치^{料一}는 쉽게 말해 불량 청소년이었어요. 중학교 때 온갖 사고를 치고 다녀서 저도 빌러 곧잘 학교에 불려 갔지요. 그래도 저는 나쁘지 않다고 생각했습니다. 특별히 공부 잘하는 아이가 되지 않아도 괜찮았으니까요. 본인은 고등학교에 가고 싶어 했지만 갈 수가 없었습니다. 성적은 어떻게든 되겠지만 생활 기록부가 최악이었거든요. 그래서 "어떡할래? 어디 다른 데 취직할 테냐? 아니면 이카루가코샤에 들어올 테냐?" 하고 물어보니 이카루가코샤에 들어오고 싶다고 하더군요. 그래서 니시오카 대목장께 데리고 갔습니다. 인사를 드리러 간 것이지요. 그랬더니 대목장이 이렇게 말씀해 주셨어요.

"그렇게 해 줄 테냐? 고맙구나."

이런 말, 좀처럼 하기 쉬운 말이 아닙니다. 보통은 "고등학교 정도는 졸업하는 게 좋지 않을까?" 그렇게들 말하니까요. 그런데 그게 아니었습니다. "그렇게 해 줄 테냐?"였으니 말이지요.

그러던 중에 사립 고등학교에서 합격장이 날아왔습니다. 막상 이렇게 되고 보니 료이치는 고등학교에 가고 싶어졌지요.

"나, 학교에 갈래. 학교에 갈 거야!"

료이치가 저한테 와서 그러더군요. 그 녀석이 고등학교에 가고 싶어 한다는 건 알고 있었습니다. 하지만 짚고 넘어가야 할 게 있었지요.

"잠깐만, 료이치. 거드름 부리는 그 말투는 뭐냐? 나는 특별히 네가 윗학교에 가 줬으면 하지 않는다. 가고 싶다면 '보내 주십시오.' 정도 되는 정중한 말을 하는 게 좋지 않을까?"

그랬더니 "학교에 보내 주십시오."라며 정중히 부탁을 하는 거였습니다. 그렇게 료이치는 고등학교에 들어갔지요. 처음에는 반에서 십 등 정도였습니다. 그러다가 어떤 일로 학교에 불만을 품게 됐지요. 그렇게 되면 다 헛일입니다. 싸움질 하고, 오토바이 타고 돌아다니고, 시너도 마시고 그랬으니까요. 머리는 물들이고 귀에 구멍을 뚫어 귀걸이도 하고 다녔습니다.

그래도 아내는 고등학교만은 졸업하기를 바랐던 것 같아요. 료이치더러 학교 그만두고 이카루가코샤로 오지 않겠냐고 하니 화를 냈으니까요. 저는 료이치가 어떤 바보 같은 짓을 해도 끝내는 내가 맡겠다는 생각을 하던 터라 아내처럼 화를 내거나 하지는 않았습니다. 료이치는 결국 스스로 학교를 그만두고 이카루가코샤로 들어오게 됐죠. 엘비스 프레슬리 같은 머리 모양에 헐렁한 바지를 입고 왔어요.

하지만 이카루가코샤에 들어왔다고 해서 제 감시 아래 료이치를 두고 키우겠다는 것은 아니었습니다. 이카루가코샤의 젊은 녀석들한테 료이치를 맡겼지요. 이카루가코샤에는 고등학교 때 허구한 날 싸움만 하고 돌아다니던 거친 녀석들이 잔뜩 있어요, 물론 대학을 졸업하고 들어온 녀석도 더러 있지만. 이런 녀석들도 날붙이 가는 것부터 시작해, 남들 도움을 받아 가며 제 몫을 하는 목수가 됩니다. 폭력이나 명분으로 그렇게 만든 게 아니에요. 싫으면 언제든 그만둬도 되니까요. 때린다거나, 후배한테 자기 빨래를 시킨다든가, 선배도 이런 불합리한 짓은 하지 않습니다. 밥을 차리거나 청소를 하는 건 자신이 할 수 있는 일이 그것뿐이라서예요. 그렇게 료이치도 숙사에 들어왔고, 청소, 밥 당번, 날붙이 가는 연습을 시작했습니다. 제법 열심히 하고 있죠.

제가 아들을 제자로 키우게 된 건, 제 아이를 다른 사람에게 맡길 길이 없었던 터라, 어쩌다 보니 그렇게 된 것이었습니다. 그래서 곁에 두면서도 이카루가코샤의 젊은 녀석들한테 맡기는 형태를 취했지요. 하지만 몇 년 뒤에는 다른 곳으로 보낼 생각입니다. 그렇게 주변 사람들에게 배우며 커 가는 거지요. 생활의 기초, 목수의 기초를 다 배운다면, 어떻게 살아야 할 것인가에 대해서는 다른 곳에서 배우길 바라는 마음입니다.

현장을 마련해 주고 그 환경 속에서 생활할 수 있게 하는 것이 사람을 키운다는 것이라 여기고 있습니다만, 꽤나 어려운 일이기도 합니다.

실수를 깨달았다면 고쳐라

실수한 적 참 많습니다. 나중에 되짚어 생각하면 저절로 식은땀이 날 정도예요. 이삼 년씩 걸리는 큰일을 맡을 때마다 '과연 내가 할 수 있을까?' 그런 생각을 합니다. 처음 독립해서 일을 맡았을 때도 그랬고, 지금도 그런 기분이 들 때가 있습니다.

물론 가능하다 싶어 일을 맡는 것이지만, 걱정은 항상 있지요. 하물며 건물은 저 혼자서 세울 수 있는 것이 아니라, 많은 사람이 모여야 할 수 있는 일입니다. 제자들의 역량이 어느 정도인지는 잘 알고 있지만, 일을 맡을 때마다 조금씩 목표를 높게 잡아 둡니다. 그래서 늘 걱정스러운 마음이 드는 것이겠지요. 하지만 이렇게 조금씩이나마 목표를 높게 잡지 않으면, 사람이 자라지 못합니다. 일하는 사람들도 활기가 돋지 않고요. 완성했을 때 '해냈다!' 하는 즐거움도 목표를 높게 삼았을 때 더 크니까요.

우리 일이란 게, 같은 것을 두 번 만드는 경우가 없습니다. 당이나 탑이 그런 건축물인 이유도 있고, 숲에서 베어 낸 편백나무 하나하나가 전부 다르기 때문이기도 합니다. 일이 끝난 뒤, '저기는 이렇게 하는 게 더 좋지 않았을까?' 싶은 때도 있어요. 이런 부족한 점을 다음에 참고로 삼지만, 또 그때가 되면 불안하긴 마찬가지입니다. 도면을 그리고, 그 도면에 틀린 곳은 없는지 몇 번이나 확인합니다. 그런 다음 실제 치수로 도면을 옮기지요. 곡선이나 뼈대의 얼개가 어떤 모양이 될지 잘 가늠해서, 고쳐야 할 곳이 있다면 이때 고칩니다. 하지만 이 작업이 끝난 뒤부터는 목수들이 먹줄을 긋고 각자 나무를 깎기 시작하기 때문에 고치기 어려워집니다. 여기까지도 몇 차례 수정 작업이 있습니다. 다시 말해 틀렸거나 불완전한 부분이 있다는 말이지요. 이렇게나 거대한 건조물에, 정신이 아득해질 정도로 많은 부재가 필요한 작업입니다. 완벽할 수가 없지요. 거들먹거리는 소리는 아니지만, 완벽이란 불가능합니다.

호류지나 야쿠시지, 그리고 다른 건조물을 보더라도 틀린 부분을 이어 붙이거나 고친 흔적이 있습니다. 호류지만 해도, 대접받침이나 기둥의 치수 하나하나가 달라, 고치거나 이어 붙이지 않고서는 어려운 부분이 있었을 겁니다. 목재 하나를 짜 올릴 때마다 도면을 고쳐 나간 것이지요. 그 시대 연장들로만 만든 것이고, 나무를 일일이 쪼개어 만든 판재나 각재를 사용한 것이니까요. 모든 부재의 치수가 도면과 같다는 것이 더 이상한 노릇일 겁니다. 이렇게 생각하면, 치수가 조금 틀렸다고 벌벌 떨고 있을 수만은 없는 것이지요.

물론 나중에 얼굴이 새파래졌던 때도 있어요. 언제였던가, 목재를 짜 맞춰 가다 보니 거기 있어야 마땅한 토대▪가 없는 거였어요. 치수가 틀렸던 거지요. 어쩔 수 없으니 다들 쉬는 시간에 기둥에 이어 토대를 만들어 붙였습니다.

제자들이 뭔가 실수했을 때는, 근처를 지나가기만 해도 압니다. 분위기가 이상하거든요. 무슨 일이냐고 물으면 대부분 너무 많이 깎았거나 잘못 깎았거나 하는 그런 일입니다. 어쩔 수 없는 일이니 고칩니다. 어쨌든 틀린 그대로는 쓸 수 없으니까요. 건물이기 때문에 서돌 하나만으로도 다른 것에 영향을 줄 수 있습니다. 고치는 거지요. 장인들도 나중에 웃으면서 실수담을 이야기하고는 합니다. "홍량虹樑▪을 거꾸로 깎아서 극락왕생할 뻔했다."거나, "이번에 보러 갔더니 서까래 치수가 다른 것보다 약간 긴 부분이 있더라."거나, 그때는 이랬네 저랬네, 그런 이야기들이지요.

틀렸다는 걸 알았을 때 목수는 행동이 빠릅니다. 틀린 것은 곧바로 고쳐 버리지요. 잘라 버린 나무를 잇는다거나 구멍을 새로 뚫거나 그렇게 합니다.

뭐든 완벽하게 치수대로 만드는 것만이 옳다고는 생각하지 않습니다. 나무는 저마다 성질이 있고, 마르면서 줄어들기도 하니까요. 일을 다 마쳤을 때의 그 모습이 완성품도 아닙니다. 건조물에 따라서는, 기

▪토대 : 기초 위에 가로대어 기둥을 고정하는 나무 부재.
▪홍량虹樑 : 무지개처럼 위쪽으로 휜 들보.

와 무게가 더해져 이백 년은 흘러야 안정된 모습을 찾는 경우도 많이 있어요. 그러니 눈앞의 자잘한 것에 얽매이지 말고, 상황에 따라 도면을 고쳐 가야 합니다. 그렇지 않으면 거대한 건조물은 지을 수 없습니다. 기계를 써서 치수대로 완벽하게 세운 것보다, 가지런하지 않더라도 그것을 훌륭하게 짜 맞춰 낸 호류지가 훨씬 더 아름다우니까요.

실수를 깨달았다면 고치면 됩니다. 숨기거나 얼렁뚱땅 넘겨서는 안 됩니다.

궁궐목수라는 일

니시오카 대목장은 "불법을 전하는 사람을 키우는 도량을 짓는 것이 궁궐목수의 일이다."라고 하셨습니다. 하지만 저는 스님의 청을 받들어 신도분들이 기뻐할 건물을 세우고 있다고 생각하고 있습니다. 수많은 신도들이 낸 보시금으로 짓고 있는 것이니까요. 그분들의 마음을 위안할 수 있는 장소를 만들고 있다고 생각합니다.

저는 이 일을 니시오카 대목장께 배웠습니다. 니시오카 대목장은 당신 할아버지께 배우셨지요. 물론 기초를 닦은 뒤에는 스스로 찾아보고 연구해야 했을 테지만, 고대 건축에 대한 마음가짐과 기술은 할아버님께 배우셨겠지요. 할아버님은 또 그 아버지나 할아버지한테 배우셨겠지요. 이렇게 계속 거슬러 올라가면, 천삼백 년 전에 호류지를 세우기 위해 모여들었던 아스카 장인들에게 다다르게 됩니다.

오늘날 건축은 새로운 소재나 새로운 건축법을 연구하는 것이 그 중심입니다. 커다란 빌딩이나 거대한 다리, 고속도로가 엄청나게 많이 들어섰지요. 하지만 전부 새로운 방식으로 지어진 것들입니다. 나라 현에는 천삼백 년 전부터 지금까지 견고하게 서 있는 호류지와 야쿠시지 같은 아름다운 건물이 존재합니다. 그런데 다들 이것을 미술품쯤으로 여기고 있어요. 물론 그 아름다움을 연구하는 것은 좋습니다. 하지만 호류지와 야쿠시지도 거대한 다리나 빌딩과 마찬가지로 건조물입니다. 거기에 감춰져 있는 기술과 지혜란 정말 대단한 것입니다.

그 기술과 지혜를 이어받아 연구한 사람은 학자나 연구자가 아닌, 니시오카 대목장 같은 목수였습니다. 그리고 부족하지만 우리들도 그것을 이어받았다고 생각합니다. 이러한 기술과 지혜는 학자의 말이나 책으로는 이어받을 수가 없습니다. 목수가 몸으로 배우고 손으로 이어받은 그 기억을 다음 세대에 전하지 않는다면 실제로 남길 수 있는 것은 아무것도 없습니다.

새로운 도구가 나오고, 기계가 도입되고, 전기가 동력이 된다 하더라도 이 기술은 결코 그것들이 대신하지 못합니다. 나무 한 그루 한 그루를 어떻게 쓸 것인지, 나무의 성질을 꿰뚫고 다루는 일에 고대 건축의 바탕이 있기 때문입니다. 기계에 넣고 같은 치수로 한꺼번에 깎고, 자를 수 없는 일인 거지요.

번거롭더라도 옛 방식으로 기술을 이어 나가지 않으면 안 됩니다. 옛 방식은 나쁜 것이 아닙니다. 아니, 그것보다는 새로운 방식으로 하기에는 어려운 부분이 많습니다. 새롭게 고안된 방식은 억지로 힘으로 밀고 나가는 방식입니다. 그런 방식으로 계속 해 나가다 보면, 원래 방식이 무엇이었는지 되돌려 생각해 보아야 할 때가 반드시 옵니다.

그리고 이런 전통적인 작업 방식에는 배울 점이 많습니다. 생각하게 해 주는 것들도 많지요. 허세 부리는 것은 아니지만, 이러한 전통 기술로 건조물을 만들어 가는 것이 우리 궁궐목수들의 중요한 소임이라고 여기고 있습니다.

고민과 미래

궁궐목수들의 앞날을 생각해 보면, 그렇게 밝기만 한 것은 아닙니다. 물론 니시오카 대목장이 활동하시던 때처럼 일이 없거나 한 것은 아니에요. 일은 있습니다. 전국 여기저기에서 당과 탑을 새로 짓고 있기 때문이지요. 이 역시 좋은 일입니다. 그런데 때때로 죄책감 같은 의문이 떠오르기도 합니다.

물론 지금도 그렇습니다만, 니시오카 대목장 시대까지, 궁궐목수가 해 온 일은 일본의 전통적인 건조물을 수리하거나 재건하는 일이었습니다. 호류지, 야쿠시지, 호린지는 모두 국가의 문화재입니다. 이런 문화재를 고치고 되살리면서 궁궐목수의 기술과 지혜를 남겨 온 것이지요. 저 멀리 대만까지 가서 이천 년 된 편백나무를 가져올 가치가 있는 일입니다.

그런데 제가 지금 하고 있는 일은 이런 겁니다. 엄청난 돈을 모아서, 커다란 나무를 베어 넘어뜨려 가지고, 그걸로 거대한 당이나 탑을 짓는 거지요. 이렇게나 많은 나무를 베어, 이렇게나 거대한 것을 꼭 만들어야 하는 것일까, 그런 생각을 가끔 합니다. 자기만족을 위해 하는 일이 아닌가 하고 말이지요. 신도들이 보시한 돈으로 세우고는 있지만……, 역시 그런 생각을 하게 됩니다.

저는 은행원이셨던 아버지가 남들 돈을 옮기고 있을 뿐, 아무것도 생산해 내지 못한다고 비난했습니다. 하지만 저 역시 별반 다를 것 없지 않나, 생각하게 되는 때가 있습니다. 야쿠시지나 호린지 일을 할 때에는 그런 생각이 들지 않았거든요.

게다가 지금은 거대한 건물을 지을 편백나무가 사라져 가고 있습니다. 궁궐목수의 기술과 지혜는 편백나무가 있기에 이어 올 수 있었던 것입니다. 오늘날까지는 아직 괜찮습니다만, 이대로 간다면 편백나무는 분명 사라지게 될 겁니다. 그렇게 되면 애써 지켜 온 아스카 장인의 기술과 지혜도 살릴 수 없게 될지 모릅니다. 니시오카 대목장 시대에는 일본에는 나무가 없었지만, 대만의 편백나무를 쓸 수 있었습니다. 그러나 이제 곧 이 지구상에서 그런 나무는 사라지고 맙니다. 누군가 키우지 않는다면 사라질 수밖에요.

편백나무는 원래 일본에서 자생하던 나무였습니다. 작은 건물이나 살림집을 지을 나무야 있겠지만, 예부터 전해 오는 건조물을 재건하거나 해체 수리를 해야 할 때 쓸 나무는 없어지고 마는 것이지요. 생각해 보아야 할 문제입니다. 그 소중한 나무를 제가 쓰고 있는 것이니까요. 커다란 건물을 지을 수만 있다면 그걸로 좋다, 속 편하게 그럴 수는 없는 일이지요. 이런 것들이 고민스럽습니다. 하지만 뭐, 고민한다고 해결될 문제도 아니니, 시련으로 여기자고 마음먹고 있습니다.

이전까지는 결이 고와 세공하기 좋은 나무를 써 왔지만, 이제는 그런 나무를 찾기 어렵습니다. 더는 없는 거죠. 옹이가 졌더라도, 휘어져 있더라도, 비틀렸더라도, 그것을 살려 사용할 수밖에 다른 방법이 없습니다. 호류지를 지을 당시에도 그랬습니다. 멀리 가면 아직 얼마든지 좋은 나무가 있는 시대였지만, 호류지 가까이에 있는 편백나무로만 만들었어요. 그 시대에는 멀리 있는 나무는 없는 것이나 마찬가지였으니까요. 그랬으니 굽은 나무든 뭐든 근처의 것을 쓸 수밖에 없었던 겁니다. 좋은 나무가 없기 때문에 좋은 건물을 지을 수 없는 것은 아닙니다. 만들기로 했다면 있는 힘껏 훌륭한 것을 만드는 겁니다. 그 삐뚤빼뚤한 나무로 천삼백 년이나 견딘 건조물을 지어 낸 것이지 않습니까? 우리들도 그렇게 생각해야 하는 겁니다.

나이를 먹은 나무는 성질이 온순합니다. 젊은 나무는 사람과 마찬가지로 기질도 강하고 성질이 난폭합니다. 지금부터는 그러한 젊은 나무도 써야만 합니다. 나무를 있는 그대로 쓸 수밖에 없는 것이지요. 그러니까 이것이야말로 시련입니다. 나무를 모른다면 목조 건축이 불가능한 시대가 다시 찾아올 겁니다. 그런 확고한 생각으로 일을 해야 합니다. 제자들의 시대는 지금보다 더 힘들 겁니다. 어쩌면 편백나무가 아닌 나무를 쓸 수밖에 없을지도 모르니까요. 그렇게 되면 지금까지 없었던 새로운 기술과 지혜를 스스로 짜내야 합니다. 어려운 일이지요. 아스카 장인들과 첫 단계부터 겨뤄야 되기 때문입니다. 그렇더라도 지금껏 이어 온 기술과 지혜를 바탕으로 새로운 것을 그 위에 올려놓으면 되는 겁니다.

그렇게 생각하니, 제자들과 함께 수많은 나무를 써서 당과 탑을 만드는 것도 의미 있는 일이라는 생각이 듭니다. 이렇게 당과 탑을 세워 가며 전통적인 기술과 지혜를 이어 갈 수 있으니 말이지요. 어찌 됐든 있는 힘을 다할 겁니다. 나무의 생명을 제대로 살펴 그것을 살릴 수 있는 일을 해 나갈 생각입니다.

塩野末松

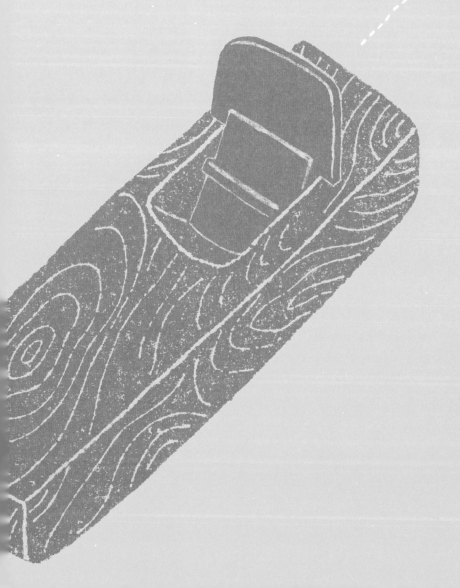

새로운 도전,
이카루가
코샤 人

궁궐목수들의 야구 시합

1993년 5월 23일, 지바千葉 현 인바무라印旛村 중앙 공원 운동장에서 야구 시합이 벌어졌다. 이바라키 현 류가사키龍ヶ崎 시를 둘러싼 지역에서는 해마다 아마추어 야구 대회가 열리는데, 백여 팀이 참가해 승자 진출전으로 우승을 겨룬다.

이날 시합은 그 승자 진출전에 앞서 치르는 연습 경기였다. 두 팀은 이날이 첫 대면이었다. 동네 체육사가 다리를 놓아 조금 먼 지역 운동장까지 진출한 것이다.

한 무리는 '하기와라 피닉스萩原フェニックス', 다른 한 무리는 '이카루가코샤'였다. 피닉스 팀은 모두 제대로 된 야구복을 차려입고 왔다. 이카루가코샤 팀은 지카타비地下足袋, 그러니까 엄지와 검지가 나뉜 작업화를 신은 사람도 있고, 운동화를 신은 사람도 있었다. 입고 있는 옷도 제각각이었다. 일옷 차림으로 온 사람, 체육복을 입은 사람, 폴로셔츠를 걸치고 온 사람도 있었다. 야구를 하러 왔다기보다는 집을 지으러 왔다고 하는 게 더 어울렸다. 야구를 하러 왔다는 사실을 알아차릴 수 있었던 건, 그들이 야구 장갑을 끼고 공을 쫓아가고 있었기 때문이다.

이카루가코샤 팀은 꾸린 지 얼마 안 된 야구단이라, 이날이 첫 시합이었다. 야구복도 없었고, 야구 방망이도 어젯밤 직접 만든 것이었다. 그런 방망이를 두 개 들고 왔다. 상대는 어이없는 한편 두려운 얼굴이었다. 체육사에서 궁궐목수로 이루어진 팀이라는 이야기를 들었던 탓이다. 신이나 부처를 숭상하며, 나무를 깎아 건물을 세우는 점잖은 사람들이라고 생각한 모양이었다. 궁궐목수라는 말은 그런 인상을 주기 때문이다. 그런데 지카타비를 신고 수건을 두건처럼 뒤집어썼으니, 아무리 봐도 무서운 무리처럼 보였던 것이다. 게다가 야구복을 안 입고 온 건 그렇다 쳐도, 직접 만든 도깨비 방망이 같은 배트를 들고 타석에 섰으니 말이다. 거짓말 같은 이야기지만, 1993년 5월에 있었던 이야기이다.

야구 방망이도 어찌나 궁궐목수다운지, 편백나무로 제대로 깎아 만들었다. 그 방망이는 지금도 류가사키의 숙사 앞을 굴러다니고 있다.

"한 방 날려!"

이카루가코샤 팀 벤치에서 혈기왕성하게 소리치고 있는 이 사람이 이카루가코샤의 도편수 오가와 미쓰오다. 선수들은 전부 그를 '감독'이나 '도편수'라 부르지 않고 '대장'이라 부르고 있었다. 그러니 상태 팀이 당황스러워 하는 것도 당연한 일이었다.

야구 시합이 시작되기 전 달려온 오가와는 주장인 오노 고키大野工樹에게 이런 약속을 했다.

"시합에 이기면 야구복을 맞춰 주겠다!"

야구를 제대로 해 본 적 있는 사람은 투수를 맡고 있는 오노 고키뿐이었다. 오노는 고등학교 때 야구를 했고, 내야수였다. 그러나 그 뒤로 십 년 동안, 캐치볼도 변변히 해 본 적이 없었다. 다른 사람들도 마찬가지였다. 오랫동안 제대로 된 야구는 해 본 적이 없었다. 인원이 적어 야구를 할 만한 숫자가 다 모인 적이 없었기 때문이다.

궁궐목수는 전국 각지를 돌아다닌다. 부탁받은 현장에 가서 이삼 년쯤 일을 해 건물을 다 지으면 다른 현장으로 옮겨 간다. 그런 현장이 곳곳에 있고, 각 현장에 몇 명씩 흩어져 일할 뿐이다. 야구를 할 만한 인원이 한곳에 모이는 일은 거의 없었다. 그 정도가 모일 대규모 일이 별로 없기 때문이다.

지금 이카루가코샤가 맡은 류가사키의 쇼신지正信寺 일은 건축 면적이 팔백삼십 평방미터이다. 기초 공사가 시작되고 목재 깎기가 시작된 것이 1992년, 완성되기까지 오 년이 걸리는 일이다. 현장 책임자는 스물여덟 살 된 오노 고키다. 이 현장에는 이카루가코샤의 젊은 제자가 보통 열 명쯤 있다. 도치기와 나라에 있는 이카루가코샤 숙사에서 번갈아 일을 도우러 온다.

해서 류가사키 숙사에는 야구단을 꾸리기에 충분한 젊은이가 머물고 있었다. 일이 끝나고 캐치볼을 할 시간도 있고, 사람 수도 그 정도면 충분했다. 그러나 평소에 쇠망치와 끌, 대패만 들고 사는 무리였다. 제대로 된 연습 같은 걸 해 본 적이 없었다. 시합이 결정되자, 그날 아침 일찍 일어나 야구장으로 달려가서는 몇 차례 공을 주고받은 것이 아홉 사람의 첫 연습이었다.

오가와가 야구복을 맞춰 주겠다고 약속한 것은 별안간 꾸린 팀이 이길 리 없다고 생각하기도 했고, 옷을 맞춰 입고 쉬는 날 야구를 즐겨도 나쁘지는 않을 것 같았기 때문이었다. 지금까지 오랜 세월 제자를 맡아 길렀지만, 이런 말을 한 적은 이때가 처음이었다.

오가와 미쓰오는 호류지 목수들의 우두머리였던 니시오카 쓰네카즈에게 배웠다. 니시오카가 집에 들여 기른 유일한 제자가 오가와였다. 오가와는 니시오카 쓰네카즈 밑에서 배우는 다섯 해 동안, 신문을 읽는 것도, 텔레비전을 보는 것도, 책을 읽는 것도 금지당했다. 오직 연장을 가는 것에만 힘을 쏟으라는 명을 받았다. 이것이 니시오카가 자신의 할아버지로부터 배운 궁궐목수의 수업법이었기 때문이다.

오가와는 고등학교 수학여행 때 처음 본 호류지 오중탑의 훌륭함에 감명을 받고 궁궐목수가 되기로 했다. 그러나 고등학교를 졸업한 스무 살이라는 나이는 장인 수업을 시작하기에는 너무 늦었다. 니시오카는 제자 입문을 거절했다. 오가와가 나이가 너무 많기도 했고 궁궐목수라는 일이 먹고살 만한 형편이 아니었기 때문이다. 오가와가 찾아갔을 때, 니시오카는 호류지 공양간에서 쓸 냄비 뚜껑을 깎고 있었다고 했다. 니시오카의 자식들 중 누구도 그의 뒤를 잇지 않았다. 일이 없이는 일을 배울 수가 없는 것이다. 그럼에도 오가와는 포기하지 않았다.

"끌과 대패를 다룰 수 있게 되면 다시 한 번 찾아오시게."

이 말에 기대, 오가와는 가구 공방, 불단 제작소에서 도제 수업을 거친 뒤, 또다시 니시오카를 찾아 문을 두드렸다. 니시오카는 이때도 제자 입문을 거절했다. 대신 문화재 도면을 그리는 일을 소개해 주었다. 호린지 삼중탑 재건이 시작되었지만, 자금이 이어지지 않아 조금씩이나마 혼자서 작업을 해 나가던 때였다. 이 일이 순조롭게 진행된다면 오가와를 제자로 삼아도 좋겠다고 여기던 터였다. 그러다가 호린지 일이 시작되자 오가와는 제자로 들어와도 좋다는 허락을 받았다. 처음 니시오카를 찾아간 때로부터 사 년만의 일이었다.

오가와는 니시오카가 명한 대로 날붙이를 갈며 매일 밤을 보냈다. 다른 데서 도제 수업을 받고 온 덕분에 집에서 식사 준비, 청소는 하지 않아도 되었다. 그렇게 오직 목공 공부에만 매달리는 날들이 이어졌다. 야구를 즐기거나 할 시간은 없었다. 도제 수업 중에 놀 틈이라곤 없었기 때문이다.

니시오카도 마찬가지였다. 그의 집안은 대대로 호류지 목수였다. 할아버지 대부터 대목장직을 맡게 되었고, 그런 연유로 할아버지는 니시오카가 어릴 때부터 대목장감으로 훈련시켰다. 친구들이 놀고 있을 때도, 일터에서 할아버지의 가르침을 받아야 했다. 니시오카는 그때 일을 이렇게 돌이켰다.

"그때 할아버지는 호류지 탑두를 고치고 계셨습니다. 거기 저를 데리고 가셨지요. 초등학교에 들어가기 전이었습니다. 호류지 뜰 한 켠에서는 친구들이 야구를 하고 있었는데, 그게 그렇게 부러웠습니다. 저는 갈 수가 없었지요. 저를 데리고 오시기는 했지만 할아버지는 저한테 아무것도 시키지 않으셨습니다. "일하는 걸 잘 봐 둬라." 하실 뿐이었습니다. 대목장 교육의 일환이었겠지요. 현장의 공기 같은 것을 일찍부터 가르칠 생각이셨을 겁니다. 옆에서는 야구를 하고 있는데 할아버지가 일하는 모습을 지켜볼 수밖에 없었습니다. 어린아이였잖습니까? 친구들과 놀고 싶었습니다. 늘 이런 식이었으니 가끔 친구들이 같이 놀자고 끼워 줘도 할 줄을 몰랐지요. 슬펐습니다."

이카루가코샤 팀에서는 오노 고기가 가장 나이가 많았다. 그 밑으로 중학교를 막 졸업하고 온 열일곱 살짜리부터 고등학교 중퇴생, 고등학교를 마치고 온 사람, 전문대 졸업자, 다른 일을 하다가 옮겨 온 사람까지, 다양한 경력을 가진 젊은이들이 있었다. 모두들 아직 도제 수업 중인 견습생들이었다. 휴일에 야구를 즐긴다는 것이 보통 사람에게는 당연한 일이겠지만, 도제 제도 아래 수업을 하는 궁궐목수 견습생들에게는 획기적인 일이었다. 이날 경기는 홈런 두 개와 일곱 타점을 날린 오노의 활약에 힘입어 이카루가코샤 팀이 8대 4로 이겼다.

약속대로 오가와는 모두에게 야구복을 맞춰 주었고, 자기가 입을 감독용 옷에는 30번이라는 등 번호를 달게 했다. 이카루가코샤 야구단이 정식으로 창단한 것이다. 궁궐목수들로 이루어진 야구단이었다.

'人'편에서는 호류지 목수 니시오카 쓰네카즈의 뒤를 이으면서, 오가와 미쓰오가 세워 이끌고 있는 이카루가코샤와 그곳 젊은이들의 모습을 쫓아가 보려고 한다. 전통 기술을 잇는다는 것이 어떤 의미인지, 그러기 위해 이카루가코샤가 실험하고 있는 현대판 도제 제도란 어떤 것인지 이 젊은이들의 말과 행동을 통해 살피고자 한다. 그런 까닭에 본문에서 존칭은 모두 생략했다.

1. 오가와 미쓰오의 생각

이카루가코샤의 출발

'이카루가코샤'에 대해 간단하게 설명하고 넘어가자.

이카루가코샤는 오가와 미쓰오가 아직 니시오카 쓰네카즈 곁에 있을 때 만든 궁궐목수라는 장인들의 집단이다. 설립하게 된 계기는 다음과 같았다.

니시오카는 궁궐목수가 되고 싶다는 오가와에게 이런 내용을 편지에 적어 보냈다.

"저희 집안은 대대로 가난하여 제자를 기를 만한 여유가 없습니다. 예로부터 이름난 장인은 극빈하다고 했는데, 소생도 가난함만큼은 명장 수준입니다."

그리고 입문을 청했을 때는 이런 말을 했다.

"궁궐목수 일은 밥 벌어먹기도 어렵고 아내도 얻지 못하는 그런 일일세."

이렇게나 훌륭한 기술을 잇고 있는데 밥을 벌어먹지 못한다는 게 이상했다. 밥을 벌어먹지 못한다면 벌어먹을 수 있는 궁궐목수가 되자, 오가와는 그런 생각으로 이카루가코샤를 만든 것이다.

니시오카는 대대로 이어져 온 호류지의 마지막 목수였다. 오가와는 니시오카에게 기술과 마음가짐을 전해 받았지만, 니시오카의 자리에 그대로 올라앉을 수는 없었다. 시대가 달랐다. 오가와는 자기만의 방식으로 궁궐목수 일을 하면서, 뒷사람들에게 니시오카에게 배운 기술을 전하고 싶었다. 그러자면 가난과 고생만으로는 계속 해 나갈 수가 없었다. 궁궐목수 일이 밥벌이를 할 수 있는 제대로 된 직업으로 자리 잡지 않고서는, 기술 같은 건 사라져 버리고 말 터였다.

궁궐목수가 다루는 부재는 여염집 부재에 견주면 무척 크다. 아무리 기술이 뛰어난 사람이라도 혼자서는 기둥 하나 들지 못한다. 둘이 들고 하나가 그 밑에 받침대를 넣어야 하니, 최소한 셋은 필요한 일이다.

그런데, 밥 먹고 살기 힘드니 제자를 키우지 않겠다고 한다면 앞으로는 아무 일도 못 하게 된다. 일을 할 줄 안다는 이유로 때마다 생판 모르는 장인들을 모으는 것보다는, 처음부터 마음이 잘 맞는 사람과 일을 하는 편이 훨씬 낫다. 게다가 제자들에게 일을 가르치자면 현장이 있어야만 한다. 니시오카도 호린지라는 현장이 움직이기 전까지 오가와를 부를 수가 없었다. 사람은 현장이 있으면, 거기서 자연스레 일을 배우게 된다. 이것이 오가와가 니시오카에게 배운 교육법이었다.

현장이 없으면 제자를 키울 수 없다. 오가와는 되도록 많은 제자를 받아들여, 현장에서 가르쳐 나가고 싶었다. 그런 생각에서 이카루가코샤를 세운 것이다. 1977년 5월의 일이었다.

그로부터 십칠 년. 수많은 이들이 제자로 들어왔다. 어떤 녀석은 중도에 그 꿈을 바꾸었고, 어떤 녀석은 이유도 대지 않고 그만두고 나갔다. 아홉 명의 제자가 이카루가코샤를 졸업해 독립했다. 그리고 현재, 스무 명의 제자가 이카루가코샤에 있다.

오가와가 자신이 꾸린 장인 집단에 '이카루가코샤'라는 이름을 붙인 데에는 재미있는 내막이 있다. 이카루가코샤라는 이름을 붙여 준 것이 누구냐고 물은 적이 있다. 그때 오가와는 이렇게 대답했다.

"이 이름은 내가 생각한 것이네만, 조직을 일으킬 때 고다 아야 씨한테 마땅한 이름을 여쭈면서 대부 노릇을 부탁했지. 맞아, 그 작가 양반. 당시 호린지 삼중탑 일을 하면서 매일같이 만났으니까 말이야. 그랬더니 고다 씨가 이런 말을 하더군.

'저는 여자라서 안 됩니다. 이름은 남자가 짓는 게 좋아요. 여자가 지으면, 만일 무슨 일이 있어 힘껏 버티지 않으면 안 될 때, 힘이 솟아 나오지 않거든요. 이를 꽉 물어야 할 때야말로 정말 중요한 시기잖아요? 그때 힘이 솟지 않는다면 곤란합니다. 아무 일도 없기를 바라지만, 무슨 일이 있을 때 힘이 된다는 것은 그런 것이에요. 고다 로한幸田露伴▪도 그래서 여자가 이름을 지으면 안 된다는 말씀을 하셨지요.'

그럴듯하다고 생각했네. 그럴지도 모르지. 어려운 일을 당해 봐야 아는 일이겠지만, 이름이란 건 그런 힘이 있을지도 모르니까. 그래서 니시오카 대목장께 이카루가코샤의 대부가 되어 주시라 청했지."

'이카루가鵤라는 마을에 모인 장인 집단'이라는 의미에서 그는 이카루가코샤鵤工舎라는 이름을 생각했다. 이카루가는 호류지가 있는 곳이기도 했고, 스승인 니시오카가 사는 곳이기도 했다. 예전에 이곳은 호류지를 위하고 섬기는 장인들이 살던 곳이었다. 예전이라고 말은 했지만 바로 얼마 전까지도 그랬다. 니시오카가 사는 니시사토는 미장이, 석수장이, 기와장이, 목수 같은 다양

▪ 고다 로한幸田露伴 : 고다 아야의 아버지. 소설가. 《오중탑五重塔》, 《운명運命》 같은 작품을 남겼다.

한 장인이 살던 마을이었다. 오가와는 궁궐목수로서 모든 것을 배웠던 이 땅에 근거지를 두기로 한 것이다.

이것이 이카루가코샤의 출발점이었다.

이카루가코샤가 어떠한 곳인지는 오가와 본인을 시작으로, 이카루가코샤의 젊은이들, 졸업해서 독립한 제자들과 나눈 마주이야기에서 밝혀지게 될 것이다.

오가와 미쓰오, 이카루가코샤를 말하다

이카루가코샤가 어떤 곳이냐고요? 글쎄요, 일단은 궁궐목수 일을 하는 장인들의 동아리라 할 수 있겠지요. 장인이라고 해도 다들 제 몫을 해내는 건 아니에요. 제대로 된 목수도 있고, 어제 들어와 아무것도 못 하는 견습도 있으니까요. 아직 제 몫을 못 하는 사람이 더 많다고 할 수 있지요. 그러니 궁궐목수가 되자고 하는 장인들의 동아리라 하는 편이 더 맞을지도 모르겠군요.

일단 신분이 있습니다. 먼저 '총도편수'인 니시오카 쓰네카즈. 이카루가코샤의 정신적인 버팀목이니 탑으로 본다면 심주라 할 수 있지요. 그리고 다음이 '도편수'인 접니다. 그 다음이 '목수'. 목수라는 소리를 들으려면 당연히 제대로 된 기술을 지닌 사람이라야 하지요. 다른 사람들 앞에서 일머리를 잡고, 맡은 일을 제대로 해 나갈 수 있는 사람. 그러자면 뱃심도 두둑해야 해요. 아랫사람들한테 믿음을 줘야 하고, 통솔력도 있어야 하지요. 기술뿐만이 아니라 인성도 갖춰야 합니다. 현장에서 도편수 노릇을 할 수 있는 자가 목수입니다.

세상 사람들은 망치 들고 대패질 좀 하면 다 목수라고 생각하지만, 그게 아니에요. 인격과 기술을 모두 제대로 닦지 않았다면 목수라고 할 수 없어요. 만약, 몇억 엔짜리 사찰 공사를 맡았다면, 제한된 사람으로 정해진 기간까지 일을 마쳐야 되거든요. 그런 데다가 불사를 위해 시주한 분들을 만족시켜야 하고, 일에 달라붙은 모두가 즐겁게 일할 수 있도록 해야 해요. 그게 바로 목수지요. 그런 목수가 지금 이카루가코샤에 네 사람 있습니다. 그리고 독립해서 나간 목수가 일곱이고요.

목수 밑에는 '부목수'가 있습니다. 현장에서는 '부도편수' 같은 사람인데, 도편수를 도와 일을 하지요. 기술도 있고 일머리도 있고 지도력도 있어야 해요. 건물을 짓자면 기술이 제아무리 좋다 해도 혼자서는 못 하거든요. 사람을 써야 하지요. 이 '사람을 쓴다.'는 일이 중요합니다. 그런 부목수가 넷 있지요. 집안 사정이다 뭐다 해서 독립해 나간 사람이 둘이고.

그 다음이 '목수 보조'예요. 삼사 년쯤 배워 기술도 꽤 몸에 붙었고, 시킨 일은 그럭저럭 할 줄 아는 사람들이지요. 제대로 연장을 쓸 줄 아니까 아랫사람한테 연장질을 가르칠 수 있는 사람입니다. 그런 목수 보조는 세 사람 있어요.

그리고 다음이 '견습見習'. 견습은 폭이 넓어요, 어제 들어온 녀석도 견습이고 한두 해 있으면서 날붙이를 제법 갈게 된 녀석도 견습이니까. 밥 당번, 청소, 심부름처럼 간단한 일을 하면서 선배가 하는 일을 눈으로 배우고, 목재를 옮기거나 하는 틈틈이 날붙이 가는 연습을 하는 녀석들이지요. 그런 견습이 지금 일곱 명쯤 될 겁니다. 이카루가코샤에서 배우고 싶다고 들어오는 녀석들이 있잖아요? 그럼 금방 그만두고 나가는 녀석도 있어요. 그래서 견습은 사람 수가 들쭉날쭉하지요. 이 신분 제도는 794년부터 1185년까지 이어진 헤이안平安 시대부터, 건축 일을 하는 사람들 사이에서 자리 잡은 겁니다.

이카루가코샤는 숙사에서 다들 함께 생활하며 기술을 닦는 곳이에요. 하지만 언제까지고 이카루가코샤에 머물 수는 없지요. 인원이 차면 다른 사람이 들어올 틈이 없으니까요. 먼저 들어온 사람이 계속 있게 되면 새 사람을 키울 수가 없잖아요? 그래서 처음에는 서른을 넘기면 숙사를 나가야 한다고 정했지요. 그 나이면 결혼도 해야 하고, 집안 사정도 있을 테니까.

지금 이카루가코샤에는, 길게는 십팔 년 된 사람부터 어제 들어온 사람까지 섞여 있어요. 목수로 말하면 '햇병아리', 아니, 햇병아리도 되지 못한 '알'부터, 나를 대신해 일을 맡을 수 있는 사람까지인 거지요. 그러니 수업하기에 좋습니다. 저마다 수준이 다른 사람들이 모여 있으니, 각자의 일솜씨를 보며 공부할 수 있거든요.

● 학교가 아니다

하지만 더러 착각하고 있는 사람도 있어요. 이카루가코샤를 학교처럼 여기고, 가르침을 받겠다는 생각으로 온 녀석도 있지요. 이카루가코샤는 학교가 아닙니다. 무엇보다 우리는 수업료를 안 받거든요. 반대로 우리가 급료를 주지요. 일을 배우는데 돈을 주는 겁니다. 어제 들어와서 아무것도 몰라도, 하나도 할 줄 아는 게 없어도 돈을 주지 않으면 안 돼요, 지금은 그런 시대니까. 옛날이랑은 다르죠. 용돈 정도야 챙겨 주셨지만, 적은 돈이었어요.

그런데도 착각하는 녀석들이 있습니다. 뭔가 가르쳐 줄 거라고 생각하는 거죠. 목수 일이란 가르쳐서 되는 일이 아니에요, 스스로 익힐 수밖에 없는 일이지. "이렇게 하면 된다."고 누구도 말하지 않아요. 말한다고 해서 그 사람 몸에 기술이 배는 건 아니거든요. 말해서 이해되는 것이 아니니까요.

니시오카 대목장도 말로 가르치지는 않으셨어요. 함께 생활하고, 밥을 먹고, 일을 하다 보면 차차 상대방이 어떤 생각을 하고 있는지 알게 되지요. 그러면서 날붙이를 가는 겁니다. 이게 생각대로 잘 안 되거든요. 그도 그럴 것이, 그동안 모든 것을 말로 배웠고, 말로 기억해 왔으니까. 그런데 여기서는 손과 몸으로 배워야만 하는 거니까요.

예를 들자면, 갑자기 장님이 돼 버린 사람이랑 비슷하다고 할 수 있어요. 지금까지 모든 걸 눈에 의지해 왔는데 눈이 안 보이게 된 거죠. 앞으로는 모든 걸 손끝의 감각으로 판단해야 해요. 그런 훈련입니다. 지금까지 몸에 밴 것을 죄다 없애는 것부터 시작하지 않으면 감각이란 것은 닦을 수 없지요.

그걸 알기까지 시간이 걸려요. 만약 학교였다면 일일이 말로 가르쳤겠지만, 그래서는 안 됩니다. 스스로 알아차리지 않으면 안 되는 일이지요. 앞으로 오랜 시간 일을 해 나가야 하니까 어째도 몸으로 익힐 수밖에 없습니다.

이카루가코샤에는 그럴 시간과 기회가 충분해요. 선배도 있고, 일할 수 있는 현장도 있지요. 여기서는 규모가 큰 건축물을 지으니까 여염집 짓는 목수처럼 한 해에 네댓 채를 상량하는 체험은 할 수 없어요. 하나를 완성하는 데 삼사 년은 걸리거든요. 그래도 항상 네댓 군데 현장이 있으니, 차례차례 돌면 이런저런 공정을 경험할 수 있어요. 자기

하기 나름입니다, 배우고자 한다면 현장은 얼마든지 있으니까. 이런 게 궁궐목수지요.

● 이곳에 오려는 사람들

올해(1994년) 들어, 반 년 동안 이카루가코샤에 들어오고 싶어 한 사람이 한 서른 명쯤 있었습니다. 지금껏 못 읽고 쌓아 둔 편지도 열 통 가까이 되고요. 답장도 못 하죠. 바쁘기도 하고, 어떻게 대답해야 할지도 모르겠고. 다들 좋은 아이겠지만, 편지만 왔을 뿐 만나 본 적은 없습니다. 실제로 온 사람은 스무 명 정도. 절반은 어머니 쪽이 더 적극적이었어요. 요즘은 더 그런 편이죠. 그리고 꼭 입사하려는 사람이 아니더라도 "그곳을 좀 둘러보아도 될까요? 아들을 데리고 가겠습니다." 하고, 우리 현장이나 인간관계를 보러 오는 사람들도 있고요. 그것도 나름대로 좋은 일이겠지만, 실제로 일하는 현장 속에 들어와 보지 않으면 제대로 알 수 없을 겁니다.

● 더 나은 방향을 고민하다

이제부터는 이곳에서 키운 제자가 남겠다고 한다면 그러도록 하자, 싶습니다. 지금까지야 내가 젊었으니, 젊은 사람을 얼마든지 들여서 키워 내보낼 수 있다고 생각했지요. 나가서 제대로 하는 사람들이 있었으니까. 가와모토川本를 필두로 다카사키高崎, 다나카田中, 미와다三輪田, 사토佐藤, 사이토斎藤, 게다가 아직 목수는 아니지만 다케베建部에 쓰지辻 까지, 대략 여덟 명 정도가 독립해 나갔네요. 이카루가코샤가 키운 녀석은 아닌데, 함께 일하던 이시모토石本도 있고요. 제일 나이 많은 사람이 마흔 살 정도지요.

이 사람들이 처음 이카루가코샤에 들어온 건 기타무라를 제자로 삼고 난 얼마 뒤였어요. 나라의 게이덴지慶田寺 본당하고 다카오카에 있는 고쿠타이지 삼중탑을 짓던 때였지요. 이카루가코샤에 들어오기 전, 다른 데서 일을 했던 사람들입니다. 가와모토는 '투바이포'라고 하죠? 미국식 목조 주택 짓는 일을 했었지요. 그 역시 이카루가코샤에 들어오고 싶다는 말을 하고서 삼 년쯤 기다렸다가 들어올 수 있었어요. 그때 야쿠시지 일을 하느라 제자를 받을 형편이 아니었거든요. 다카사키는 1급 건축사 자격을 가지고 있었는데, 다니던 설계 사무소를 그만두고 들어왔지요. 다나카도 미와다도 얼마쯤 다른 데서 일을 하다가 들어왔고.

그들이 이카루가코샤에 들어오게 된 거야 물론, 니시오카 쓰네카즈가 해 온 일들 때문이지요. 그때만 해도 나한테 직접 올 만한 까닭이 없었으니까요.

왜 제자들을 이카루가코샤에서 내보내느냐고요? 그렇게 규칙을 정했거든요, 안 그러면 숙사가 가득 차 버리니까. 스스로 독립해서 일을 하든 우리 일을 맡아 하든 그거야 상관없지만, 서른을 넘기면 아파트를 빌려 숙사에서 나가야 한다고 정해 뒀어요.

나가야겠다는 결심이 서면 "그동안 감사했습니다. 내년에 그만두고 고향으로 돌아가겠습니다."라거나 뭐, 그 비슷한 얘기를 나한테 와서해요. 그럴 때는 현장 총도편수를 시키고 난 뒤에 내보냅니다. '이 일을 해내 봐.' 하는 졸업 시험 같은 거죠. 가와모토가 나고야名古屋 현장에서 일하고 있는 것도 그 때문이고. 하지만 큰 현장이 없을 때도 있어요. 큰 현장이 안 되면 작은 현장에서라도 제대로 일을 마무리 짓게 해서 내보내지요. 하나를 야무지게 해내면 자신감이 붙으니까.

요전에 독립해 나간 한 녀석이 도와 달라고 찾아왔더라고요. 결혼을 하고 싶은데, 여자 친구 부모가 반대한다고 나더러 그 부모를 만나 달라더군요. 그때 그 녀석이 가장 먼저 한 일은 "제 졸업 작품은 이겁니다."라며 나라의 렌초지蓮長寺를 여자 친구 부모님한테 보여 준 거였어요. 그러고는 이카루가코샤로 데려온 거지요. 해 놓은 일을 보면 '이 정도 할 줄 아는 사람이라면 괜찮지 않을까?' 그렇게 생각하게 될 테니까. 그렇게 결국 좋은 쪽으로 정리된 모양이에요. 졸업 작품에 그런 효과도 있었던 거지요. 목수의 어려움 중에 하나는 결혼하기가 쉽지 않다는 겁니다. "그래도 역시 장인이라는 직업은 좀……." 여자 친구보다는 그 모친이 이런 말을 하며 꺼리지요.

독립해서 나가도 이카루가코샤는 한 가족이에요. 신입 제자의 입사식이라든가, 그간의 노고를 치하하며 여행을 떠난다거나, 축하할 일이 있을 때 입회인 자격으로 모두 불러들이지요. 그런데 앞으로는 지금처럼 밖으로 내보내기만 해서는 안 되겠어요. 지금 이카루가코샤에 있는 녀석들은 밖에서 다른 일을 한 적이 없는 초짜배기들뿐이거든요. 가쿠마鯑隈는 밖에서 일을 배우고 들어온 사람이긴 하지만, 그것도 이카루가코샤에 자리가 없어서 오 년이나 기다렸다가 들어올 수 있었고요.

이카루가코샤에 남고 싶어 하는 제자가 있다면 그럴 수 있게 두자고 생각한 건 최근 일입니다. 지금까지는 내가 제자를 받아 한 명씩 하나부터 가르쳐 왔지만, 이제 더는 어렵겠죠. 내 처지가 잡무가 많고,

바깥일로 나간다거나, 뭔가 목수 일 말고 다른 일을 해야 할 때가 생기더군요. 그걸 생각하면 내가 다 아우를 수는 없는 거지요. 그래서 내가 키운 제자가 중심이 돼 가지고 이카루가코샤 전체가 사람을 키워 가는 게 어떨까, 하는 쪽으로 생각이 정리된 거지요.

내 일도 간단치만은 않아졌습니다. 밖에서는 건축 의뢰인을 만나 이야기를 듣고 설계를 하지요. 그러고 나면 견적을 뽑고, 노무 관리도 해야 하고, 월급을 주자면 회계 일도 해야 하잖아요? 게다가 나라에도 현장이 있고 이와후네岩船에도 현장이 있는 데다가, 지금은 이바라키의 쇼신지 일도 하고 있으니까요. 현장마다 제자들이 가 있으니, 여기 갔다 저기 갔다 그럴 수밖에 없는 거죠. 조직이니 어쩔 수 없는 일입니다. 조직이 없으면 일도 할 수 없고 제자도 키워 낼 수 없으니까요.

● 한 걸음씩 더듬어 여는 앞날

이카루가코샤에서 키운 젊은이를 밖으로 내보내지 않아도 되도록, 이번에 도치기에 땅을 마련했습니다. 천이백 평을 샀지요. 당장 쇼신지 일이 끝나면 가설 자재를 둘 장소가 마땅찮았어요. 작업용 발판을 짤 때 필요한 쇠 파이프라든지, 거대한 건조물을 짓는 데 필요한 가설 자재 양이 꽤 되거든요. 지금 도치기 현에 있는 이와후네 공방만으로는 비좁아요. 그래서 둘 곳이 필요해졌던 거고.

가장 고민스러웠던 건, 이카루가코샤에 속한 제자가 결혼을 했을 때, 현장이 바뀔 때마다 떠돌이처럼 살게 할 수는 없다는 거였습니다. 커다란 공방을 짓고 그 근처에 살 수 있게 된다면, 결혼을 해서 이리저리 현장을 옮기기 힘들 때엔 공방에서 목재를 깎으면 어떨까 생각했지요. 현장에는 젊은 축들이 가서 짜 맞춰 올리면 되는 거고.

어지간한 건물이라면 공방에서 목재를 깎아 현장에 가지고 가면 금세 짜 맞출 수 있어요. 몇몇만 현장에 가면 되는 일이죠. 가정을 꾸리게 되면 집을 비우는 일을 줄여야 합니다. 아무래도 그게 가장 큰 문제가 되니까. 그런 점을 생각하면 제대로 된 숙사, 제대로 된 일터가 필요한 거죠.

지금까지 그런 틀이 없으니 궁궐목수가 사라지고 말았지요. 예전에는 궁궐목수가 굉장히 많았습니다. 나하고 같이 도제 수업을 받던 어떤 아저씨 하나도 궁궐목수였지요. 각지를 전전하며 돌아다녔는데, 결국은 도치기에 자리를 틀고, 살림집을 짓는 목수가 됐어요.

궁궐목수는 일이 있는 곳에 가서 지내게 되지요. 옛날 같으면 그걸로 괜찮았을지도 모릅니다. 하지만 지금은 아이 교육 하나만 보아도 그렇게 하기 어려운 시대가 되었으니, 식구들이 다 한데 모여 살고 싶어 하지 않겠어요? 또 그래야 하고요. 옛날처럼 궁궐목수가 일을 따라 옮겨 다녀야 한다면 다들 궁궐목수 일을 그만두겠지요.

그래서 나라와 도치기, 그리고 형제 제자인 오키나가가 사는 후쿠오카福岡, 이렇게 세 군데에 이카루가코샤가 있으면, 어떻게든 해 나갈 수 있을 거라고 봐요.

그리고 또 하나, 아무리 해도 궁궐목수 일이 없을 때는 일 년에 한 채쯤은 나라의 숙사 같은 살림집을 지어야겠다고 생각하고 있습니다. 자연목을 살린 집이지요. 그 집에서 올곧은 목재란 기둥뿐일 겁니다. 휜 나무에는 휜 나무만의 맛이 있잖아요? 그런 나무는 제재기에 넣어 돌릴 수가 없으니 헐값이에요. 산에서 가져오는 수고가 아까워 산에 그대로 던져 놓고 오는 그런 나무지요. 그런데 그런 나무를 쓰지 않으면, 산도 그 나무도 죽어 버리고 말아요. 그러한 휜 나무를 살려 집을 지으려고 합니다. 그런 집이 좋다고 생각하는 사람이 부탁하면 되는 거지요.

앞일에 앞일까지 내다보며 그런 걸 계획하고 있는 거냐고요? 그런 먼 장래의 일까지 생각한 적은 없어요. 올해는 여기까지 성장하겠다, 매출을 이 정도 수준까지 올리겠다, 하는 이런저런 희망을 품고 해 나가는 건 아니니까요. 도치기의 땅만 보아도, 쇼신지 일이 끝나면 가설 자재를 둘 곳이 마땅찮았는데, 보관할 곳을 빌린다거나 하는 궁상맞은 짓은 할 수가 없어서 사기로 해 버린 거고요.

그리고 정확히 말하면, 사실 이카루가코샤에 이렇게 많은 사람은 필요 없었어요. 규모를 키우자는 생각도 없었고, 기업으로 만들자는 생각도 없었거든요. 건물을 지을 수 있고 밥을 벌어먹을 수 있으면 그걸로 됐다고 생각했으니까. 그런데 점점 사람들이 모이고 모인 거지요. 나라 숙사도 그렇게 모인 사람들이 만든 것이나 마찬가지예요. 다들 열심히 일해 준 덕분에 가능했던 일이지요. 그래서 새로 들어온 녀석들에게는 "너희들 선배들이 마련해 준 건물이니 고마운 마음으로 깨끗이 쓰고 청소해라." 그렇게 말하고 있어요.

● 왜 밥 당번을 하게 하는가

새로 들어온 녀석한테 왜 밥 당번을 하게 하냐고요? 장인으로서 일머리가 어떨지 알 수 있거든요. 일머리가 좋은 녀석은 밥도 잘 짓죠. 일하기 전이나, 일하다가, 일을 마친 뒤에, 서둘러 밥을 차려 내야 하니까 일머리가 나쁘면 못 해요.

그리고 청소를 시켜 보면 성격을 알 수 있지요. 꼼꼼하기만 하다고 좋은 건 아니에요. 순식간에 해치우는 녀석도 있고, 착실히 구석구석 쓸고 닦는 녀석도 있는데, 이런 건 일하는 데서도 그대로 드러나지요. 청소랑 일이 똑같아요. 그러니 청소를 시켜 보면 '아, 이 녀석은 이 정도까지는 할 수 있겠군.' 하고 대강은 알게 되는 거지요. 청소하라고 하면 싫은 얼굴을 하는 녀석도 있지만, 그걸로 실력이 가늠되고 있는 줄은 아마 모를 겁니다.

● 씨를 뿌리다

걱정도 있어요. 내가 기타무라를 첫 제자로 들인 건 서른한 살 때였습니다. 그로부터 십오륙 년 만에 이런 모양새가 되어 버린 건데, 오노가 제자를 들였다고 가정하고 십오륙 년이 흘러 조직을 제대로 꾸려 나간다면 아마 그때도 스무 명 정도겠지요. 그때 할 수 있는 일은 얼마나 될까요? 일이 있을 수도 있고, 없을지도 모르지요. 왜냐면 우리 일이란 게, 경제하고 같이 움직이는 거거든요. 사찰이 훌륭하다, 이렇다 저렇다는 소리를 아무리 해도, 역시 그건 경제적인 여유 뒤에 따라오는 거니까. 자기가 판잣집에 살고 있으면서 절까지 고치자고 드는 사람은 별로 없을 겁니다. 그래서 그런 걱정도 드는 거지요.

한데 더 큰 걱정은 커다란 나무가 없어지고 있다는 점이에요. 나무가 없어지고 있으니 점점 더 일하기 어려워지겠지요. 하지만 이 문제는 목수 혼자서는 도무지 어떻게 할 수 없는 일입니다. 주어진 나무를 살려 쓰는 수밖에요. 훗날 목수는 큰 나무를 쓸 수 없을 거예요. 큰일이지요.

이카루가코샤 초기에는 니시오카 쓰네카즈의 제자라는 이유로 일이 들어왔었어요. 그러니 이번에는 오가와 미쓰오의 제자였으니 모두들 일을 맡을 수 있도록 해 주어야 할 겁니다. 그런데 나는 오가와 미쓰오라는 이름보다는, 이카루가코샤가 해 놓은 모양새를 보고 일을 맡기러 올 수 있는 그런 건물을 짓고 싶어요. 그런 생각으로 해 나가는 중이지요. 그러니 지금 있는 제자들도, 다른 곳에서 중요한 작업을 하고 있고 그것을 배워야 한다는 판단이 들면, 지금 하고 있는 일을 쉬더라도 중요한 작업을 하는 현장으로 보내고 있습니다. 그 일을 어떻게 하는지 보여 주려는 거지요. 젊은 녀석들은 손이 부족하니 거들러 보냈다는 정도로만 여길지 모르겠지만, 중요한 작업은 지켜보게 해야 하니까요.

게다가 그런 일이 언제까지고 있으리라는 보장은 없어요. 나무도 마찬가지고요. 지금 있는 동안, 그걸 봐 두어야 하고 그 일을 해 두어야 하는 겁니다. 이카루가코샤 전체가 그것을 경험하도록 해야 하는 거지요.

능률을 생각하면 할 수 없는 일입니다만, 씨를 뿌려야 하니 그걸 감수하고서 해 나가는 겁니다. 급료를 주는 조직으로서는 그게 힘든 부분이에요. 그래서 적자가 나는 현장도 있지요. 하지만 그건 또 어떻게든 다 돼요, 최선을 다해 열심히 하고 있으니까.

나는 사실 초보들한테는 돈을 안 줘도 된다고 생각합니다. 뭐, 시대가 이러니 얼마쯤은 주지만 그리 많지는 않아요. 꽤 싼 편이죠. 하지만 싸니까 가르치면서 할 수 있는 것이지, 그게 비쌌다면 해 나가기가 어려웠을 거예요. 높은 급료를 받아 가는 사람을 가르치고만 있을 수는 없는 노릇이니까.

그런데 결혼을 하고 가정을 꾸릴 때가 되면 급료를 높여 주지 않으면 생활이 불가능하지요. 그때는 급료를 올려 줍니다. 절에서 하루에 일 인당 얼마로 돈을 받지만, 지금은 그걸로 이틀 치 품삯을 주고 있어요. 품삯이 이분의 일 정도라면 어떻게든 이카루가코샤의 마지막 합계를 맞출 수 있지요.

정말 그래요. 학교는 수업료를 내고서 배우는 곳이잖아요? 이카루가코샤에서는 돈을 받으며 배우는 거니까요. 게다가 천천히 몸으로 익히기 위해서는 시간이 걸리지요. 요즘 세상에서 시간은 돈으로 환산되잖아요? 이카루가코샤에서는 시간이 느긋하게 흘러가고 있지요. 서두른다고 되는 일이 아니니까. 이렇게 공부하기 위해서는 급료를 많이 줄 수가 없는 거지요. 만일 기업이었다면 자기들 벌이가 먼저겠죠. 제자가 익히기를 기다리지 않고 "이렇게 하는 것이다." 하고 가르치는 편이 훨씬 나을 테니까. 효율이 중요하다면 제자 같은 걸 키우느니 기술자를 데려다 쓰는 편이 더 나아요. 일이 얼마나 빠른지 모르거든요.

● 뒤틀린 것의 소중함

이카루가코샤에는 다양한 아이들이 오지요. 낙제생, 폭주족, 고등학교 중퇴생, 본드를 들이마시던 녀석들. 그런 아이들이 이카루가코샤에서 진득하게 자리를 잡아 갑니다. 자연스럽게 말이죠.

여기에 들어온 녀석들은 전부 친구로 지내요. 그러니 비뚤어지거나 엇나갈 일이 없지요, 그래서는 아무것도 안 되니까. 뒤틀린 성격은 날붙이를 갈 때 방해가 됩니다. 계속 그렇게 뒤틀려 있어서는 목수도 뭣도 아무것도 안 돼요.

하지만 비뚤어지고 뒤틀리고 그럴 수밖에 없는 때가 있고, 한번쯤은 그런 시기를 지나 볼 만도 하지요. 이런 것들이 인간을 강하게 만드니까요. 그렇다고는 해도 언제까지나 그렇게 비뚤어져 있기만 해서는 안 될 일이죠.

제자로 들어오는 녀석들 절반 정도는 목수 일을 하는 집 자식들입니다. 오노가 그런 아이였지요. 겐짱이나 하라다原田도 그렇고. 아이바饗場하고 마쓰나가松永, 시바타柴田도 목수의 아들이에요. 가쿠마나 지바千葉, 나카자와中澤는 아니지만. 이렇게 보니 삼분의 일쯤 되는 것 같네요. 그 녀석들이 아버지의 뒤를 잇든 말든 그건 상관없다고 생각합니다. 그러건 말건 목수 일은 재미있는 일이니까. 목수 일은 작은 걸 만든다고 해도 이런저런 궁리를 하게 되지요. 그리고 눈앞에 건물이라는 결과물로 나타나게 되잖아요?

학교를 졸업해 제대로 된 회사에 들어가게 되면, 뭘 궁리한다거나 스스로 어떤 일을 해낼 수 있는 폭은 그리 넓지 않습니다. 조직으로서는 한 개인이 지나치게 독주하게 둘 수는 없겠지요. 그런 곳이라면 명령을 듣고 그것을 충실히 따르는 녀석이 좋은 거죠.

그런 조직하고 우리는 전혀 다르다고 생각해요. 우리는 바보들이지만, 다들 최선을 다해 궁리를 해야만 먹고살아 갈 수 있는 사람들이니까. 목수는 끊임없이 궁리를 해야만 합니다. 한 그루 한 그루 서로 다른 나무를 상대로, 항상 그 일이 처음인 것처럼 일에 달라붙어야 하니까, 스스로 판단하지 않으면 아무것도 해낼 수 없죠.

하지만 요즘 이카루가코샤에도 대담한 녀석이 줄었어요. 좀 더 생각해 봐야 할 부분인데, 녀석들한테서 거칠고 우락부락한 면이 사라졌지요. 처음 왔을 때는 난폭하고 강한 아이들이었는데, 다들 순해져 버렸거든요. 폭주족에다가 쓸잘머리 없이 싸움박질이나 하고 다니던 녀석들이 이카루가코샤에 들어오면, 별 계기 없이도 순순해지니까요. 마음을 바꿔 먹으란 말 따위 하지 않는데도요. 허세만 가지고는 아무것도 안 된다는 걸 알게 되는 거지요. 커다란 나무를 마주하고 오랜 시간 일을 하다 보면, 거칠게 밀어붙인다거나 그까짓 것 해 버리면 되지 않느냐는 패기만으로는 해낼 수 없다는 것을 알아 가는 겁니다.

그런데 이런 거친 면도 필요해요. 일이 생각만큼 안 될 때 '젠장! 해내고 말겠어.' 하는 배짱. 그러한 배짱이 두둑한 녀석으로 키워야 하는 거지요. 그런 경험이 여러 차례 쌓이다 보면, 막상 그럴 일이 닥쳤을 때 배짱을 부릴 수 있게 돼요.

그리고 또 하나는 날붙이 갈기입니다. 날붙이 가는 일은 명확한 분야예요. 남하고 어떤 차이가 있는지 확연히 드러나니까요. 거칠게 밀어붙이거나 힘에만 맡겼다가는 망친다는 걸 바로 알게 되지요. 그래서는 연장이 안 들거든요.

연장이 잘 들도록 날붙이를 가는 건 상당히 어려운 일입니다. 깔끔하게 가는 것도 중요하지만 현장에서는 날붙이가 오랜 시간 잘 들도록 가는 기술도 중요해요. 잠깐 옹이에 닿았다고 날이 무뎌져 버리거나 하면 도무지 일이 안 되니까.

그러니 오래도록 연장이 잘 들게 날붙이를 가는 방법도 궁리해야죠. 그게 어려워요. 그러니 우선은 면도칼처럼 잘 들게 갈고, 다음엔 그 연장을 오래 쓸 수 있도록 갈고, 마지막으로는 날이 망가지지 않도록 궁리를 해서 갈아야 합니다. 요사이는 다들 깎이면 된다, 잘리면 된다는 식으로밖에 하지 않으니 본질을 알 수가 없는 거예요. 끌 날이 면도칼처럼 깔끔하게 갈려 있더라도 끌질을 했을 때 나뭇조각이 뚝 떨어져 나가는 상태라면 아직 제대로 갈렸다고 할 수 없어요. 하지만 흐트러지지 않고 일단 거기까지 날붙이를 갈아 내는 것이 실력을 기르기 위한 첫 단계이지요.

날붙이의 날은 불빛 같다고나 할까요? 날을 세운 다음 비스듬히 보면 아주 작은 결함도 쉽게 눈에 띕니다. 조금만 흠이 있거나 휘었거나 하면 바로 보이니까. 그런 면이 날붙이의 무서운 점이지요. 그러니 어느 각도에서 보아도 제대로 잘 갈렸다면, 그럭저럭 쓸 만한 거예요. 이 단계까지 왔다면 이제부터는 스스로 궁리해 자기가 쓰기 편하도록 갈아 가면 되는 겁니다.

● 쉽지 않은 일들

삼 년이라는 조건으로 맡았던 오카다岡田라는 녀석이 얼마 전 고향으로 돌아갔는데요. 그만두면서 이런 이야기를 했지요.

"이카루가코샤에서 일을 배웠으니 예전에 하던 일로는 못 돌아갈지도 모르겠어요."

기둥을 예로 들자면, 연장 날붙이를 가는 데 충분한 시간을 들여야만 제대로 기둥을 깎을 수 있는 거잖아요? 그런데 저번에 오카다가 다른 현장에 갔을 때, 그런 사전 준비에 공을 들이고 있으니 일이 더디다고 혼이 났던가 봐요. "어서어서 해." 하는 소리를 듣는 거지요. 제대로 된 기둥을 깎을 수 있는 능력이 있는데도 절반쯤에서 그만둘 수밖에 없는 허망함이랄까, 분한 마음이 들었던 겁니다. 그러다 보면, 이카루 가코샤에서 배운 기술이 거치적거린다는 생각을 하게 돼요. 이런 것도 쉽지 않은 부분이죠.

만약 화가나 도예가라면, 자기 수련을 계속하면 좋은 결과물을 낼 수 있을 겁니다. 혼자서 하는 일이니까요. 그런데 건축이라는 건 여럿이 힘을 모아야 하는 것이잖아요? 이카루가코샤만 최선을 다해서는 천 년을 가는 건물을 짓겠다는 말이 아무 소용이 없어요. 미장이, 기와장이가 엉망이라면 안 되는 거지요. 모두가 호흡이 맞아야만 비로소 '천 년을 가는 건물'을 완성할 수 있는 겁니다. 하지만 그게 어려운 시대예요.

1993년, 호류지가 세계 문화유산으로 지정됐어요. 문화유산으로 지정될 수 있었던 것은 그것이 만들어진 뒤부터 지금까지 호류지를 지켜 온 사람이 있었기 때문이지요. 앞으로도 그 유산을 지켜 나가고자 한다면, 우선은 기술자가 필요하고 산에 나무를 심어 둘 필요도 있습니다.

또 하나 중요한 점은 호류지 같은 문화유산을 후대에 제대로 남겨 주어야 할 필요가 있다는 거지요. 호린지 삼중탑을 설계할 때 어느 학자가 이런 말을 했어요.

"지금은 니시오카 씨 같은 대목장이 있으니 아스카 건축을 복원할 수 있지만, 앞으로 백 년 뒤에는 그런 사람이 사라지고 맙니다. 그럴 때 누구라도 고칠 수 있는 형태로 탑을 만들어야 하지 않겠습니까?"

하지만 이건 완전히 틀린 소립니다. 지금 되살릴 수 있고, 정확히 알고 있는 것이 있다면 그 모든 것을 제대로 남겨 둬야 해요. 그렇게 해두면 백 년 뒤를 사는 사람들이 열심히 궁리해서 또다시 되살릴 수 있지요. 그때 사람들이 못 할 거라 지레짐작하고, 거기에 맞춰 새로운 방법을 찾아야 한다는 건 너무 큰 실례이고, 건방지기 짝이 없는 생각입니다. 쓸데없는 참견이죠. 호류지 같은 건물이, 옛 사람들은 이런 식으로 건물을 세웠다는 것이 형태로 남아 있다면 나머지는 걱정할 필요가 없어요. 장인이라는 자들은 바보가 아니거든요. 남아 있는 건물을 보면, 설계를 어떤 식으로 했는지, 어떤 공법으로 만들어 낸 것인지 자연스레 머릿속에 떠오르게 되어 있어요. 상상이 되는 거죠. 그러니 옛것 그 자체를 남기는 것이 중요합니다.

연장도 마찬가지죠. 연장의 실물을 그대로 남겨 두면, 해설 같은 건 없어도 됩니다. 그걸 왜 만들었는지, 어디서 어떻게 쓰는 연장인지, 실물을 보는 것만으로도 느껴지게 되거든요. 만든 사람의 생각에서 사용 방법에 이르기까지 다. 그런 의미에서도 물건 자체를 남겨 두는 것이 고마운 일인거지요.

● 다른 분위기를 한 번쯤 겪을 수 있도록

이카루가코샤에서 오카다를 맡았듯이, 우리 쪽 녀석들도 기쿠치한테 보낼 생각을 하고 있습니다. 기쿠치는 이와테 현 도노에서 궁궐목수 일을 하고 있는데, 야쿠시지 일을 할 때, 니시오카 대목장을 찾아온 제자였어요.

요전에 기쿠치 쪽으로 가고 싶은 사람이 있냐고 물었더니 마사루勝

가 손을 들더군요. 그래서 마사루를 보내자 싶었지요. 하지만 갑자기 사람이 빠지면 일이 삐걱대니까 차례대로 보내기로 했어요. "미안하지만 삼 년쯤 부탁하네." 그렇게 우리 쪽 녀석을 맡기는 거지요. 그 대신 기쿠치 쪽에서도 이카루가코샤에 제자를 맡길 수 있게 했습니다. 차례차례 형편을 봐 가며 그렇게 하기로 했어요. 아무래도 다른 분위기를 겪어 보지 않으면 모르는 것도 있을 테니까요. 우리처럼 너무 공들이기만 하는 게 좋은지 어떤지, 다른 곳을 겪어 보지 않으면 모르는 거죠.

적당한 시기를 가늠해 보내 주는 것이 좋습니다. 마사루는 처음 들어왔을 무렵 집으로 돌아가겠다고 하던 녀석이라 요전 날 이렇게 물어본 적이 있어요.

"어때? 십 년 정도 있다가 집으로 돌아갈 테냐?"

하지만 마사루는 돌아가지 않고 남겠다고 하더군요. 그러니 한 사람 한 사람의 의지를 먼저 확인하고 보낼지 말지를 결정해야 하는 거지요. 만약 십 년 정도만 이카루가코샤에 있을 거라면 중간에 다른 데로 보낼 필요가 없어요. 여기서 배운 것을 바탕으로 집에 돌아가서 또 공부하면 되니까. 그런데 이카루가코샤에 평생 있을 생각이라면 다른 곳의 작업 방식을 하나하나 파악해 두는 것도 필요한 일이지요.

이런 점이 이카루가코샤의 좋은 점이라고 생각합니다. 스물 몇 살쯤 먹으면 세상에서는 이미 한 사람의 어른이잖아요? 어서어서 일을 배우고, 월급을 좀 더 많이 받고, 결혼을 하고, 하루빨리 안락한 생활을 하고 싶다고 생각하겠지요. 하지만 여기서는 달라요. 이카루가코샤에 계속 있겠다고 한다면, 마사루 같은 나이에도 공부할 시간은 충분한 셈이죠. 그러니 여기서 기술을 익힐 수 있는 만큼 익힌다면, 한 단계 더 높은 기량을 닦을 수 있도록 다른 곳으로 유학을 보낼 수 있는 겁니다.

굳이 다른 곳으로 보내지 않아도 되지요. 오키나가한테 보내도 되고, 독립해서 일하고 있는 가와모토 쪽으로 보내도 상관없어요. 도와주러 가서 일을 하는 거죠. 이것도 공부가 됩니다. 다른 분위기를 겪어 보는 게 좋지요. 그렇게 한두 해 있다가 다시 돌아오면 되는 거고.

지금 문득 든 생각인데, 사람을 기를 때 어느 정도 여유를 두는 것도 중요할 거라고 생각해요. 그리고 또 중요한 것은 인내지요. 여기에 오면 넘쳐 나는 시간이라든가, 더디게 좀처럼 발전하지 못하는 자신을 극복한다든가 하며 무언가를 참아 내야 할 경우가 많거든요. 그러니 이카루가코샤의 방식이 안 맞는다고 생각하는 사람은 결국 그만두고 나가게 됩니다만, 그건 또 그것대로 어쩔 수가 없는 부분이에요. 나가고 싶다는 사람을 말릴 수는 없지요. "그런가? 알겠네." 그 말밖에는 할 수가 없어요. 이게 우리 방식입니다. 다들 잘 모를 수도 있지만, 이런 방식이 우리 일을 가능하게 해 주었던 겁니다. 우리가 처음으로 다카오카의 삼중탑을 완성했을 때, 모두에게 물어본 적이 있어요. 우리 힘으로 이 탑을 만들 수 있을 거라고 생각했느냐고. 누구한테 물어도 대답은 같았지요. "가능하리라고 생각조차 못 했다."고요.

누가 봐도 미숙한 비전문가 집단이 다 같이 힘을 모아 제대로 된 것을 만들어 낸 거지요. 이게 이카루가코샤의 신기한 부분이에요. 나도 신기하다는 생각을 하죠, 지금껏 그런 식으로 건물을 몇 채나 지어 왔으니까. 그렇다고 엉성하게 대충 만든 게 아니거든요. 가끔은 물론 미덥지 않은 마음에 내가 해 버리고 싶을 때도 있지요. 그걸 참고 제자들에게 일을 하게 합니다. 그렇게 하지 않으면 사람이 커 나가지 못하니까요. 못 해낼 듯하니 일을 시키지 않는다면 결코 실력이 늘지 않아요. 오노만 해도 들어온 지 구 년 차에 쇼신지처럼 큰일을 맡아 하고 있는 것이니, 공사를 맡긴 분도 걱정일 테고 나 역시 걱정은 걱정입니다만, 그래도 시키는 겁니다. 마지막 책임은 내가 질 테니 해 보라는 거지요. 이런 식으로 우리는 사람을 키워 왔습니다. 앞으로도 그럴 거고요.

이카루가코샤가 어떤 곳인지, 어떤 의미인지 알고 싶다면, 모두의 이야기를 들어보는 게 어떨까 싶어요. 나만이 아니라요.

이카루가코샤의 입사식

이카루가코샤에는 해마다 새로운 제자가 몇 사람씩 들어온다. 학교를 도중에 그만둔 아이나 다른 일을 하다가 옮겨 온 사람들은 자기 형편에 맞춰 입사하기 때문에 따로 환영회를 열어 주지는 않는다. 들어온 그날로 현장에 가서 청소 같은 허드렛일을 하고, 선배들한테 배우면서 밥을 짓는다. 이것이 도제 제도 아래에서 일을 배우러 온 사람들의 일반적인 시작이다.

학교를 졸업하고 4월에 입사하는 제자들에게는 입사식을 열어 준다. 최근 사오 년 전부터 마련한 행사였다. 젊은이들과 나눈 마주이야기를 읽어 보면 알겠지만, 그들은 다양한 방식으로 이카루가코샤에 들어오게 된 사람들이다. 그러니 입사식을 못 한 사람도 많다.

오가와는 자신이 니시오카 대목장의 제자로 입문했을 때, 도미 한 마리를 앞에 두고 "지금부터 오가와 미쓰오를 제자로 삼는다. 열심히 해 주기 바란다."는 이야기를 들었던 날을 지금도 잘 기억하고 있다. 니시오카의 아버지인 나라미쓰도 입회인 자격으로 동석했다. 이런 행사를 거행함으로써 각오를 단단히 다지게 되는 것이다.

되도록 그런 행사를 열어 주고 싶지만, 입사 시험을 따로 치르는 것도 아니고 모집 요강이 있는 것도 아니다. 이카루가코샤에는 갑작스레 결심하고 들어온 녀석이나 고민 끝에 달려온 녀석이 많다. 사정이 그러니 몇 사람이 한꺼번에 들어오는 경우는 4월뿐이다.

1994년 4월에는 중학교를 졸업한 하나타니花谷와 고등학교를 졸업한 사코다迫町가 입사했다. 4월 3일, 그 둘을 위한 입사식이 열렸다. 오늘날 도제 제도는 새로 들어온 제자를 어떻게 맞이하고 있는지 그 모습을 살펴볼 수 있도록, 1994년 입사식 상황을 소개하기로 하자.

입사식이 열리는 장소는 나라에 있는 이카루가 숙사 이 층이다. 이 숙사는 오가와의 제자들이 먹고 자는 곳이며, 오가와의 집이기도 하다. 일 층에는 제자들의 숙사와 연장 연마장이 있고, 삼 층은 오가와 가족들이 산다. 이 층에는 식당과 텔레비전이 있고, 이런 행사를 열 수 있는 다다미 방이 있다. 현재 오가와 가족은 네 사람으로, 아내와 딸아이, 차남이 함께 살고 있다. 장남인 료이치는 이바라키 현 류가사키 숙사에 들어가 있다.

장지문을 떼어 내고 다다미 방 두 개를 이어 입사식을 거행했다. 신입 제자인 하나타니와 사코다는 도코노마床の間▪를 등지고 앉았고, 맞은편 왼쪽에는 이카루가코샤를 졸업하고 현재 독립해서 일하고 있는 선배들이 자리했다. 윗자리부터 가와모토, 다카사키, 미와타, 이시모토 순으로 앉아 있다. 오른쪽에는 이카루가코샤의 젊은이들이 앉아 있는데, 윗자리부터 도편수인 오가와, 목수인 기타무라, 오노, 가쿠마, 부목수인 마쓰모토, 나카자와 순으로 앉았고, 왼쪽 말석에는 지바와 아이바가 나란히 앉았다. 올해부터 부목수로 승진한 아이바는 이런 자리가 처음이었다. 이 선배들이 두 신입 제자를 위한 입사식의 입

▪도코노마床の間 : 다다미 방 한쪽에 단을 높여 족자나 화병으로 장식한 공간.

회인이다.

신입 제자 두 사람을 빼고는 모두 이카루가코샤의 이름이 등판에 새겨진 일옷을 입고 있다. 이 윗도리는 그들이 이카루가코샤의 일원이라는 것을 나타내주고 있었다. 오가와는 이카루가코샤를 졸업하고 독립해 나간 제자들도 이카루가코샤의 일원으로 대하고 있는 것이다. 모두 앞에 조그만 상이 하나씩 놓여 있고, 그 위에는 팥밥, 국, 눈퉁멸, 다시마, 조림, 초절임과 함께 머리와 꼬리를 떼지 않은 도미가 차려져 있다. 오가와의 아내와 일을 거들러 온 다카사키의 아내가 준비한 음식이었다.

먼저 오가와가 인사말을 했다.

"사코다 군 아버지는 구마모토의 궁궐목수입니다. 그래서 이카루가코샤에서 십 년쯤 배운 뒤에, 아버지의 뒤를 잇고 싶다고 합니다. 사코다 군은 십 년이 길지 않은 시간이라 여기고 열심히 배우시기 바랍니다."

"잘 부탁드리겠습니다."

정좌한 사코다는 몸을 숙여 인사했다. 고교 시절, 유도를 했던 사코다는 몸집이 컸고 몸무게도 백오 킬로그램 정도 나갔다.

이어서 오가와는 하나타니를 소개했다.

"하나타니 군은 1979년 1월 18일, 기타규슈北九州 오쿠라小倉에서 태어났습니다. 하나타니 군은 이력서에 '하루라도 빨리 궁궐목수가 되고 싶습니다.'라고 썼습니다만, 아직 한참 젊으니까 천천히 해 나가도 됩니다. 지금처럼 어린 나이에는 많이 혼나 보는 게 좋습니다. 야단맞지 않으려고만 몸을 사리는 약삭빠른 사람이 되지 않도록 하세요. 뭔가 짧게 하고 싶은 말 없습니까?"

하나타니가 인사했다. 하나타니는 몸집이 작았고 몸무게도 사십오 킬로그램밖에 나가지 않았다. 아직 새파란 소년이었다.

"천천히 조바심 내지 않고, 오가와 씨 곁에서 열심히 하겠습니다. 잘 부탁드립니다."

그 뒤 선배들이 차례로 자기소개를 했다. 그리고 다들 잔에 맥주를 채우고 건배했다. 그런 뒤에 오가와가 다시 인사말을 했다.

"이 두 사람이 목수가 될 수 있을지 없을지는 본인 마음먹기에 달렸습니다. 두 사람이 목수가 될 수 있도록, 여러분들이 지켜봐 주시기 바랍니다. 잘 부탁드리겠습니다. 입사, 축하합니다."

준비해 두었던 연장이 들어왔다. 두 신입 제자를 위해 마련한 연장이었다. 종이 상자 안에 톱, 톱날, 곱자, 쇠망치 두 종류, 끌 세 자루, 줄자, 대패 두 개, 숫돌 두 개, 장도리 큰 것 하나, 작은 것 하나가 모두 새것으로 들어 있었다.

오가와가 연장 상자를 건네주며 말했다.

"이건 정말 기본적인 연장이다. 당장 필요한 것이지. 우선 제일 먼저 만들어야 할 것은 자기 연장통이야. 그게 너희들이 만드는 최초의 물건이 될 거다. 연장통을 만들어 현장에 들고 가는 거야. 여기에 있는 끌과 대패 같은 것들을 넣어서 가는 거지. 소중히 다뤄야 해. 날붙이를 잘 갈아서 이 연장들이 잘 들도록 해야 하는 거다.

이제부터는 놀지도 못하고, 산책 같은 것도 못 갈 거야. 사코다, 십 년은 금방이다. 하루하루 열심히 하다 보면 금방 지나가지. 순식간이야.

그리고 십 년이래 봤자, 경험할 수 있는 건 세 채 정도일 거다. 삼 년에 한 채씩 지을 수 있다고 해도 그 정도뿐인 거지. 그런 데다가 처음에는 변변한 기술이 없으니 목재를 나른다거나 청소를 한다거나, 잘돼 봤자 서까래 깎기만 죽어라 해야 해. 그러니 진짜 열심히 하지 않으면 십 년 안에 집으로 돌아갈 만한 실력을 못 쌓을 수도 있어. 그렇게 돌아가도 상관없지만 말이야. 제 몫을 하는 목수가 되는 건 힘든 일이다. 잠자는 시간도 아끼며 노력하지 않으면 안 돼."

연장 전달식이 끝나고 식사가 시작됐다. 따라 준 술을 마시며 오가와는 독립해 나간 제자들과 이야기를 나누었다. 독립해 나간 제자들을 이렇게 한꺼번에 만날 기회는 거의 없었다. 오가와는 한 사람 한 사람 근황을 물으며 이카루가코샤가 앞으로 나가야 할 방향에 대해 말을 건넸고, 의견을 들었다. 오가와가 이카루가코샤에서 독립해 나간 제자들과 어떤 관계를 맺고 있는지 알 수 있는 있는 대목이기에, 그 중 일부를 소개하기로 하자.

"이시모토 쪽은 지금 상황이 어떤가? 바쁘지 않다면, 우리 쪽 료이치를 맡아주었으면 하는데 말이야. 쇼신지 상량이 끝나면 그쪽으로 보낼까 싶어. 한삼 년쯤. 료이치한테 살림집 일도 시켜 보고 싶거든.

한 놈이나 두 놈을 번갈아 보낼까 생각 중이야. 이카루가코샤에서 목재 깎기 같은 건 전부 할 수 있도록 웬만한 기초를 가르쳐서 보내면, 나머지야 뭐, 거기서 일하면서 배우면 되지 않을까 싶어. 하나가 아니라 둘을 한꺼번에 보내는 것도 좋겠고. 뭐, 사람을 먼저 보고 결정할 일이긴 하지만 말이야. 아무튼 이런 생각을 하고 있네. 한 번쯤 다른 곳으로 보내 보고, 그리고다시 돌아오면 되는 거지. 그때부터 또 여기에서 공부하면 되니까.

다른 세계를 보는 것만으로도 좋지. 집목수는 한 해에 서너 채 정도는 상량을 해 보잖나? 여기서는 삼 년에 한 번꼴이니, 그걸로는 경험이라고 할 수도 없지. 한 채를 처음부터 끝까지 지어 보는 경험은 얼마 쌓이지가 않거든. 그래서 지금 있는 젊은 아이들을 차례로 다른 곳으로 얼마간 보내려고 하는거야. 사찰이나 신사도 물론 좋지만, 그것만으론 역시 안 돼. 목수로서 경험치가 얕다고."

엄밀히 말해 이시모토는 오가와의 제자는 아니었다. 니시오카 대목장 밑에서 야쿠시지 일을 했고, 그 일이 끝난 후 이카루가코샤에서 일하게 된 사람이었다.

자기 밑에 있는 젊은이들을 다른 곳으로 보내겠다는 생각은 오가와가 이전부터 구상해 온 것이었다. 이 이야기를 듣고 각자 자기 의견과 느낌을 말했다. 독립해서 나간 제자들이 전부 궁궐목수 일을 하고 있는 것은 아니었다. 살림집 일을 하는 제자들도 많았다. 대부분이 오가와의 말에 긍정적이었다.

선배들과 이야기를 나누던 도중, 오가와는 윗자리에 앉아 있던 신입 제자 두 명에게 말을 건넸다.

"십 년을 참고 견디면 훌륭한 목수가 될 거다. 그런 녀석한테 니노미야 긴지로二宮金次郎[■] 동상을 주기로 되어 있지. 니노미야 긴지로 동상을 받을 수 있도록 열심히 해야 한다. 그리고 둘 다 여기에 배우러 온 거니까 자기 모습을 있는 그대로 드러내는 게 좋아. 배우러 와서 잘난 척하고 있어서는 안 돼. 그래 가지고는 아무것도 못 배운다. 왜 배우러 왔는지도 잊어버리게 된다고. 너희들은 처음부터 아무것도 모르는 녀석들이니, 모르는 게 있을 땐 물어보면 된다. 하지만 물을 때에는 열심히 생각하고 나서 물어야 하는 거야. 모른다고 바보처럼 '어……, 그게…….' 이렇게 우물쭈물했다가는 머리를 쥐어박힐 테니까. 정말 열심히 생각하고, 생각하고, 생각하고 나서 물어야 한다.

사코다는 눈치가 없고 하나타니는 눈치가 빠르지. 보통은 하나타니를 칭찬할 거야. 하지만 나는 그런 거 싫어해. '뭐 할까요?', '뭔가 할 일 없어요?' 하는 그런 말. 그런 건 아무래도 좋아. 중요한 건 약삭빠른 인간이 되어서는 안 된다는 거다. 도편수가 되어 뭔가 하려고 할 때 그런 건 아무 도움도 안 되거든. 본질을 꿰뚫을 수 있도록 생각해야 한다. 진짜만을 생각해야 해. 억지로 거짓된 무언가를 꾸밀 필요는 없어.

세상에는 이쪽 세계와 저쪽 세계가 있다. 너희들은 오늘부터 장인의 세계

[■] 니노미야 긴지로二宮金次郎 : 근면과 효를 중시한 농촌 운동가이자, 사상가. 1787년에 태어나 1856년까지 살았다.

로 들어왔으니 장인의 세계에서만 해 나가는 거야. 세상의 간교한 말도, 그 럴듯한 겉모양도 상관없어. 중요한 건 자기 실력을 닦아 가는 일이다."

끄트머리에서 아이바와 나카자와가 얌전히 이야기를 듣고 있었다.

"니시오카 대목장은 자기 책에서 이런 말을 했어. '달이고 달이고 달이고 달 여서 도달하는 곳은 감'이라고 말이지. 이런저런 것들을 달이고 끓이고 졸 여 가다 보면 결국 '감'밖에 남지 않는다는 말이다. 그래서 너희들한테 물어 보고 싶은 게 있어. '감'이란 감각의 '감感'이잖아? 이런 감을 어떻게 키울 수 있다고 생각하나? 감이라는 것이 도대체 뭘까?"

다카사키는 '경험'이라고 대답했고, 저마다 자신이 생각하는 감에 대해서 이 야기해 나가다가, 판단할 때의 '직감' 같은 그런 것도 감이 될 수 있다는 것으로 이야기는 번져 갔다.

"경험을 넘어서는 어떤 것이 있어. 경험을 쌓는 것만으로 감이 생겨난다고 말한다면, 그건 거짓말이다. 그렇지 않아. 그것을 넘어서 있는 거야. 경험을 쌓아 가다 보면 '직감'이 움직이기 시작하지. 하지만 그것도 감 아니야. 하지 만 니시오카 대목장은 달이고 졸이면 감만 남는다고 했다. 이런 감을 어떻 게 키울 수 있을까?

'감을 키운다.'는 건 어떤 것일까? 많은 경험을 쌓는 것일까? 물론 경험을 많이 쌓으면 어느 정도 감을 갈고닦을 수 있겠지. 하지만 그걸 넘어서는 것 이 있다는 생각이 들지 않나? 감이란 인간이 태어나면서부터 가지고 있는 것이라는 생각이 들어. 일이 빠른지, 잘하는지는 보면 알 수 있잖아? 동료들 중에도 손이 빠르다, 뭔가 대단하다 싶은 녀석이 있는 걸 보면, 경험이 많고 적다는 게 감을 키우는 데 상관이 있는 건지 어떤 건지 모르겠어.

중요한 건 어떻게 해야 우리가 장인으로서 감을 키울 수 있느냐는 것이겠 지. 순서로 봤을 때, 우선은 날붙이 갈기부터 시작해야 한다. 정말 제대로 된 연장으로 갈 수 있을 때까지는 엄청나게 고생을 해야 하니까, 이게 제일 중요하지. 쓸데없는 고생처럼 느껴지더라도, 꼭 해내야만 하는 일이다. 현장에서 어려운 일을 해낼 수 있느냐 하는 건 오히려 작은 문제다. 마음만 먹는다면 금세 해낼 수 있는 일이거든. 하지만 '선이 아름답다.'거나, '공간이 아름답다.'고 하는 것은 감각의 문제지. 이건 배울 수 있는 게 아니다. 그 사람이 본래 가지고 있는 것이기 때문이지. 각자가 일을 하면서 움켜쥘 수밖에 없는 거야. 묻혀 있는 것을 찾아내 닦아 가는 수밖에 없는 거지. 나도 마찬가지야. 그것이 어떤 것인지, 어디에 숨겨져 있는지, 스스로도 모르니 해 보는 수밖에.

도편수로서의 기량은 그 다음 문제다. 사람을 통솔할 능력이 있느냐 없느냐 하는 문제겠지만, 이것도 사람에 따라 다르다. 그 사람이 노력하기에 달렸지. 그 사람이 신뢰받느냐 마느냐가 그 사람이 일을 맡느냐 아니냐로 연결되는 거다. 사람을 키운다는 건, 어려운 일이다."

그러고는 오가와는 독립해 나간 제자들 곁으로 가, 자신의 포부와 고민에 대해 의견을 물었다. 앞으로 제자를 들여 키워 나가야 하는 것은 독립한 제자들도 마찬가지였다. 그런 이야기들이 끝나 갈 무렵, 팔씨름 대회가 열렸다.

새로 들어온 사코다가 강했다. 모두 사코다에게 도전했으나, 아무도 사코다를 꺾지 못해 야단법석이 났다. 완력 좋다고 자랑하던 녀석들이 신입 제자에게 다 패한 것이었다. 술이 들어오자, 입사했을 때 일, 예전 작업장에서의 추억, 지금 맡아 처리해야 할 계약들, 아내 이야기, 신혼 생활 이야기에 이르기까지, 온갖 이야기가 오갔다. 오후 한 시부터 시작된 입사식은 오후 다섯 시에 끝이 났다.

이번 입사식에는 이바라키와 도치기 현장에서 '부목수' 이상의 제자들이 참가했다. 오노, 가쿠마 같은 목수들은 입사식이 끝나자마자 뿔뿔이 아랫사람들이 기다리고 있는 현장으로 돌아갔다. 신입 제자인 하나타니와 사코다는 오노가 책임자로 있는 이바라키 현 류가사키 현장에 배속되었다.

1994년 입사식 모습은 이러했다. 거기에는 작으나마, 도제 제도가 쌓아 온 인간관계의 한 형태가 있었다.

사코다는 이후 류가사키 현장에 있다가, 받은 연장을 남겨 두고 한 달 만에 이카루가코샤를 떠났다. 다른 곳에서 새로운 배움을 선택한 것이었다. 오가와는 굳이 이유도 묻지 않았고, 붙잡지도 않았다.

2. 이카루가코샤의 제자들

니노미야 긴지로 동상의 의미

오가와는 니노미야 긴지로를 좋아했다. 이카루가코샤에서 함께 여행을 가거나, 회식을 할 때, 젊은 제자들과 한잔할 때도, 취기가 오르면 '니노미야 긴지로'라는 노래를 불렀다. 오가와는 니노미야 긴지로 동상을 열 개 만들어 두었다. 높이 육십 센티미터 남짓한, 청동으로 만든 동상이었다. 제대로 된 기술을 몸에 익혀, 다른 사람들을 이끌며 규모가 큰 일을 끝낸 자에게 '자신의 모든 것을 전수받았다는 증거'로 주려고 만든 것이었다.

동상은 땔나무 지게를 지고 책을 펼쳐 들고 걷는 모습을 하고 있다. 니노미야 긴지로가 펼쳐 든 책에는,

농부가 나락 한 알 한 알을 고생스레 길러 내듯이 粒粒辛苦

소나무 잣나무가 눈 속에서도 꿋꿋이 제 빛을 지켜 가듯이 雪中松柏

신의 경지에 다다른 솜씨 익혀 급제해 돌아가네. 神工鬼斧

사광처럼 듣는 귀가 밝은 이 옆에는 及第爲歸

복숭아나무 자두나무 아래로 절로 길이 나듯 師曠之聰
자연히 사람이 모이는 법. 桃李成蹊

이라는 말이 새겨져 있다. 스승인 니시오카 쓰네카즈가 쓴 글씨였다. 지금껏 니노미야 긴지로 동상을 받은 사람은 이카루가코샤의 첫 제자 기타무라 도모노리와 규슈에서 학술 모형 제작을 맡고 있는 오키나가 고이치 두 사람밖에 없었다.

이야기 중간에 등장하는 '니노미야 긴지로'는 '졸업'을 뜻하는 이 동상을 이르는 것이다.

제자들의 생활

지금 이카루가코샤에는 스무 명의 제자가 있다. 그러나 인원이 고정불변인 것은 아니다. 그만두고 가는 사람도 있고 도중에 들어오는 사람도 있기 때문이다. 들어오는 사람은 궁궐목수의 일을 거의 모르고 들어온다. 남 밑에서 고생하는 생활이 십 년쯤 필요하다는 것이 머리로는 이해되지만, 막상 시작하고 해 나가기 어렵겠구나 하는 생각이 들면 그만두고 나간다.

입사한 사람은 모두 함께 생활한다. 현재 숙사는 세 곳이다. 나라 숙사는 오가와를 비롯한 오가와 가족과 제자들이 함께 생활하고 있다. 도치기 공방은 제자들이 꾸려 간다. 지금은 가쿠마 아래로 네 사람이 지내고 있다. 이바라키 숙사는 지금 짓고 있는 류가사키 쇼신지 터 안에 있다. 조립식으로 지은 숙사에서 먹고 자며 현장을 오간다. 오노가 이끄는 열 명 남짓한 젊은이가 있다.

이 밖에도 지방에서 일이 시작되면 제자들 몇이 그쪽으로 옮겨 간다. 이때는 간이 숙사를 짓든지 방을 빌리든지 한다. 아무튼 같은 일을 하는 사람들은 같은 지붕 밑에서 생활한다. 그러나 제 몫을 하는 목수로 인정받은 기타무라와 오키나가는 자기 집이 따로 있다.

숙사에서 개인 공간은 저마다 다르다. 방 하나를 혼자서 쓰는 경우도 있고,

손수 만든 다다미 두 장만 한 침대가 자기 공간인 경우도 있다. 침대는 한 가운데에 다다미가 깔려 있고, 그 둘레를 나무판이 감싸고 있다. 짐은 침대 밑에 둘 수 있게 되어 있다. 제자들은 대부분 옮겨 다니는 일이 많기 때문에 짐이 아주 적다.

처음부터 마지막까지 같은 현장에 머물면서 일하는 사람은 목수 신분인 오노, 가쿠마, 기타무라 이렇게 셋이다. 다른 사람들은 형편 따라 여기저기 흩어진 일터로 파견된다. 그럴 때는 자기 연장과 갈아입을 옷, 세면도구 같은 일용품을 꾸려 떠난다.

기타규슈에 사는 오키나가는 학술 모형을 전문으로 만들고 있어, 거의 그쪽 작업장에 머무른다. 학술 모형이란 탑과 당의 모든 건축재를 실제의 십분의 일, 혹은 이십분의 일 크기로 만들어 짜 맞춰 가는 일로, 하나를 완성하는 데 이삼 년은 걸린다. 오키나가의 일이 바빠지면 젊은 제자들이 그를 도우러 가기도 한다. 제자들이 어느 현장에서 일할지, 어느 곳으로 이동할지는 오가와가 결정한다.

나무 다듬기부터 시작해, 작업용 발판 만들기, 목재 짜 맞추기까지, 건물을 세우는 데 필요한 모든 일을 한다. 큰 공사일 때는, 삼 년이나 목재를 다듬은 적도 있다. 지금은 작업장 몇 곳에서 동시에 일을 진행하고 있어 이카루가코샤 전체로 보면 다양한 공정이 이루어지고 있다.

기본적으로 세 끼 밥 차리기와 청소는 신입 제자가 하는 일이다. 밥해 줄 사람을 따로 들이는 일은 없다. 자기들이 먹을 밥은 자기들이 짓는다. 물론 점심 도시락도 스스로 준비한다. 현장에 대장 오가와가 있을 때는, 대장도 함께 밥을 먹는다. 대장은 숙사를 돌며 일이 얼마나 진행됐나 살핀다. 그러면서 그곳 제자들과 함께 밥을 먹는다. 먹는 음식은 늘 똑같은 것들이다.

수업 중인 제자들은 일터에서 자기가 할 수 있는 허드렛일을 하며 윗사람에게 받은 일을 해 나간다. 작업은 여덟 시에 시작해 여섯 시에 마치는 것으로 되어 있지만, 상황에 따라 바뀌기도 한다. 일이 끝나면 상하 관계도 끝난다. 선배는 후배를 개인적으로 부리지 않는다. 빨래 같은 것은 스스로 한다.

작업 중에는 연장을 갈지 않기로 되어 있다. 그래서 제자들은 저녁밥을 다 먹고 나면 저마다 연장 연마장으로 가서 날붙이를 간다. 연장을 제대로 가는 것. 이는 니시오카가 오가와에게 명하고, 오가와가 자기 제자들에게 명한, 궁궐목수 수업의 가장 중요한 기초이다. 나라 숙사에는 일 층에 연장 연마장이 있고, 다른 숙사들은 일터 가까이 따로 장소를 마련해 놓았다. 각자의 숫돌이 가지런히 놓여 있어, 언제라도 날붙이를 갈 수 있도록 되어 있다.

오가와가 니시오카 대목장 집에서 배우던 때와는 달리, 텔레비전, 신문, 잡지, 놀러 가는 것도 상관없다. 자기 시간을 쓸 수 있는 것이다. 어떤 사람은 지역 동호회에 들어 좋아하는 운동을 하기도 하고, 꽃꽂이나 다도, 서예를 배우러 다니는 사람도 있다. 텔레비전을 보는 사람도 있고, 뒹굴거리며 잡지를 보는 사람도 있다. 동료들이 모이면 야구를 하거나 축구공을 차며 땀을 흘리기도 한다.

그렇지만 밤에는 많은 젊은이들이 연마장으로 가서, 날붙이 갈기에 정성을 쏟는다. 사람에 따라 다르지만, 두세 시간쯤 날붙이를 간다. 오직 한 마음으로 날붙이 갈기에 매달린다.

류가사키 현장에는 벌써 네 해째 제자들이 머물고 있어, 그동안 애인이 생긴 사람도 있다. 지역 축제에서 류가사키 제자들이 신여를 멜 정도로 그곳의 중요한 일원으로 받아들여지고 있다.

휴일은 일단, 매주 일요일, 설날, 백중 때뿐이다. 제자들은 날마다 출근부를 쓰고, 달마다 일한 날수를 스스로 신고한다. 체계 면에서는 주식회사인 이카루가코샤는 이런저런 사회 보험이 보장될 뿐 아니라 수당도 지급된다. 월급은 출근부에 신고한 대로 날품으로 계산한다. 쉬고 싶으면 쉬고, 그 날수만큼 월급에서 빠지게 되는 것이다.

그런 의미에서 그들은 회사원이라 할 수 있다. 말하기에 따라, 월급을 받으며 수업하고 있는 사람들이라고도 할 수 있다. 제자의 신분은 목수, 부목수, 목수 보조, 견습이라는 네 단계로 나뉘어져 있다. 승진은 해마다 정월 휴가가 끝난 뒤 벽보로 공지한다. 그것은 모두 제자들이 일하는 모습을 보면서 오가와가 결정한다.

일상생활과 그들의 생각, 일의 내용을 소개하기 위해 1995년 8월 이카루가코샤에 소속된 젊은 제자들을 모두 만났다. 그들의 이야기를 통해 궁궐목수가 되고자 하는 젊은이들의 생각과 생활 모습을 알 수 있을 것이다. 그리고 그런 이들의 모습을 통해 이카루가코샤라는 장인 집단의 성격도 드러나리라고 생각한다.

오가와가 제자들을 대하는 태도는 "나무는 나서 자란 방향 그대로 써라.", "나무 짜 맞추기는 치수가 아니라 나무의 성깔에 따라 하라."는 호류지 구전 그대로였다. 각자의 개성을 존중하고 자기만의 특성을 발휘하게 하는 것이 핵심이었다.

제자들과 나눈 마주이야기

● 목수, 기타무라 도모노리 北村智則

1958년생입니다. 고등학교를 졸업하자마자 여기 왔으니 올해로 열여덟 해째입니다. 그러고 보니 기간만큼은 대단하네요. 그동안 뭘 했나 싶은 생각은 들지만요. 태어난 곳은 오사카大阪의 이바라키입니다. 아버지는 문이나 창문 같은 걸 짜는 장인이셨어요. 다닌 학교는 인문계 고등학교였고요. 처음에는 고등학교에 가는 것도 어쩐지 내키지가 않아서, 중학교를 졸업하면 목수가 될 거라는 말을 하고 다녔습니다.

하지만 다들 "어찌 됐든 고등학교만이라도 졸업해야 한다."고 그러길래 '뭐, 그것도 괜찮겠지.' 싶은 안이한 마음으로 고등학교에 들어갔습니다.

나무를 만지는 일 같은 걸 하고 싶다는 생각은 전부터 하고 있었습니다. 곧 졸업이었지만, 그다지 공부를 좋아하는 것도, 대학에 가려고 공부를 해 왔던 것도 아니었어요. 대학에 가 보았자 별 뾰족한 수도 없다고 생각했고요. 아버지의 일을 이을까도 생각했습니다만, 예전부터 제가 사찰 따위를 돌아보는 걸 좋아했거든요. 어차피 뭔가 만든다면 사찰 건축이 좋겠다 싶어서 아버지한테 궁궐목수가 되고 싶다고 말씀드렸습니다. 아버지도 "창이나 문을 짜는 것보다야 궁궐목수 쪽이 더 재미있겠지. 꼭 내 뒤를 이을 필요는 없어. 네가 좋아하는 걸 하면 되니까." 하고 굳이 반대하지 않으셨고요.

처음에는 니시오카 대목장도 대장도 전혀 몰랐고, 연줄도 없는 데다가 어째야 할지 아는 것도 없었습니다. 그런데 마침 그때가 야쿠시지 금당이 완성되었을 무렵이라, 그 얘기가 신문에 자주 나왔습니다. 그래서 무작정 찾아갔습니다. '야쿠시지에 가면 목수가 있을 테고, 없더라도 누군가한테 배울 수 있겠지.' 하는 마음이었지요.

사찰 사무실에 가서 여차여차해서 찾아왔는데, 누구든 목수 일을 하시는 분 안 계시냐고 물었더니 건축 사무소에 전화를 걸어 주셨습니다. 마침 거기에 오가와 씨가 계셔서 이야기를 나눌 수 있게 되었지요. 니시오카 대목장도 옆에 계셨습니다. "네 생각이 정 그러하다면 다음에 아버지랑 같이 와 봐라." 하고 오가와 씨가 말씀하셔서 아버지랑 같이 다시 찾아갔습니다. 고등학교를 졸업하는 대로 오가와 씨 제자로 들어오라는 대답을 들었지요.

고등학교 이 학년 여름까지는 축구를 했습니다. 이 학년 여름 방학 때 완전히 지쳐 버렸고, 그래서 그만뒀습니다. 운동 신경은 그저 그랬습니다. 그렇게 뛰어나지는 않았어요. 굳이 말하자면 좀 시원찮은 쪽이었는지도 모르겠습니다.

네. 자주 듣습니다, "이카루가코샤의 첫 제자시죠?" 같은 말. 순서대로라면 그렇습니다. 제자로 들어온 사람은 제가 처음이었으니까요.

제가 들어오고 얼마 되지 않았을 무렵, 아마 대장은 여전히 야쿠시지 일을 하는 중이었을 겁니다. 저는 대장 집에 들어가 살면서 고오리야마郡山 공방을 오갔습니다. 숙사는 근처에 있었어요. 대장이 최근까지 살던 그 집이지요.

앞으로 잘 해 나갈 수 있으리라는 생각 같은 거요? 아뇨, 그때는 특별히 그런 생각을 못 했습니다. 해 나가다 보면 어떻게든 될 거라는 생각은 했지만요. 제가 좀 멍청한 구석이 있어서 그다지 깊게 생각하지 않는 건지도 모르겠습니다.

지금은 다들 식사 준비를 하지만, 그때는 대부분 사모님이 차려 주셨습니다. 집 옆에 작업장이 있었고 낮 시간 동안 대장은 거기서 일을 하셨어요. 저는 거기서 날붙이를 갈았습니다. 엄하게 꾸중을 듣거나 하지는 않았지만, 가끔 혼은 났습니다. 호통치시거나 그런 일은 별로 없었어요. 대부분 "일이 늦다."거나 "제대로 해라." 뭐 이런 말씀을 하셨습니다.

도중에 그만두고 싶었던 적이요? 몇 번이나 있었습니다. 정확히 몇 년도 일인지는 기억나지 않지만, 야쿠시지 일을 할 때 한 번 그만둔다고 한 적이 있습니다. 집으로 돌아가지는 않았습니다. 결국 일을 계속 하기로 했지요. 대장은 말리거나 하는 사람이 아닙니다. "아, 그런가? 알겠네." 그런 식이었으니까요.

왜 그랬냐고요? 그리 큰 이유는 없었습니다. 뭔가 답답증이 쌓여 만사가 싫어졌고, 그래서 그만둔다는 식이었지요. 하지만 생각을 고쳐먹었다고나 할까요, 집으로 돌아갈 수 없었지요. 사모님도 그럴 때는 아무 말씀 없으셨습니다. 물론 함께 살고 있으니 격려하는 말이라든가, 착실히 하라는 말씀은 하셨지만요.

그 당시 제가 고민하던 건 이런 거였습니다. 이 년쯤 지나자 새로운 제자가 들어왔고, 대장은 아직 변변치 않은 저한테 모든 걸 맡기셨지요. 대장이 가르치는 것이 아니라 제 밑에 그 녀석을 붙여 주신 거였어요. 그러니 제가 전부 가르쳐야 했습니다. 이 년째던가 삼 년째 정도에요. 그리고 그 녀석이 뭔가 잘못하면 제가 혼이 났습니다. 그런 게 꽤부담이 되었지요. '나도 아직 아무것도 할 줄 아는 게 없는데……' 그런 생각을 하면서 말입니다. 날붙이 갈기는 그럭저럭 익숙해졌을지 모르지만, 연장질은 아직 서툰 수준이었으니까요.

제자로 들어온 첫해 가을, 야쿠시지 서탑 일이 시작됐는데, 그쪽에서 대장을 데리러 왔습니다. 하지만 제자는 두고 오라는 말을 들었던 거죠. 그런데 대장은 그런 조건이라면 가지 않겠다고 버텼고, 결국은 저도 야쿠시지 일을 하러 갈 수 있게 되었습니다. 대장은 도면을 그려야 해서 일은 다른 장인들한테 배웠죠.

대장한테 제대로 된 목수라는 말을 들어 본 적은 없습니다. 하지만 십 년째 되던 무렵 니노미야 긴지로를 받았을 때는, '나도 이제 어엿한

복수가 되었구나.' 그런 생각이 들었습니다. 대장이 저를 그렇게 인정해 주신 건지 아닌지는 모르겠습니다만, 니노미야 긴지로 동상을 받는다는 건 제대로 된 목수가 되었다는 그런 뜻이니까요. 지금까지 동상을 받은 사람은 저까지 두 사람입니다.

그 뒤로도 그만두고 싶었던 적이 몇 번인가 있었습니다. 진짜로 집으로 돌아가 버렸던 적도 있지요. 아뇨, 옛날 이야기가 아니라, 그런대로 최근 일입니다. 정확히는 기억 못 하지만 서른 즈음이었던 것 같아요. 실제로는 어땠건 간에, 다른 사람들한테서 제대로 된 목수라는 소리를 듣게 된 뒤의 일이었지요.

이유가 뭐였냐고요? 침울했어요. 일이라든가 젊은 제자들과의 관계 때문에 이래저래 뭔가 우울해져서 일하는 게 싫어졌거든요, 지금은 많이 나아졌지만. 제 성격이 어느 쪽이냐면, 반항해서 뛰쳐나가기보다는 자멸하는 편이라고나 할까요.

지금까지 이카루가코샤에 입사한 젊은이들이요? 한 달 만에 그만둔 녀석도 넣는다면, 아마 쉰 명쯤 될 겁니다. 하지만 그 친구들을 다 아는 건 아닙니다. 중간에 꽤 오랜 기간 지방에서 일을 해서 다른 현장 상황을 모르던 시기도 있었으니까요. 그 무렵에는 지금보다는 그만두는 일이 적었던 것 같습니다. 예전에는 나름대로 각오를 다지고 들어오는 사람이 많았기 때문인지도 모르겠어요.

저는 이카루가코샤에 들어와 목수 일을 처음 배운 사람입니다만, 예전에는 목수 일을 하다가 중간에 우리 쪽으로 들어온 사람이 많았습니다. 집목수거나 궁궐목수거나, 아니면 그 비슷한 직종에서 일하던 사람들이었지요. 그렇게 들어와서는 몇 년 정도 공부를 하고 고향으로 돌아갔습니다. 다카사키 씨 같은 사람은 기후岐阜 현에서 신위를 올려 두는 제물상 만드는 일을 했지요. 아니면 살림집을 짓거나, 얼마쯤 연장을 다룰 줄 아는 상태에서 들어온 사람이 많았어요.

목수 일을 하다가 들어온 사람들도 별반 큰 차이는 없었습니다. 단지 몸놀림이라든지 일머리 같은 건 목수 일을 하다가 들어온 사람들이 아무래도 낫죠. 우린 그에 비하면 몸놀림이 조금 둔한 편이에요. 어쩌면 이런 면이 이카루가코샤의 특징일지도 모르겠어요. 다들 서두르는 법이 없거든요. 제가 그런 나쁜 특징을 만들고 있는 건지도 모르겠네요. 대장은 "조금만 빨리하자."는 말씀을 하시곤 합니다.

네, 맞아요. 대장과 함께 가장 많은 건물을 지은 사람이 저일 겁니다. 확실히는 기억나지 않지만, 야쿠시지 일이 끝난 뒤에는 호린지 상토문上土門 손보는 일을 했던 것 같습니다. 그리고 나가노 현 다테시나蓼科에서 미즈야水屋를 만들었습니다. 그게 아마 도쿄 고쿠타이지보다 먼저 했던 일 같아요. 오키나가 씨, 대장, 아이카와相川 씨, 저, 이렇게 넷이서 미즈야를 만들었습니다. 야쿠시지를 끝낸 뒤였으니까, 그때는 뭐 그럭저럭 일이 조금은 익숙해져 가던 시기였죠.

계속 이카루가코샤에 남을 생각이냐고요? 글쎄요, 그 부분에 대해서는 확실히 모르겠습니다. 지금이야 나갈 계획 같은 건 없지만, 잘 모르겠어요. 독립해서 일을 하고 싶은 생각은 거의 없어요. 독립하고 싶은 사람은 아마 때가 되면 나가겠지요. 저는 뭔가, 굳이 말하자면, 일할 수만 있다면 그걸로 족한 쪽이라서요. 독립하면 다른 여러 가지 것들을 해야만 하잖아요. 제가 그런 데 서툴러요. 서툴다고 해야 할까,

■ 미즈야水屋 : 신사나 절에서 참배인이 입을 가시거나 손을 씻는 곳.

귀찮다고 해야 할까, 아무튼 안 할 수 있다면 안 하는 게 제일 좋겠다, 그런 생각을 하고 있습니다.

설계나 도면 일은 아직 많이 못 해 봤습니다. 요전에 신사 건물을 설계한 적이 있는데, 그게 처음이었어요. 대장이 도면을 그리고 제가 실제 치수를 그렸지요. 도면에 빠진 부분이 있으면 실제 치수로 먼저 그린 뒤에 그것을 기록용 도면에 남기고 그랬습니다.

네. 맞습니다. 누가 설계도를 주고 그걸로 절을 지으라고 한다면, 아마 할 수 있을 겁니다. 건축비 계산만 빼면 아마 다 가능할 겁니다.

이카루가코샤의 규모가 커지는 것에 대해서요? 규모가 커지는 것 자체는 별로 개의치 않습니다. 하지만 제자를 받아들이는 문제는 그건 좀 아니지 않느냐는 말을 전부터 하곤 했습니다. 일을 그만두고 고향으로 돌아간 적이 있다고 했잖아요? 그런 까닭도 있었습니다. 윗사람이 어느 정도 일을 익히고 난 뒤에, 제자가 차례차례 들어오는 거라면 괜찮아요. 하지만 새로운 사람들이 한꺼번에 들어온다든가, 그런 건 좀 이상하지 않느냐 하는 겁니다. 현장을 맡길 수 있는 도편수나 중견 목수가 몇 사람 되고 그 밑으로 제자들이 들어온다면야 괜찮겠지만, 지금은 뭔가 신입들만 뜬금없이 있는 분위기거든요.

쇼신지 일을 맡고 있는 오노 군은 대단한 것 같아요. 수업 중인 초보들만 데리고 쇼신지 일을 해내고 있으니까요. 제가 이런 말 하는 것도 좀 그렇긴 하지만, 용케도 잘 해 나가고 있다고 생각합니다. 지금까지도 잘 해내 왔고요. 감탄스럽죠. 이것이 대장의 방식입니다. 이카루가코샤의 방식이지요.

처음 했던 고쿠타이지 삼중탑 때도 그랬습니다. 올해 다녀왔는데,

그때는 아직 다들 이십 대였거든요. 아무리 니시오카 대목장의 제자라고는 해도, 시주자들이나 그쪽 관계자들은 걱정스러워했습니다. 과연 이런 사람들이 해낼 수 있을까 하고 말이지요. 슬슬 하나씩 해 나가다 보면 결국은 모두 완성하게 마련입니다. 지금도 마찬가지고요.

어딜 가든 처음에는 다들 걱정스럽다는 말을 하시더군요. 가자마자 바로 그러시지는 않지만, 완성되고 나면 "이제 와서 하는 말이지만, 과연 가능할지 걱정이었어." 이런 말들을 하셨습니다. 고쿠타이지 때도 그런 말 자주 들었습니다. 다 지은 뒤에 말이죠.

이카루가코샤의 방식이란 게, 젊은 사람이 많으니 활기차고 그런 면은 좋지만, 아무래도 일이 더딥니다. 하지만 그러는 가운데 사람을 키워 나갈 수 있는 것이니까요. 그러니 이게 참 어려운 부분입니다.

얼마 전 대장이 이런 말씀을 하셨습니다. 각 현장마다, 그 현장을 맡은 사람이 일은 물론, 건축비까지도 모두 맡아서 진행하는 형태로 바뀌 가는 게 어떻겠냐고요. 지금 상황에서라면 글쎄요, 잘 모르겠습니다만 앞으로는 그렇게 해 나가야 하지 않을까 싶어요.

이카루가코샤를 나가서 독립하는 게 어떻겠냐고요? 글쎄요. 저랑 경력이 엇비슷한 가와모토 씨, 다카사키 씨, 미와타 씨는 독립해 나갔습니다. 만약 신사나 사찰 건축 일이 이어진다면 제 몫을 해낼 수 있을 겁니다. 하지만 고향에 돌아가 저 혼자 하려다 보면 일을 하는 것보다 주문을 따내는 일이 더 힘들 거라는 생각을 해요. 대장도 그런 고민을 하고 있습니다. 독립해 나간 사람과 이카루가코샤를 더 끈끈하게 엮어, 사람도 일도 서로 나누고 도울 수 있는 틀을 구상하고 계신 거지요.

사람을 가르치는 일이요? 걱정은 없습니다. 차례차례 하나하나 해 나가면 되니까요. 사람에 따라 빠르고 늦는 경우는 있지만, 누구든 가능합니다. 얼마나 몰두할 수 있는지, 그 열정에 달린 문제입니다. 손재주가 있든 없든 상관없다고 생각합니다.

열심히만 하면 누구든지 날붙이 갈기를 연습해 자기 연장 정도는 만들 수 있다고 봅니다. 단, 일이 빠르고 늦고 하는 문제는 쉽사리 뭐라 말하기 힘들지만요. 연장 연마장이나 현장에서 움직이는 모습을 보면, 그 분위기만으로 전체적인 수준을 얼추 알 수 있습니다. 하지만 누가 잘하고 못하는지, 누가 재능이 있는지 없는지는 알 수 없습니다. 목수 일이란 게 딱 정해진 답이 없어요. 그래서 어렵습니다. 묵묵히 일만 하는 사람도 있고, 왁자지껄 떠들며 모든 구성원을 끌고 가는 사람도 있고요. 하지만 이런 여러 가지 것들이 모여 이카루가코샤가 세워졌고, 지금의 이카루가코샤가 된 거니까요.

결혼이요? 하고 싶은 마음은 있지만 좀처럼 만날 기회가 적어서요. 가끔 소개도 받고 그래 보지만, 왠지 잘 안 됩니다.

하루 일과요? 지금은 숙사를 나와 아파트에서 살고 있어요. 여름에는 거의 밖에서 먹고 들어옵니다. 시원해지면 가끔 해 먹기도 하지만, 더울 때는 뭐든 사면 금방 상해 버리니까요. 만드는 것도 그래요. 일하고 돌아오면 녹초가 되니까 요즘은 주로 외식만 하고 있습니다.

빠르면 다섯 시 되기 전에 일어날 때도 있지만, 대부분 다섯 시나 여섯 시 넘어 일어나서 빵 같은 걸 먹습니다. 그리고 빨래를 하거나 화분에 물을 주고 나면 일곱 시 반 정도, 여덟 시까지는 일터로 갑니다. 일은 오후 여섯 시까지, 끝나면 청소하고 가끔은 연장 정리를 하고 아파트로 돌아가죠. 저녁을 먹고 들어갈 때도 있고 뭘 사 가지고 들어가 집에서 먹을 때도 있습니다. 밥을 먹고 들어가면 일곱 시 반이나 여덟 시 쯤이고, 그 뒤로는 목욕을 하고 텔레비전을 보면서 뒹굴거리고 있는 정도죠 뭐. 저축해 놓은 돈은 거의 없습니다. 여기저기에 돈을 쓰는 편이라서요. 카메라나 오디오, 연장, 특히 연장 사는 걸 좋아합니다.

가지고 있는 연장 가격을 다 더하면요? 계산해 본 적은 없지만, 꽤 되겠네요. 전동 공구도 넣고 제대로 계산하면, 샀을 때 가격으로 이삼 백만 엔 정도 되지 싶습니다. 연장은 제가 샀습니다. 처음에는 대장이나 함께 일하던 사람들한테 더러 얻기도 했지만, 그 뒤로는 대부분 제가 사서 늘렸습니다.

이카루가코샤의 앞날이요? 신입이 계속 들어오는 것도 좋겠지만, 오노 군이나 가쿠마 군만큼 실력 있는 사람을 키운 뒤에 하는 쪽이 좋다고 봅니다. 아무래도 선배들이 일하는 것을 보며 움직임이라든가 분위기 같은 것들을 배워 나가야 하니까요. 새로 들어온 사람한테도 그편이 더 나을 겁니다. 우리도 편하겠지요. 지금은 어딘지 모르게 '이카루가코샤 학교'같이 돼 버렸잖아요? 제가 생각하는 이상에서는 살짝 벗어나 있죠. 게다가 다른 데서는 도편수나 책임자가 현장에 나가 일을 하고 있다니까, 저로서는 그쪽이 더 자연스럽게 느껴지는 거고요.

니시오카 대목장은 단 한 사람만 키우셨잖아요. 그런 면에서 지금의 이카루가코샤는 제가 생각하던 곳하고는 약간 다릅니다. 뭐, 그건 그렇다 치고, 지금 저는 제가 할 수 있는 범위의 것만이라도 제대로 해 나가자고 생각하고 있습니다.

니시오카 대목장이요? 제가 야쿠시지에 갔을 때는 이미, 현장에 연장을 안 들고 오실 때였습니다. 사무소에서 도면을 그리거나 여러 일들을 보셨지요. 그러다가 가끔 현장에 나와 가르침을 주시거나, 이런 저런 이야기를 들려주시고는 했어요. 다른 목수들은 숙사 식당에서 밥을 먹었지만, 저는 마침 대장 집에서 출퇴근하고 있을 때라, 점심시간이면 사무실에서 밥을 먹었습니다. 대목장과 대장, 저, 이렇게 셋이서 점심을 먹으며 많은 이야기를 들을 수 있었습니다.

어떤 이야기를 나누었는지 확실히는 기억나지 않지만, 일에 얽힌 이야기는 거의 안 하셨습니다. 모르는 부분이라든가, 여차여차해서 이렇게 했는데 괜찮겠느냐, 하는 그런 말을 나누시기도 했습니다.

하지만 니시오카 대목장은 정말 대단한 분이셨습니다. 야쿠시지나 호류지에 대해 "이 부분은 어떻게 되어 있습니까?"라고 물으면 거의 즉답이었습니다. "거기는 이렇게 되어 있다."며 바로 그 자리에서 대답해 주셨으니까요. 공책에 빼곡하게 세세한 부분들을 적어 두시기도 했지요. 그런 분의 '손자 제자'라는 사실을 자랑스럽게 여기고 있습니다만, 발밑에도 못 미치는 셈입니다.

(기타무라 도모노리, 당시 서른일곱 살)

● 목수, 오노 고키 大野工樹

1967년 7월 23일생입니다. 지치부秩父 농업 고등학교 임업과를 졸업했습니다. 야구부에서는 이루수였고, 고시엔甲子園▪에 출전하려고 지역 예선에 나갔다가 이 회전만에 졌습니다.

특별한 까닭이 있어서 임업과에 간 건 아닙니다. 형도 임업과 출신이었거든요. 아버지는 목수 일을 하시고 형은 정밀 기계 회사에 다닙

▪고시엔甲子園 : 전국 고교 야구가 열리는 효고 현의 야구 구장.

니다. 임업과는 한 반에 마흔 명인데, 졸업하면 거의 임업이랑 상관없는 회사에 들어갑니다. 임업에 얽힌 일을 하는 동급생은 열 명도 채 안 될 거예요. 졸업하고 도쿄에 있는 건축 사무소에 들어갔습니다. 궁궐 목수 일을 전문으로 하는 사무소였습니다. 학교에 붙은 구인 광고를 보고 찾아간 거죠.

어딜 잘 안 돌아다니는 성격이라, 그 회사에 취직하기 전까지 도쿄에 간 게 다섯 번도 안 됩니다. 대장은 저더러 문제아였다고 하시지만, 그렇지도 않았어요. 싸움은 별로 안 했습니다. 패거리에는 들어 있었지만요.

어릴 때부터 프로 야구 선수가 되고 싶었습니다. 하지만 누가 절 발탁하러 올 거라는 생각은 못 했죠. 취업을 해야 할 때가 되니까 담임 선생님이 뭐 할 거냐고 물으시더라고요. 아버지도 목수였고, 아무래도 그 일밖에 아는 게 없어서 저도 결국 목수가 됐습니다. 할아버지도 궁궐목수셨어요. 아버지도 할아버지처럼 궁궐목수 일을 계속하고 계셨고요. 증조할아버지는 스님이셨다는 이야기를 들었습니다. 도쿄 건축 사무소에는 일 년을 일하고 한 달 더 있었습니다.

그해 처음 고졸을 채용한 회사라, 저처럼 막 고등학교를 졸업하고 들어온 사람이 칠팔십 명쯤 됐습니다. 그 중에 목수는 삼사십 명 정도였어요. 두 명씩 한방을 쓰는 기숙사 같은 것이 있어서 거기서 살았습니다. 수업이라고는 하지만, 목수 일은 거의 안 했어요. 집짓기 기초 작업도 전부 하는 곳이라 처음에는 그런 일만 했습니다. 본당의 기초 공사를 하거나 아스팔트를 깔거나 하는 그런 일뿐이었습니다.

게다가 그 회사는 온통 기계만 쓰더라고요. 우리 집은 시골에서 목

수 일을 하는 집이어서 기계는 별로 안 썼거든요. 그래서 그런 게 당연하다고 여기고 있었는데, 도쿄에 갔더니 온통 기계만 쓰고 있는 겁니다. 뭔가 내가 생각하던 목수하고는 다르다는 생각이 들더라고요. 그래서 '도쿄에 있는 서점이라면 목수에 관한 좋은 책이 있지 않을까?' 싶어 책을 찾으러 갔습니다. 목수에 관한 좋은 책은 못 찾았지만, 니시오카 대목장의 《이카루가의 명장, 궁궐목수 삼 대斑鳩の匠宮大工三代》라는 책을 발견하게 되었지요. 궁궐목수라고 쓰여 있길래 샀습니다.

그때까지 니시오카 대목장을 몰랐거든요. 읽다 보니 오가와 미쓰오라는 후계자가 있다고 쓰여 있어서, 그 사람이 있는 곳으로 가 보자 싶었습니다. 아마 그 무렵 신문에 대장에 관한 기사가 나오고 그랬을 겁니다. 야쿠시지 근처의 조립식 주택에 살고 있다는 말이 있길래 '좋았어. 어쨌든 모든 책에 야쿠시지가 나오니까, 일단 거기로 가면 오가와 씨를 만날 수 있을 거야.' 싶어서, 야쿠시지에 가 보자고 마음먹었습니다. 어떻게 될지는 몰랐지만요.

그래서 건축 사무소를 그만뒀습니다. 5월 황금연휴 때였어요. 그만둔 그날로 회사에 있던 짐을 택배로 고향 집에 보냈습니다. 그리고 지치부에 가지 않고 곧바로 신칸센을 타고 나라로 갔습니다. 남들한테 뭘 물어보는 걸 못 하는 성격이라, 도쿄 역에서 신칸센을 어떻게 갈아타야 하는지 몰라 한참 헤맸어요. 아마 가진 돈도 별로 없었을 겁니다.

교토에서 전차를 갈아타고 나라의 니시노쿄西ノ京에 도착했습니다. 아직 해가 떨어지기 전이라, 근처에 조립식 주택이 있겠지, 하고 야쿠시지 주변을 꽤나 찾아다녔습니다. 그러다가 밤이 돼 버리고 말았지요. 야쿠시지 근처에 파출소가 있었습니다. 달리 방법이 없어서 파출

소로 들어가 "이 근방에 오가와라는 분이 살지 않습니까?" 하고 물었어요. 그렇게 해서 대장이 계신 곳을 알아낼 수 있었죠.

무작정 찾아갔습니다. 연락 같은 것도 전혀 하지 않았어요. 막상 가 보니 대장은 안 계셨습니다. 어쩔 수 없으니 사모님께 "그럼, 내일 밤 다시 오겠습니다." 하고 그대로 돌아 나왔습니다. 어디서 잘까 하다가 역사 안에 있는 의자로 갔습니다. 밤늦은 시각이면 역무원들도 전기를 전부 끄고 퇴근해 버리잖아요? 그러니 추워서 잘 수가 있어야죠. 야쿠시지 주변이나 걸어 보자고 일어나서는 아침까지 야쿠시지 앞을 어슬렁거렸습니다. 수학여행 때 와 본 적이 있었지만, 새삼 다시 보니 대단한 절이라는 생각이 들었습니다.

낮에는 오가와 씨가 공방에 있을 거란 이야기를 사모님께 들었지만, "밤에 다시 오겠습니다." 하는 말을 해 버린 통에 아키시노가와秋篠川 주변에서 저녁까지 멍하게 보냈습니다. 할 일이 없었으니 아마 도쇼다이지唐招提寺에도 갔을 겁니다. 지금 생각해 보면 엉망진창이었지요.

저녁에 다시 갔더니 대장은 안 계셨어요. 어제처럼 내일 다시 오겠다고 돌아 나오려던 찰라, 대장이 짐차를 타고 들어오셨죠. 아마 저녁 식사 시간이었을 거예요. 밖은 이미 어두웠습니다. 캄캄했지요. 그래서 곧장, 제자로 받아 달라고 말씀드렸습니다. 그랬더니 별 대답 없이 "일단 들어가자."고 하셔서 집 안으로 들어갔어요. 대장은 이런 말씀을 하셨지요.

"제대로 된 일이 들어오면 부를 테니, 지금은 돌아가 줬으면 좋겠어. 그래도 오늘은 너무 늦었으니 자고 가."

그래서 기타무라 씨를 따라 숙사에 가서 하룻밤 신세를 졌습니다.

다음 날, "어차피 왔으니 잠깐 현장에 가서 아무 일이라도 해 봐." 그러시길래 작업용 발판 만드는 걸 거들었어요. 그러고는 이제 돌아가야겠거니, 생각하고 있었습니다. 그런데 대장이 "일을 그만두고 왔다면 어쩔 수 없는 것 아니겠나." 하시는 겁니다. 그래서 지치부에 가서 간단히 짐을 챙겨 왔습니다.

그때 있던 선배 중에는 기타무라 씨하고 겐짱이 지금까지 남아 있나 보네요. 다카사키 씨는 그 무렵 고향으로 돌아간 직후였고, 다나카 씨는 계셨습니다. 미와타 씨와 아이카와 씨, 사토 씨도 계셨고요. 오키나가 씨는 제가 들어가기 직전에 규슈로 돌아가셨을 거예요. 일 주일 전까지는 있었다는 이야기를 들었으니까요. 다케베建部 씨는 고죠五条의 간논지観音寺라는 절에, 가와모토 씨는 나고야에서 일을 하고 있었어요.

지치부에 다녀와 이카루가 숙사에 들어갔습니다. 제가 들어간 지 딱 사흘 뒤에, 기타무라 씨가 이끄는 쇼도시마小豆島 일이 시작되었지요. 그래서 기타무라 씨를 따라 겐짱이랑 쇼도시마로 갔습니다.

쇼도시마에 이 년 가까이 있었습니다. 거기서 밥 당번부터 시작해, 기타무라 씨한테 날붙이 가는 걸 배웠어요. 연장은 가지고 있었습니다. 전에 일하던 건축 사무소에서 한꺼번에 샀거든요. 연장을 갈고 있자니, 이런 식으로 갈면 된다고 할 뿐 그렇게 자세히 일러 주시지는 않았습니다. 기타무라 씨도 겐짱도 다들 말수가 적었고, 저도 그랬어요. 수다 떨고 그런 일은 전혀 없었습니다.

지금은 나가노 집으로 돌아갔지만, 그 당시 저보다 한 달 전에 입사한 녀석이 있었어요. 그 녀석이랑 밥 당번을 하고 그랬습니다. 채소볶음이나 카레 같은 것들을 만들었어요. 간장 창고 같은 곳이 있었는데,

거기에 임시로 방을 두 개 넣어 살았습니다.

쇼도시마 현장에 계속 있다가 상량식이 끝나자마자, 나라 역 근방에 있는 렌초지 묘견당炒見堂 일을 도우러 갔습니다. 그 뒤로 오사카 현장에도 가고, 한 해쯤 그렇게 딴 곳 일을 돕다가 쇼도시마로 돌아왔지요.

예. 처음부터 이카루가코샤가 마지막 배움터라고 생각했으니까요. 여기서 해내지 못하면 목수가 될 수 없다, 그렇게 여긴 터라 이카루가코샤 말고 다른 건 꿈도 꾸지 않았습니다. 아버지 뒤를 이을 생각도 전혀 없었고요.

이카루가코샤에 계속 있을 거냐고요? 계속은 아닐 겁니다. 아직 잘은 모르겠지만, 언젠가 졸업하게 되지 않을까 싶어요. 대장처럼 제자를 들일 생각은 전혀 없습니다만, 제 마음 가는 대로 한번 해 보고는 싶습니다. 언젠가는 도면을 그려 스스로 한번 해 보고 싶거든요.

쇼신지 건물이요? 잘되어 가고 있다고 생각합니다. 주어진 일을 주어진 인원으로 하고 있습니다. 만약 아무도 도와주러 오는 사람이 없더라도, 저 혼자서라도 해내겠다고 마음먹고 시작한 일이니까요.

처음에는 불안한 것투성이였습니다. 어떻게든 해 나가다 보니 서서히 형태가 갖춰졌고, 그러는 가운데 불안함을 떨칠 수 있었습니다. 쇼도시마에서 건물을 완성시킨 경험이 있기 때문에, 마지막까지 모든 공정을 아우르며 건물을 지어 보는 것은 두 번째입니다. 그런 이유도 있고 해서, 아무튼 해낼 수 있을 거라는 생각을 하고 있습니다.

저는 대장이 하라시면, 하라는 대로 합니다. 세상이나 사회생활 같은 것들은 전혀 몰라요. 일만 하는 거라면 괜찮은데, 상식 같은 걸 전혀 모르는 거죠. 이럴 때 차를 대접한다든가, 인사법이라든가 이런 것들은 좀 상식 밖에 있다고 생각해요. 부끄럼도 많고요.

대장은 "혼낼 때는 제대로 혼을 내야 한다."고 하시지만 저는 별로 그러지 않는 편입니다. 화낸 적이 없다고는 할 수 없지만, 되도록 시적을 하지 않는다고나 할까요. 그 사람을 지켜보면 대부분 처음에 어떤 것을 틀리는지 아니까, 그런 것만 미리 말해 줍니다. 하지만 그러고 나서 실패했다고 뭐라고 그러진 않아요.

야구단이요? 제가 만들었다기보다는, 다들 하고 싶어 했으니까 분위기가 무르익어 그렇게 된 것이죠. 마모루가 동네 사람들이며 체육사 주인하고 이야기를 해 나갔고, 그러다가 꾸려지게 된 거거든요.

첫 경기 때, 야구 장갑은 어찌어찌 아홉 개 마련했지만, 지카타비를 신고 간 사람도 있었어요. 야구 방망이도 남은 목재로 깎아 만들었지요. 좋은 나무를 하나 사 둔 게 있었거든요. 그걸로 만들었습니다.

상대편이요? 저희를 좀 무서워하는 것 같았어요. 뭔가 그런 느낌이었죠. 지카타비를 신은 녀석도 있고 두건 쓴 녀석도 있었으니까요.

그 경기에서 우리가 이겼습니다. 꽤 멀리까지 가서 치른 시합이었어요. 상대편도 이 둘레에 사는 사람들이 아니었습니다. 짐차랑 승용차에 나눠 타고 갔었지요. 그때 정말 재미있었습니다. 경기에서 이겼다고 대장이 야구복도 맞춰 주셨죠.

그 뒤로 대회에 세 번 나갔습니다. 작년 여름과 가을, 그리고 올 봄 대회였지요. 작년 여름 대회에서는 한 번 이겼습니다.

결혼할 상대요? 없습니다.

요전에 대장 집 근처에 산 땅이요? 별생각 없었습니다. 돈 쓸 데도 없었고, 이카루가코샤에서 돈을 받을 거란 생각도 없이 들어왔던 거였으니까, 대장이 "사지 않겠나?" 그러시길래 그냥 산 거였어요. 저축이 바닥나도 그다지 상관도 없고 해서.

돈 쓰는 건 거의 연장 구입비 정도입니다. 최근엔 백중 휴가 때도 고향에 안 갔어요. 여전히 집에는 "아직 밥 당번이나 하고 있다."고 말합니다. 늘 그렇게 말해요. 그런데 저번에 부모님이 처음으로 이카루가 코샤에 오셨습니다. 지금까지는 어떤 현장에 가든, 주소를 가르쳐 드리지 않았는데, 여기 류가사키에 올 무렵에 할머니 건강이 안 좋아지셔서 돌아가실 지경이 되었거든요. 그래서 연락처가 없으면 곤란하겠다 싶어 전화번호와 주소를 가르쳐 드린 적이 있었던 겁니다. 그랬더니 연락도 없이 부모님이 오셔서 깜짝 놀랐죠 뭐. 그날 마침 대장도 현장에 계셨는데, 어머니가 대장한테 이렇게 물었습니다.

"저희 아이가 밥 당번 말고 목재 다듬기 같은 것도 할 수 있을 만큼 실력이 늘었나요?"

"오노는 류가사키 현장의 도편수예요."

대장이 이렇게 대답하자 부모님은 정말 놀라셨지요.

꿈이요? 니노미야 긴지로를 받으면 밖으로 나가 보고 싶습니다. 니노미야 긴지로를 받으려면 최소 십 년은 배워야 한다는데, 내년이 구 년째입니다. 조금만 더 하면 되겠지요. 독립한다거나 고향 집에 돌아간다거나 그런 생각은 없습니다. 일단 밖으로 나가 보고 싶다는 생각 정도인 거죠.

대장이요? 대단한 사람입니다. 이카루가코샤에 오길 잘했다고 생각합니다.

(오노 고키, 당시 스물여덟 살)

● 목수, 가쿠마 노부유키 角間信行

올해부터 목수입니다. 작년 연말에 목수로 승진했는데, 언제부터인지는 정확히 모르겠어요. 결정이 날 때까지 대장은 아무 말씀 없으셨습니다. 한잔하고 돌아오는 길에 "열심히 하고 있으니 소임이 주어질 거다." 그런 얘기는 하셨지요. 이 종이(승진 공고)가 붙기 전까지, 아마 대장 말고는 아무도 모를 겁니다. 본심은 정말 기뻤지만, 이렇게 올라가도 괜찮을까 싶은 마음도 들었지요. 부목수 때는 목수 품삯이 하루에 팔천 엔일 거라고 생각했는데, 지금 만 엔을 받고 있습니다.

저희 집에는 목수가 한 사람도 없습니다. 할아버지는 양복점을 하셨고 맞춤옷도 지으셨습니다. 아버지는 할아버지 뒤를 이으셨고, 형은 대학을 졸업하고 회사에 취직했습니다. 밑으로 여동생이 둘 있는데, 큰 여동생은 취직했고 작은 여동생은 아직 대학생입니다.

1968년 5월 4일, 사이타마埼玉 현 오미야大宮에서 태어났습니다. 제가 나온 고등학교는 인문계 고등학교라서, 대학에 진학하는 학생이 많았습니다. 저도 절반쯤은 그럴 마음이 있었습니다. 일단 대입 공통 1차 학력 시험도 볼 생각으로 서류도 넣어 둔 상태였고요. 성적도 그리 나쁘지는 않았습니다. 그렇게 서류를 넣은 뒤 연말이 되었고, 진로를 어떻게 할지 결정해야 돼서 담임 선생님께 상담하러 갔습니다. 그때 목수가 되자는 결심을 했습니다. 아버지는 대학에 보내고 싶다는 뜻을 살짝 비추시긴 했지만, 반대는 하지 않으셨습니다.

목수가 되고 싶다는 생각은 어릴 때부터 했어요. 초등학교 삼 학년 때 일이었을 겁니다. 살던 집을 고쳐 짓느라 목수 아저씨가 오셨는데, 목수 일이 재미있어서 그 아저씨 옆에 계속 붙어 있었던 기억이 납니다. 아저씨 따라 목재상에도 가고 그랬으니까요.

특별 활동은 고등학교 일 학년 내부터 계속 가라테空手 부였습니다. 아버지가 대학 때 가라테를 하셨고, 어릴 때부터 아버지가 단련하시던 모습을 보고 자랐으니까요. 흥미로웠습니다.

니시오카 대목장에 대해서는 어릴 때부터 알고 있었습니다. 초등학교 국어 교과서에 실려 있었으니까요. '호류지를 떠받치고 있는 나무法隆寺を支えた木'라는 제목의 글이었는데, 거기에 나온 니시오카 대목장의 말을 어렴풋이 기억하고 있습니다.

이카루가코샤를 알게 된 것은 고등학교 삼 학년 때였습니다. 〈요미우리 신문讀賣新聞〉 석간에 대장에 대한 기사가 한 며칠 실렸는데, 이카루가코샤에서 몇몇 젊은이들을 제자로 받아들여 키우고 있다는 내용이었지요. 그래서 거기에 가기로 마음먹었습니다.

처음에는 아마 신문사에 물어 이카루가코샤에 전화를 했었나 봐요. 학교 선생님께 이카루가코샤에 가고 싶다고 하니까 니시오카 대목장을 아는 사람이 있다며 소개해 주신다고 하셨어요. 하지만 일단 혼자 한번 가 보겠노라고 말씀드리고 오가와 씨가 계신 곳으로 찾아갔습니다. 연말쯤, 아마 11월인가 그 무렵이었을 겁니다.

그 전에 편지를 보냈더니 "지금은 제자를 받지 않는다."고 하셨지만, 직접 찾아가면 어떻게든 되겠지 싶어 찾아갔습니다. 하지만 역시 안 된다고 하셨어요. 그때 이미 신입 한 사람이 들어오기로 돼 있었고, 숙사에 방도 없고, 연장도 처음부터 배우려면 힘들 거라고요. 다른 곳에서 연장이라도 다룰 수 있게 되면 와도 좋다고 하셨습니다.

저는 아무 데도 연줄이 없었습니다. 그랬더니 대장이 도쿄 우에노上野

에 스이운도翠雲堂라는 회사가 있는데, 거기 건축 부서에서 전통 건축물을 만들고 있다며 전화를 걸어 주셨습니다. 그래서 스이운도에 면접을 보러 갔습니다. 회사가 마음에 들었고 그쪽에서도 저를 흡족해하셔서 거기서 일을 해야겠다 싶었습니다. 하지만 "몇 년 있다가 이카루가코샤 쪽으로 가고 싶습니다."라고 했더니 "우리는 계속 있어 줄 사람이 필요하다. 잠깐 있다가 다른 곳으로 가겠다면, 아쉽지만 채용할 수 없다."는 통보를 받았습니다.

다른 곳도 찾아봤지만, 결국은 아버지가 자주 가는 꼬치구잇집 술친구의 할머니 집을 고쳐 준 목수가 있다며 소개받았습니다. 그 목수는 살림집도 짓고 신사 건축이라든가 궁궐목수 일도 한다고 했지요.

이번에는 처음부터 오 년이라는 기간을 정하고, 오 년 지나면 이카루가코샤에 가겠다는 말씀을 드렸습니다. 그랬더니 괜찮다고 하셔서 들어가게 되었습니다. 목수의 남의집살이는 오 년이 적당하다고 생각했고 그런 식으로 말씀드렸던 거지요.

가 보니 사부님과 동생분 둘이서 일을 하고 계셨고, 출퇴근해서는 수업이 안 된다고 하셔서 들어가 살게 되었습니다. 오 년간 그리 힘든 일은 없었습니다. 일은 재미있었어요. 삼 년인가 사 년쯤 되었을 때, 가까운 곳에서 신사를 새로 짓게 되어 그 일도 했습니다.

처음 들어갔을 때요? 현장이나 집 안 청소는 했지만 식사 준비는 안 했습니다. 사모님이 차려 주셨거든요. 여섯 시나 여섯시 반 정도에 일어나서 아침을 먹고 바로 현장으로 갔습니다. 점심때 쉬고 오후 세 시에 한 번 더 쉬었습니다. 거기서는 열 시에 쉬는 일이 거의 없었기 때문에 세 시에 휴식 시간이 있었던 거죠.

그리고 해가 있을 동안은 계속 일을 했습니다. 여름에는 일곱 시나 여덟 시까지, 사부님이 "이제 그만할까?" 하실 때까지 계속 일을 했습니다. 고용살이가 끝나는 오년 째 되던 때부터는 "정해진 시간 없이 일을 하면 하루 일이 매듭지어지지 않는다."는 동생분 말씀에 따라 일곱 시면 일을 마치게 되었습니다.

교육은 엄했습니다. 일할 때는 엄청 엄하셨습니다. 자주 혼이 났지요. 삼 년 동안은 매일 혼이 났지만, 그 기간을 넘기자 그럭저럭 혼나는 일이 없어졌습니다. 그리고 오 년째 되던 해, 우연찮게도 근방에 있는 다른 목수가 일을 맡았는데, 너무 바빠 혼자 하기 벅차니 일을 좀 해 달라는 부탁을 우리 쪽에 해 왔습니다. 그걸 저더러 하라고 하셔서 먹줄 긋기부터 상량까지 했습니다. 일단 일은 웬만큼 익혔을 때니까요. 하지만 그보다는 사부님이 일부러 저한테 일을 시켜 주신 걸 겁니다. 졸업 시험 비슷한 것이었지요. 이래저래 마음을 많이 써 주셨습니다. 이카루가코샤로 갈 거라는 걸 알고 계셨으면서도 여러 모로 참 많이 보살펴 주셨습니다.

언제부터 연장을 제대로 쓸 수 있게 되었냐고요? 아직 멀었습니다. 여기 오기 전에는 그런 생각을 해 본 적도 없었고, 지금도 제대로 쓰게 됐구나 싶지는 않습니다.

처음 배운 건 날붙이 갈기였습니다. "이 정도까지 해야 한다."며 일단은 어떤 순서로 어떻게 해야 하는지 기본적인 것은 가르쳐 주셨습니다. 하지만 한 번밖에 안 가르쳐 주셨습니다. 어떻게 되어 가고 있나 자주 봐 주시긴 했지만, 가르쳐 주신 건 분명 그때 한 번 뿐이었을 겁니다. 나머지는 현장에서 일을 하며 익혀 나갔습니다.

그 오 년 동안에도 대장께 틈틈이 연락을 드렸습니다. 처음 뵈러 왔을 때, 가와모토 씨 이야기를 해 주셨거든요.

"가와모토라는 녀석이 지금 함께 일하고 있는데, 그 녀석도 처음 왔을 때 제자 입문을 거절당했어. 그리고 삼 년 뒤에 다시 왔지."

대장은 처음 찾아온 가와모토 씨한테 삼 년 있다가 다시 오라고 했고, 가와모토 씨는 그 말씀대로 삼 년 만에 다시 찾아갔답니다. 하지만 대장은 까맣게 잊고 계셨대요.

그 이야기를 듣고는, 잊으시면 곤란하겠다 싶어 매년 연하장만은 꼭 보냈습니다. 이제 몇 년 남았습니다, 이렇게 써서 보냈지요.

삼 년인가 사 년째 되던 해 백중 휴가 때 고향에 가 있는데, 대장이 전화를 주셨습니다. 이제 와도 좋다고요. 하지만 저도 약속한 게 있으니까 계약이 끝나면 가겠다고 말씀드렸습니다.

그렇게 오 년이 되어 그만두고 나올 때, 사부님이 전동 공구 한 벌을 주셨습니다. 새거였죠. 그때까지는 사부님이 쓰시던 끌이랑 대패, 톱을 빌려 썼거든요. 게다가 지금까지 쓰던 것 중에 가져가고 싶은 것이 있으면 가져가도 좋다고 하셨습니다.

품삯이요? 제가 신세 지는 처지라 돈은 필요 없다는 말씀을 드렸습니다. 거기서도 그게 좋다고 그러셨고, 품삯은 그냥 두더라도 매달 용돈은 주겠다고 하셨습니다. 첫 해에는 한 달에 만 엔이던 용돈이 이 년째는 이만 엔, 삼 년째는 삼만 엔, 사 년째는 사만 엔, 오 년째는 오만 엔이 되었습니다.

받은 돈은 이카루가코샤에 들어갈 때를 대비해 모아 뒀습니다. 연장 구입비라든가 생활비 따위로 쓸 생각이었습니다. 이카루가코샤에서도 돈을 못 받을 거라고 생각했거든요. 백만 엔 정도는 모았을 겁니다.

그렇게 오 년째 되던 해 1월, 나라 이카루가코샤에 인사하러 갔고, 4월 말쯤에 오면 된다는 말을 들었습니다. 그래서 4월 중순 넘어, 이제 가겠노라고 말씀드렸더니 "갑자기 전화해서 그런 얘기를 하면 곤란하다."는 거였습니다. "아니, 그게 아니라, 전에 찾아갔을 때 4월 말에 오라고 하셨습니다." 하니 "일단 도치기로 와 봐. 사토라는 녀석이 있을 거야. 사토한테 물어서 일을 거들고 있어."라는 대답이 돌아왔습니다. 그렇게 겨우 이카루가코샤에 들어올 수 있었던 거죠. 사토 씨란 분은 이카루가코샤에 일여덟 해쯤 있던 사람이었습니다. 작년에 독립해서 나갔지요.

4월 1일, 사부님 집에서 나왔습니다. 그곳에서 일할 때, 제자의 '은혜 갚기'에 대한 이야기를 들은 적이 있습니다. 그래서 짧으나마 4월 말까지 계속 나가겠다고 말씀드렸고, 4월 한 달은 집에서 사부님이 계신 곳으로 출퇴근했습니다.

이카루가코샤에 들고 간 연장은 이전 사부님께 받은 것들뿐이었습니다. 사토 씨 것을 보니 연장 수가 엄청났어요. 필요하면 사서 연장을 늘려 가는 것이 좋다는 얘길 들었지만, 당분간은 들고 간 연장을 그대로 썼습니다.

그때 복전함을 짰습니다. 제가 이카루가코샤에서 처음으로 한 일이었던 거죠. 사 척에 삼 척짜리로, 크기가 꽤 컸습니다. 재료가 느티나무였는데, 목재가 거칠게 뒤틀려 있어 만만치 않았습니다.

결과물로 칭찬받았냐고요? 아니요. 칭찬받은 기억은 없습니다. 그저 별말씀 없었던 것으로 기억합니다.

그때 함께 들어온 사람이요? 나라 숙사에 신입으로 들어온 사사가와 竿川 군과 마에다 군, 모노에物江 군, 우치다內田 군이 있었습니다.

저는 오 년간 도제 수업을 받고 왔다고 목수 보조로 대우해 주셨습니다. 하루 품삯은 칠천팔백 엔이었습니다. 돈은 못 받을 거라고 생각하고 있던 터라, 이렇게나 많이 받을 수 있다니 하고 깜짝 놀랐지요.

연장 가는 실력이요? 여기서 생활하고 있을 때 대장이 와서 제가 연장 가는 걸 보신 적이 있습니다. 그때 이런 말씀을 해 주셨습니다.

"우리 쪽 젊은 녀석들보다는 연장 가는 실력이 부족한 편이야. 뭐, 상가 짓는 데서 목수 일을 배웠으니 어쩔 수 없는 노릇이겠지. 다들 연장 가는 실력이 대단하다네. 열심히 하도록."

정말 그랬습니다. 다들 훌륭하게 연장을 갈고 있었으니까요. 확실히 다른 곳에서는 이카루가코샤처럼 연장을 갈지 않습니다. 그저 연장이 들면 된다는 수준이라서요. 날마다 쓰는 끌이라면, 일반 목수들은 날이 나가면 그때야 비로소 가는 정도니까요. 그것도 제대로 간다기보다는 끌이 들면 된다는 정도로만 갑니다. 대패는 좀 다르지만, 특히 끌은 그랬습니다.

이카루가코샤에 와서 느낀 점은 인간관계가 그리 엄하지 않다는 것이었습니다. 다들 꽤 자유롭게 행동합니다. 나이 많은 양반들이 있어 무척 엄하게 가르치지 않을까 싶었거든요. 그런데 젊은 사람들만 있고, 생각하던 분위기랑은 달랐습니다. 솔직히 말해, 이런 상황에서 용케도 잘 해 나가고 있구나 하고 생각했습니다. 실제로 저희들끼리 일을 하면서도 그런 생각을 합니다. '정말 우리로도 가능할까?' 그런 생각 말이죠.

입사해서 도치기에 이 주일 있다가 나라로 갔습니다. 얼마 동안은 요시다 군과 저 이렇게 둘이 있었습니다. 밥 당번은 굳이 정하지 않고 둘이서 번갈아 했습니다. 제가 할 줄 알았던 건 달걀 요리, 채소볶음 정도. 가끔은 생선구이도 하고 그랬습니다.

나라에서 사찰 들머리에 세우는 산문 만드는 일을 했습니다. 가와모토 씨가 저한테 서까래 깎는 걸 시켜 볼까 하시다가, 제 대패를 보더니 그러셨어요.

"아, 대패가 이래서 안 되겠다. 이런 대패는 못써."

옆에 있던 기타무라 씨는 이런 말을 했지요.

"연장을 제대로 갈아 두지 않으면, 너한테 일을 맡기는 사람은 아무도 없을 거다."

분하다기보다는 부끄러웠습니다. 나라에 와서 가와모토 씨와 기타무라 씨의 연장을 봤을 때, 지금까지 제가 봐 온 목수들 연장이랑은 전혀 다르다고 생각했거든요. 지금껏 이카루가코샤에 들어오겠다며 나름대로 열심히 해 왔다 싶었는데 말이죠. 연장을 제대로 갈무리하지 않으면 아무 일도 안 되는 것이었습니다.

다른 사람들도 제 연장을 보러 오곤 했습니다. "어떤 걸 쓰고 있습니까?" 하고 보러 오는 거죠. 일단 제가 나이가 많은 편이었으니 존대를 하며 말을 걸어 주곤 했지만, 연장을 보면서는 '이 녀석은 틀렸군.' 싶었을 겁니다.

여기 와서 보니 다들 늦은 밤까지 연장 날붙이를 갈고 있었습니다. 전에 있던 곳에서는 이런 식으로 연장을 갈아 본 적이 없었어요. 늦게까지 연장을 갈고 있으면 "연장 가는 건 내일 해." 그런 말을 듣기 일쑤였지요. 워낙에 현장이 멀기도 멀었습니다. 이바라키에서 오미야까지 날마다 오가야 했으니까요. 현장에서 여덟 시 정도까지 일을 하다 보면 사부님 집에 도착하는 건 아홉 시 반이나 열 시쯤이었어요. 저녁을 그때 먹었으니 뭔가를 할 시간이 없었습니다.

이카루가코샤에 들어오고 나서부터는 편했습니다. 여섯 시에 끝나잖아요? '벌써 끝내도 괜찮나?' 그런 기분이었습니다. 시간이 남아서 주체할 수가 없었죠. 밖은 아직 훤했고요. 혼자라 밥을 지어야 할 때는 장보러 다녀와서 저녁을 차려 먹고, 날붙이를 갈았습니다.

오 년 동안 모은 통장에는 전혀 손을 대지 않았습니다.

이카루가코샤에 온 초창기에는 매월 말일이 되면 돈을 다 써 버려 모을 수가 없었습니다. 모으려고 해도 식비랑 연장 구입비……, 뭐 여유가 없었거든요. 처음엔 연장이 별로 없었으니까 연장 사는 데 꽤 돈을 많이 썼지요.

맞습니다. 이카루가코샤에서 이루고 싶은 목표라고나 할까요, 일본에서 제일가는 궁궐목수가 되고 싶습니다. 몇 년이나 배워야 하는지 물어본 적은 없습니다. 하지만 "십 년 해서 남을 가르칠 정도가 되면 니노미야 긴지로 동상을 주겠다."는 말씀을 들은 적은 있습니다.

지금 사이타마 현 마쓰야마松山 시 사이묘지西明寺 본당 일을 맡고 있어서, 정신 똑바로 차리고 제대로 해야겠다, 마음먹고 있습니다. 저희 현장뿐만 아니라, 이카루가코샤의 모든 현장이 잘 굴러가고 있다고 봅니다. 온통 초짜들만으로 이렇게나 거대한 건조물을 만들어 가고 있는 것이니, 신기할 노릇입니다. 밖에서 보기만 하는 사람이라면 뭐, 제가 건축주더라도 걱정스러웠을 거예요. 그렇다고 누가 우리를 그렇게 보는 것도 좀 부아가 납니다. '이 녀석들이 과연 해낼 수 있을까?' 그런 생각을 한다는 게 분하다고나 할까요. 하지만 실제로 완성해 놓고 보면 '아, 정말 이카루가코샤는 대단하구나.'라는 생각이 듭니다. 이카루가코샤가 하는 일은 정말 대단하죠.

이곳의 장점이요? 아무래도 만듦새라고나 할까요, 겉모습도 그렇지만, 보이지 않는 곳까지 제대로 짓는다는 점입니다. 잘 드는 연장으로 하나하나 모든 작업을 제대로 해 차례차례 짜 맞춰 간다는 말입니다. 어디까지고 확실히 해 나가는 거죠. 이런 게 모여서 그렇게 훌륭한 것이 완성되는구나 싶습니다.

제가 일을 맡아 하고 있지만, 돈에 대한 것은 대장이 전부 책임져 주고 계십니다. 치수를 틀렸거나 일하다가 실수를 했다면 일단은 대장한테 보고하고 필요한 목재를 다시 주문합니다. 아마 다른 곳이었다면 실수한 녀석한테 다시 일을 시키지는 않을 겁니다. 실수하니까 맡길 수 없다고 생각하겠지요. 하지만 대장은 책임은 전부 자신이 지고 일을 맡겨 주십니다. 이건 정말 대단하다고 생각합니다. 그저 감탄하고만 있을 수는 없어요. 믿고 맡겨 주신 것이니 스스로 책임감을 가지고 하지 않는다면 말도 안 되지요.

다른 현장도 그렇겠지만, 저희 현장에서 일하는 녀석들도 지금 하는 일이 어떤 것인지 전부 알고 있지는 않을 겁니다. 그래서 나무를 맡기기 전에 "어디에 쓸 목재인지, 치수를 보고, 내가 이렇게 깎으면 어떻게 될지 정도는 생각하고 나무를 깎는 게 좋다."는 말을 해 둡니다.

이카루가코샤에 와서 목재를 짜 맞추는 일부터 중간 과정까지, 도와서 일을 한 적은 몇 차례 있지만, 처음부터 마지막까지 맡은 건 이번이 처음입니다. 어렵지만 재밌다고나 할까요, 일을 맡겨 주셔서 기뻤습니다. 불안하기도 합니다. 하지만 책임감을 갖고 하면 어떻게든 되겠지 하는 생각을 하고 있습니다. 물론 '어떻게든 되겠지.' 하는 생각도 좋지 만은 않겠지만요.

장래요? 아직 거기까지는 생각해 본 적 없습니다. 하지만 가능하다 면 제가 모든 것을 아우르며 해 보고 싶습니다. 남은 문제는 건축 의뢰 를 받을 수 있는가 하는 것이겠죠. 전에 있던 곳에서도 그런 이야기를 들었습니다. 아무리 실력이 좋아도 일이 안 들어와서 망한 목수가 꽤 많다고요. 유명하지 않아도 실력이 좋은 사람은 얼마든지 있다고나 할 까요. 선전을 잘 한다거나, 평판이 좋다거나, 이름이 알려졌다거나 하 는 사람들이 일을 잘 맡는다고들 하니까요.

앞일은 거의 생각하지 않지만, 스스로 당이나 탑을 만들어 보고 싶기 는 합니다. 하지만 그 전에 도면을 그리는 일을 배워 보고 싶습니다. 아 무튼 하나부터 열까지, 목수가 하는 모든 일을 익히는 수밖에, 다른 길 은 없습니다. 도면 그리는 수준까지는 이르고 싶습니다.

결혼이요? 늦어도 스물아홉에는 하고 싶습니다. 지금 스물일곱이니 내년이나 내후년이겠네요. 앞으로도 계속 이 일을 해 나갈 테고, 독립 하기 전이더라도 언제까지나 동료들이랑 함께 지낼 수는 없을 겁니다. 집에 돌아갔는데 혼자라는 것도 왠지 쓸쓸하고요. 아직 애인은 없지만 그런 생각이 들긴 합니다.

연애할 시간이 있느냐고요? 찾아보면 있을 거예요.

일요일이요? 뒹굴거리는 걸 좋아하지 않아서 절이나 신사를 둘러보 러 다니곤 합니다.

그렇네요. 그럴 때 여자 친구가 있으면 같이 가고 좋을 것 같습니다.

우리 야구단이요? 제 자리가 포수였는데 어쩔 수 없이 맡았습니다. 맡을 사람이 없었거든요. 오노 씨 공이 빨라서 아무도 포수를 안 하려고 했습니다. 최근 들어 겨우 익숙해졌지만, 처음에는 너무 무서웠죠. 제가 공을 놓치는 바람에 주자는 다 도루했어요. 야구는 좋아했지만 포수는 해 본 적이 없었습니다.

첫 시합 때 신고 간 지카타비하고 직접 만든 야구 방망이요? 우스꽝스럽긴 했지만, 별로 부끄럽다거나 그렇진 않았습니다. 도제 수업 중에 야구를 할 수 있다니 신기하기만 했지요.

여기는 자유가 있다고나 할까요? 하지만 그만큼 자신이 결정해야만 하는 일들도 잔뜩 있습니다. 그게 또 그것대로 어려운 일이에요. 하지만 또 그런 부분이 이카루가코샤의 좋은 점이라고 생각합니다.

(가쿠마 노부유키, 당시 스물일곱 살)

● 부목수, 마쓰모토 겐쿠로松本源九郎

네. 오토바이 샀습니다. 칠십만 엔. 보험을 들어야 해서 음, 비쌌습니다.

네. 속도가 빠른 편입니다. 새것이고요. 처음에는 빨간 스포츠카를 사고 싶었지만, 차는 아직 안 된다고, 아직 너무 이르다고들 하더군요. 차가 위험해서가 아니라, 여자 친구가 생기고 나면 생각하라고. 뭐, 무슨 말인지는 잘 몰랐지만요.

1969년 3월 1일, 와카야마 현 류진무라에서 태어났습니다. 이카루가코샤에 온 지 십일 년 되었고요.

가르치는 거요? 그리 잘 가르치는 편은 아닐지도요. 다들 조급해하며 합니다. 아무리 조급해해 봤자, 몇 날 며칠 하다 보면 다 됩니다. 그러니 하는 방법만 말해 주고 나머지는 스스로 하라고 하죠. 가르쳐 주는 건, 뭐라고 할까, 숫돌에 문지르는 방법 같은 거예요. 제가 배웠던 걸 가르쳐 줍니다. 요즘은 매일같이 날붙이를 갈거나 하지는 않습니다. 게으름 피우는 건 아니고요. 지금 갈 연장이 없으니까요. 요즘은 끌 같은 연장을 쓸 일이 거의 없거든요.

지난 일요일에는 낚시하러 갔다 왔습니다. 요시노吉野 쪽 가와카미무라川上村에 갔습니다. 네, 차 타고 갔습니다. 은어를 뜰채 같은 걸로 잡는 겁니다. 네. 뭐, 안 될 것 같은데도 의외로 잘 잡힙니다. 은어 다섯 마리 잡았습니다. 투명 뜰채라고, 낚싯줄로 된 뜰채가 있어요. 물고기 눈에는 안 보이는 뜰채요. 투명 뜰채는 류진무라에서도 쓰면 안 되는 낚시 도구이긴 하지만 뭐.

항상 간지寛二 군(오가와 미쓰오의 둘째 아들. 중학교 일 학년)하고 나카자와 군이 함께 갑니다. 다들 그다지 잘 낚는 편은 못 되고, 아무래도 제가 제일 낫죠 뭐.

고향에 농사일을 도우러 가는 건 5월 모내기 때와 9월 추수 때. 그때 말고는 안 갑니다. 농사는 부모님과 할머니, 고모가 짓고 계십니다.

농사일이요? 특별히 재밌는 건 아니지만, 그냥 합니다. 한다기보다, 그저 도우러 가는 정도니까요. 모판 나르는 일 같은 걸 하는데, 5월에 가면 모가 다 자라 있어요. 그러니 그걸 옮기기만 할 뿐이죠 뭐.

목수보다 농부가 더 나을지도 모르지만, 농사일만 하고 있지는 못하겠고……. 뭐가 더 좋을지는 모르겠습니다. 목수는 뭐, 일단 제 적성에 맞는 것 같기도 하고……. 잘은 모르겠지만요.

뭐, 연장 갈기야 다른 사람만큼은 할 수 있다고 생각합니다. 저도 할 줄 아는 건 할 줄 압니다.

제대로 된 목수로서요? 아뇨, 제 실력으로는 아직 멀었습니다. 왜냐고요? 음…… 그다지 뭐…… 할 줄 아는 건 할 줄 알지만, 그냥 하고 있을 뿐이니까요. 남한테 뭘 시키고 그런 걸 좀처럼 못 하기도 하고. 그런 건 적성에 안 맞아요.

산수는 잘 못 합니다. 조금은 알지만요. 덧셈은 할 줄 압니다. 뺄셈도 알고요. 분수는 잘 모릅니다. 소수점 들어간 것도 조금은 알지만……, 그런데 그런 계산은 평소에 잘 안 하니까 할 줄 아는지 어떤지 잘 모르겠습니다. 노력하면 가능할지도요.

아내요? 뭐, 언젠가는 결혼을 할지도 모르겠습니다만, 그것도 잘 모르겠어요. 지금 스물여섯입니다. "슬슬 결혼해야 하지 않겠냐?" 하고 가족들, 고모님이 말씀하시죠. 제가 찾을 거라고 말했습니다. 요즘 시대에는 스스로 찾아야 하니까요.

류진무라에 돌아간다고 해도 목수가 아닌 다른 일을 할 겁니다. 뭐, 목수 일이 있다면 그걸 할지도 모르지만, 일이 없을지도 모르니까, 그때는 다른 일을 할 겁니다. 류진무라 인구는 현재 오천 명쯤 됩니다.

아버지요? 아버지는 목수셨지만 지금은 일을 그만두셨습니다. 지금은 논에서 풀 뽑고 논두렁에서 뭐, 그런 일 하십니다. 3월에는 눈 수술을 하셨습니다. 나이도 있고 해서, 이전부터 눈이 안 좋으셨습니다.

동생은 고등학생입니다. 내년에 취직할지 대학에 갈지 아직 정하지 않은 상태입니다. 동생은 머리가 좋다기보다는 뭐, 보통입니다. 그리고 누나가 둘 있습니다. 한 누나만 결혼했고요.

하루 품삯이요? 잘 모르겠습니다. 칠천 엔인가 칠천오백 엔인가, 잘 모르겠네요.

통장에 육백만 엔쯤 있습니다. 네. 별로 변화가 없죠. 특별히 어디에 쓰겠다는 곳은 없습니다. 오토바이를 사기도 했고요.

밥 당번 할 때 자신 있었던 건 채소볶음. 카레, 샐러드, 감자 샐러드도 만들었던 것 같네요. 싫어하는 건 닭고기. 먹기는 하지만요. 좋아하는 음식은……, 글쎄요.

지금도 아침에는 좀 더 자고 싶습니다. 대충 여섯 시에 일어납니다. 아침에 일어나서 현관을 쓸거나 주변 청소를 조금 하고 밥을 먹습니다. 현관 청소는 밥 당번 아닌 사람이 하는 일입니다. 일곱 시 정도엔 현장으로 출발합니다.

귀가요? 숙사에 도착하는 건 일곱 시쯤입니다. 저녁을 먹고 나면, 지금이 여름이니 씻으러 들어갑니다. 빨래는 일 주일에 한 번 정도. 주로 일요일에 하는데, 어제 빨래를 했습니다. 빨래가 쌓였길래.

해마다 겨울엔 항상 옷을 잔뜩 입고 있습니다. 네. 춥지 않도록요. 일곱 장 정도 껴입습니다. 좀 힘들긴 하지만, 참으면서 하고 있습니다.

이카루가코샤가 아니라 다른 데서 일하고 싶으냐고요? 특별히 그런 생각 안 합니다.

혼나는 거요? 가끔 혼도 납니다. 혼이 나면 좀 싫죠. 무슨 일로 혼이 나냐고요? 음, 뭘 해야 좋을지 모르고 있을 때, 뭔가 가져오라고 했는데 늦게 가져갔을 때, 그럴 땝니다. 익숙한 일은 빠르지만, 잘 모르는 일을 할 때는…….

잘하는 거요? 전기 대패요? 아니면 손 연장이요? 글쎄요. 특별히 잘

한다고는 생각하지 않습니다. 다른 사람이나 비슷한 정도 아닐까요? 특별히 잘하는 건 아니지만 전기 대패로 평평하게 밀 줄 압니다. 손 연장은 아니어도, 수평으로 만드는 게 어렵긴 어렵습니다.

목수가 되고 나서요? 특별히 좋다는 생각은 안 합니다. 되고 싶은 게 특별히 없었어요. 전에는 고등학교에 가서 우체부가 되고 싶었습니다. 아니, 되고 싶었다기보다는 우체부라도 해 볼까 싶었습니다. 그런데 고등학교에 갈 수 없었습니다. 아쉽다고나 할까, 뭐 어쩔 수 없는 일이었죠.

그래도 성적표에 전부 1만 받은 건 아니었습니다. 2도 한 개 있었어요. 음악에서 3도 하나 받았고요. 그리고 기술에서 4를 한 번 받은 적도 있었습니다. 미술은 못했습니다. 아마 2를 받았을 거예요. 초등학생이나 그릴 법한 실력이었던지라, 선생님이 그림 뒷면에 "무슨 그림을 그렸는지 모르겠다."고 쓰셨으니까요. 그림은 엉망이라고나 할까, 못 그리는 편이죠.

북은 잘 칩니다. 뭐, 잘 친다기보다는 칠 줄 압니다. 류진타이코龍神太鼓라고, 류진무라 사람은 다들 북을 칩니다. 네. 아마도 그럴 겁니다. 근데 제가 치는 북은 어딘가 약간 이상해요. 여기서 치면 틀려도 아무렇지 않지만, 고향에 가서 치면……. 마을에서 한 번 북을 친 적이 있었어요. 그랬더니 "어딘가 틀렸다."고들 하더군요.

류진무라에 친구요? 아니, 거의 없습니다. 몇 명 있는 옛날 친구들은 측량 일을 하러 다닙니다. 도로 측량이나 산에 나무가 몇 그루나 심겨 있는지 조사하러 다닙니다.

삼 년 전쯤에 한 번 초등학교 동창회가 열렸습니다. 양복 입고 갔냐고요? 아뇨, 그냥 평소에 입는 옷 입고 갔습니다. 담임 선생님 집에서 동창회를 했습니다.

궁궐목수가 됐다고 하니 반응이 어땠냐고요? 다들 별말 없었지요.

지금도 가끔 아버지는 목수 일을 가르쳐 주십니다. 백중 휴가 때 고향에 돌아가면 뭔가 가르쳐 주시는 거죠. 뭘 하고 있느냐는 질문도 받고요. 그러면 인방을 만들고 있다고 대답합니다. 이음매에 먹줄 치는 것도 가르쳐 주시곤 합니다. 하지만 뭐라고 할까요, 하는 방법이 너무 다양해서 간단치가 않아요. 이카루가코샤에서 하는 먹줄 긋기는 또 그 방식이 다르니까요.

아버지한테 받은 연장이요? 몇 가지 됩니다. 대패, 자귀, 자루 대패를 받았습니다. 가끔 씁니다. 기타무라 씨, 대장한테도 받았습니다. 일반용 끌 한 벌, 세공용 끌, 대패, 자루 대패를 받았습니다. 아, 톱도 받았고요.

신입 제자한테요? 연장을 줘 본 일은 거의 없습니다. 빗자루 정도는 준 적 있습니다.

가지고 있는 연장이요? 계산해 본 적은 없지만 백오십만 엔은 되지 싶습니다. 연장은 직접 사러 갑니다. 오사카에 가거나 나라에 있는 연장 가게에 갑니다. 그렇게 비싼 건 안 삽니다.

대패라면 대팻집이 좋은 걸 고릅니다. 같은 나뭇결무늬가 죽 이어진 대팻집을 고릅니다. 그 중에서 좋은 걸로요. 사 와서 잘못 샀다 싶은 적도 있었습니다. 얼마 전 일인데, 사 오고 보니 영 아니라서 가게로 다시 갖다 줬습니다. 그런 적이 한 번 있었네요. 바꿔 주셨습니다. 그래서 이제는 사기 전에 날을 빼 봐도 되는지 물어보고 여기저기 살펴본 다음에, 괜찮다 싶은 것을 삽니다.

하고 싶은 일이요? 글쎄요……, 모르겠습니다.

집을 지을 수 있겠냐고요? 안 될 것 같습니다. 오두막이나 차고라면
가능할 수도 있겠지만요.

제가 살 집이요? 있으니 지을 필요 없습니다. 네.

이카루가코샤에 계속 있을 거냐고요? 그럴 것 같습니다. 잘은 모르
겠지만요. 감사합니다.

('겐짱' 마쓰모토 겐쿠로, 당시 스물여섯 살)

● 부목수, 지바 마나부 千葉学

이와테岩手 현 가와사키무라川崎村 출신입니다. 부모님은 고향에서 과
수원을 하십니다. 1965년 4월 14일생으로, 올해 스물아홉입니다.

집에 목수 연장통이 있었는데, 예전에는 목수 일을 했다는 이야기
를 들은 적이 있습니다. 제가 태어난 곳은 꽤 깊은 시골입니다. 마을 인
구는 오천 명 남짓인데, 다른 지역에서 꽤 멀리 떨어져 있는 편입니다.

아버지는 전업농입니다. 사과 농사를 많이 지으시죠. 형이 아버지
뒤를 이었고, 결혼해서 애도 있습니다.

상업 고등학교를 나왔습니다. 원래는 여자 고등학교였는데 나중에
상업 학교로 바뀌었습니다. 아직도 상업과, 보통과, 가정과가 있다고
하더군요. 저는 상업과를 나왔습니다. 아버지가 권하셔서요. 어차피
고등학교를 나와 취직할 거라면 주판 하나 튕길 줄 아는 것만으로도
다르다고, 보통과보다는 상업과에 가는 게 낫다고 하셨죠. 하지만 손
이 이 모양이라 주판은 시원찮았습니다. 2급에서 멈췄지요. 부기도 2

급입니다.

사실 고등학교는 건축과에 가고 싶었지만, 근처에 그런 학교가 없었습니다. 기숙사에 들어가야 했는데, 그럴 여유가 없었어요. 집이 그렇게 가난했던 건 아니지만, 형제가 아홉에 제가 넷째였습니다. 분에 넘치는 생활을 했던 기억은 없습니다.

고등학교를 육상 특기생으로 들어간 터라 수업료가 공짜였습니다. 중학교 때는 농구를 했는데, 육상부가 없어서, 가을이 되면 발이 빠른 녀석들을 모아 역전 마라톤 같은 데 나가기도 했습니다. 그때 제가 달리는 것을 보고 추천이 들어와서 그 고등학교에 들어가게 된 거죠. 수업료 면제라는 조건이 마음에 들었습니다.

중학교 삼 학년 초에 추천 입학 이야기가 있었습니다. 그때는 공업고등학교에 들어가고 싶었습니다. 그래서 그쪽으로도 더러 알아봤지만, 학교가 좀 멀었습니다. 성적도 안 좋았고요. 이래저래 주변 사람들이야기도 있고 해서 상업 고등학교에 가게 된 거죠.

고등학교 입학해서는, 육상부에 들어갔습니다. 계속 장거리 마라톤을 했어요. 제가 들어간 학교는 전국 고교 역전 마라톤에 출전할 정도까지는 안 됐습니다. 역전 마라톤은 전통 있는 경기였으니까요. 하지만 그런 식으로 달리기가 빠른 학생을 뽑는 학교라 현에서 삼 등쯤 하는 녀석이 입학하기도 했습니다. 작은 대회에서 우승할 정도는 되는 그런 수준이었어요.

잘한 종목은 산악 마라톤. 산악 마라톤과 크로스컨트리는 다른 경기입니다. 이와테 현에서는 산악 마라톤 경기가 꽤 자주 열렸습니다.

고등학교 졸업하고 후지쓰富士通에 들어갔습니다. 어떤 학교든 한 사람은 채용하겠다는 방침이 있었던 게 아닌가 싶어요. 우리 학교에서는 우연히 제가 붙었던 거고요. 고등학교 때는 공부를 했으니까 성적은 그런대로 좋았습니다. 남자들만 있는 학교였다면 제가 일 등이었을지도 모르지만, 여자애들 중에는 머리가 좋은 애들이 엄청 많았으니까요.

후지쓰는 월급이 좋았습니다. 정말 대단한 회사였어요. 그만두기 전쯤에는 월급이 삼십만 엔 정도 됐으니까요. 반도체 제품을 검품하는 일을 했습니다. 네. 맞습니다. 기능직이었습니다.

그대로 계속 일했다면 부서 관리자쯤 되었겠지요. 후지쓰에 육 년 있었습니다. 그때 벌써 제 나이가 스물다섯. 월급을 집에 드렸으니까 저축은 별로 없었습니다. 후지쓰를 그만둘 때 부모님은 반대하셨습니다. 그러면 곤란하다든가 그런 말씀을 하지는 않으셨지만 슬픈 얼굴을 하고 계셨습니다.

회사를 그만두고 고등 기술 학교 건축과에 입학했습니다. 실업 급여 수령자들을 가르치는 직업 훈련 학교처럼, 공부하면서 돈을 받을 수 있는 곳이었습니다. 공부할 수 있는 기간은 이 년, 한 달에 십육칠만 엔 정도 받았으니 용돈보다는 많이 벌 수 있었습니다. 후지쓰에서 받았던 월급이 세서 최저 육십 퍼센트가 보장되었던 거죠.

거기서는 설계 같은 것보다는 끌질을 연습한다거나 그랬습니다. 말하자면 직업 훈련 학교에서 가르치는 내용하고 동네 목수가 제자를 들여 가르치는 것 중간쯤을 배우고 있는 것 같았어요. 예전부터 계속 건축과에 가고 싶었던 터라 고등 기술 학교에 다시 들어간 거였지요.

거기에 오는 사람은 대부분, 고등학교를 못 간 학생이라든지 그런 사람이 많았습니다. 그래서 학교 성적은 괜찮았습니다. 거기서의 제 처지란 게, 지금도 좀 그렇지만, 모두를 화나게 만드는 뭐 그런 위치이지 않았나 싶어요. 나이도 한참 위였으니 다른 학생들 눈에는 아저씨처럼 보였을 테고요.

고등 기술 학교를 졸업하고 도노에서 궁궐목수 일을 하고 있는 기쿠치 씨가 계신 곳으로 갔습니다. 거기서 나라의 이카루가코샤를 소개받았지요. 교토와 오사카 일대 간사이關西 지방의 옛 건축을 보며 공부할 수 있다면 그게 제일 좋겠다 싶었던 터라, 대장께 전화해 이런저런 이야기를 드렸습니다. "일단 와 봐." 하시기에 나라로 갔습니다.

이카루가코샤에 입사했을 때 스물일곱이었고, 얼마 되지 않아 스물여덟이 되었습니다. 제일 처음 일했던 현장은 도치기였습니다. 나라에 도착하자, 입사식에 참석하지 않아도 좋으니 도치기 현장으로 가라고 하시더군요. 일부러 나라까지 갔는데, 다시 되돌아가야 했습니다. 그렇게 제일 처음 간 곳이 도치기 현장이었던 거죠.

처음에는 견습이라 품삯 같은 건 못 받을 줄 알았어요. 그런데 하루 품삯이 사천오백 엔이었습니다. 그때쯤 부모님은 아마 포기하셨을 겁니다. 어릴 때부터 목수가 될 거라고 했던 아이니까, 역시나 싶으셨겠지요. 반대하거나 그런 것도 없었고, '이제 어쩔 수 없구나.' 생각하신 것 같았습니다.

함께 입사한 신입은 가쿠마 군이랑 마에다 군이었습니다. 가쿠마 군은 다른 곳에서 오 년 동안 도제 수업을 하고 온 사람이라 나이가 좀 있었지만, 다른 사람보다는 제가 꽤 나이가 많은 편이었습니다. 대장이 처음에는 누구든 밥 당번부터 해야 한다고 하서서, 들어오고 이삼 일 지나고부터 식사 준비를 했습니다. 마에다 군하고 둘이서 번갈아 했지요.

저희 집이 시골이라 반찬이라고 해 봤자 맨날 채소볶음밖에 안 올라왔습니다. 아침에는 계란, 낫토, 된장국이었고요. 말이 된장국이지, 농가 음식이라 국이라기보다는 채소잡탕 같은 그런 음식이었죠. 여기에 와서 아무리 된장국을 끓여 보려고 해도, 제가 하면 어째서인지 된장을 푼 채소잡탕이 되고 맙니다.

도치기에 이 주일쯤 있다가 곧바로 류가사키에 있는 쇼신지 쪽으로 갔습니다. 사람이 많았습니다. 가와무로川室 군, 하라다 군, 마에다 군, 우치다 군, 도다藤田 군 들이 있었습니다. 다양한 고장에서 온 사람들이라 여러 사투리가 오가는 현장이었습니다. 지금도 그렇지만요. 그때 있던 사람들 중에 절반 정도는 그만두고 나갔습니다. 입사 초반에는 일이 끝나면 진탕 마시며 떠들어 댔습니다. 대장이 술을 좋아하셨거든요.

고등 기술 학교에서 첫 두 달 동안, 날붙이 갈기 수업을 했습니다. 대장이 너는 일단 날붙이 가는 걸 배운 적이 있으니, 연장을 꺼내 보라고 하셨죠. 그래서 꺼내 보여 드렸더니 "이걸로는 안 돼." 그러셨어요.

대장께 보여 드리기 전, 저보다 한 해 먼저 들어온 하라다 군의 연장을 본 적이 있었습니다. 제 연장을 보여 줄 수가 없더군요. 필요 없다고 하셔서 학교 선생님이 쓰시던 걸 받아 온 것인데요. 나름대로는 학교에 있을 때 열심히 한다고 했고, 이 정도면 부끄럽진 않겠지 싶어 연장통에 넣어서 가져왔던 거거든요. 부끄러워서 보여 줄 수가 없었습니다. 이 정도면 잘 들겠다 싶었지만 하라다 군 연장이랑 견줘 보니 아무튼 부끄럽다는 마음밖에 안 들었습니다.

그 연장이 잘 들었냐고요? 그때는 연장 쓸 일이 없어서 잘 드는지 어떤지는 알 수가 없었지만, 그냥 보는 것만으로도 뭔가 전혀 달랐습니다.

날붙이 갈기라면 지금도 그리 능숙한 편은 아닙니다. 어딘가 막혀 있는 부분이 있어요. 어느 정도까지는 해내지만, 넘어서지는 못하고 있다고나 할까요. 적어도 다른 사람보다는 더 열심히 하자, 생각합니다. 하지만 좀처럼 어느 수준에는 못 미치고 있어요. 분한 마음이 있으니 언젠가는 되지 않겠습니까?

제가 다른 사람들보다 팔 년쯤 늦었다는 사실을 더러 떠올리기도 합니다만, 그런 생각을 하는 게 싫습니다. 그렇게 생각하면 지금까지 살아왔던 모든 것이 쓸모없게 느껴지기 때문이죠. 되도록 그런 생각은 하지 않으려고 합니다.

어머니 구실을 대신하자는 건 아니지만, 여기서 제가 잔소리꾼 노릇을 해야 할 필요도 있다고 여기고 있어요. 그래서 가끔 동료들이 언짢은 얼굴로 저를 쳐다보기도 하지만요.

농구를 좋아해서 이 지역 동호회에 들어가 연습하고 있습니다. 하지만 도제 수업 중인 몸이라, 농구 연습하러 다닌다고 당당하게 말하지는 못하죠. 농구 연습으로 지쳐도 날붙이 갈기만은 꼭 하려고 합니다. 농구는 좋은 기분 전환거리지요. 매주 일요일과 수요일에 연습을 합니다.

그런 말 자주 들어요, 너는 어디 가더라도 금세 적응하고 거기 사람들하고 친해질 녀석이라고. 식구들이 많았던 탓인지 사람들 사이에 있으면 안심이 됩니다.

농구 동호회에 들어가게 된 계기요? 동네 체육사에 티셔츠를 사러 갔을 때 "농구하세요?" 하고 물으시기에 "전에는 했는데 요즘은 잘 안 합니다."라고 대답한 것이 시작이었습니다. 중학교 때 농구를 했고, 사회에 나와 기술 학교에 다닐 때에도 지역 농구 동호회에 다녔거든요. 기술 학교 학생 중에는 불량 청소년이 꽤 많았습니다. 그 중에 중학교 때 농구를 했던 아이도 제법 있었고요. 다들 몸을 움직이길 좋아해서 점심시간에 자주 농구를 하곤 했습니다. 지역에서 우승도 하고 했던 녀석들이어서 꽤 잘했습니다.

제 실력이요? 중학생들하고 붙는다면 해 볼만한 실력 정도겠죠. 농구를 다시 시작한 건 최근입니다. 나라에서 3월에 돌아와, 6월부터 농구 동호회에 다니기 시작했으니까요.

앞으로 계획이요? 부모님은, 장인은 길게 잡아 한곳에 십 년 있었다면 다른 곳에 가 보는 것도 좋다 하셨습니다. 제가 입사할 때 대장은, 적어도 오 년은 해야 하고, 제대로 된 목수가 되려면 못해도 십 년은 지나야 한다, 그러지 않고서는 어려울 거다 하는 말씀을 하셨습니다.

후지쓰에서 교대 근무를 했는데, 그때 사실 문 짜는 공방에 날마다 드나들었습니다. 제자로 들어간 것은 아니고, 청소만 했습니다. 돈은 못 받았죠. 처음부터 어떻게든 청소라도 하게 해 달라고 부탁하고 들어간 거였거든요. 그런 마음이 이루어져서 지금 이렇게 이카루가코샤에서 일하고 있는 거니까, 훌륭한 장인이 되고 싶습니다. 앞으로 십 년은 있으려고요.

대장처럼 회사를 혼자 이끌 생각은 없습니다. 뭔가 좀 한심한 이야기이지만, 내가 최고가 되겠다는 기백 같은 건 없습니다. 항상 이 인자, 그 언저리가 제 역량을 가장 잘 발휘할 수 있는 곳이라고 생각합니다. 그런 맥락에서 앞날을 그리고 있어요. 누군가 어딘가에서 일을 하려고 할 때, 그 일에 도움을 줄 수 있는 사람이 되지 않을까, 그렇게 생각합니다.

후지쓰에 다닐 때부터 땅을 조금씩 사 두었습니다. 다른 것보다 땅이 싸서 샀던 것인데, 육천 평쯤 됩니다. 돈은 잘 안 모입니다. 매달 집으로 십만 엔씩 보내기도 하고요.

서예 연습이요? 두 달 전부터 했습니다. 대장은 뭔가 배우는 걸 싫어하세요. 그런데 어느 날 이런 말을 하신 적이 있습니다.

"글자 정도는 깨끗하게 쓸 줄 알아야지! 너희들 이래 가지고는 창피 당할 거다."

그래서, 이때다 하고 배우기 시작했습니다.

니시오카 대목장이요? 책으로밖에는 모릅니다. 얼마 전에 만나 뵙긴 했지만, 좀처럼 실감이 들지 않는다고나 할까요. 제 인상을 솔직히 말하자면, '좋은 아저씨'라는 그런 느낌이었습니다.

(지바 마나부, 당시 서른 살)

● 부목수, 나카자와 데쓰지 中澤哲治

1968년 11월 11일, 도쿄 출신입니다. 지금 스물다섯입니다. 아버지는 제가 어릴 때 돌아가셔서 얼굴도 모릅니다. 목수는 아니셨고요.

제가 간 고등학교는 주간, 야간으로 나눠져 있는 사 년짜리 정시제 학교였습니다. 밤에 학교를 다니고, 낮에는 스파게티 가게에서 일을 했습니다. 우리 학교에는 대부분 고등학교 입시에 떨어지고 온 녀석들이 많았습니다. 절반 정도는 저하고 동갑이었고, 나머지는 두세 살 많은 치들, 아줌마도 있었고요. 고등학교 때 가라테 부였는데, 초단까지 땄습니다. 아니오, 깡패는 아니었습니다. 착실한 학생도 아니었지만요. 그냥 평범한, 보통 학생이었다고 생각합니다.

궁궐목수가 되고 싶었던 계기요? 수학여행으로 호류지에 갔을 때, 건물이, 특히 지붕이 예쁘다는 생각을 했습니다. 중학교 때였습니다.

이카루가코샤에 들어온 건 니시오카 대목장이 쓰신 《호류지를 떠받치고 있는 나무》를 읽었기 때문입니다. 책에 호류지 주소가 쓰여 있고, 근방에 니시오카 쓰네카즈라는 사람이 살고 있다고 나와 있길래 수소문을 했습니다. 호류지에 전화해서 니시오카 대목장의 주소와 전화번호를 가르쳐 달라고 했지요. 알아낸 주소로 편지를 보냈습니다. 그랬더니 답장이 왔고, 그길로 니시오카 대목장을 찾아간 거죠.

고등학교 4학년 때였습니다. 스무 살이었고요. 8월 31일, 니시오카 대목장 댁을 찾아갔습니다.

"궁궐목수가 되고 싶습니다."

"나는 이제 앞날이 길지 않으니 제자는 받지 않아. 오가와를 소개해 주지."

니시오카 대목장은 곧장 대장한테 전화를 걸어 주셨습니다. 하지만 그때 쇼도시마 현장에서 일하던 때라 대장은 안 계셨어요. "일단 야쿠시지 현장이라도 보고 와라." 하셔서, 혼자서 야쿠시지로 갔습니다. 그랬더니 이카루가코샤의 아이카와 씨라는 분이 계셨고, 그분이 친절하게 저를 대해 주셨습니다. 대장한테 소개해 준다는 말씀도 하셨고요.

그래서 저녁 여섯 시까지 계속 일하는 모습을 지켜보고 있었습니다. 숙사에서 저녁도 얻어먹었지요. 대장 집 앞을 지나가는데 불이 켜져 있길래 들어가서 인사도 드렸습니다.

그 다음 해, 졸업하고 바로 이카루가코샤에 들어갔습니다. 아이카와 씨와 미와다 씨한테 배웠습니다. 밥 당번부터 시작했고, 날붙이 가는 연습도 했습니다.

궁궐목수가 되겠다니까 어머니는 반대하셨습니다. 안정된 일을 하라고 하셨어요. 제대로 된 직장이라고 할까요, 어디에 가도 취직 걱정이 없는, 평범하고 안정적인 공무원 같은 걸 하기 바라셨죠. 관공서처럼 확실한 직장을 찾길 바라셨습니다.

이쪽 일을 하는 사람한테도 그만두라는 말을 들었습니다. 하지만 여기서 일하는 칠 년 동안, 그만두자는 생각은 해 본 적이 없습니다.

스파게티집에서 일할 때, 꿈을 좇고 있는 저 같은 사람이 그 가게에 꽤 있었습니다. 다들 열심히 하고 있으니, 저도 열심히 하자 싶었어요. 제대로 된 궁궐목수가 되고 싶다는 꿈이 있었습니다. 누가 물으면 궁궐목수가 될 거라고 대답했지요. 호류지 지붕의 곡선이 너무 아름다워서 저도 만들어 보고 싶었습니다.

목수 일을 잘 해 나갈 수 있겠느냐고요? 아직 거기까지는 잘 모르겠습니다. 단, 해 나가고 싶기는 합니다. 제대로 하려면 십 년이 걸린다고들 하지만, 사람 따라 다르니까요, 저는 꽤 걸릴 거라고 생각합니다.

다른 곳이요? 여기가 다른 회사보다 편하다고는 할 수 없지만, 제자를 다루는 게 부드럽다고는 생각합니다. 다른 데 가 본 적이 없어서 확실히는 모르겠지만, 그다지 지적을 하지 않는다고 할까요? 심한 말을 듣거나 하는 일은 거의 없습니다. 그러니 한 번쯤은 다른 곳에 가서, 진탕 욕을 먹고 험한 꼴도 당해 보고 몸도 마음도 최악이 된다거나 하는 그런 나쁜 면을 보는 것도 좋을 것 같습니다.

거의 잔소리를 하지 않는 게 오히려 어떤 면에서는 엄하기도 합니다. 매사가 호통이라면 물론 무섭고 엄하기야 하겠지만, 그런 소리를 들어 버리면 오히려 그만큼 편한 부분도 있어요. 하지만 여기서는 아무 말씀 안 하시니 그런 면이 오히려 더 무섭습니다. 그리고 몸을 써야 하는 일이라는 면도 힘든 부분이고요. 하지만 이런 것들이 중요하다고 여기고 있습니다.

옛날 장인들 세계에서는 커다란 쇠망치가 날아온다거나, 냅다 걷어차인다거나, 얻어맞기도 한다는 이야기를 들었던 터라, 저도 각오를 단단히 하고 이카루가코샤에 들어왔습니다만, 지금까지 맞은 적은 한 번도 없습니다.

실수도 합니다. 작은 실수는 뭐, 자주 하는 편이고요.

최종적으로요? 글쎄요, 제가 총괄해서 해 보고 싶다는 생각은 있지만, 대장처럼 경영이라든지, 사람을 써서 일을 해 나가는 건 어떨런지 모르겠습니다. 사람을 부리는 데는 소질이 필요하잖아요? 하지만 그 전에 저는 아직 목수가 될 자질도 부족합니다. 게다가 경영해 나갈 능력도 없고, 그런 그릇도 못 되니 대장처럼 해 나가기는 어렵지 않을까 싶어요. 그저 한 사람의 장인으로서 따라가는 수밖에 없지 않나, 그런 생각을 합니다.

고등학교에 가지 않고 빨리 목수가 되는 게 더 좋다고 보지는 않습니다. 고등학교에 가기를 잘했구나, 생각하거든요. 학교에서도 좋은 사람을 많이 만났고, 일하던 곳에서도 그랬으니까요. 고등학교 때 겪었던 만남들이 저한테는 정말 좋았습니다. 그게 없었다면 이카루가코샤에 들어오지도 못했을 겁니다. 다들 앞으로의 꿈을 자주 이야기하고 그랬으니까요. 나는 이렇게 되고 싶다고 말이죠.

쉬는 날이요? 현장에 갈 때도 있어요. 아뇨, 일하러 가는 건 아니고, 그냥 거기서 제가 하고 싶은 일을 하는 거죠. 아니면 뭐, 겐짱하고 낚시하러 가기도 하고요. 영화도 보러 갑니다.

처음 들어왔을 때는 너무 놀고 싶었어요. 그래서 아무튼 어디라도 좋다는 심정으로, 교토라든지 여기저기 매주 놀러 다녔습니다. 고향 집에 가고 싶어 들썩거리기도 했지만, 요즘 들어서는 그 정도는 아닙니다. 그렇다고 가도 그만, 안 가도 그만, 심드렁해진 건 아니지만요.

애인이요? 없습니다. 여기 있는 사람들 대부분 애인이 없을 거예요.

꿈이요? 제대로 된 목수가 되고 싶습니다. 자기 몫을 해내는 목수가 된 다음, 한 번쯤 다른 곳을 경험해 보고 다시 돌아와 일하고 싶은 마음입니다.

여기 들어오는 젊은 신입들은 다들 제각각입니다. 처음부터 궁궐목수가 되고 싶다며 들어오는 사람도 있지만, 궁궐목수 일이 어떤 건지 알고 싶어 들어오는 사람도 있어요. 처음에는 그런 식으로 차이가 있을지 모르지만, 일단 들어오면 다들 열심히 합니다. 그래서 '꼭 궁궐목수가 되겠다.'고 들어온 사람이나, '궁궐목수나 되어 볼까?' 하는 가벼운 마음으로 들어온 사람이나 별반 차이가 없어집니다. 다들 열심히 하니까요.

새로 들어온 신입이 모르는 걸 물어보면 가르쳐 줍니다. 하지만 열

받아서 화를 내는 적도 많아요. 처음이니까 빠릿빠릿하게 못 움직이는 건 당연해요. 뭐, 그런 것 가지고 뭐라 그러지는 못하죠. 하지만 현장에서는 다릅니다. 다들 부지런히 종종걸음 치는데, 들어온 지 얼마 안 된 신입이 꾸물꾸물대는 걸 보면 열이 받아요. 요전 날에도 그런 게 화가 나서 확 한마디 쏘아 준 적이 있습니다.

그래서 그런지 다들 저를 피하는 것 같아요. 그러니 숙사에 돌아와서 이야기할 기회가 있어도, 저보다는 겐짱하고 이야기하더라고요. 겐짱이라면 마음 편히 이야기할 수 있으니까요. 저한테는 별로 다가오지 않는다고 할까요. 그럴 때마다 드는 생각인데, 뭔가 저는 사람을 가르칠 수 있는 성향은 아닌 것 같습니다. 물어보면 가르쳐야 주지만요.

니시오카 대목장이요? 그다지 자주 만나 뵙지는 못했지만, 대단한 분이라고 생각합니다. 신과 같은 분이시죠. 작년 말 뵌 적이 있는데, 제가 처음 봤을 때하고는 눈이 달라져 있었습니다. 처음에는 두려울 정도로 무서운 눈이었는데, 지금은 부드러운 눈이라고나 할까…….

니시오카 대목장의 책을 읽고 이 길로 들어선 만큼, 손자 제자로서 최선을 다해 열심히 해야겠다고 생각합니다.

(나카자와 데쓰지, 당시 스물일곱 살)

● 부목수, 아이바 마사히코饗場公彦

1970년 12월 19일생이고, 시가滋賀 현 출신입니다. 애인이요? 있습니다. 일단 결혼할 생각으로 만나고 있어요. 류가사키에서 만났습니다. 일이 끝나면 몇 명씩 모여 한잔씩들 하러 가는데, 그때 알게 돼서 몇 번인가 만났습니다. 아무래도 류가사키 현장이 일하는 기간이 길다 보니 그런 기회가 있었구나 싶습니다. 오래 머물며 그 지역 사람이 되지 않으면, 이런 만남이 이뤄지기 어렵거든요.

공업 고등학교 건축과를 나왔습니다. 아버지는 목수시고요. 어릴 때부터 저도 꿈이 목수였습니다. 아버지가 목수라는 이유도 있었겠죠. 고등학교 원서를 쓸 때도 다른 학교로 갈 수도 있었지만, 역시 목수가 되는 게 좋겠다 싶었습니다.

형제는 넷입니다. 제일 위가 형, 다음이 누나, 저, 그리고 여동생입니다. 형은 회사원입니다. 목수는 될 수 없었죠. 자기는 목수를 할 능력이 없다는 말을 하곤 했습니다.

졸업할 무렵, 건축 회사 두 군데에서 사람을 뽑으러 왔습니다. 그 중 한 곳에 입사했어요. 우연찮게도 궁궐목수 일을 하는 회사였습니다. 거기에 삼 년 있었습니다.

여기처럼 먹고 자는 곳이었고, 차 심부름부터 시작했습니다. 선배는 여섯 명쯤이었는데, 선배들하고는 그냥저냥 지냈습니다. 하지만 그쪽 책임자의 태도라고나 할까요, 뭔가 돈 벌 궁리만 하는 사람이라서 싫었습니다. 그래서 다른 곳을 찾다가, 한때 이카루가코샤에 있던 다케베 씨를 알게 되었던 거죠. 다케베 씨가 시가 현 출신이라, 아버지들끼리 아는 사이였습니다. 그래서 다케베 씨가 일하는 곳으로 가 볼까 싶었지만, 그쪽 사정 때문에 안 된다며 이카루가코샤를 소개받았습니다. 그때까지 대장이나 니시오카 대목장에 대해서는 몰랐습니다.

이카루가코샤에 젊은 사람이 많다는 건 들어서 알고 있었습니다. 들어오기 전에 몇 번인가 견학하러 오기도 했습니다. 이전에 일했던 건축 사무소는 기계를 잔뜩 들여놓았던 곳이라 다양하고 특이한 기계가 많았는데, 이카루가코샤에 와 보니 기계는 조금밖에 없었습니다. 이걸로 일이 될까 싶은 정도였지요. 입사하자고 결심하고 대장하고 면접을 봤습니다. 그때 대장한테 여러 가지를 물었는데 "그런 것까지 네가 생각할 필요는 없다." 하고 화를 내셨습니다. '정말 그럴까……?' 싶었지만, 그렇게 혼나고 나서는 더 이상 별말 하지 않게 됐습니다.

여기 온 지 삼 년 됐습니다. 제가 들어온 건 6월이었고, 료이치 군이 7월인가 8월쯤에 류가사키로 갔고, 11월에는 마쓰나가 군이 왔습니다. 몇이 그만두기는 했지만, 그해에 신입이 여덟 명이나 들어왔어요. 덕분에 밥 당번은 한 달에 한 번 일 주일만 하면 됐습니다. 일 주일에 두 번은 항상 카레를 만들었어요. 간단하니까요. 전날에 끓여 두면, 커다란 냄비가 두 개라 이틀 먹을 카레를 만들 수 있습니다. 그걸 일 주일에 두 번 하니까 나흘 치 식사 준비가 끝나 버리죠. 카레 말고도 지바 씨한테 배운 후쿠오카식 곱창전골, 모쓰나베もつ鍋 같은 것도 만들었습니다.

그 전 직장에 있을 때도, 날붙이 갈기며 연장질을 연습했습니다. 제일 처음 들어왔을 때 가와모토 씨 밑에 있었는데, 엄청 무서웠습니다. 연장을 쓰고 있는데 '그건 뭐야?' 하는 눈으로 쳐다보더니 이런 말을 하는 게 아니겠습니까?

"뭐야 이거! 삼 년이나 일했다는 녀석이 연장을 이것밖에 못 가나! 엉망진창이잖아!"

정말 충격이었습니다. 전에 쓰던 연장을 가져올 때만 해도, 그런 건 전혀 신경 쓰지도 않았거든요.

전에 있던 곳은 이카루가코샤처럼 날붙이를 갈지 않았습니다. 일이 끝나면 숙소로 돌아가 잠이나 잤습니다. 여섯 시에 일이 끝나고 돌아가면 일곱 시쯤, 여기처럼 밤에 날붙이를 가는 게 아니라 텔레비전을 보고 그랬으니까요. 날붙이 갈기는 점심시간에만 잠깐씩 했습니다. 그런데 이카루가코샤에 와 보니 다들 엄청나게 날붙이를 가는 겁니다. 이전 회사에 대면 두 배, 아니 세 배 이상 날붙이를 갈고 있고 있었으니까요.

네. 맞습니다. 여기서는 처음부터 저를 경험자로 대해 주셨습니다. 이전 회사에서 삼 년을 있었지만, "처음 배운다는 마음가짐으로 들어가라."는 말을 주변에서 들었고, 저 역시 그런 마음으로 이카루가코샤에 입사했습니다. 들어가서 오노 씨한테 "아무것도 할 줄 아는 게 없습니다." 했지만 '목재 깎기 정도는 할 수 있겠지.' 하시며 이것저것 일을 맡겨 주시더군요.

이카루가코샤에서는 뭐든 일을 해 볼 수 있게 해 줍니다. 이전 회사에 삼 년 있었지만, 이 년 정도는 차 심부름이랑 청소만 했고, 삼 년째에 겨우 남는 목재를 만져 볼 수 있었습니다. 그러니 대패질이나 조금 해 봤을 뿐, 거의 아무것도 해 본 게 없었습니다. 하지만 이카루가코샤는 들어오자마자 목재를 맡기며 해 보라고 그러잖아요? 안 할 수도 없고, 거절할 수도 없는 노릇이고요.

솔직히 처음에는 두려웠습니다. 목재를 너무 많이 파거나 하는 실수를 할까 봐서요. 둥근톱 쓸 때가 제일 겁났습니다. 한번 잘라 버리고 나면 끝이니까요.

분위기가 엄하냐고요? 전에 있던 곳이 훨씬 엄했습니다. 상하 질서가 여기랑은 전혀 달랐죠. 그곳 도편수는 가끔 현장에 들렀습니다. 우리더러 연장을 달래서는 꽉꽉꽉 일을 해 보이고는 "이렇게 하는 거야!" 하고 돌아가는 게 끝이었습니다. 뭔가 몰아세우는 느낌이라 일할 마음이 사라지곤 했어요. 동료들끼리는 "좋아. 열심히 해 보자." 그런 말들을 하고는 했지만, 솔직히 그런 마음이 나질 않았습니다.

이카루가코샤에 와서 보니, 뭔가 얘기를 해 주셨으면 좋겠는데, 대장은 아무 말씀도 안 하십니다. 일하는 걸 지켜보시기는 하지만 말이에요. 하면서도 뭔가 불안합니다. '아아, 뭔가 얘기 좀 해 주면 좋겠다.' 싶은 거죠. 하지만 전혀 아무 말씀 없으세요. 못 본 척도 하시고요.

네. 맞습니다. 전혀 할 줄 모르는데도 밑엣녀석들밖에 없으니 선배 처지에 설 수밖에 없어졌습니다. 제가 부목수라니요. 이래서 되나 싶은 거죠. 순서대로라면 보통, 자신이 그 기술을 완전히 익히고 난 뒤에 가르치는 게 일반적이지만, 여기서는 그 기술을 완벽히 익히기 전에, 스스로 기술을 익히면서 다른 사람을 가르쳐야 하는 상황이니까요.

처음 이카루가코샤에 들어왔을 때는 깜짝 놀랐습니다. 너무 화기애애해서요. 전에 있던 곳은 위아래가 엄격해서 선배의 의중을 미리 헤아려 준비해야 했습니다. 만약 선배가 노루발을 가져오라고 할 것 같으면, 점심시간에 노루발이 어디 있는지 알아 놓았다가 곧바로 "네!" 하고 가져와야 했습니다. 안 그랬다간 뭐 하고 있냐고 혼이 났으니까요. 여기서는 연장을 가져오라고 시키는 일이 없어요. 다들 스스로 가지러 가니까요. 상하 질서는 거의 없는 거나 마찬가지죠.

윗사람이 거의 화를 안 내니까 저도 화를 내기 힘듭니다. 다들 좀 더 화를 내는 분위기라면 저도 그러겠지만요. 이런 부분은 좀 답답합니다. 이렇게 느긋한데도 용케도 다들 해내는구나 싶죠. 만약 제가 오노 씨나 가쿠마 씨 처지였다면 엄청나게 화를 냈을 것 같아요. 하지만 둘다 화를 안 내요. 화를 내지 않는 것이 윗사람이고, 그런 힘 같은 것이 윗사람이 지녀야 할 기량일지도 모른다는 생각도 합니다.

이카루가코샤에서 화를 내 주는 사람은 지바 씨 정도입니다. 지바 씨한테는 자주 혼이 났어요. 지금 제 위치는 지바 씨와 밑에 있는 녀석들 중간입니다. 그러니까 함께 일을 하다 보면 저한테만 얘기하죠. 거의 저만 혼이 납니다. 하지만 반대로, 그렇게 말해 준다는 게 정말 고맙습니다. 뭐랄까, 정신이 번쩍 드니까요.

하루 품삯이요? 들어왔을 때는 오천오백 엔이었고, 지금은 칠천오백 엔입니다.

요전 입사식 때에는 불러 주셔서 깜짝 놀랐습니다. 불러 주실 거라 생각지도 못해서 정말 기뻤죠.

들어왔을 때는 견습부터 시작했습니다. 부목수로 승진했을 때도 대장은 아무 말씀 없으셨습니다. 정월에 공지가 붙었을 때, '아, 승진했구나.' 하고 처음으로 알았으니까요.

앞으로요? 부목수가 된 지 얼마 되지도 않았고, 아직 아무것도 모르니 제 몫을 해내기까지 시간이 걸리겠지요. 처음에는 제대로 된 목수가 되면 고향에 돌아가 아버지랑 같이 일하겠다고 말씀드린 적도 있었습니다. 하지만 그때 대장이 이런 말씀을 해 주셨어요.

"집에 돌아가도 별 볼 일 없을 거다. 여기서 해 나가다 보면 일도 맡게 될 테고, 그렇게 차차 해 나가는 게 더 좋을 거야."

고마운 말씀이었고, 그것도 좋겠구나 싶었습니다.

다른 곳으로 배우러 갈 생각은 없습니다. 지금은요.

지금처럼 오노 씨나 가쿠마 씨 뒤를 따라, 한 계단씩 올라갈 생각입니다. 현장을 맡아서 선배들처럼 해 나가고 싶습니다.

결혼이요? 제대로 된 목수가 되고 나서요. 도편수가 되고 나면 결혼할 겁니다. 여자 친구도 기다리겠다고 했고요. 그렇게 기다리게 할 필요가 없겠다 싶었는데, 이번 백중 휴가 때 결혼할 사람을 데리고 가겠다고 했다가 아버지께 꾸중을 들었습니다.

"도제 수업 중인 녀석이 그런 물러 터진 생각을 해서는 안 돼. 목수가 되려면 목수 일만 생각해야 해."

그래서 아무래도 도제 수업 중에는 안 되겠다 싶었죠.

올해 스물다섯이니, 어떻게든 스물여덟쯤에는 결혼을 하고 싶습니다. 여자 친구는 지금 스물셋입니다. 결혼 이야기를 하다 보면, 아무래도 제대로 된 목수가 되기 전에는 결혼이 힘들겠다는 이야기로 끝나게 돼요, 결국은요.

아이요? 셋이나 넷 정도. 많을수록 좋습니다. 만일 아이가 하고 싶어 한다면 목수를 시킬 겁니다. 목수 일이 회사원보다 훨씬 낫습니다. 쭉 해 나가다가 어느 순간 건물이 다 지어지면 너무 기쁜 거죠. 감동도 있고요. 이게 제일 아니겠습니까? 정말로 이카루가코샤에 들어온 걸 다행이라고 생각합니다. 예전 회사 동료들도 이카루가코샤에 들어가게 된 걸 부러워하고 있고요.

꿈이요? 마지막에는 제 공방을 차려 열심히 일을 하고 싶습니다. 그렇게 대장과 닮아 가고 싶은 거지요. 일하는 현장은 이카루가코샤여도 좋고, 제 회사여도 좋겠지만, 어디서든 제 방식으로 해 보고 싶습니다.

(아이바 마사히코, 당시 스물다섯 살)

● 목수 보조, 하라다 마사루原田勝

가고시마鹿兒島 현 출신, 1972년 5월 3일생입니다.

아버지는 목수입니다. 고향에 돌아가 아버지랑 일할 생각은 없어요. 이카루가코샤에 계속 있을지 없을지는 모르겠지만, 궁궐목수 일은 계속하고 싶습니다.

일반 고등학교 보통과에 다녔고 성적은 나빴습니다. 반에서는 뒤에서 오 등 정도. 공부를 왜 해야 하는지도 모르겠고, 노는 게 더 재미있었습니다. 그나마 졸업할 수 있었던 건, 선생님들하고는 사이가 좋았거든요. 뜰에서 풀 뽑는 일을 거들면 점수를 준다든가, 학교 행사에도 이래저래 참가했으니까 그런 걸로 점수를 주곤 하셨죠.

목수가 될 생각은 전혀 없었습니다. 아버지는 어릴 때부터 저러더목수 하라고 그랬어요. 커서 목수 해라, 목수 해라, 그러셨죠. 아마 그때부터 "목수는 절대 안 할 거야." 그러고 다녔을 겁니다. 다른 사람이 멋대로 내 미래를 결정하는 게 싫었으니까요. 그래서 절대 목수는 안할 거라고 생각했습니다. 하지만 고등학교 들어가서, 앞으로 뭘 할지고민하면서부터 건축 일이 좋겠다는 생각을 하게 되었어요. 아무래도어릴 때부터 자주 현장에 따라다녔고, 아버지가 하는 일을 지켜봤기때문일 겁니다. 어차피 건축 일을 할 거라면, 역시 목수가 좋겠다는 쪽으로 돼 버린 거죠. 삼 학년 여름 방학 때 그런 생각을 했습니다.

이전까지는 그리 진지하게 생각한 적도 없었어요. 제가 다닌 고등학교는 전교생의 절반 정도가 대학에 가고, 나머지 절반은 취직하는그런 학교였습니다. 고등학교 때도 계속 축구를 했는데, 체력이나 그런 게 아주 뛰어난 학생은 아니었습니다. 중학교 때는 꽤 잘했죠. 중학교 때 후배 중에 지금 제이리그에서 뛰는 아이가 있어요. 요코하마 프뤼겔스에서 뛰고 있는 마에조노 마사키요前園真聖라고, 중학교 때 같이 축구를 했는데, 역시나 재능 있는 녀석을 만나면 뭔가 다르다는 생각이 들더라고요. 아무래도 나는 다른 일을 하는 게 낫겠다 싶었죠. 마에조노는 정말 남달랐거든요.

아버지는 아니고, 학교 선생님하고 이야기를 나누다가 목수가 되겠다는 결심을 하게 되었습니다. 다른 반 체육 선생님이셨지요.

"건축 쪽 일을 하고 싶습니다. 별로 공부하고 싶은 생각도 없고요."

"궁궐목수라고, 혹시 아나?"

"들어 본 적은 있지만, 잘은 모릅니다."

"그럼 내가 연락을 한번 해 볼 테니, 그쪽 이야기를 들어 보는 게 어때?"

이렇게 이야기가 진행되었던 것이죠. 체육 선생님 손위 처남이 문화재청에서 문화재를 감독하는 분이셨는데, 선생님이 그분한테 물어봐 주셨습니다. 그분은 문화재청이 아니라 이카루가코샤라는 곳에 가 보라고 하셨고, 선생님이 직접 대장이 계신 곳으로 전화를 걸어 주셨습니다. 그때 전화번호를 받아 뒀던 터라 저도 전화를 걸 수 있었지요.

처음에는 "나라 현장으로 와라." 하셨지만, 마침 태풍이 올라오고 있어서 못 간다고 했더니 "그러면 도쿄 현장으로 오든지." 하시더군요. 뭐랄까, 전부터 한번 가 보고 싶은 곳이었습니다. 그래서 도쿄로 갔지요. 가서 현장을 봤더니, 뭔가 이건 정말 대단하구나 싶었어요. 그랬습니다. 여름 방학 직전이었죠.

묵었던 곳은 우에노上野에 있는 이신인頤神院이라는 사원이었습니다.

제가 찾아간 날이 상량식 바로 전날이었어요. "상량식 전날이니 한잔할까?" 하시길래 저도 껴서 한잔했습니다. 뭐가 뭔지 몰랐지만, 다들 즐거워 보였습니다.

다음 날 나라로 갔습니다. 대장이 "나라에 가 볼까?" 하셨으니까 뭘 좀 보여 주시려나 보다 싶어서 따라갔죠. 그런데 나라에 도착하니 벌써 어둑어둑했고, "나라 숙사에라도 좀 가 있든가. 밥때 되면 부를 테니까." 하시더군요. 날이 밝으면 어디 일터라도 보여 주시겠거니 했지만 대장님 말씀은 "뭐, 적당히 하고 싶은 거 하다가 돌아가."였습니다.

그 즈음, 나라에는 목수가 아무도 없었고 사모님만 계셨거든요.

"가고시마에서 온 하라다입니다. 어떤 곳인지 보러 왔습니다."

이렇게 인사를 드리자 사모님은 이렇게 말씀하셨습니다.

"이번에 입사하실 거죠?"

아직 아무것도 결정한 건 없었지만, 사모님이 그렇게 말씀하시니 '그렇게 하지 뭐.' 싶어서 이카루가코샤에 입사하기로 마음을 먹었습니다.

동급생 중에 목수가 된 녀석이요? 없습니다. 목수는 저 하나뿐이에요. 교무실 앞에 '궁궐목수 하라다'라고, 진학이나 취직이 결정된 학생들 이름이 붙어 있었는데, 친구들이 저한테 그러는 겁니다.

"미야다이코^{宮大工}는 어디에 있는 대학이야?"

"내가 대학에 갈 리가 없잖아."

"아니, 한자에 '大' 자하고 '工' 자가 있길래."

■ 미야다이코^{宮大工} : 궁궐목수^{宮大工}의 일본어 소릿값으로, 대학의 '大'와 공대의 '工'이 붙어 있어서 대학 이름으로 착각함.

"목수라는 말이야."

"아. 그렇구나."

궁궐목수라고 해도 아무도 그게 뭔지 몰랐습니다. 가고시마에는 절도 별로 없었으니까요.

삼 년 동안 여자 친구는 없었습니다. 삼 년 내도록 없었죠. 고등학교를 졸업하고 3월 26일에 가고시마를 떠나 여기로 왔습니다. 열심히 해야지 하고 의욕이 넘쳤어요.

그때 누가 있었더라……, 아, 겐짱이 있었습니다. 일을 가르쳐 주신건 기타무라 씨였고요. 계속 기타무라 씨 밑에서 일을 했습니다.

밥 당번은 일 년쯤? 한 이 년 가까이 했나 봅니다. 마에다 군 같은, 다음 신입들이 들어오고 나서야 밥 당번을 그만둘 수 있었죠. 요리는 잘하는 편이었어요. 다들 맛있다고들 했지만, 트집을 잡힐 때도 있죠 뭐. 만든 음식은……, 이름을 뭐라 해야 할지 모르겠지만 '온갖 잡탕'이랄까, 다 한데 섞어서 굽고 찌고 볶는 거죠 뭐. 장 볼 때에도, 뭘 만들까 하고 장을 보는 게 아니라, 뭐든 싸다 싶은 재료를 잔뜩 사 가지고 옵니다. 생각하는 게 귀찮으니 일단 냉장고에 모조리 넣어 두는 거죠. 일을 마치고 돌아와 냉장고를 확 열어 보고, '좋아. 오늘은 이 재료로 해 볼까?' 이런 식으로 저녁을 차렸습니다. 끓여서 만든 건지 구워서 만든 건지도 아리송한, 그런 음식들이었지만 뭐든 괜찮았어요. 다들 그 시간엔 배가 고팠으니까요.

그때 네 명이 같이 있었습니다. 이키^{壱岐} 씨, 가와무로^{川室} 씨는 대학을 나온 사람들이었는데, 둘 다 그만두고 나갔습니다. 그만둘 때 고민 상담 같은 거 한 적 있었냐고요? 아뇨, 그런 거 없었습니다. 그 둘하고

친했어서 좀 서운했죠. 하지만 어차피 각자의 길이 있으니, 상관없는 것 아니겠습니까?

여기 사람들은 다들 친절하죠. 하지만 가장 중요한 것은 자기 자신이니, 일정 부분 이상은 개입하지 않아요. 누워서 뒹굴뒹굴해도 좋고, 하고 싶으면 하면 되고……

걱정이요? 그런 건 없습니다. 그렇다기보다는 뭐, 어차피 제가 왕초보니까, 일을 못하는 건 당연하잖아요. 그러니 열심히 할 수밖에 없고, 열심히 하면 언젠가 어떻게든 되겠지 하는 생각이고, 안 되면 될 때까지 해 본다는 그런 마음인 거죠. 그만둘 생각은 없습니다. 전혀요. 지금 그만두면 아무것도 안 되니까요.

입사했을 때, 겐짱도 여기에 있었습니다. '이야, 정말 특이한 사람이다. 재밌는 사람이네.' 싶었지만, 그 사람은 또 그 사람이니까요. 겐짱한테 많은 걸 배웠습니다. 하지만 저는 남한테 뭘 물어보는 걸 싫어하는 성격이에요. 잘 모르는 게 있으면 오노 씨한테 물어보러 가긴 갔지만, 그게 자존심이 상하는 겁니다. 물어는 보지만, 물어볼 때에는 뭔가 굉장히 분하다고나 할까요.

연장을 많이 샀습니다. 좋아하거든요. 처음 산 건 숫돌입니다. 제가 연장을 많이 사는 편이긴 하지만, 다들 연장은 많이 삽니다. 하지만 다른 사람이 어떤 걸 샀는지는 잘 몰라요. 웬만하면 동료들이랑은 같이 안 사러 가는 게 좋죠. 만약 자연석으로 만든 숫돌이라든가 진짜 좋은 나무로 깎은 손잡이 같은 게 하나밖에 없으면 싸움이 나거든요. 아무래도 연장이라는 게, 정말로 갖고 싶어지는 물건이 눈앞에 있다면 탐이 나게 마련이잖아요? 평생 쓰는 물건이니까요. 그러니까 말썽이 나는 것보다는 혼자 다니는 게 더 나은 거죠.

날붙이 갈기요? 완벽합니다……라고 하면 거짓말이고, 더 잘하고 싶습니다.

니시오카 대목장과 이야기를 나눠 본 적은 없지만, 입사식 때였던 가, 대목장께서 당신 집에 데려가 주신 적이 있습니다. 입사한 지 얼마 안 된 때라서 엄청 긴장했어요. 그때 무슨 말씀을 하셨는지 잘은 기억 못 하지만, "날붙이 끄트머리를 자신의 혼이라고 생각해라." 하신 말씀 은 기억합니다. 그 말을 들었을 때 온몸이 오싹했습니다. 자기 혼이 날 붙이 끝에 있다면, 정말이지 혼신의 힘을 다하지 않으면 부끄러운 것 이잖아요. 그래도 여전히 실력은 형편없지만요. 하다 보면 그런 느낌 이 드는 거죠, 이렇게 해 가지고 실력이 늘기나 하겠나 하고요. 하지만 다른 사람하고 견주지는 않습니다. 내가 지고 있다는 생각은 안 하니 까요. 하지만 다들 정말 대단한 것만은 사실입니다.

현장에서 일을 마쳐 본 건 세 번쯤, 나머지는 여기저기 현장을 돌아 다니며 일을 돕고 있습니다. 사 년 있으면서 다양한 과정을 보기야 했 지만, 시작할 때부터 다 지을 때까지 모든 과정에 참가해 보지는 못했 습니다.

일이요? 실력이 늘었는지 어떤지는 모르겠지만, 뭐든 하면 된다고 여기게는 되었습니다. 그리고 요즘 들어 일이 너무 재미있어졌어요. 여기 류가사키 현장은 오노 씨가 도편수를 맡고 있는데, 최근에는 진 행되는 작업 때문인지 바깥일을 볼 때가 많아졌거든요. 그래서 저희 들끼리 모든 일을 다 합니다. 그런데 이게 뭐든 하면 다 되는 거예요. '이건 좀 하기 힘들 것 같다.'는 게 없어졌다고나 할까요. 물론 자신은 없어요, 아직 사 년밖에 안 되었으니까. 하지만 자신이 없어도 해 나갈 수 있다는 것을 알게 되었으니까요.

나중 일이요? 별로 생각해 본 적은 없지만, 빨리 도편수가 됐으면 좋겠습니다. 아직 올라서야 할 단계가 많지만요. 지금 목수 보조니까, 부목수, 목수가 남았습니다. 경쟁심은 있어요. 아무래도 다들 같은 일을 하니까 절대 지고 싶지 않은 거죠. 함께 들어온 동료나 선배, 그런 건 상관없습니다. 아무튼 저보다 앞서 나가면 자존심이 상하죠.

제가 절대로 넘어설 수 없는 존재는 대장, 오노 씨, 가쿠마 씨. 그 밖에는 차차 넘어설 수 있지 않겠습니까? 일 년 차, 이 년 차 때에는 늘 겨루기만 했습니다. 싸움도 많이 했고요. 상대편이 나빠서 그렇다는 이야기도 하고 그랬습니다. 하지만 지금은 말로 하지 않고, 일한 것을 보여 줍니다. 서로가 해 놓은 것을 보면 어떤 것이 옳은지 결판이 나잖아요. 보면 아니까요. 날붙이 갈기 말고 탑을 만들 때 더 그렇습니다. 함께 일하다 보면 아무래도 다른 사람이 어떻게 하는지 엄청 신경이 쓰이는 거죠.

꿈이요? 꿈이라……, 참 많았던 것 같은데, 지금은 다 사라져 버린 것 같네요. 뭔가 여기 오기 전에는 꿈이 참 많았던 것 같습니다. 생각날 때마다 적어 뒀으면 좋았을 걸 싶네요. 지금 꾸고 있는 꿈을 말하자면, 처음부터 끝까지 제 힘으로 절을 만들어 보고 싶다는 겁니다.

대장처럼 설계부터 모든 일을 다 수 있는 사람이 되면 좋겠지만, 돈 문제로 고민하기는 싫습니다. 아무래도 장인의 길로 들어섰으니 장인다운 장인이 되고 싶은 거죠. 물론 도편수는 되고 싶습니다. 도편수란 뭘까요? 모든 사람을 보살피고 이끄는 사람일까요? 한 무리의 우두머리가 된다는 걸까요? 그런 사람이 되는 것도 재미있을 것 같긴 합니다. 대장이 하는 일을 보고 있으면 재미있겠다는 생각이 들긴 하거든요. 잘은 모르겠습니다.

아무튼 집으로 돌아가 아버지 일을 거들 생각은 없습니다. 아버지는 더러 고향으로 돌아왔으면 하는 뜻을 비추시지만, 저는 됐다고 해요. 언제가 될진 모르지만, 이카루가코샤가 아닌, 다른 곳에서 공부하고 싶기도 하고요. 제대로 된 목수가 되기 전에 다른 곳을 경험해 보고 싶어요. 그런데 어느 날 대장이 "기쿠치한테 가고 싶은 사람 있나?" 하고 물으셔서 손을 들었습니다. 기쿠치란 분을 잘 모르지만, 대장이 말씀하시길, 나무 다듬기부터 시작해 세 달 만에 상량까지 해낸다고 그러셨어요. 정말 대단하다는 생각을 했죠.

작년 송년회 때 일이요? 별로 기억하고 싶지는 않지만……

니시오카 대목장께서 직접 쓰신 시키시色紙*를 받았을 때 펑펑 울었습니다. 그러게요, 왜 울었을까요? 별생각 없이 그랬던 건 아니고, 아무래도 감동했으니까요. 기뻤어요. 저희한테는 신 같은 분이잖아요.

전에 마쓰나가 군 입사식 때, 니시오카 대목장이 못 오셨습니다. 그래서 대장이, 대목장께 전화를 걸 테니 너희들 중에 누가 받으라고 하셨죠. 다른 두 사람이 긴장해서 손사래를 치는 바람에 제가 "네!" 하고 전화를 건네받았습니다. 대장이 뭔가 묻고 싶은 게 있으면 물어보라고 하시더군요. 그래서 "우주는 얼마나 넓습니까?" 하고 물었습니다. 그랬더니 니시오카 대목장은 "그런 건 생각할 필요가 없다. 너는 그런 건 생각하지 않아도 좋으니 기술을 익히는 것만 생각해라." 하셨어요.

■ 시키시色紙 : 일본 전통 그림이나 시를 적는 두껍고 작은 종이.

하지만 그러시고는 "우주의 넓이란 대자연 그 자체이며, 그 대자연 속에 너희들이 있는 것이다."라며 오래도록 설명해 주셨습니다. 저는 진지하게 물었던 건데, 뭔가 나쁜 짓을 한 것처럼 상당히 죄송스러웠습니다만 한편으로는 정말 기뻤습니다.

대장한테 하고 싶은 말이요? 글쎄요. 대장이 현장에 와 주시면 좋겠죠. 화를 내는 사람이 없으면, 어떻게 해 나가야 할지 전혀 모를 때도 있으니까요. '이걸로 괜찮을까?' 싶을 때도 있지만, 오노 씨는 항상 별말이 없고, 기타무라 씨도 마찬가지고요. 하지만 불안할 때는 다들 모여 대화를 나누곤 합니다.

그래도 이카루가코샤는 정말 대단합니다. 신기해요. 우리만으로도 가능하니까요. 그래야만 하는 상황이 되면 어떻게든 다 해내고 맙니다. '이렇게 하면 되지 않을까?' 하고 해 버리는 거죠. 그래서 실패할 때도 있고 다시 고쳐야 할 때도 물론 많습니다. 하지만 실패는 성공의 어머니니까요. 실패하는 게 당연하다고 여기고 있어요. 실패하면 더 많은 것을 익힐 수 있다고나 할까요, 단번에 성공하고 넘어가 버리면 알 수 없는 것도 있잖아요. 여유를 가지고 열심히 해 나갈 생각입니다. 대장께도 그렇게 전해 주세요.

(하라다 마사루, 당시 스물세 살)

● 목수 보조, 후지타 다이藤田大

고베神戸 출신이고, 1972년 8월 27일생입니다. 입사한 지 삼 년 됐습니다.

인문계 고등학교에 다녔고, 성적은 딱 중간. 제 위로도 제 밑으로도 애들은 많았습니다. 바보들이 많이 오는 학교였거든요. 삼 년 내도록 검도부였고, 2단입니다. 특별히 제가 불량스럽다거나 그렇진 않았습니다. 다른 사람들은 그렇게 생각할지도 모르겠지만요. 우린 양아치가 아니었어요, 그냥 재미있는 걸 건전하게 좋아한 거지. 그래도 아버지 같은 사람들은 전혀 그렇게 생각 안 했겠죠 뭐. 아버지는 공무원, 어머니는 보건소 다니시고, 누나가 하나 있습니다.

처음부터 목수나 건축가가 되고 싶었습니다. 건축에 흥미가 있었죠. 궁궐 건축뿐만 아니라, 건축이라는 것 자체가 흥미로웠습니다. 그래서 대학에 가고 싶었는데, 건축과는 들어가기 어렵잖아요. 무엇보다 이과엘 가야 했는데, 아무 생각 없이 살았으니까 그냥 만만한 문과로 들어갔었고요. 그래도 미련이 남길래, 문과도 갈 수 있는 건축과가 있나 찾아봤습니다. 있더라고요. 하지만 역시나 머리가 못 따라 주는 바람에 그만두고 이제 어떡할까 생각하고 있었습니다. 그러고 있는데 아버지가 이거 읽어 보라며 《나무한테 배워라 木に学べ—法隆寺·藥師寺の美》라는 책을 주시더군요. 니시오카 대목장의 책이었습니다. 제대로 책을 읽은 건 그때가 처음이었을 겁니다. 그때까지 책 같은 건 읽어 본 적도 없었으니까요.

그 책을 읽고 재미있어서 목수가 되고 싶다는 생각을 했습니다. 그래서 니시오카 대목장께 목수 일을 하고 싶다고 편지를 보냈습니다. 그랬더니 지금은 목수 일 안 하신다면서, 대장을 소개시켜 주셨어요. 다시 대장한테 편지를 보내 여름 방학 때 견학하러 가겠다고 말씀드리고 갔는데, '이야, 정말 끝내준다.' 싶었습니다.

여름 방학이었거든요. 그래서 처음에는 며칠 있을 생각으로 갔는데, 한 번 집에 왔다가 다시 가서 이삼 일 있었습니다. 처음에는 아버지하고 누나랑 같이 갔습니다. 둘 다 잘은 모르지만 "진짜 대단하다!" 그런 말을 하고 그랬습니다. 공방에서 기타무라 씨가 홍량을 둥글게 깎고 있었는데, 그걸 보고 저도 '우와, 대단하다!'고 생각했습니다.

그래서 고등학교 졸업하자마자 입사했습니다. 그 무렵 나라에는 기타무라 씨하고 겐부 씨, 겐짱이 있었고, 가와모토 씨는 독립해서 나간 상태였습니다. 신입이 더 있었으니까 밥 당번은 일 주일씩 바꿔 가며 했고요. 자주 만든 건 카레하고 고기를 넣은 감자조림인데, 배워서 한 건 아니고, 먹어 본 적 있는 음식을 '이런 거겠지?'라고 마음대로 생각해서 만들었던 거죠 뭐.

처음에 아버지는 정말 제가 이 일을 할 수 있을지 걱정이셨습니다. 어릴 때부터 천식이 심해서 자주 입원하고 그랬거든요. 그때부터 약을 먹기 시작했고, 지금도 그렇죠. 아마도 그런 게 걱정이셨나 봅니다.

입사식 때 연장을 받았습니다. 그리고 바빠서 그랬는지는 잘 모르겠지만, 들어오자마자 바로 일을 시켜 주셨어요. 우리는 진짜 행운이었죠. 들어온 해 10월부터는 기후 현에 있는 현장으로 다카사키 씨를 도우러 갔습니다. 겐짱하고 둘이 갔죠. 한 달 있다가 마사루하고 텟짱도 왔고요.

겐짱은 특이해요. 처음에는 깜짝 놀랐죠. 제가 들어온 날이 3월 25일이었는데, 그날 야쿠시지 삼장원三藏院 낙성식이 열렸어요. 저도 거기에 참석할 수 있게 배려해 주셨습니다. 그날은 따로 식사 준비를 안 하고 다들 모여 어딘가로 밥을 먹으러 갔습니다. 겐짱이 혼자 아파트에 살고 있던 때라 그 집에서 하룻밤 신세를 졌어요. 다음 날 일어나 아침밥이라고 먹는데, 반찬이 하나도 없었습니다. 밥에 뜨거운 물 부은 게 전부였습니다. "나는 이것만 있으면 충분해." 그러면서 밥을 먹더군요. '저것만 먹는다니 대단하다. 이 사람 정말 물에 만 밥만 먹고 사는 거 아닌가?' 싶더군요. 하지만 원래 그런 사람이라고 생각하니 그 다음부터는 아무렇지도 않더라고요.

그 뒤로는 독립해서 나간 가와모토 씨 밑에서 일을 하며 배웠습니다. 들어가서 세 달 정도는 마름질을 했나 그랬습니다. 그리고 7월 중순부터 목재를 짜 맞춰 올리기 시작했고요. 그때까지는 뭘 하든 혼이 났습니다. 현장에 가도 뭐가 뭔지 전혀 모르니까 혼이 나도 왜 혼이 나는지도 몰랐고요.

가와모토 씨는 진심으로 화를 냈을 거예요. 아마도요. 점심시간에 둘이 밥을 먹으면서도 전혀 대화가 없었습니다. 이상한 소리 한다고 할까 봐 무서워서 말도 못 걸고, 계속 입 다물고 있었죠 뭐. 육체적으로 그리 힘들다는 생각은 없었지만, 가와모토 씨와 있다는 게 정신적으로 피곤해져서요. 차 안에서도 그랬습니다. 현장을 오가는 데 사십 분쯤 걸리는데, '자면 안 돼. 자면 안 돼.' 하면서도 어느새 잠들어 버리곤 했어요. 그러면 혼나는 거죠 뭐.

"너, 뭐가 그리 힘드냐? 네가 하는 일이 뭐가 힘들다고 졸고 있는 거야, 운전도 안 하는 녀석이? 졸지 말고 정신 차리고 있어!"

그런 소리를 들어도 어느 사이엔가 졸고 그랬지만요.

그만두고 싶었던 적이요? 있었죠. 일 년 차 때, 멋대로 집에 가 버린 적이 있습니다. 일하는 건 좋았어요. 하지만 뭔가 분위기라고나 할까, 인간관계가 좀……. 내가 좀 이상한가, 그런 생각도 했습니다. 그때는 자질구레하고 별것 아닌 문제들을 엄청 깊이 생각했어요. 이러다가는 안 되겠다 싶어 고향으로 가 버렸던 거죠.

아버지는 친구가 많았어요. 그 중에 정신과 의사도 있어서, 정말 내가 이상한 건 아닌가 걱정이 돼 가지고 그분 병원을 찾아갔습니다. 거기서 묘하게 칭찬받고 돌아왔습니다. 그랬더니 기분이 좋아져서 '아, 그렇구나. 뭐야, 난 아무렇지도 않잖아? 병에 걸린 게 아니었어.' 그렇게 생각하게 됐고요. 금세 마음이 편해졌습니다. 하지만 돌아갈 건지 그만둘 건지, 그것까지 결정할 수는 없었습니다.

이것도 하고 싶고 저것도 하고 싶고, 해 보고 싶은 게 많았거든요. 예전부터 가구 짜는 사람이 되고 싶기도 했고요. 그 무렵에도 그런 생각이 들어서 아무래도 그만둬야 하는 건가 싶기도 했습니다. 삼 주쯤 집에 있었습니다. 아버지는 아무 말씀 없으셨고요.

이카루가코샤에 전화를 걸었더니 "언제까지 생각만 한다고 해결되는 게 아니니 사흘 안에 결정을 해라." 하시더군요. 그래서 결국 이카루가코샤로 돌아갔습니다. 그 뒤에도 이런저런 것들을 고민하고, 생각하고 그랬지만, 작년에 처음으로 '목수로 해 나가 보자.'는 결심이 들었습니다. 거기까지 삼 년 걸렸어요.

아버지 앞에서 제 생각을 말하는 게 서툴렀고, 그래서 거의 그런 말을 해 본 적이 없었습니다. 아버지가 저를 어떻게 여기고 있을지 궁금했던 적도 있지만, 이제 와서 그런 걸 고민해 봤자 소용없는 일이니까요, 스스로 잘 해 나가면 된다고 생각하고 있습니다.

월급을 어디다 쓰냐고요? 예전에는 아무래도 연장에 돈을 많이 썼죠. 요즘은 연장도 얼추 모은 터라, 거의 안 쓰지만. 그래도 지금까지 쓴 연장 구입비만 해도 꽤 될 겁니다.

날붙이 갈기요? 제가 보기에는 뭐 그럭저럭……. 료이치가 실력이 좋죠. 보면 아니까요. 똑소리 납니다. 일이 끝난 뒤에도 모두들 늦게까지 연장을 갈고 있습니다. 저는 마음이 내키지 않으면 안 해요. 그렇다고 중요한 일을 하는 건 아니고요. 텔레비전을 보거나, 목욕하거나, 만화책을 읽습니다.

앞으로요? 서른이 될 때까지는 이카루가코샤에 있을 것 같습니다. 니노미야 긴지로를 받고 싶기도 하고요. 그 다음은 음……, 독립해서 나가게 되겠죠.

뭐, 대장 밑에 있으면서 이카루가코샤 일을 함께 해 나가는 것, 그건 또 그것대로 좋을 것 같아요. 독립해서 나간다고 해도 이카루가코샤와 연을 끊고 싶지는 않습니다. 이카루가코샤를 좋아하거든요. 스스로 해 나간다고 해도 계속, 이 사람들이랑 함께라면 좋겠어요. '다이 건축 사무소'라든가 '후지타 건축 사무소'처럼 제 이름을 걸고 해 보고 싶고요.

여자 친구요? 있어요. 서로 알게 된 건 작년이었지만, 사귀게 된 건 올 5월부터였습니다. 얼마 전에 부모님께 인사차 데리고 갔었어요. 뭐, 부모님은 그다지 마음에 들어 하지 않으셨습니다만, "네 일이니까 네가 알아서 해라." 하셨으니 그리 반대도 안 하실 겁니다.

지금 바로 결혼하는 건 어렵죠. 아무래도 돈도 없고요. 뭐, 없어도 상관은 없겠지만요. 결혼하고 어떻게 될지는 저희도 잘 모르겠습니다. 저는 어디든지 일이 있다면 가고 싶습니다. 굳이 결혼했다고 못 갈 이유도 없고요. 여자 친구는 제가 가면 어디든 따라가겠다고 합니다.

지금까지 제가 해 온 일들은 단순한 조수 노릇이었어요. 그러니 일이라 해 봤자, 마감용 합판을 붙인다거나 하는, 아무 생각 할 필요 없고, 빨리하기만 하면 되는 그런 일뿐이었습니다. 하라고 하면 그냥 하면 되는 일이요. 그러니까 가와모토 씨나 기타무라 씨처럼 도편수 노릇을 하는 사람이 무슨 일을 하고 있는지 전혀 이해를 못 하는 거죠. 제대로 된 목수가 되어 스스로 해야 할 시기가 온다면 어떻게 해야 할지 전혀 모르고 있는 거잖아요. 아무리 생각해도 모르겠고, 이거 큰일인데 싶은 겁니다. 그런 생각 하느라 쓸데없이 시간만 더 걸리고 말이죠.

아마 다들 저랑 비슷한 생각을 하고 있을 거예요. 그래도 욧짱 같은 친구는 대단해요. 마름질하는 사이사이 뭔가를 계속 그리고 있거든요. 모눈종이에 치수를 꼼꼼히 그리고 선을 긋고, 매일 밤 그리고 있으니까요. 그걸 보고 나도 해 볼까, 해 봐야 하는데, 생각은 하지만 좀처럼 쉽진 않습니다. 지금 생각하면, 예전의 저는 목수 일에 확신이 없었습니다. 그런 저랑 비교하자면 말도 안될 만큼 다들 의욕이 가득한 거죠. 저도 이제 최선을 다해 열심히 할 겁니다.

니시오카 대목장이요? 역시 대단하시죠. 그분 책을 읽고 이 일을 시작한 것이기도 했고요. 제가 이런 말을 하면 실례가 될 것 같지만, 정말 대단한 분입니다. 얼굴에서도 대가다운 인상이 풍겨 나오고요.

제가 아는 검도 선생님 중에도 대단하신 분이 있어요. 지금 여든이 넘으셨는데, 아직도 검도를 하고 계십니다. 평소에는 비칠비칠 꾸부정하게 걸으시지만, 죽도만 손에 쥐면 등줄기가 쫙 펴지시는 게, 정말 대단하시거든요. 그분도 특별히 서예 같은 걸 배우거나 하지는 않으셨지만, 혼자 글씨를 쓰시고는 했어요. 선생님이 쓰신 글씨는 깨끗하다고나 할까, 정말 좋은 글씨죠. 저한테 이런저런 이야기도 많이 해 주셨고요.

얼마 전 송년회 때, 니시오카 대목장이 직접 쓰신 시키시를 받았는데, 그 글씨 역시 대단한 것이었습니다. 그분이 계셨으니 우리가 있을 수 있는 거라고 생각합니다.

(후지타 다이, 당시 스물세 살)

● 목수 보조, 요시다 도모야吉田朋矢

1972년 7월 4일생, 홋카이도 니시가리초西狩町 출신입니다. 아버지는 회반죽 차를 모십니다. 친척 중에도 목수는 아무도 없고요.

머리가 나빴습니다. 성적표는 거의가 2였어요. 그래도 1을 받은 적은 없습니다. 잘했던 과목은 미술. 미술은 거의 5를 받았습니다. 고등학교는 끝에서 이삼 등 하는 학교였고요.

공부는 하나도 안 했습니다. 특별 활동은 유도부. 일단 검은 띠 받았고, 초단 땄습니다. 선수였어요. 아뇨, 그렇게 잘하지는 못했어요. 기술 좋다는 말은 자주 들었지만 힘이 전혀 없었거든요. 이카루가코샤에서 팔씨름 같은 걸 해도 늘 꼴찌에서 이삼 등 정도니까요.

고등학교 졸업하고 여기에 들어오기 전까지요? 그림을 좋아했어요. 그래서 처음에는 영화 간판 그리는 사람이 되려고 했죠. 삿포로札幌에 영화관이 몇 개 있는데, 영화관마다 간판이 걸려 있잖아요? 그런 그림을 그려 보고 싶어서 찾아갔습니다. 제자로 받아 달라고 부탁을 드렸어요. 그랬더니 "조금 더 생각해 보고 다시 와라." 그러시는 거예요. 그때가 10월쯤이었을 겁니다. 그래서 12월에 다시 찾아갔습니다. 거기에서 이것저것 그림 그리는 걸 보고 있자니, 분명 그림 그리는 건 좋아하지만 일로 하기에는 힘든 부분이 있겠다, 계속 이렇게 어두운 그림만 그려야 하나 싶었습니다. 아파트 지하에 있는 가게를 빌려 아저씨 혼자 그림을 그리고 계셨죠. 그래서 포기하고 다른 게 없을까 찾기 시작했습니다.

자연을 좋아했습니다. 그래서 자연 속에서 할 수 있는 일을 하고 싶다는 생각도 했습니다. 〈우디 라이프ウッディライフ〉라는 잡지를 예전에 읽었는데, 그 안에 마침 구인 광고가 있었거든요. 제가 기댈 건 그것밖에 없었어요. 뭐, 괜찮지 않겠나 싶어 군마群馬에 있던 '밧텐ばってん'이라는 회사에 들어가게 되었습니다. 통나무집을 짓는 데였어요. 전국에서 직원을 다 모으면 서른 명 정도 됐습니다. 군마에는 직원이 스무 명쯤 있었고요. 주문받은 통나무집을 만드는 회사였는데, 제가 처음 한 건 컨테이너 세 동을 이어 조립식 건물을 만드는 일이었습니다. 그걸 두 채 짓고 여기저기 현장으로 조수 노릇을 하러 다녔습니다. 간단한 일부터 복잡한 일까지 다양했지만, 제가 하던 건 간단한 일들이었어요. 거기에 일 년 있다가 멋대로 졸업하고 나왔습니다.

가장 큰 이유는 니시오카 대목장의 《나무한테 배워라》를 읽었기 때문이에요. 이렇게나 나무를 소중히 다루며 집을 짓는 사람들이 있구나 했지요. 그런 거라면 저도 해 보고 싶었거든요. 어차피 할 거라면 빨리하는 게 좋으니, 찾아가 보자는 결심을 했던 거죠.

《이카루가의 명장, 궁궐목수 삼 대》라는 책에 니시오카 대목장 주소가 나와 있어서 거기로 편지를 보냈습니다. 아무래도 더 이상 대목장께 직접 배우는 것은 어려운 형편이겠다 싶어, 제자를 소개시켜 주십사 했죠. 그랬더니 이삼 일 만에 바로 답장이 왔는데, 대장 주소가 적혀 있었습니다. 그래서 이번에는 대장한테 편지를 보냈습니다. 며칠쯤 지나, 일요일 오후에 전화가 걸려 왔습니다. 대장이었지요.

"지금 올 수 있나?"

그때가 벌써 오후 세 시였어요. 열차 시간을 알아보니 어떻게든 갈 수는 있을 것 같았죠. 선배 차를 얻어 타고 역까지 가서 대장이 있는 곳으로 출발했습니다.

대장에게 "이 일은 힘들다."며 "좀 더 생각해 봐라." 하는 이야기를 들었습니다. 하지만 저는 이미 통나무집 일을 그만두기로 마음먹은 터라, 돌아와서 밧텐 사장님께 그만둔다고 말씀드렸습니다. 사장님은 제 의견에 찬성해 주셨고요.

여기에 온 건 4월이었어요. 이 현장이 시작되기 직전이었지요. 지바 씨가 저보다 하루 일찍 입사했습니다. 밥 당번은 한 해쯤 했고요. 그해 새로 들어온 사람이 꽤 많아서 차례차례 일 주일씩 밥을 차렸어요. 그래서 그다지 힘들지는 않았습니다. 지바 씨, 세이키靑木, 료이치……. 도중에 그만두고 나간 사람이 있어 인원이 줄긴 했지만, 그래도 네다섯은 함께 일을 했습니다.

밥 짓는 건 밥솥에 달린 단추를 누르기만 하면 되니 간단했고, 반찬은 그럭저럭 잘하는 편이었습니다. 뭐든 만들어 냈다고나 할까, 다양한 음식을 만들곤 했죠. 전날부터 음식 준비를 하기도 했고요. 카레는 고형 카레를 넣으면 간단히 만들 수 있는 음식이지만, 주변에서 기대를 많이 해서요, 좀 더 궁리해서 만들곤 했습니다. 되도록 영양가 있는 걸 하려고 했어요.

평생 궁궐목수 일을 해 나갈지 어떨지, 그런 건 전혀 생각하지 않습니다. 그런 생각을 안 해요. 생각을 못 하겠다고나 할까요. 일생에 대한 것이잖아요? 머릿속으로 그려지는 게 없어요. 하지만 그저 막연하게는 생각합니다. 목수로 평생을 살아갈 수 있게 된다면, 몇 년 후에 홋카이도로 돌아가 살림집 짓는 일을 하고 싶다고 말이죠. 원래부터 그다지 절이나 신사 같은 걸 좋아하지 않았거든요. 보는 것도 별로 좋아하지 않고요.

한 번 사표를 내고 이카루가코샤를 그만둔 적이 있었습니다. 뭔가 저한테 맞는 다른 일이 있지 않을까 싶어서요. 아무튼 그대로 여기 있다가는 그게 뭔지 알 수가 없을 테니까, 방이라도 빌려서 혼자 살면서 전국을 돌아볼까 하는 생각에 그만뒀던 거죠. 짐은 그대로 두고 나갔습니다. 도쿄에 방을 빌릴 생각이었고요. 거기에 선배가 살고 있었거든요. 선배가 살던 아파트 월세가 싸길래 집주인한테 빌려 주실 수 없겠냐고 했더니, 역시 부동산을 통하지 않으면 안 된다고 하더라고요. 그래서 부동산에 가 봤는데, 일이 없는 사람한테 방을 소개할 수는 없다고 해서 그걸로 끝이었습니다. 그날 다시 이카루가코샤로 돌아왔으니까요. 돌아와서 "다시 일하게 해 주십시오." 하니 "뭐, 그렇다면 어쩔 수 없군." 이 한마디로 사표를 냈던 일에 대해서는 더 이상 말씀하지 않으셨습니다.

사표를 냈을 때요? 대장은 붙잡지 않았습니다. "흠⋯⋯." 이 한마디뿐이었어요. 아직 일 년 차, 밥 당번 할 때 일이었습니다. 돌아와서도 평소처럼 밥 당번을 했습니다.

지금이요? 지금은 일이 재미있습니다.

제가 하는 작업이요? 현장에서 일하는 게 처음입니다. 그러니 일단 다음에 어떤 작업을 하는지 모르겠고, 아니 모른다기보다는 어설프게 대충은 감이 오지만, 제대로는 모르는 거죠. 모형을 보면 나중에는 이렇게 되겠구나 어림짐작은 할 수 있으니까요. 일을 준비하거나 줄거리를 잡는 일 따위는 전혀 못 합니다.

쉬는 날이요? 요즘에는 오토바이 타고 돌아다니기도 하고, 공방에도 나가고, 책도 보고 그럽니다. 얼마 전에는 말 타러 갔었습니다. 여름에 휴가를 얻어 홋카이도를 한 바퀴 돌아볼 생각이고요.

애인은 없습니다. 사귀어 본 적은 있지만요.

독립할 생각이요? 있어요. 그러고 싶기는 하지만, 우선은 이카루가 코샤에 들어왔으니 궁궐목수 일을 즐길 수 있게 되길 바랍니다. 예전에 했던 통나무집 일도 나쁘진 않았다고 생각해요. 실력은 좀처럼 나아지지 않고 있지만, 지금은 여기가 좋고 일도 재미있으니 열심히 해볼 생각입니다.

(요시다 도모야, 당시 스물세 살)

● 견습, 마에다 세이키 前田世貴

1974년 2월 27일, 나라 현 다와라모토초田原本町에서 태어났습니다. 아버지는 목수는 아니고, 실내 장식 일을 하십니다. 인테리어 디자인, 그러니까 벽지, 커튼……, 뭐 그런 일이죠.

고등학교 건축과에 입학한 건 목수가 되고 싶어서였어요. 어릴 때부터 목수가 되고 싶었지만, 꼭 목수가 아니더라도 뭐든 장인이 되고 싶었습니다. 도예나 그런 쪽 장인이 되어도 좋을 것 같았고요. 니시오카 대목장이 나온 방송을 보고, '아, 이거 좋은데?' 하는 생각에 목수 쪽으로 마음을 굳혔던 거죠.

중학교 때, 윗학교에 가지 말고 목수가 되는 게 더 낫지 않을까 고민했어요. 부모님은 고등학교는 나와야 한다고 하셨지만, 저는 중학교 때부터 하는 게 더 낫다고 생각했죠. 하지만 결국은 부모님 말씀을 이기지 못하고 진학하게 되었습니다.

형제는 넷입니다. 전부 남자 형제예요. 그 중에 저는 셋째입니다. 제일 큰형은 대학을 나와 지금 회사에 다니고, 둘째 형은 전문 대학을 졸업하고 아버지 뒤를 이었습니다. 남동생은 아직 고등학생이에요. 대학에 가려고 열심히 공부하고 있죠. 중학교를 나와 곧바로 장인이 될 생각을 한 건 저뿐이었습니다.

그때는 중학교를 졸업하고 바로 취직하는 사람이 드물었습니다. 다들 일단은 고등학교에 가고 보는 시대였으니까요. 취직하는 사람은 거의 없었죠. 성적도 나빴고, 머리도 나쁜데, 고등학교에 가서 딴 사람들처럼 살아 본들 뾰족한 수가 있는 건 아니라고 생각했어요. 그렇다면 기술을 익히는 게 낫지 않나, 그런 생각을 했던 거죠. 나쁘다고 말은 했지만, 그렇다고 성적이 그렇게 엉망진창 나쁜 편은 아니었습니다.

건축과에서 도면 같은 걸 그리곤 했습니다. 목수가 됐을 때 도움이 될 것 같았거든요. 그런 생각으로 건축과에 간 건데, 지금 와서 보면 그다지 이 일이랑 관계가 없다 싶어요.

특별 활동은 산악부였습니다. 제가 생각하던 산악부랑은 달랐지만 아무튼 전국 대회에 나가, 현에서는 단체전 우승도 했습니다. 산을 오른다는 건 달리기하고 비슷해요. 일기도를 정리한다든지, 산에 대한 지식을 쌓기도 해야 하거든요. 하지만 우리 학교는 '머리가 나쁘니 체력으로 이기자.'는 주의였어요. 언제나 체력만은 일 등이었죠.

몸이 만들어진 건, 산악부가 아니라 이카루가코샤에 들어와서부터였습니다. 여기에 와서 이런 몸이 된 거죠. 처음에는 항상 대장한테 "콩나물 같다."는 얘길 들었습니다.

니시오카 대목장의 이름은 알고 있었지만, 이카루가코샤에 대해서는 몰랐습니다. 여러 사람 이야기를 듣다가 대장 이름을 알게 되었고, 〈전화번호부〉도 뒤져 봤어요. 하지만 전화하는 걸 싫어하기도 하고, 실제로 만나 뵙는 편이 말씀드리기 편하겠다 싶어 대장의 집을 찾아가기로 했습니다. 처음에는 호류지 주변을 뒤졌습니다. 호류지 주변에 공방이 있다는 이야기를 들어서 찾아봤던 거죠. 하지만 못 찾았습니다. 어쩔 수 없구나 싶어 호류지 앞에 있던 공중전화에서 전화를 걸었죠. 그랬더니 료이치가 전화를 받았어요. 지금은 안 계시지만 저녁에는 들어오신다길래 집으로 돌아가 저녁에 전화를 다시 걸었습니다. 그때도 안 계셨습니다. 그래서 며칠 있다가 "공방을 살펴보고 싶습니다." 하고 찾아갔습니다.

공방에는 기타무라 씨, 하라다 씨, 겐짱, 그리고 지금은 그만두고 없지만 이키 씨도 계셨습니다. 작업장에 찾아간 건 졸업하기 전이었던 2월쯤이었고요.

걱정이요? 그다지 걱정은 안 했습니다.

처음에는 나라로 갔습니다. 숙사를 새로 지은 뒤였어요. 신입들이랑 함께 갔는데, 다른 동기들은 다 그만뒀고 지금 남은 건 저뿐입니다. 나라 형편은 그랬고, 이바라키 쪽에 지바 씨와 요시다 씨가 들어왔죠.

새로 들어온 사람이 많아서, 밥 당번은 순서를 정해 일 주일씩 하면 됐어요. 다들 비슷비슷하게 음식 솜씨가 없었죠. 대부분이 볶음이었습니다. 제일 자주 한 건 채소볶음이었죠. 종류라고 해 봤자, 들어가는 재료가 바뀐 것밖에 없었어요. 콩나물을 볶을 건지, 양배추를 볶을 건지, 뭐 그 정도. 요리책을 사 보기도 했지만, 그렇다고 뭔가 다른 걸 만들지는 못했습니다.

된장국을 좀 더 진하게 끓여라, 아니다, 지금도 너무 진하다, 뭐 이런 걸로 옥신각신했어요. 하라다 씨만 빼고요. 하라다 씨는 어떤 음식이든, 먹기 직전에 자기 입맛에 맞게 만들어 먹었거든요. 시치미七味▪나 후추 같은 걸 넣거나 해서요.

중간에 그만둬야지 하고 생각했던 적이요? 없어요. 이래저래 고민 상담 같은 건 했었지만요. 이렇게 계속 해 나가는 것만으로 제 몫을 하는 목수가 될 수 있을까, 대장한테 일대일로 배울 수는 없을까, 뭐 그런 고민이었습니다.

나라에 있던 이 주일 동안은 매일 날붙이 갈기만 했습니다. 겐짱한테 배웠어요. 처음 과정만 제대로 가르쳐 주었고, 나머지는 혼자 해야 했습니다. 숫돌의 어느 부분을 어떻게 사용하는지, 숫돌 끝에서 끝까지 써야 한다든지, 어디에 힘을 넣어야 되는지, 그런 걸 배웠죠.

겐짱이요? 뭔가 대단한 사람. 뭐랄까요, 구김살이 없고 순수하다고 해야 하나, 뭐라고 표현해야 할지…… 이런 점에서 말은 참 어렵네요.

처음에 대면 날붙이 가는 실력은 조금 는 것 같아요. 지금도 신입들이랑 밤마다 연장을 갈고 있습니다.

▪시치미七味: 고춧가루, 생강, 참깨 등 일곱 가지 재료가 들어간 양념.

장래요? 음…… 독립해서…… 스스로 일을 맡아 해 나가는…… 뭐, 그렇게 된다면 좋겠다 생각하고 있지만, 계속 대장 밑에 있는 것 말고, 다른 곳에서도 한 번 일해 보고 싶습니다. 가능하다면 집목수가 아닌, 궁궐목수 일을 해 나가고 싶고요. 대장이 처음에 말씀하시길, 십 년 후에는 제대로 된 목수가 될 거라고 하셨습니다. 저도 그렇게 생각하고 있고요.

작업 내용을 이해하게 되고 일이 재미있어진 건, 일 년쯤 지나고부터였습니다. 처음에는 뭐가 뭔지 하나도 몰랐어요.

연장이요? 아직 부족한 연장이 몇 개 있어요. 옷이라든지, 사고 싶은 것들도 꽤 많아요. 음반 같은 건 별로 안 사고요. 가지고 있는 건 있지만요. 하지만 사고 싶다고 살 만한 여유는 없어요.

일요일에는 어딘가 어슬렁어슬렁거립니다. 영화를 보러 가거나 하죠. 오노 씨하고 목수 연장을 보러 가기도 하고요.

다 잘하지만, 그 중에서도 날붙이 갈기가 뛰어난 사람은 물론 오노 씨, 그리고 하라다 씨도 잘하고, 료이치도 잘하고요. 다들 잘합니다.

정월에 고향에 다녀온 뒤로, 중·고등 학교 때 친구들을 만난 적은 없어요. 궁궐목수 일을 하고 있다고 하면 다들 신기해합니다. 월급이 얼마냐고 물어보고요. 쉬는 날도 별로 없다고 하면 "그런 데 그만둬 버려." 그런 말들을 하죠.

지금은 한 달에 십삼만 엔쯤 받습니다. 하루에 육천오백 엔 정도.

지금은 료이치랑 같은 방을 씁니다. 글쎄요, 쓸데없는 것들만 떠들고 그러죠 뭐. 가끔 일 이야기도 합니다. 오늘 뭐 했다, 그런 이야기요.

대장 아들이라는 거요? 처음에는 아무래도 좀 신경이 쓰였죠. 료이치도 그런 게 마음에 걸렸을까요? 아마 그랬지 않을까 싶은데……. 아니 어쩌면…… 료이치라면 그런 거 신경 안 쓸지도 모르겠네요.

경쟁심이요? 아마 속으로는 다들 꽤 치열하지 않을까요?

여자 친구요? 없습니다.

독립하게 된다면, 나라에서 일을 하고 싶습니다.

결혼이요? 아무래도 서른을 넘기기 전에는 하고 싶어요.

만약 제대로 된 목수가 된다면 제일 해 보고 싶은 것이요? 당탑을 한번 지어 보고 싶습니다.

서예는 어릴 적부터 했습니다. 중학교 때 5단, 고등학교 때 선생님이 바뀌면서 성인부에 들어가 연습했어요. 숙사에서 더러 연습하는데, 하라다 씨가 제일 열심이고요, 지바 씨도 가끔 연습하는 편이에요. 요즘 둘 다 서예 배우러 다니거든요. 언덕 너머에 바로 있는 서예 교실에 다니는 것 같아요. 하지만 누구한테 배우는 건 사실 한계가 있어요. 결국 본보기를 보지 않고는 쓸 수 없게 되어 버리고 마니까요. 그렇게 되면 곤란하거든요.

누가 직업이 뭐냐고 물어보면요? 처음부터 궁궐목수라고는 말 안 해요. 부끄러워서요. 처음에는 목수 일 한다고 말하죠. 그러다가 자세하게 물어 오면 "이런 일을 하는 목수입니다."라고 말합니다.

지금 하는 일이요? 자랑스럽게 여기고 있습니다.

(마에다 세이키, 당시 스물한 살)

● **견습, 오가와 료이치** 小川量市
1975년 3월 7일, 나라 출신. 오가와 미쓰오의 장남.

이번 7월로 딱 이 년, 여기 류가사키에 온 거 말야. 친구들은 올 3월에 고등학교를 졸업했으니, 다들 어딘가에서 일하고 있지 않을까? 내가 여기 있다 보니, 옛날 패거리들은 안 만나게 돼. 나라에 가면 만나겠지만.

중학교 때부터 문제라는 소리를 들었지만, 불량한 거 아닌데. 남들이 가는 길에서 좀 벗어나 있었던 것뿐이지. 싸움도 별로 안 했어. 나쁜 짓이라고는 시너 마신 거밖에 없고. 학교를 그만둔 건 특별한 이유는 없고, 그냥 재미가 없었으니까.

처음에는 중학교 끝나면 목수가 되겠다고 했었어. 그래서 니시오카 대목장을 뵈러 갔었는데, 결국 고등학교에 들어갔지. 그때는 다른 데 갈 데도 없었고, 가기 싫은 고등학교에 가느니 목수나 될까 싶었는데 막상 때가 되니 좀 더 놀고 싶더라고.

어릴 때부터 목수가 되겠다고 생각했었어. 중학교 때는 오노 형 있는 데라면 어디든 가고 싶었지. 남은 건, 언제 그 길에 들어설 것인가 하는 문제였고.

비뚤어졌달까, 그런 식으로 놀기 시작한 건 중학교 삼 학년 때, 어쩌면 중 삼 얼마 전쯤부터. 부모님이 학교에 자주 불려 오셨어. 부모님 불러 오라고 그러면 중학교 때는 엄마가 왔지. 왠지는 모르겠지만 가끔은 아버지도 왔고.

시너? 시너는 어쩌다 보니 시작했어. 응. 기분이 좋으니까 뭐.

후유증? 후유증은 시너를 다 마신 다음에 와. 힘들어. 쏟아서 가슴에 화상도 크게 입었고. 흉터는 다 없어졌지만.

엄마는 "아무리 그래도 고등학교만은 졸업해라." 그랬어. 학교를 그만둔 건 뭐랄까, 질렸다고나 할까, 시너 냄새를 맡고 있어도 항상 같은 것만 반복되곤 했으니까. 그러다가 어느 날 공원에서 혼자 멍하게 생각했어. 벤치에 멍하게 앉아, '뭔가 질렸어.' 그런 생각을 하고 있을 때, 때마침이라고나 할까, 아버지가 "류가사키에 갈 테냐?" 뭐 그런 말을 했지. 그래서 가게 된 건가 어쨌나 잘 모르겠지만……, 음…… 잊어버렸네. 아버지가 뭐라고 했지? 하여튼 이제 슬슬 목수가 되는 것도 좋지 않겠나, 그런 생각에 여기에 오게 된 거야.

이불하고 내 물건, 셔츠 같은 것들 적당히 가방에 쑤셔 넣고 왔지. 아, 피어싱? 뺐어. 언제 뺐지? 아마 한 반 년 전쯤? 머리 물들이는 것도 그만뒀고.

착한 아이가 돼서 재미없어졌다고 대장이 그랬다고? 착해져야겠다거나 그런 생각은 없지만 뭐. 지금도 고향에 돌아가면 옛날 패거리들하고 만나. 변한 게 없어.

팔뚝이 굵어졌어. 여기 들어와 일 년 내도록 자재 정리를 했거든. '일 년 내도록'은 좀 오버겠지만, 암튼 목재 깎기라든가 자재 정리 같은 것만 내도록 했으니 근육이 붙은 거지. 내 눈에도 근육이 붙는 게 보였으니까. 그리고 밤에는 날붙이 갈고.

여기에서 하는 일, 웅, 싫지는 않아. 그래도 착실한 사람처럼 보이는 건 싫다고나 할까. 대장 아들이라는 거? 다른 사람들이나 같다고 생각하지만, 아무래도 약간은 기대고 있는 부분이 있을지도 모르겠고……. 나는 아니라고 생각하지만, 잘은 모르겠어.

앞날이나, 아버지에 대한 건 살짝 부담이 된달까, 그런 느낌도 있어. 다른 사람들처럼 그만두고 싶으면 그만둬도 되겠지만, 그만두지는 못

할 거야. 그렇다고 죽을힘을 다해 한다는 건 아니고. 죽을힘을 다해 한다……는 정도는 아닐 거야.

날붙이 갈기? 수평으로는 갈고 있다고 생각해. 어쨌든, 스스로 됐다 싶을 때까지 하니까. 실력이 좋은지 어떤지는 모르겠지만.

노력? 그다지 노력은 안 해. 수평으로 갈 수 있게 된 건 날붙이를 갈기 시작한 지 한 해 남짓 지났을 때부터였지 싶은데. 제대로 한다고는 생각하지 않지만.

들어오자마자 밥 당번을 했어. 다른 사람들하고 똑같아. 채소볶음이나 카레 같은 것. 일 년쯤 했나 그래.

방도 마찬가지. 지금은 마에다 세이키하고 같은 방을 쓰고 있어. 남들은 혼자서 방을 쓰지만, 그렇다고 오노 씨가 방을 정해 준 건 아니야. 특별히 혼자든 둘이든 상관없고, 지금 쓰는 방의 절반 정도만 있으면 충분하니까.

방에서 뭐하냐고? 일 얘기도 하고. 구체적으로 무슨 이야기를 하는지는 모르겠네, 그다지 수다스러운 건 아니라서.

어릴 때부터 이런저런 사람들이 입주 제자로 들어왔으니, 다들 모여서 밥해 먹고 산다는 건 알고 있었지. 기타무라 씨 같은 사람은 내가 태어났을 때부터 우리 집에 있었고, 오노 씨도 내가 어릴 때부터 잘 놀아 주던 사람이니까. 그런 사람들과 함께 일한다는 게 묘해.

정식 입사식은 없었어. 짐 들고 들어온 것으로 끝. 다들 아는 사람들이니까. 이제 일을 배우러 왔다는 게 좀 달랐지만.

식구들? 쉬는 날 집에 돌아가도 엄마하고는 아무 얘기도 안 해. 내 얼굴만 보면 계속 수다를 떨려고 하니까.

저번에 무릎 수술했을 때? 안 왔어. 전화는 했지만. 하반신 마취를 해야 하니까, 그건 이러저러한 약이고 이렇게 저렇게 해라 하는 그런 전화가 왔었어.

나를 다른 도편수한테 보내겠다든가, 뭐 그런 이야기를 뜨문뜨문 듣고 있어. 아버지한테는 딱 한 번 들었나⋯⋯, 정확하게는 모르겠고. 아무튼 아버지 밑에서 일을 배우고 있고, 기타무라 씨, 오노 씨처럼 어릴 때부터 알던 사람들하고만 있으니까. 아버지가 대장이니까 어쩌고저쩌고⋯⋯, 뭐 그런 건 상관없지만, 한 번쯤 나가 보고 싶은 마음은 있어. 모르는 사람 밑에서 커 보고 싶은 거지.

대장이 돼 보겠다는 생각, 지금은 안 해. 아예 없는 건 아니지만, 아마 어딘가에 그런 생각이 있기는 하겠지만, 그리 강하진 않아. 다들 고향을 떠나 여기에 온 거잖아? 배우기 위해 온 그 심정이랑 내 마음가짐은 전혀 다를 거야. 그러니 아무래도 어딘가 느슨한 부분도 있을 테고, 뭔가 다른 사람들 같은 마음가짐이랄까, 일을 대하는 태도 같은 게 아직 나한테는 없다고 봐. 그러니 한 번쯤 다른 곳에 가서, 다들 품고 있는 그 심정을 나도 느껴 보고 싶다, 그런 생각은 있어.

다른 곳에 간다는 것, 두근거리기도 하지만 불안감도 있지. 이시모토 씨를 알고는 있지만, 이번에는 일을 배우러 가는 거니까.

이어받을 거냐고? 이카루가코샤를 이을 건지 말 건지, 그런 앞날 일이야 모르지. 시작한 지도 얼마 안 됐고, 심각한 건 생각 안 하니까. 제일 밑에 있는 견습, 그게 나야. 아직 견습 중이니까.

(오가와 료이치, 당시 스무 살)

● 견습, 시바타 아키라柴田玲

1970년 2월 17일 오사카 출신. 집은 오사카에 있고 아버지는 목수입니다. 교토 산업 대학 경영학과를 졸업했습니다.

대학 나온 녀석이 왜 이런 곳에 왔냐고 이상해들 하지만, 글쎄요. 저는 여기저기 휩쓸리는 편이에요. 중학교를 졸업하고 고등학교에 들어갈 때도 공업 학교나 미술 학교 같은, 그런 쪽을 좋아해서 가고 싶었는데, 선생님이 그러시더군요.

"기술과 말고 보통과에 들어가. 그래서 대학에 가는 거다. 오사카 대학 공학부에 들어가는 거야."

거기 들어가려면 얼마나 공부를 해야 하는지도 몰랐고, 아무튼 기술과에 들어갔다가는 대학에 못 갈 것 같았거든요. 그래서 일단 뭐, 보통과에 가자, 그랬습니다. 지금 생각해 보면 떠밀려 갔던 거죠. 고등학교 때도 그랬습니다. 대학에 가자고 결심은 했지만, 너무 많이 놀았거든요. 수학 같은 게 완전히 엉망이라 공학부는 포기하고 문과 계열로 지원했으니까요.

아버지는 중졸이라, 제가 대학에 가길 원하셨습니다. '나는 못 배웠지만 어떻게든 너만은!' 그런 분위기였던 거죠.

그랬는데, 대학 졸업이 가까워지면서 목수가 되고 싶다는 생각을 했습니다. 《나무한테 배워라》라는 책을 도서관에서 보고 엄청 놀랐거든요. 니시오카 대목장 댁에 간 건, 10월인가 11월쯤이었습니다. 편찮으셔서 만나 뵙지는 못했지만, 오가와 씨 주소를 일러 주셔서 만나러 갔습니다. 의욕이 가득했습니다. 부모님과 상담 얘기가 오가고 3월에 다시 한 번 만나면서 일이 돼 갔던 거죠. 결국 졸업한 그해 7월 8일이 되어서야 이카루가코샤에 들어올 수 있었습니다.

아버지한테 어떻게 이야기해야 할지 궁리했습니다. 뭔가 소통을 하려면, 지금 제가 무슨 생각을 하고 있는지를 말씀드리는 게 좋겠다고 말문을 열었죠. 저는 이런이런 식으로 생각하고 있다, 말씀드렸습니다만 전혀 통하지는 않았습니다.

3월에 대장을 찾아뵙긴 했지만 여전히 고민 중이었습니다. 아니 그보다는 결국 그렇게 일을 저지르는 게 겁이 났습니다. 결론을 내는 걸 조금씩 미루고 있었죠. 대학 시절에는 자주 우울했고, 친구도 별로 없었습니다.

학교 다니면서 계속 스파게티 가게에서 일을 했어요. 친구들은 다 거기서 알게 된 사람들입니다. 교토에서 아파트를 빌려 혼자 살았습니다. 비싼 월세를 내느라 허리가 휠 지경이라, 임시직 월급으로는 밥값을 내고 나면 빠듯했습니다. 대학을 나와 취직이 안 되더라도, 스파게티 가게에서 일하면 된다 싶었으니까 꾸물대고 있었던 거죠.

원대한 꿈을 품고, '반드시 되겠다.'는 생각으로 무언가를 선택한 적이 없었습니다. 처음으로 그렇게 선택한 것이 이카루가코샤였던 겁니다. 이래저래 고민하면서 5월이 되었습니다. 5월 초쯤 대장한테서 전화가 왔는데, 어떻게 지내고 있냐고 하시더군요. 이러지도 저러지도 못해 머뭇거리고 있는데, 저를 걱정해 일부러 전화를 주신 거죠. '설마?' 싶었습니다. 나 같은 인간을 거둬 줄 사람은 세상에 없다고 생각했거든요. 감격했죠. 그때 대장은 이런 말씀을 하셨습니다.

"고민만 하다가 이대로 그만둬 버리고, 나중에 평생 후회하는 것도 그렇잖아. 해 보는 게 어때?"

이카루가코샤에 들어오는 게 어떻겠냐는 식으로 이야기가 흘렀습니다. 무얼 할 수 있고, 무얼 할 수 없느냐는 부분에서 고민하고, 아직 그 부분에 집착해 결심을 못 하던 때였습니다. 하지만 아무튼 어느 쪽으로든 마음을 정하고 움직여야겠다는 기분이 점차 무르익던 때였고, 기회도 좋아서, 이카루가코샤에 들어가야겠다고 마음먹었죠.

입사를 결심하고 나니 당분간은 체력을 키워야겠다 싶어서 5월부터 7월까지 두 달 동안 목수 일을 하는 아버지를 도왔습니다. 그때까지 아버지께는 이카루가코샤에 가겠다는 이야기를 못 드렸습니다. 이카루가코샤에서 일하려면 일단 체력이 가장 필요할 테니, 당분간은 체력을 기르자는 생각뿐이었고요. 그런데 아버지가 "너 이제 슬슬 연장을 사는 게 좋겠다."는 말씀을 하시는 게 아니겠습니까? 아버지는 일반 건축 일을 하셨습니다. 그러니 가업을 잇는다거나 하는 그런 일은 아니었지만, 앞으로 저랑 같이 일을 해 나가고 싶으셨던 거죠. 연장……. 아, 이건 안 된다 싶어 고민하다가 "저, 오가와 씨가 계신 곳으로 가겠습니다."라고 말씀드렸습니다. 그 말이 아버지의 심기를 거슬렀죠. 하지만 어쩔 수 없었습니다.

처음 들어간 곳은 나라의 이카루가코샤입니다. 7월 8일에 들어갔고, 그 전 이 주일 동안은 "이바라키 현장이 어떤 곳인지 보고 와라." 하는 대장의 말씀을 듣고 류가사키에 머물렀습니다. 백중 휴가 때 나라로 와서 이듬해 3월까지 쭉 나라에 있었고요.

그때까지 계속 밥 당번이었습니다. 스파게티 가게에서 일을 했지만 음식을 만들거나 하지는 않았습니다. 음식을 하는 건 싫어하지 않지만 설거지 같은 건 싫었습니다.

하라다 군, 세이키 군, 저 이렇게 셋이 고렌지光連寺 현장에 있었는데, 나중에 나카자와 씨가 오셨습니다. 일은 겐짱이랑 마사루 군한테 배웠습니다. 하지만 날붙이 갈기 같은 것만 봐도, 구체적으로 이렇게 하면 된다는 식으로 배우지는 못했습니다. 저녁 날붙이 가는 시간에 몇 가지 일러 주는 정도였으니까요. 그것도 "이렇게 하면 된다." 하고 딱 잘라 말해 주는 법이 없었습니다. 항상 "이렇게 하면 된다고 생각해." 그런 식이었지요. 그 행간을 못 읽어서 답답해하고는 했습니다.

육체적으로도 좀 힘들었습니다. 체력이 시원찮아서, 일이 끝나자마자 곯아떨어지곤 했습니다. 안 그러면 따라가지 못할 정도로 힘들었던 거죠. 대장께 힘들다는 이야기를 듣기도 했고, 스스로도 그리리라고는 생각했지만, 설마 기둥 하나가 이렇게나 무거울 줄은 생각지도 못했던 거죠. 지금도 힘들 땐 힘듭니다. 아직 몸도 다 만들어지지 않았고요. 체중도 들어오기 전하고 똑같으니까요.

궁궐목수로서요? 아직 잘 모르겠습니다. 다른 사람들도 고민하고 있겠지요. 하지만 그 사람들은 궁궐목수의 길을 선택한 이후의 고민일 테고, 저는 아직⋯⋯.

그래도 이카루가코샤는 저를 내치지 않을 겁니다. 그런 면에서 이카루가코샤는 엄격하지 않습니다. 나쁘게 말하자면, 뜨뜻미지근한 목욕물 같죠. 얼마든지 응석을 피울 수야 있지만, 강한 자기 의지가 없다면 여기서 계속 해 나갈 수 없습니다. 그런 의미에서는 반대로 엄청나게 냉엄한 것이죠. 의지가 약하다는 것, 이게 지금 제가 넘어야 할 난관입니다.

요즘 유행하는 마음 다스리기는 아니지만, 개인적으로는 꿈을 잡을 수 있을 거라고 생각합니다. 여기 들어온 뒤로, 제가 생각했던 것보다 훨씬 더 대단한 일을 하고 있으니까요.

꿈이요? 아무튼 생활이 안정되고, 서로를 이해하는 부부가 되어 줄 반려자가 있고, 뭐 그런 겁니다. 그때 어떤 일을 하고 있을지, 딱히 떠오르지는 않네요. 직업으로서 꿈에 대한 얘기라면 아직 중립입니다.

(시바타 아키라, 당시 스물다섯 살)

● 견습, 마쓰나가 히사야松永尚也

1972년, 9월 10일생, 군마 현 다카사키高崎 출신입니다. 여기 도치기에서는 제가 제일 막내고요.

들어올 때, 몸무게가 사십팔 킬로그램이었어요. 요즘은 많이 나갈 때가 육십 킬로그램 정도, 대체로 오십오 킬로그램 정도로 몸무게가 안정되었습니다. 거의 십 킬로그램 넘게 몸무게가 늘었어요. 밥을 잘 먹으니까요. 팔뚝도 이렇게 두꺼워졌고요.

1992년 11월 29일에 입사했습니다. 그해 8월 29일에 아버지가 돌아가셨는데, 그 전까지는 백수로 놀고 있었습니다. 하지만 집안에 큰일이 생긴 뒤로는 한동안 집에서 이런저런 일들을 처리했어요. 아버지는 목수였고, 혼자 회사를 꾸려 오신 터라 아버지가 전부 쥐고 계시던 것들을 여러 사람 몫으로 가르고, 정리했습니다. 그러는 동안 저도 일을 해야 할 형편이 되었고, 목수가 될 생각이라면 이카루가코샤에서 배우는 것이 좋을 거다, 하고 소개를 받아 들어오게 되었습니다.

대학에 간다면 공업 쪽으로 가서 전기나 전자 같은 걸 할 생각이었습니다. 왠지는 모르겠지만, 예전에 아버지한테 "너는 목수 체질이 아니다.”라는 말을 자주 들었거든요. 누나가 있는데, 누나가 남자였다면 목수를 시켰을 거라고 하셨죠. 아버지한테 저는 ‘버리는 카드’였던 셈이에요.

네. 맞습니다. 다들 저더러 꼼꼼하다고들 합니다. 그런데 마음이 나서 하는 일이라면 괜찮지만, 한 번 아니라고 생각하면 돌아보지 않죠. 혈액형이 에이비형이라 그런지, 기분에 따라 다릅니다. 두 사람이 있는 것 같은 그런 느낌이죠. 예를 들어, 멋진 걸 만들어 보자 싶어 연장을 나란히 펼쳐 두고 시작할 때는 일이 술술 풀리고 결과물도 좋아요. 하지만 “자, 서둘러.”, “그거 가져와.”, “이거 들고 와.” 호령을 들으며 허둥지둥거릴 때는 역시나 안 되죠. 결과물도 안 좋고요.

아버지요? 과로 때문이었습니다. 사장으로서 주식회사를 혼자 짊어지고 있었다고 할까, 함께 일하던 장인 몇 사람의 생계를 책임져야만 하는 상황이었습니다.

“우선 직업을 찾는 게 좋겠다.”고 조언해 주신 건, 할머니였습니다. 우리 할머니는 정치를 좋아하셨는데, 아는 사람 중에 중의원 의원이 있었어요. 그분이 여기를 소개시켜 주셨습니다. 소개받고 연락했더니 직접 와서 보라고 하셨어요. 면접은 이바라키에서 봤습니다. 그리고 지금 이바라키에는 일이 없으니 좀 더 보고 싶다면 류가사키를 소개해 주신다고 하셨죠. 그런데 저는 이바라키에 있고 싶었습니다. 공방에 오중탑이 장식되어 있었는데, 그걸 보고 ‘아, 역시 대단하구나.’ 생각했거든요. 그 탑을 보고서, 만약 기술을 익히게 된다면 여기서 내 실력으로 그런 걸 만들어 보고 싶었습니다. 우리 집에서도 일하는 걸 많이 봤지만, 그 정도는 아니었거든요. 끌이나 대패 자국이 전혀 남아 있지 않았습니다. 훌륭했지요. 이런 걸 만들 수 있는 거라면, 이카루가코샤에 들어가자고 마음먹었습니다.

하지만 처음에는 나 같은 사람이 들어갈 수 있을 거라고는 생각지도 못했습니다. 나이 때문에요. 우리 집에서도 그랬거든요. 아무래도 중졸, 늦어도 고졸 정도가 좋고, 더 나이를 먹으면 몸이 굳어져서 달가워하지 않았으니까요. 그때 저는 스물하나라 아무래도 들어가기는 힘들겠다 싶었지만 일단 고향으로 돌아가, 대장께 전화로 "입사시켜 주십시오." 하고 부탁드렸습니다. 그랬더니 대장은 언제든지 오라고 하셨습니다. 그래서 다음 일요일에 바로 갔습니다. 나라로요.

그 전까지는 대장을 몰랐습니다. 니시오카 대목장은 초등학교 도덕책에 나오는 분이라 알고 있었고요. 설마 그런 분의 손자 제자가 되리라고는 생각도 못 했죠. 아버지가 니시오카 대목장을 좋아하셔서, 그분이 탑을 재건하고 있다는 건 잘 알고 있었습니다. 하지만 아무래도 구름 위에 계신 존재 같은 분이셨죠.

들고 간 물건이요? 이불하고 옷 같은 신변 잡화 조금하고, 아버지께 직접 받은 것은 아니지만, 연장 몇 개 쌌습니다. 우리 집에 있던 아버지의 수제자가 가져가라고 해서, 아버지가 쓰시던 구기시메釘しめ* 같은 걸 가져왔거든요.

그 즈음 나라 현장이 바빠 사람이 많았습니다. 가쿠마 씨, 하라다 씨, 후지타 씨, 이키 씨, 모노에 씨도 있었고, 숙사에는 사코佐古 씨가 있었나 그랬을 겁니다. 나라 현장에는 이듬해 5월까지 있으면서, 계속 밥 당번을 했고요. 처음에는 채소볶음하고 마파두부밖에 만들 줄 아

---

* 구기시메釘しめ : 나무 틈이나 홈처럼, 좁은 곳에 못을 박을 때 쓰는 연장.

는 게 없어서 선배들한테 혼나고 그랬어요. "다들 힘들게 일하고 돌아오는데, 맛있는 걸 먹고 싶다고. 너도 그렇잖아? 조금 더 연구해서 만들어 봐." 하는 이야기를 듣곤 했지요. 하지만 그렇게 말해 주는 사람이 있다는 게 고마웠습니다.

현장에서 돌아오자마자 식사 준비를 했습니다. 되도록 빨리 정신없이 차려야 해서 힘들었어요. 도와줄 때는 도와주지만, 다들 청소를 한다거나 달리 해야 할 일들이 있었으니까요.

해 나갈 수 있을지, 걱정한 적이요? 한 번 있었습니다. 정초였을 거예요. 한밤중에 속이 안 좋아서 뒤척이다가 토한 적이 있었어요. 어쩌면 체력이 한계에 부딪쳤는지도 모르겠다는 생각을 했죠.

새벽 네 시 반에 일어나 도시락을 싸고, 일터에서 돌아오면 저녁 일곱 시쯤 됩니다. 저녁을 차리고 설거지를 하고, 밤 열두 시쯤 되면 내일 아침 준비를 합니다. 그리고 날붙이 갈기를 할 건지, 씻을 건지 둘 중에 하나만 골라서 마친 뒤에 잡니다. 한 시쯤에 잠이 들죠. 그리고는 다시 네 시 반에 일어나는 거니까요.

그렇지만 그만두자는 생각은 한 적 없습니다. 그만둬 봤자 갈 데도 없으니까요. 식구들 모두 "열심히 하고 와." 하고 말해 줬지만, 이카루가코샤가 너무 힘들어서 그만뒀다고 하면 그러냐, 하고 말 그런 가족이 아니거든요. 힘들어서 그만뒀다고 돌아가 봤자, 집에 들어오라고도 안 하실 겁니다.

여기 입사했을 때, 대장이 말씀하셨어요. "제대로 된 목수가 되려면 빨라도 십 년, 배우는 게 빠른 녀석이라야 십 년."이라고요. 그러니 앞일은 모르겠습니다. 다른 사람들에 대면 배우는 게 느리니까요. 일단

한 채 지어 보고 난 뒤에 생각하려고 합니다.

날붙이 갈기요? 여러 선배들한테 배우고 있습니다. "이렇게 하면 되지 않을까?" 이런 식으로, 조금씩, 여러 분들이 가르쳐 주십니다.

입사 초창기, 대장은 이런 말씀을 하셨습니다.

"현장에 있을 때, 자신이 다음에 무슨 일을 해야 할지 알 수 있어야 한다. 네가 도편수가 될 생각이라면 다른 사람들이 지금 탑의 어떤 부분을 만들고 있는지 알 수 있어야 하고."

요즘 들어 조금은 알게 되었으니 그만큼은 자랐구나 하는 생각도 들고요.

현장 일이요? 우리야 가쿠마 씨나 오노 씨가 대단한 사람이라고 알고 있지만, 건축주들이야, 대장이 일을 맡겨 놓고는 현장을 거의 비우는 게 불안할 거라고 생각합니다. 제가 건축주였다면 꽤나 걱정스러웠을 겁니다. 매일 전화하지 않았을까요? "괜찮을까요? 일은 어느 정도 진척되었습니까?" 하고 말이죠.

하지만 늦어지는 일도 없고, 일을 허투로 하는 것도 아니고, 제대로 된 건물을 지어 냅니다. 이카루가코샤가 만든 건축물을 둘러보았죠. 나라의 게덴지慶田寺, 세코지誓興寺, 고토쿠지光德寺의 산문을 보고 왔는데, 그 모든 게 다 훌륭하게 지어져 있었으니까요.

오노 씨한테 들은 말이지만, 여기 들보와 도리가 엄청나게 많이 쌓여 있잖아요? 그런데 만약 하나에 오 리▪씩 틀리면 마지막에는 오 푼▪이 틀어져서, 나중에 고치는 게 더 손이 많이 가니까 지금 할 때 제대

▪오 리 : 약 1.5밀리미터.
▪오 푼 : 약 1.5센티미터.

로 해야 한다고 했어요. 안 보이는 데 들어갈 목재라고 대충 해서는 안 되는 거지요. 보통 살림집이라면 들보를 걸어도 삼 단, 사 단 정도니까, 오 리씩 틀려도 일 푼이나 이 푼 정도잖아요? 류가사키의 쇼신지처럼 수많은 들보가 얹힌 건물이라면, 오 리만 틀려도 오 푼이나 어긋나버리니 큰일인 거죠. 제대로 정신 차리고 해야겠다고 생각합니다.

말할 때요? 네. 맞아요. 전부 일 푼, 일 척 이런 단위로 말하게 됩니다. 언제부터였는지는 모르겠지만요. 전에는 아버지와 함께 일하는 장인들이 하는 소리를 들어도 그게 얼마나 되는 길이인지 감이 오지 않았어요. 그래서 이걸 외울 수나 있을까 싶었죠. 이런 단위가 술술 입 밖으로 나오게 된 건 최근입니다. 일 푼, 이 푼 하는 것들이 더 익숙해졌고, 센티미터를 잊어버리게 되었어요. 일 년 반쯤 지나고부터였나……, 정말로 그런 걸 실감하게 된 건 최근입니다. 얼마 전 사진틀을 짜려고 치수를 재는데, 가까이에 보통 자밖에 없었어요. 쓰려고 보니 자에 센티미터밖에 안 나와 있지 뭡니까. 그때 실감했어요. 아, 이제 나는 센티미터를 잊어버렸구나 하는 걸. 좀 불안하기도 했고요.

미숙하고 아무것도 모르는 우리들이지만, 할 때는 스스로 됐다 싶을 때까지 마음껏 하게 해 주십니다. 사회에서는 보통, 기업이나 사람이나, 이익을 좇아 달려 나가잖아요? 대장은 무엇을 좇아 달려가고 있는지, 문득 생각할 때가 있어요. 아무리 생각해도 대장이 얻는 이득은 없어요. 우리야 돈을 받으며 기술을 배우고 있지만요.

밤에 제 손으로 연장을 갈아 놓고, 다음 날 쓸 수 있게 하려고 합니다. 하지만 가쿠마 씨나 아이바 씨가 보기에는 제대로 안 갈려서 쓸 수 없는 지경일 때도 있거든요. 그러니 선배들한테 지청구를 들으면 일단 연장부터 갑니다. 이 시간은 사실 일하는 게 아니죠. 그런 게 보통은 허용되는 분위기가 아니지만, 여기서는 일단 해 버립니다. 일하던 중간에도 말이죠. 연장이 덜 갈려, 이래서는 못쓴다고 타박을 들으면 아침에 다시 가는 거죠. 아마 다른 데서는 그럴 수가 없을 겁니다.

연장은 얼추 다 모았어요. 아직 빌려 쓰는 것도 있지만요. 월급은 매달 십만 엔씩 제 손에 착실히 들어옵니다. 밥값을 빼면 팔만 엔 정도. 처음에 들어올 때는 월급을 받게 되리라고는 생각도 못 했습니다.

취미는 낚시입니다. 류가사키에서는 아침저녁으로 낚시하러 다녔어요. 일 시작하기 전에도 가고, 일을 마친 뒤에도 갔죠. 체력이 붙기도 했고, 류가사키 현장은 근무 시간이 정확했거든요. 여덟 시에 시작해서 정확하게 여섯 시면 일이 끝났습니다. 열두 시나 되어야 잠자리에 들었으니까 시간도 있었죠. 그래서 자주 다녔습니다. 지금도 틈이 나면 연장 손질해 두고 낚시하러 갑니다.

결혼이요? 고향에서 목수 일을 할 생각이라, 그쪽에 살고 있는 사람을 만났으면 좋겠어요. 아무래도 군마에서 계속 자랐으니까 군마의 자연 환경이 제 몸에 배어 있겠죠. 나무를 살 때도 건물을 지으려는 곳의 나무를 사라는 말이 있잖아요? 그러니까 저도 조금이나마 알고 있는 곳에서 일을 하는 게 좋을 것 같습니다.

결국은 고향에 돌아가서 살림집 짓는 일을 하게 되겠지요. 만약 궁궐목수 일을 할 수 있다고 해도, 절이나 그런 건물은 평생에 한 채 지어 볼까 말까일 겁니다. 고향에 돌아가기 전에 한 번쯤은, 살림집 일을 해 보고 싶습니다. 그리고 기회가 닿는다면, 성이든 뭐든, 그런 큰 건물을 지어 보고 싶습니다.

꿈이요? 그럴 수 있다면, 제 고향 사람들이 살 집을 짓고 싶습니다. 생활 속에 있는 집이요. 그리고 또 하나는 낚시입니다. 아버지를 보며 그런 생각을 했지만, 회사를 차려 도편수 노릇을 하다 보면 한가할 틈이 없잖아요? 한밤중에도 벌떡 일어나 도면을 그리셨으니까요. 같은 상황이면 저도 그럴 것 같기도 합니다. 가능하다면 사람들하고 멀리 떨어진 조용한 곳에서 낚시를 하며 살고 싶습니다.

대장이요? 대장도 한 절반쯤은 니시오카 대목장처럼 구름 위에 있는 존재잖아요? 잘 모르겠습니다. 마주칠 기회도 적고요. 대장이 말씀하셨어요. "일에 대해 묻고 싶다면 나를 취하게 해라." 취하면 꽤 많은 걸 말씀해 주시거든요. 하지만 취하기 전까지는 하하하 웃든가, "스스로 생각해라." 하고 화를 내시거나 할 뿐이니까요.

니시오카 대목장은 완전히 구름 위에 계시는 분이시죠. 작년 연말 만나 뵈었는데, 자기소개 할 때 긴장해서 위가 어찌나 아프던지…….

얼마 전, 제가 다니던 고등학교에 이카루가코샤에서 일하게 되었다고 보고하러 간 적이 있었습니다. 그때 우연히 주변에 있던 여학생들이 "우와!" 하며 깜짝 놀라는 겁니다. 니시오카 대목장을 알고 있었던 거죠. 처음에만 하더라도 제가 목수 일을 한다고 하면 주변의 여자애들이 무시하고 그랬어요. 요즘엔 "니시오카 대목장께 신세를 지게 되었습니다."라고 슬쩍 흘리기만 해도 여자애들 눈길이 달라지니까요.

여기 들어와서 사고방식이 약간 바뀌었습니다. 지금까지는 텔레비전이나 오디오나 그런 것들만 주변에 있었으니까, 새로운 것이 성능이 좋다고 생각했어요. 그러니 연장 같은 것도 새것이 좋을 거라고 여겼고요. 하지만 그 생각이 달라졌습니다. 대패를 예로 들자면, 오래도록 열심히 쓴 후에야 비로소 쓰기 편한 대패가 됩니다. 다 그래요. 끝 하나만 보더라도, 다른 사람 건 못 써요. 자기 손에서 길이 들어 가는 것이니까요. 제가 쓰던 것이 아니면 아무래도 이상합니다. 그렇게 길들이기까지 시간이 꽤 걸리죠.

진학을 포기하고 궁궐목수의 길을 선택한 일이요? 마음은 편합니다. 이제 옛날 일은 꿈 같아요. 백수로 지내던 그 이 년 동안, 만약 날붙이 갈기만이라도 했다면, 지금보다 백 보, 이백 보는 더 앞으로 나가 있었을 테지요. 신기합니다. 그런 걸 추억하고 있을 수 있다는 사실이요. 지금은 이것도 뭔가 하나의 인연이라고 생각합니다. 그러니 어떤 인연이 있다면 다시 대학에 갈 수도 있겠죠. 모든 게 다 '허둥대지 않고 서두르지 않고 슬슬'입니다. 이카루가코샤의 방식대로요.

(마쓰나가 히사야, 당시 스물세 살)

● 견습, 오하시 마코토 大橋誠

1972년 1월 12일생. 작년 9월, 스물두 살 때 입사했습니다.

고향은 교토입니다. 아버지도 전에는 목수였고요. 지금은 그만두시고 건축 일이랄까, 건축 사무소 사장으로 일하고 계십니다.

일반 고등학교 나왔고, 그리 좋은 학교는 아니었습니다. 중학교 때 바보였거든요. 럭비를 하느라 성적은 늘 꼴등이었습니다.

럭비를 그리 잘하는 학교는 아니었습니다. 다들 덩치가 작았어요. 열의라고나 할까 그런 건 엄청 강했지만, 아무래도 덩치가 작으니까 덩치 큰 애들하고 하면 졌죠 뭐. 포지션은 로크였고요.

수학은 잘했습니다. 성적표에서 유일하게 수학만 5를 받았습니다.

나머지는 1이나 뭐 그런 점수. 성적이 그 모양이었지만 럭비를 한 덕분에 졸업할 수 있었죠.

고등학교 졸업하고 전문대에 갔습니다. 목수가 되고 싶었는데, 아버지가 전문대를 나오면 목수가 될 수 있다고 하셨어요. 저도 어떻게 해야 할지 전혀 몰라서, 오사카 건축 전문 대학에 이 년을 다녔습니다. 거기서 도면 같은 걸 공부했습니다.

처음에는 궁궐목수에 관심이 있었습니다. 그래서 어차피 목수를 할 거라면 전문대 나와서 궁궐목수가 되고 싶다고 하니 교수님이 이렇게 말씀하셨어요.

"너, 전문대에 뭐하러 왔어? 건축 감독 일이나 해."

그래서 건설 회사에 들어가 건축 감독 일을 시작했습니다. 처음에 들어가서는 다른 건축 감독 밑에서 배웠고 그런 뒤에야 일을 할 수 있었죠. 시공도 같은 것을 그려, 그걸로 전문 기술자들과 의논하는 그런 일입니다. 그 일을 일 년 동안 했어요.

그때 마침 신문을 읽다가 니시오카 대목장이 나온 기사를 읽게 되었습니다. 어릴 때부터 호류지에 자주 갔었거든요. 흥미가 생겼죠. 한번 둘러볼까 싶어 가 봤습니다. 호류지를 다녀와서, 어떻게든 궁궐목수가 되어야겠다, 그런 생각을 하게 되었습니다.

회사를 그만둘 때요? 아무래도 고민이 많았죠. 건축 회사 사장님이 대단한 사람이었고, 항상 함께 일을 했는데 저를 많이 귀여워해 주셨어요. 꽤나 주저했습니다. 뭐, 월급도 한참 차이가 났고요. 그때 이십 몇 만엔 정도 받았으니까요. 지금은 하루 품삯이 오천 엔입니다.

하지만 어떻게든 궁궐목수가 되고 싶어서 니시오카 대목장이 계신 곳을 직접 찾아갔습니다. 호류지 근처라고 책에 쓰여 있었으니까 무작정 주변을 샅샅이 돌았습니다. 그리고 '니시오카'라는 문패를 발견했죠. 마침 댁에 니시오카 씨가 계셨고 집 안에 들어가서 이야기를 들었습니다. 무슨 이야기였는지는 다 잊어버렸어요. 긴장했거든요.

니시오카 대목장은 더 이상 일을 안 하신다면서, 오가와 씨를 소개해 주셨습니다. 그래서 며칠 있다가 전화를 드리고 나라로 갔습니다. 그때 받은 인상으로는 이카루가코샤가 마치 '건축 회사' 같다는 것이었습니다. 생각하던 것과는 좀 다른 것 같아서 안 되겠다 싶었습니다. 그래서 다시 여기저기 알아보다가, 제가 나온 전문대 역사 교수님이 소개해 주신 곳으로 가게 되었습니다. 거기도 건축 회사 같은 데였어요. 뭐가 뭔지 모르겠지만, 뭐 괜찮겠지 하는 생각으로 들어갔는데, 결국 반 년쯤 있다가 그만뒀습니다.

그리고 다시 이카루가코샤에 갔더니 여기 류가사키 현장으로 가라고 하셨어요. 그러니 저는 나라 현장에는 가 본 적이 없습니다. 한 번 보러 갔을 뿐이죠. 이카루가코샤에 들어오기까지 꽤나 빙빙 돌았어요, 제가 하는 일이 늘 그랬지만.

여기서는 누구도 뭘 가르치는 일이 없어요. 화도 안 내고요. 아무 소리 안 하죠. 그러니 누군가에게 열심히 무언가를 배운다거나 하는 건 전혀 없어요.

밤에는 다들 꽤 부지런하게 날붙이를 갈기 때문에 저도 함께합니다. 하면 뭐, 연장이 들기는 하니까요. 하지만 어디까지 해야 날붙이 갈기가 완성되는지 아직 모르겠어요. 이래저래 물어도 친구들 사이의 대화처럼 되고, '아, 그런가?' 뭐 그런 식이죠.

그래도 아무튼 궁궐목수 일을 해 나가고 싶습니다. 절을 너무 좋아하거든요. 불교, 그 자체를 좋아하니까요. 하지만 사실은 무섭습니다. 뭘 해도 아직 하나도 모르겠고, 여기에서 보내는 시간이란 게 상당히 느슨합니다. 이래서 될까, 그런 생각도 있어요. 계속 망설이고 있는 거죠. 지금도요.

다들 "참고 견디면 분명히 좋은 일이 있다."고 하죠. 어른들은 다 그렇게 말합니다. '이카루가코샤'라는 이름이 알려져 있으니 나중에 도움이 될 거라고도요. 하지만 저는 그런 걸 생각할 겨를이 없어요. 그런 거야 아무래도 좋고, 어떻게든 빨리 제대로 된 목수가 되고 싶습니다.

사실 여자 친구가 있어요. 오사카 사람입니다. 사귄 지 벌써 사 년이고요. 여자 친구는 기다리겠다고 하지만, 두 살이나 많거든요. 만날 때마다 여자 친구가 늙어 가는 게 보여요. 하……

네. 맞습니다. 세상의 시간이 어떻게 흘러가는지 모른다면, 동료들처럼 언제까지고 날붙이를 갈며 수업할 수 있고, 저도 어떻게든 될 거라고 생각하겠지만요. 여자 친구처럼 그런 문제도 있으니 괴롭습니다. 완전히 자신과의 싸움이죠. 자기를 이겨야 합니다. 자기를 이겨야겠다는 생각 없이는 해 나갈 수가 없어요. 십 년 지나면 제대로 된 목수가 될 거라는 말을 들었습니다만, 그때 제 나이가 서른셋입니다. 여자 친구는 서른다섯이고요. 그 전에 결혼은 아무래도 어렵겠죠. 모르겠어요. 그렇다고 지금 하는 일이란 게, 열심히 하면 빨리 이루어지는 그런 세계의 일도 아니고요.

대장이 쓴 책에 손에 풀 같은 걸 쥐고 거리를 돌아다니면서도 날붙이 가는 연습을 했다고 씌어 있잖아요? 저도 자주 그렇게 합니다. 거리를 걸어 다닐 때, 손에 아무것도 없어도 손을 움직이며 날붙이 가는 연습을 하죠. 그래서 데이트할 때 여자 친구한테 자주 혼납니다. 카페까지 와서 뭐하는 거냐고요. 이런 데까지 와서 날붙이 갈지 말라고요.

그런데도 좀처럼 나아지지가 않아요. 이카루가코샤의 방식을 겪다 보면 처음에는, 이게 아닌 것 같은데, 다른 방식도 있지 않을까, 그런 생각을 하게 됩니다. 그런 생각이 깊어지다 보면 '인생은 짧은데, 언제까지 이러고 있을 수만은 없다.'는 데까지 이르게 되는데, 그러면 도무지 하루하루 해 나갈 수가 없죠. 제가 입사한 뒤로 그만두고 나간 사람들은 전부 그런 고민을 하고 있었습니다. 그만두고 나가게 된 원인은 바로 그런 것이었어요.

저는 날붙이 가는 게 남들처럼 잘 늘지가 않아요. 전혀요. 뭐랄까, 스스로 이해가 되지 않는 거죠. 몇 번이나 갈아도요. 누구도 "이거다." 라고 말해 주지 않잖아요. 가르쳐 주는 것이 없으니까요. 현장에 있어도 다들 어떤 작업을 하는 건지 전혀 모르겠고, 응석일 수도 있겠지만, 어떻게 해야 할지 몰라 헤매고 있는 중입니다. 큰소리로 혼을 내거나 호통치지도 않고요. 고민입니다. 이대로 괜찮을지…….

아무래도 이런 기분이 들면 뭘 하든 제대로 안 되고, 점점 제 성격이 나빠지는 것 같기도 하고요. 아아, 이러면 뭐든 다 싫어지는 거죠. 하지만 그렇다고 그만둬 버리면 아무것도 안 되잖아요? 지금까지 했던 게 다 쓸모없어져 버리니까요. 그런 건 잘 압니다.

어떻게든 이 어둠을 빠져나갔으면 좋겠습니다. 지금은 암흑 속이라 앞이 잘 안 보이지만요. 이제부터라도 앞길이 보여만 준다면…….

(오하시 마코토, 당시 스물세 살)

● 견습, 하나타니 다이키花谷太樹

1979년 1월 18일, 기타규슈 오쿠라에서 태어났습니다. 역에서 집까지는 일 킬로미터 정도. 아버지는 회사원이고 형이 하나 있습니다. 형은 고등학교에 다닙니다. 공부를 잘해요.

초등학교 사 학년 때부터 고등학교에 갈 생각이 없었습니다. 목수가 되고 싶었거든요. 뭔가 집을 짓는다거나 하는 게 좋았습니다. 집을 좋아하거든요. 흔히 보는 집목수가 될 생각이었습니다. 이카루가코샤에 들어온 건 뭐라고 해야 하나, 그냥 집 중에서도 큰 집, 신사나 절 같은, 그런 걸 짓고 싶었거든요. 그러니까 궁궐목수가 되고 싶어서 왔다기보다는, 뭔가 큰 걸 만드는 목수가 되고 싶었어요.

집안에 목수 일에 얽힌 사람은 없습니다. 앗, 아니네요. 한 명 있습니다. 아버지의 삼촌이 되시는 작은할아버지가 휴일이면 취미 삼아 목수 일을 하셨던 '일요 목수'라, 불단 같은 걸 만들곤 하셨네요. 네. 솜씨가 좋으셨어요.

성적은 나빴습니다. 성적표에 전부 1이었나? 아니, 2도 있었습니다. 국어였을 거예요. 시험 치면 오 점쯤 받았어요. 일단 시험 보러 가면 열심히 머리를 굴리긴 합니다. 궁리해서 아는 것만 쓰는 거죠. 안다기보다는, 오엑스문제라든가 번호를 고르는 거라면 답안지에 쓰는 거죠. 영어는 중학교 일 학년 때 구십오 점 받았습니다. 최고는 구십팔 점. 엄청 간단했어요. 학교에 안 가게 된 건 삼 학년 되고 조금 지났을 때부터. 삼 학년 때부터는 일을 할 거라고 말하고 다녔거든요.

일 학년 때 특별 활동으로 탁구를 했어요. 저, 탁구부에서 두 번째로 잘했어요. 축구도 좋아하고요. 두 달쯤 했습니다. 축구부는 이 학년 때 들어갔는데, 금방 그만뒀어요. 달리기가 안 되는 거예요. 따라갈 수가 없었습니다, 금세 숨이 차서.

삼 학년 되고는 부모님이 학교로 호출당한 적이 한 번도 없었습니다. 하지만 일 학년 때는 대단했죠. 여덟 번이나 불려 오셨으니까요. 다른 중학교 애들하고 싸워서요. 그쪽 선생님이 우리 학교 선생님한테 말하는 바람에 부모님이 오셔서 사과를 하셔야 했죠. 참관 수업 때, 부모님이 학교에 와서 선생님한테 용서를 비셨어요. 가정 방문 때도요.

어느 날 선생님도 외출하시고 간섭할 사람이 없으니 시너를 마시기 시작했어요. 그러다가 걸려서 교무실에 불려 갔고, 아버지한테 두들겨 맞았죠. 그때까지 부모님은 제가 시너 하는 걸 모르셨습니다.

시너는 각성제보다 나빠요. 각성제 같은 건 일시적이지만, 시너 중독으로 호흡 곤란을 겪는 아이를 본 적 있는데, 침을 흘리며 "으……, 시너 마시고 싶어. 시너 마시고 싶어." 중얼중얼댔죠. 손도 엄청 떨었고요. 별로 그렇게 되고 싶은 생각은 없었어요.

이게 졸업식 때 찍은 패거리 일곱 명의 사진입니다. 이 중에 셋은 고등학교에 안 갔어요. 이 녀석은 비계공이 되었습니다. 걔 아버지가 그런 일을 하셨거든요. 그 옆에 있는 녀석은 아버지가 목수라 목수 견습생이 되었고요. 다른 데 안 가고 자기 집에서 배워요. 저도 들어오라고 불렀지요. "다이키, 목수가 될 거면 우리 집에 들어와." 그러면서요.

다른 네 명은 고등학교에 들어갔습니다. 이 녀석은 머리가 좋아요. 다른 중학교에 다니던 녀석이지만요. 이 녀석이랑 저랑 같은 초등학교를 다녔고, 나머지는 다 다른 학교였어요. 그러다가 중학교 때 같은 학교를 다니게 되었던 거죠. 이 녀석은 중학교랑 같은 재단의 고등학교에 들어갔어요. 머리가 좋아요. 얘가 리더였어요.

이 녀석들 말고도 일원은 엄청 많았습니다. 패거리 이름 같은 건 없었어요. 학교 안 가고 놀러 가고 그랬죠. 여기저기, 오락실이나 뭐 그런 곳. 돈은 간식 값으로 집에서 받아 온 걸로 썼고요. 뺏거나 하지는 않았어요. 협박해서 뺏지는 않았지만 "돈, 내놔." 그 정도는 했죠. 저도 했어요. "돈, 빌려 줘."가 아니라 "돈, 줘." 중간에 '빌려'가 빠진 거죠.

네, 친구들끼리 그랬죠. 가끔은 오쿠라 역 근처에서 고등학생쯤 돼 보이는 사람이 있으면 "니들 일루 좀 와 봐." 그러곤 했는데, 고등학생들은 저를 못 건드렸어요. 건드는 사람도 있었지만, 그런 놈은 패 주는 거죠 뭐. 세 명 정도 같이 했어요. 그럼요, 혼자 가면 돈을 안 줄지도 모르니까요. 절대 안 주죠. 삥 뜯을 때는 항상 세 명 정도.

매일 집에는 들어갔어요. 밤에는 밖에 놀러 가고요. 아침이 되면 다들 졸리니까 집에 가죠. 계속 그렇게 지냈어요. 몇 주씩이나 죽. 지금도 하려고만 하면 할 수 있지만, 뭐랄까 이젠 그러고 싶은 생각이 안 들어요.

11월쯤이었나, 취업 준비를 시작했습니다. 친구가 있는 데로 가려고 했지만, 아버지가 좀 더 생각해 보라고 해서 알겠다고 했어요. 이런저런 편지, 연락 같은 게 오고 그랬습니다. 아버지가 사람들한테 물어보셨나 봐요. 부채 만들기라든가, 조각이라든가 그런 건 별로였어요. 되고 싶은 건 목수였으니까요. 목수랑 전혀 관계도 없잖아요? 초밥집 같은 것도 있었지만 초밥 빚는 사람이 되기는 싫다고 했어요. 그 중에 궁궐목수가 있었던 거죠. 궁궐목수는 목수 중에서도 제일 위에 있는 거라는 말을 들었어요. 잘은 몰랐지만 "일단 거기 가 볼게." 그랬던 거죠.

아버지랑 오가와 씨를 만나러 갔습니다. 오가와 씨가 권해 주서서 이번에는 아버지랑 같이 후쿠오카로 갔죠. 오키나가 씨가 책임자로 있는 후쿠오카 이카루가코샤였습니다. 오키나가 씨한테 이야기를 듣고 연장도 구경했습니다. 대패가 손바닥에 올라갈 정도로 작았어요. 우와, 끝내준다 싶었죠. 그래도 저는 건축 모형은 별로였어요. 큰 게 좋았죠. 오키나가 씨가 그러셨어요.

"나무를 좋아하면, 이 일 계속 해 나갈 수 있어."

계속 해 나갈 수 있을 것 같냐고요? 잘은 모르겠지만 지금은 그럴 수 있을 것 같습니다. 십 년이란 시간이 아직 확실히 감은 오지 않지만요. 언젠가 뭐 다른 길을 가게 될 수도 있겠죠, 아직은 별다른 생각이 없지만.

지금 하루에 오천 엔 받고 있어요. 배우러 온 거잖아요? 일은 전혀 못해요, 청소 같은 건 하고 있지만. 가끔은 선배가 도와 달라고 하면 계속 옆에 붙어 있기도 합니다. 맞아요. 제가 하는 일이란 게 오천 엔 만큼도 안 되는 거죠.

일은 아직 날붙이 갈기밖에 못 배웠습니다. 제일 많이 가르쳐 주는 선배는 마사루 씨. 어제 구멍 파는 일을 할 때도 느꼈지만, 다른 사람이 하는 걸 볼 때는 할 수 있을 것 같은데, 실제로 해 보면 전혀 안 되더라고요.

날붙이 갈기요? 아직 멀었어요. 한가운데밖에 안 갈리는 수준입니다. 갈 때 각도가 휘는 거죠. 그래도 최근에 조금은 각도가 원하는 대로 되고 있어요. 뒤쪽이 닿고 있는 걸 몰랐거든요. 왜 다른 사람이 간 연장은 내가 간 연장이랑 색이 다른지 알게 된 거죠.

여기 와서 팔뚝이 좀 굵어졌어요. 키도 좀 컸고요. 밥을 꼬박꼬박 먹으니까요. 저, 여기 와서 최고로 많게는, 세 그릇까지 먹어 본 적 있어요. 근데 여름이 되니 한 그릇도 다 못 비우겠어요. 겨우 반 공기 정도. 배는 고프지만 뭔가 보는 것만으로도 먹고 싶지가 않아서. 일을 해 본 적이 없으니 그런 일도 처음이었어요.

얼마 전에 고향으로 돌아간 일이요? 멋대로 그랬던 건 아니었어요. 대장한테 말씀드렸으니까요. 왜 그랬냐면, 일이 시시해졌어요. 함석을 내도록 붙이고 있었는데……, 한 가지 일을 계속한다거나, 끝까지 해내는 부류가 아니에요, 제가.

대장한테 그렇게 말했더니 "그게 뭔 소리야? 일단 나라로 좀 와 봐." 그러시더라고요. 그래서 나라까지 갔습니다.

"왜 돌아가고 싶은데?" 대장이 그렇게 물으셔서, "더 이상 일을 하고 싶지 않습니다."라고 대답했어요. 그러자 대장이 이렇게 말씀하셨죠.

"잠깐만 있어 봐. 일단 오늘은 여기서 하루 자고, 내일 규슈로 돌아가서 다시 한 번 생각해 보고 와."

붙잡거나 하지는 않으시더군요. 그래서 "다녀왔습니다." 하면서 고향 집으로 돌아갔습니다.

부모님께는 전화로 돌아갈지도 모른다는 말을 해 두었습니다. 그러니 되돌아왔어도 아무 말도 안 하셨죠. 일에 대한 건 전혀 아무 말 안 하셨어요. 그렇게 일 주일쯤 있었습니다. 집에서는 놀았다고 해야 하나, 아무튼 한낮까지 자다가 오후가 되면 나갔죠. 학교 근처에 전차 정류장이 있는데, 거기서 친구들이 수업 마치고 오기만 기다렸어요. 등하교할 때 타는 전차가 있었거든요. 거기서 친구들하고 이야기도 하고, 노래방에도 가고요. 사진 속에 이 녀석하고 이 녀석, 이 녀석하고 만났습니다. 걔들은 고등학교에 다녔으니 동네에 살고 있었거든요. 목수 수업 받고 있는 녀석도 만나러 갔어요. 하지만 일하는 중이라서 만나지는 못했습니다. 대신 그 집 아줌마만 잠깐 만났죠.

"다이키, 왜 돌아온 거야?"

"일하기 싫으니까."

"너, 어디 갈 생각인데?"

"날품팔이나 하지 뭐. 아니, 농담이고, 어디든 일할 데 찾을 거야."

"어디 갈 데 있어?"

"아줌마 있는 데."

"우리야 뭐 괜찮지만……. 그런데, 제대로 계속할 수 있어야 해."

"아마 계속할 수 있을 거야."

고향에 돌아가더라도 아무튼 집으로는 돌아가고 싶지 않았어요. 그래서 친구 아버지 밑으로 들어갈 생각이었죠. 하지만 며칠 지나니까 계속 이카루가코샤만 떠오르더라고요. 아무리 놀아도 재미도 없고. 돌아와 봤자 별수 없었죠. 그때 아버지가 그러셨습니다.

"이제 슬슬 결정해야지. 빈둥빈둥 노는 건……, 좋지 않아. 일을 할 거라면 빨리 일을 찾아라."

그래서 다시 한 번 해 봐야겠다는 생각을 했습니다. 뭔가, 이카루가코샤에 익숙해졌다고나 할까요. 그 환경에요. 그래서 말씀드렸죠.

"이카루가코샤로 돌아갈게."

"아, 그래."

아버지는 대장 곁에 남길 바라셨어요, 지금까지는 저에 대해 금세 포기만 하셨지만. 여태 제가 뭔가 꾸준히 해낸 일이 없거든요. 적어도 지금 짓고 있는 절이 완성될 때까지라도 있었으면 하셨어요. "네가 거기 간 건 입주식 때부터였다. 목재 깎기부터도 아니고, 목재를 맞춰 세우기 시작할 때부터 있었던 거니까 건물을 세우는 게 끝날 때까지는 있어라." 하셨어요. "그것 말고 다른 할 일이 있는 것도 아니지 않니?" 그러셨죠.

저한테는 네 갈래 길이 있었어요. 친구 집에 들어가서 목수 일을 배우는 것, 이카루가코샤로 되돌아가는 것, 그리고 날품팔이 막노동. 고등학교도 있고요, 입학을 안 시켜 줄지도 모르지만. 그래도 전혀 불가능한 건 아니고, 들어갈 수 있는 확률이 일 퍼센트는 있잖아요. 내신 같은 걸 속여 주거나 하지 않나? 안 될까요?

이카루가코샤에 돌아가겠다고 하니 아버지가 기차표 살 돈을 주셨어요. 삼만 오천 엔. 다시 여기로 돌아오는 데 거의 삼만 엔 들었거든요. 그리고 동료들한테 나눠 주라며 명란젓도 손에 들려 주셨고요.

돌아왔더니 마코토 씨가 제일 놀랐습니다. 다들 일하는 중이었죠. 벌써 다섯 시 반이었으니, 일터에 가도 할 일도 없었습니다. 이 방 침대 곁에 저 혼자 있었어요. 여기 앉아 멍하니 있었습니다. 그러고 있는데 마코토 씨가 저녁을 차리러 돌아왔어요. 제가 없으니 마코토 씨가 밥 당번이었던 거죠. 저더러 "어이, 오늘부터는 네가 밥 당번이야." 그러더라고요.

동료들에게 말했습니다. "다시, 잘 부탁드립니다." 여기 들어오고 나서부터, 인사는 제대로 할 수 있게 되었어요. 전에는 "안녕?"이라고 했지 "안녕하세요?"라는 말은 안 썼거든요. 집에서도 "안녕?", 학교에서도 "안녕?", 선생님한테도 높임말을 안 썼어요. 제대로 된 표준어로 "고맙습니다."라고 하는 대신 "감사."라고밖에는 안 했으니까요.

그리고 그날 밤부터 다 같이 밥을 먹었습니다. 그 다음 날부터는 평소랑 똑같았죠.

다시 돌아온 지 오늘로 딱 두 달 됐습니다. 6월 8일에 돌아왔죠. 이걸 보면 알아요. 출근부요. 출근부를 꼬박꼬박 쓰고 있어요. 4월 21일부터 쓰기 시작했습니다. 이전에는 출근부를 잘 기록해 둬야 한다는 걸 몰랐어요. 그런 거 쓸 필요 있나 그런 생각을 했으니까요.

그리고 국어 공책도 사 왔어요. 이게 그 날 한 일을 기록하는 일기장이에요. 작업 일지 같은 거죠. 보세요. 한자도 맞게 잘 써 있죠? 한자 같은 거 전부 물어봐서 썼어요. '설치 작업設置作業' 같은 건 한자로 쓸 줄 알지만, '용재 정리用材整理'의 '정'은 쓸 줄 몰랐거든요.

오늘이 무슨 요일이더라? 금요일? 어라, 어제 걸 쓰는 걸 깜빡했네.

이때 힘들었어요. 여기요. 산자판˙ 일 했을 때요. 자재 창고를 보시면 알겠지만, 일 주일 넘게 산자판을 옮겨 쌓는 일을 계속했거든요. 오, 육, 칠, 팔……, 열흘이나요.

얼마 전, 아버지가 오셨어요. 출장차 오셨죠. "출장으로 도쿄 갈 일이 있는데, 그때 만날까?" 그러시길래 "그럼 고기 먹으러 갈까?" 그랬죠. 그때 아버지가 "어때? 일은 할 만하냐? 계속 해 나갈 수 있겠어?" 하고 물어봐서 "아직 모르겠어." 그랬습니다.

계속 해 나갈 수 있다고 대답했다가 만약 그렇게 못 하면……. 물론 지금 그럴 마음은 없지만요.

˙산자판 : 지붕 서까래 위를 덮는 널판지.

어제 각끌*을 잠깐 써 봤는데, 처음으로 구멍 두 개를 뚫었습니다. 해 보게 해 주셨거든요. 처음에는 아무것도 몰라서 대충 해 버렸어요. 그냥 이런 식으로 콩콩, 콩콩 해 봤자 처음엔 전혀 몰라요. 천천히 조금씩 해 보면서 알게 되죠, 어떤 식으로 해야 좋을지. 나중에는 조금 나아졌어요. 구멍도 잘 보이고 각도도 제대로 잡혔고요. 누구나 처음에는 잘 못 하잖아요?

같이 입사했던 사람이요? 한 달 만에 그만두고 나갔습니다. 고민 많이 하더라고요. 마지막 말이 "밥 당번 잘 부탁해."였습니다.

아직 체력도 붙지 않았을 때니까 정말 힘들었어요. 지금보다 더 힘들었습니다. 지금은 많이 익숙해졌지만, 그래도 가끔 힘들다는 생각이 들 때가 있어요. 처음만큼은 아니지만요.

같이 입사했던 사람, 덩치가 컸어요. 백 킬로그램이나 나갔으니까요. 저는 오십 킬로그램이고요. 덩치가 큰 만큼 목재 같은 것도 한꺼번에 많이 옮겼죠. 그러니 더 힘들었을 거예요. 그 친구는 다른 사람보다 두 배는 더 많이 들었으니까요. 같은 나이한데 뭔가 꾸중이나 명령을 듣는 게 싫었던 모양이에요. 하지만 나이는 상관없어요. 여기는 빨리 들어온 사람이 '장땡'이니까요.

저도 목표로 잡은 사람이 있어요. 후지타 씨, 마사루 씨처럼 되는 것이죠. 마사루 씨는 저랑 같은 규슈 출신이거든요. 얼마 전에 숫돌을 두 개 샀어요. 다른 연장도 사고요. 밤에는 마사루 씨처럼 날붙이를 갈고 있어요. 요전 날, 저, 서까래로 쓸 나무 껍질도 벗겼어요. 전기 대패로 했는데 무거웠어요. 다 같이 했어요. 전부는 아니었지만요. 일이 점점

*각끌 : 목재에 장방형의 장붓구멍을 뚫을 때 쓰는 연장.

재미있어집니다. 어떻게 될진 모르겠지만, 열심히 해 보겠습니다.

(하나타니 다이키, 당시 열여섯 살)

● 견습, 시미즈 히데야스清水秀康

1973년 6월 30일, 고베 시에서 태어났습니다. 여기 들어온 지 아직 얼마 안 됐고, 글피면 한 달 됩니다. 겨우 몸이 익숙해진 것 같아요. 잠자는 시간은 여섯 시간 정도. 아침에 일찍 일어나야 하는 일이 지금까지는 없었으니까 힘들어요. 요즘은 자연스레 눈이 떠지지만요.

궁궐목수 일이요? 조금, 이런 거구나 하는 정도만 알죠 뭐. 일은 아직 모릅니다. 일터에 있어도 뭘 해야 좋을지 모르겠어요. 그저 멍하게 있는 거겠죠. 시키는 일밖에 못 해요. 그것밖에 못 합니다. 그러니 누가 저한테 일을 시켜 주는 게 더 좋아요.

나이요? 만으로 스물한 살 된 지 얼마 안 됐습니다. 인문계 고등학교 나왔고 레슬링을 했어요. 고교 대항전 결승전에 올라가, 좋은 성적을 내서 대학에 들어가려고 했는데 시합 중에 다쳐서 접었습니다.

그 뒤 건축 관련 전문 대학에 다녔습니다. 왜 하필 건축 쪽 학교였냐고요? 특별한 까닭이 있었던 건 아니에요. 그냥 건축이 좋아서 일단 들어갔던 거죠. 들어갔으니 졸업은 하자 싶었던 거고요.

아버지요? 목수도 아니고 건축 관련 일을 하시는 것도 아니에요. 서예가입니다. 형제 중에도 목수는 없습니다.

그 전문대가 이 년제였어요. 이 년째 되던 해 6월, 교토의 다실 건축 이야기가 텔레비전에 나왔죠. 아, 저 일 참 괜찮다, 그런 생각이 들어서 찾아가 보려고 NHK로 전화해 주소를 물어 편지를 썼거든요. 그런

데 그분은 전국을 바쁘게 돌며 일하시느라 가르칠 시간이 없다고 하셨어요. 그래도 꼭 다실 짓는 일을 해 보고 싶다면 목수 수업을 받고 오라고 하셨죠. 학교에 다니고 있었고, 갑작스레 목수 수업이라는 말을 듣고 고민하다가, 어찌어찌 건축 회사로 취업이 결정되었습니다. 설계하는 데에도 일단 현장을 봐 두는 게 도움이 될 거라는 말을 들었죠.

졸업을 하려면 정해진 건물을 설계하는 '졸업 설계'라는 게 있어요. 졸업 논문 같은 거지요. 공부가 싫었던 건 아니지만, 졸업 설계에 너무 집중하느라 졸업 시험 준비를 못 했습니다. 졸업 설계만 잘해도 된다고 들어서 거기에만 매달리다가 시험을 망쳤던 거죠. 그래서 졸업을 못 했습니다.

그러다가 교토에 가기로 결정이 났습니다. 그 건축 회사가 교토에 있었거든요. 기숙사에 들어가게 됐는데, 혼자 살려면 힘들겠다 싶어 집에서 요리 연습을 했습니다. 근데 그게 재미있었어요. 무언가를 만드는 게 흥미로웠던 거죠. 그래서 요리 쪽 일은 어떨까 생각했습니다.

계획이 갑작스레 바뀌었죠. 건축 회사에 들어갈 게 아니라 요리 공부를 하자고요. 프랑스 요리나 일본 요리를 생각하고 있었지만 소개받은 분이 양식 쪽 분이었던지라……. 아버지 후배로, 호텔에서 일하시는 분이었는데, 그분 소개로 골프장 레스토랑에 들어갔죠. 일하는 사람이 열 명 남짓한 레스토랑이었습니다.

사실은 칼을 쥐고 능수능란하게 생선을 다루는 일식을 하고 싶었습니다. 하지만 일식은 고등학교 졸업한 뒤에 하기엔 너무 늦다고 하시더군요.

거기 들어가서 이틀째 되던 날, 우동 만드는 부서에 들어갔습니다.

양배추를 썰거나 하는 보조 노릇만 하겠지 생각했는데, 갑작스레 샌드위치를 만들라고 하더니 그걸 손님한테 내는 겁니다. 오랫동안 보조로 수련하던 시대의 도제 수업을 상상했던 터라, 제 생각과는 약간 다르구나 싶었습니다. 우동이 제일 잘 나갔는데, 매일 우동만 예순 그릇 정도 만들었죠.

어느 날, 쉬는 시간에 텔레비전을 보는데, 우연찮게도 궁궐목수에 대한 이야기가 나오고 있었습니다. 그걸 보고 있자니, 내가 하고 싶었던 일이 이거였다는 생각을 하게 되었습니다. 정말 하고 싶었지요.

나중에 후회하지 않도록, 뭔가 일단 할 수 있는 만큼은 해 보자 싶었습니다. 아버지께 의논드렸더니 아는 분한테 궁궐목수에 대해 물어봐 주셨어요. 그분이 야쿠시지를 찾아가 이것저것 알아봐 주셨습니다. 그리고 오가와 미쓰오라는 분이 계시다며 소개시켜 주셨던 거죠. 그래서 아버지랑 오가와 씨를 만나러 갔습니다.

그때 거기 가서야 알았지만, 제가 본 방송이 이카루가코샤 이야기였습니다. 왜 궁궐목수가 되고 싶은지 작문을 해 오라고 하셨습니다. 그걸 보고 결정하겠다는 이야기였죠. 아직 골프장 레스토랑에서 일하던 때였는데, 오가와 씨한테 전화가 걸려 왔습니다. 그날이 바로 제 생일이었어요. 그렇게 해서 레스토랑을 세 달 만에 그만두고 바로 여기로 오게 되었던 거죠.

들어온 첫날 오후, 갑자기 저를 데려가시더니 작업 바지 같은 걸 사서는 현장으로 가셨습니다. 거기서 쇠 파이프를 날랐죠. 더운 날이었어요. 힘들었습니다.

그 다음부터는 계속 밥 당번. 처음 일 주일 정도는 나카자와 씨가 도와주셨어요. 아침이 힘들어요. 기상 시간은 다섯 시에서 다섯 시 반쯤, 아침밥을 차리고 도시락을 쌉니다. 아침은 점심 도시락 싸고 남는 걸로 먹었어요. 된장국만 끓여서요. 사모님이 도와주시죠. 밥을 다 먹으면 설거지하고 작업장으로 가는데, 그게 일곱 시쯤.

그래서 열두 시 정도까지 일하고 도시락 먹고 잠시 쉬었다가, 한 시부터 여섯 시까지 일합니다. 돌아오면 저녁밥 차리기. 그 뒤로는 날붙이를 갑니다. 꽤 힘들어서 시간을 내기가 어렵지만, 아무튼 날붙이 갈기만은 하려고 합니다.

밥하는 시간에 날붙이를 갈면요? 물론 그러면 실력이 늘 것 같기는 하지만…….

고민이요? 아직 모르겠습니다. 여기 와서 알게 된 거지만, 이 일은 한곳에 머무르는 일이 아니잖아요? 지금은 여기 있지만 다른 현장이 있으면 딴 데로 옮겨 가고요. 한군데 머무를 수 없잖아요? 그걸 몰랐어요. 같은 곳에서 한다고 생각했거든요.

이제 곧 한 달이 됩니다. 계속이요? 그건 모르겠습니다. 십 년은 긴 세월이죠. 이 일을 계속 해 나갈지는 모르겠지만, 일단 석 달 해 보고 그때 다시 이야기하자고 대장이 그러시니 그때까지는 해 볼 생각입니다. 벼르고 별러 궁궐목수 제자로 입문했으니까요.

(시미즈 히데야스, 당시 스물두 살)

● 목수, 오키나가 고이치沖長考一

오가와 씨를 빼면 내가 이카루가코샤에서 제일 나이가 많아요. 1949년생이거든요. 여기, 후쿠오카에서 내도록 학술 모형만 만들어

왔어요. 탑도 당도 지어 본 적이 없지. 거의 혼자 하는 일이에요, 제자도 없고. 아카루가코샤의 일이랑은 전혀 성격이 다른, 변방의 일이라 할 수 있어요.

고등학교는 일단 인문계로 들어갔어요. 진학 반에 들어가 매일 여섯 시까지 보충 수업 받았고.

대학은 떨어졌어요. 성적이 썩 뛰어났던 건 아니지만, 그렇다고 나쁘다고 할 정도는 아니었는데. 대학에 떨어지면 목수가 되어야겠다 싶었지요. 그래서 졸업하고 아르바이트하면서 목수를 찾았어요. 그런데 아무 데도 없는 겁니다. 어떻게 해서든 목수가 되고 싶었거든요. 그래서 여기 들어오기 전에 신세를 졌던 사부님을 알게 되어 입주 제자로 들어갔지요. 거기서 오 년 있었어요.

우리 아버지는 목수가 아니었어요. 겸업농이셨지. 하지만 할아버지가 나무통 만드는 일을 하셨고, 증조할아버지가 목수셨죠. 그래서 집에 할아버지가 쓰시던 연장이 있었지요.

뭘 만드는 걸 어릴 때부터 좋아해서, 중학교 때 야쿠시지 삼중탑 모형을 만들었죠. 이 학년 봄 방학 때, 그리고 일 년 그대로 뒀다가 삼 학년 봄 방학 때 다시 만들었는데, 학교 숙제로 내려던 게 아니라, 좋아서 만들었던 거예요. 그때 만든 게 아직도 고향 집에 있어요.

설계도는 따로 없었어요. 사전 뒤에 실린 조그만 단면도를 보고 만들었지요. 짜임새와 건축재의 이름을 알 수 있게 해 둔 도면 설명 있잖아요? 그 그림하고 미술책에 나와 있는 사진을 보고요. 사전 뒤에 있는 도면을 몇 배로 확대해서 대략 축척을 가늠해 가지고 만들었지요. 탑 안쪽이 어떻게 되어 있는지는 알 수가 없었지만, 사진과 도면으로 판단해서 만들었어요. 잘 만들었다고 생각해요. 지금은 하라고 해도 못 하죠.

나무통 만드시던 할아버지 연장이랑 학교에 있던 연장을 썼어요. 나무는 녹나무였고. 두께 일 촌짜리 합판을 사 와서, 기계가 없으니까 톱질을 해서 양손으로 부러뜨렸죠. 톱질할 때마다 그윽한 향이 올라오는데, 그 냄새가 얼마나 좋은지 몰라요. 만들기에 완전히 빠져들었지요.

나중에 야쿠시지로 일하러 갔을 때 보니, 내가 만들었던 게 대충 다 맞더군요. 모형 앞에 소나무를 두고 그대로 확대시키면 원래 탑하고 똑같겠더라고요. 고등학교 때는 다보탑을 만들었어요.

손재주가 좋아서였을까요? 모형 제작은 손재주보다 집중력이 필요합니다. 과정을 계속 쌓아 가는 집중력이 없으면 못 하는 일이거든요. 앞일을 생각하고 조급해하면 안 되는 일이고. 머리가 좋으면 앞으로 어떤 일을 해야 하는지 보이고, 그러다 보면 할 마음이 사라지잖아요? 나는 머리가 나쁜 사람이라 한 개, 한 개 그냥 만들어요. 나중에 어떻게 될지 모르니까, 어떤 게 완성될까 만들어 보자 싶은 거지요. 그런 것하고 개인적인 흥미가 섞여서 해 나가게 되는 겁니다.

머리 좋은 사람은 상상하잖아요? 중간 과정은 없어도 된다는 거죠. 그러니 과정의 즐거움이 없어지는 거예요. 그러면 못 만들어요. 아이들을 보면 알지요. 머리가 좋은 아이는 귀찮은 걸 싫어하거든요. 가르쳐 보면 중간에 "아, 알겠어. 그건 알겠고." 그러는 거죠. 과정을 설명하려고 해도, 그건 아니까 됐고 결과만 알고 싶다는 거예요. 말하자면, 중간 단계나 과정, 어떻게 해서 이렇게 되는가 하는 설명을 듣고 싶지 않아 하는 그런 거.

첫 사부님은 대단히 성실한 분이셨어요. 잘 가르쳐 주셨지요. 지금 내가 있을 수 있는 건 그 사부님 덕분이라고 할 수 있어요, 거의 일대 일로 항상 붙어서 가르쳐 주셨으니까. 그런데 오 년째 되던 해, 약속한 기한이 차기 직전에 그만뒀어요. 이유? 그 당시 돈을 한 푼도 못 받았지요. 그러기로 하고 간 거거든요. 하지만 자동차 면허를 따고 싶었고, 돈이 없었으니 아침 일찍 일어나 신문 배달을 했지요.

우연찮게도 그 날은 신문 배달을 쉬는 날이었는데, 늦잠을 잤어요. 일곱 시 조금 넘어서 일어났죠. 사부님은 벌써 현장에 가 계셨고. 그래서 서둘러 밥을 먹어야겠다 싶었어요. 그랬더니 사모님이 "밥 먹고 있을 새가 어디 있냐?"고, "얼른 현장에 가야지." 하시더라고요. 시시한 이유였지만, 그때 열 받아서 고향에 돌아가 버렸어요.

나중에 사부님이 머리를 숙이고 나를 데리러 오셨지만, 가지 않았습니다. 원래 천성이 그래서 '이거다.' 한번 정하면 꿈쩍도 않거든요. 그런 성격이 지금까지도 이어지고 있어요. 나도 나쁘다는 건 압니다. 알지만 어쩔 수가 없어요. 그걸 굽히면 나를 배신하는 기분이거든. 내 성격을 속이고 살면, 내가 그랬다는 것에 뭔가 상당한 열등감 같은 걸 느껴요. 그래서 못 고치는 거지요.

그러니 내가 사람을 잘 못 써요. 사람 쓰는 게 싫으니 모든 걸 혼자 해 나갈 수밖에요. 그러면 결국 큰 건 못 만드는 거고. 사람을 끌고 가는 부류가 아닙니다. 일머리를 잡고 모두를 끌어가는 게 내가 할 일이라고 생각 못 하는 거지요. 연장 쓰는 일만 하려고 하고. 아무튼 나는 평생 연장을 놓고 싶지 않아요. 연장을 놓으면 목수가 아닌 게 되어 버리니까. 연장을 쓰고 나무 만지는 걸 좋아합니다. 그러니 모형을 빼면, 지금까지 내가 지은 거라고는 우리 집하고 형 집밖에 없지요.

니시오카 대목장한테 가게 된 계기요? 야쿠시지의 다카다 고인 스님이 쓰신 책을 읽었는데, 금당을 짓는다는 이야기가 나왔어요. 그 일을 꼭 하고 싶었죠. 편지를 보냈어요. 그래서 당시 야쿠시지 일을 맡고 있던 이케다 건설池田建設에 들어가게 됐어요, 장인이 아니라 견습으로. "지금까지도 돈은 안 받고 일했으니, 월급은 괜찮습니다."라고 말했지만, 그럴 수는 없다길래 받게 되었죠. 그때 품삯이 얼마였더라? 아마 사천 엔쯤이었던 것 같아요. 전에 있던 곳에서 엄청나게 일을 하다가 야쿠시지에 간 거라, 일은 전혀 힘들지 않았어요.

처음 갔을 때, 오가와 씨가 있었죠. 밖에서 들어온 우리들은 니시오카 대목장 밑에서 일을 배우고 싶어서 온 사람들이었으니 뭐랄까, 오가와 씨의 먼 형제 제자 같은 거였어요. 나처럼 니시오카 대목장이 어떻게 일을 하는지 직접 보고 싶거나, 함께 일을 해 보고 싶어 하는 사람들이 많이 와 있었지요.

야쿠시지에 와서 놀랐던 건, 실제 치수를 그린다는 거였습니다. 합판하고 자 하나 가지고 말이죠. 보통 살림집을 지을 때는 실제 치수를 옮겨 그리지는 않거든요. 굽은 나무를 다듬어 끼워 맞춰 올리면 끝나는 일이라 궁궐목수 일도 그럴 거라고 생각했지요. 머리가 복잡해지기 시작했어요. 만약 그렇다면 규구*에 대해 전부 알아야만 하는 건 아닌가 걱정하며 현장에 갔죠. 그런데 원래 치수대로 형판을 잘라, 형판대로 목재를 마름질해 가고 있었어요. 아, 이거라면 걱정 없다 싶더

■규구 : 목수들이 쓰는 그림쇠와 자, 수준기, 먹줄을 통틀어 이르는 말.

군요. 연장만 쓸 수 있으면, 아무리 복잡한 일이라도 할 수 있겠다고요. 합판에 그려진 대로 나무를 깎나 못 깎나 하는 문제일 뿐이니까요.

이카루가코샤가 초보들만으로 당탑을 만들 수 있는 것도 그래서입니다. 연장을 제대로 갈고, 하라는 대로 순순히 해 나가면 되는 거예요. 아는 척한다거나 하면 망치는 거지요. 그렇게 하면 자기 마음대로 왜곡한다거나, 자기 생각대로 바꿔 버릴 수도 있거든요. 그러니 장인들만 모아서 일을 하면 일이 하나로 모이지 않고 흩어져 버려요.

장인이라는 자들은 실력이 좋잖아요? 그래서 모르는 사람이 보기에는 문제없이 일이 잘될 것 같지만, 그렇지 않아요. '나는 이렇게 하고 싶다.'든가, '이것만은 해야겠다.'는 식이 되어 버리면, 다들 중요한 것을 중간에 놓치고 말지요. 그런 의미에서, 순순히 자신에게 주어진 일을 해 나가는 이카루가코샤 같은 방식이 더 좋은 결과물을 만들 수 있어요. 하나로 모으기 쉽고, 다들 제대로 하니까. 일을 허투루 하지 않으니까. 일하는 현장에 참여하게 되면, 젊은 초짜배기들도 서로한테 배우면서 맡은 일을 제대로 하게 되지요, 그게 공부니까. 비슷한 실력을 지닌 장인들이 모이면 좀처럼 일이 제대로 안 됩니다. 그래서 이카루가코샤에서도 어느 정도 실력이 붙으면 독립시키는 것 아니겠어요?

아무튼 오가와 씨 처지에서 보면, 쉬운 일이 아닐 겁니다. 가르치는 것도 힘든 일이거든요. 매번 하나부터 새로 시작해서 가르치지 않으면 안 되니까요. 일이 몸에 붙은 사람을 쭉 쓰면 효율이 좋죠. 그 대신 그만큼 품삯을 높게 쳐 줘야 하고. 반대로 품삯이 싸면 가르칠 수 있는 거고. 그러니 어려운 부분이에요. 잘 해내고 있다고 생각합니다. 나로서는 불가능한 일이죠.

야쿠시지에 갔을 때, 니시오카 대목장이 "대패 좀 보여 주겠나." 하셔서 꺼내 보여 드렸어요. 그랬더니 곱자로 내 대패를 가리키며 "이걸로는 안 돼." 그러시더군요. 대팻집이 수평이 아니라고 하시면서. 그때 "네. 그렇군요." 했으면 좋았겠지만, "저는 이런 식으로 배웠습니다."라고 말대답을 했지요. 그래서 대목장께 "나를 거스르지 마라." 하는 말을 들은 적이 있어요.

보통 집목수들은 이것만 해 주면 된다는 식으로 가르칩니다. 대팻집이 평평하다면, 힘을 가장 많이 받는 곳이 제일 먼저 닳게 되지요. 그렇게 되면 조금씩 틈이 생기는데 일은 빨라요. 일이 빠르니 그걸로 됐다고 여기고 있었던 겁니다. 하지만 그게 아니었어요.

대팻집도 똑바로, 대팻날도 똑바로. 니시오카 대목장의 지론은 대팻집이 수평이 되어야 한다는 겁니다. 안 그러면 제대로 된 대패질을 못 한다는 말씀이셨지요. 대패질은 정직해서, 대팻집이 기울어져 있으면 똑바로 대패질을 할 수가 없어요. 정말 그렇죠. 긴 나무라면 그런대로 괜찮지만 짧은 나무라면, 대팻집이 수평이 아닌 상태에서 밀면 평면이 비뚤어지게 되거든요. 그러면 목재 자체가 휘어 버리기 때문에 쓸 수가 없어요. 니시오카 대목장이 하신 말씀 그대로인 거죠. 니시오카 대목장하고 함께 일을 하게 된 걸 다행이라고 생각합니다. 만약 그분하고 일을 하지 않았다면 기본을 바로잡지 못했을 테니까. 언제까지고 내 버릇을 고치지 못했을 테고, 그걸로 됐다고 굳게 믿었을 겁니다. 습관은 좀처럼 바로잡히지 않아요. 몸에 배어 버린 것이니까.

야쿠시지 금당 일이 끝나고, 이케다 건설 쪽 일로 도쿄에 갔어요. 이카루가코샤에 입사한 건 그 일이 끝난 뒤였지요. 오가와 씨가 회사를 차린다며 나를 불러들였어요. 그 뒤로 모형 제작 전문이 된 거죠.

지금까지 이카루가코샤에서 만들었던 거요? 호류지 삼중탑, 이전할 때 있던 야쿠시지의 종루, 호류지 오중탑, 쇼신지의 금당이랑 칠중탑, 감실* 모형을 만들었어요.

하나 만드는 데 일 년에서 이 년 정도 걸립니다. 학술 모형은 형태나 겉모습뿐만 아니라, 건축재 전체를 십분의 일이나 이십분의 일로 축소해서 만들거든요. 그래서 시간이 오래 걸리지요. 값이 얼마인지는 정확히 모르지만, 꽤 비싸기야 하죠. 웬만한 집 한 채 지을 정도는 될 거예요. 이 작은 모형을 만드는 데 그렇게나 돈이 많이 든다니, 죄스러운 마음에 편하게 누워 있을 수가 있어야죠. 제일 처음 모형을 만들 때는 열 시부터 이튿날 새벽 세 시나 다섯 시 무렵까지 일을 하기도 했어요. 그리고 아침 아홉 시까지 자고 일어나 다시 일을 했지요. 밥 먹는 시간도 아까울 정도였으니까. 일을 시작할 때부터, 다 된 모습이 궁금하기도 했고, 과연 이것이 제대로 짜 맞춰질까, 제대로 맞을까 싶은 걱정도 있었던 거지요. 그래도 짜 맞춰 올리면서 실패한 적은 없었어요.

실물보다 크기가 작기 때문에 세공이 어려워요. 연장도 내가 만들어서 쓰지요. 그런 연장을 팔지를 않으니까. 각각의 굴곡에 맞는 날붙이부터 이런 대패까지, 전부 만들어요. 연장을 못 만들면 모형 제작도 못 하는 거죠.

연장을 잘 만들 수 있게 된 건 예전 사부님 덕분입니다. 돈은 한 푼도 못 받았고, 연장도 최소한으로 주신 것만 썼거든요. 대패, 거친 숫돌, 고운 숫돌, 끌 세 자루, 그리고 톱. 쓰다가 휘어져도 부러지지 않을

*감실: 불상, 사리, 경전 따위를 넣어 두는 장 모양의 불구佛具.

것 같은 그런 톱이었지요. 그런데 조각을 하고 싶었어요. 조각도를 사고 싶었지만 돈이 있어야죠. 그래서 낡은 줄로 조각도를 만들었어요. 안 그러면 연장을 마련할 도리가 없었으니까.

지금도 사 가지고 온 간단한 날붙이를 뚝딱거려 필요한 연장을 만들 수밖에 없어요. 기와를 자르려면 기와용 날붙이를 만들어야 되는 거지. 기와 각도에 맞는 연장은 안 팔거든요. 그런데 지금처럼 연장을 처음부터 다 사서 주면, 스스로 연장을 만들려는 생각을 안 하게 돼요. 연장을 풍족하게 주지 않으면서, 스스로 만들 수밖에 없도록 했던 거죠, 옛 장인들은.

아니, 그건 모형 만드는 데만 해당되는 이야기는 아닙니다. 거대한 탑이나 당을 지을 때도 마찬가지지요. 손으로 하나씩 나무를 손질해가면 아무리 삐뚤삐뚤한 나무라도 쓸 수 있어요. 들보든 뭐든 다. 기계를 쓰기 시작하면 좋은 나무가 아니면 쓸 수가 없습니다. 굽은 나무도 쓸 수 없지요. 그런데 손으로 한다면, 변변찮은 나무라도, 굽은 나무라도 다 괜찮아요.

모형은 혼자서 전부 만듭니다. 도면 그리기부터 먹줄 긋기, 나무 하나하나 깎고 짜 맞춰 완성하는 것까지 다 혼자서 해요. 그게 재미죠. 모형을 만들기 시작하면 가만히 누워 있을 수가 없어요. 기술을 익혀 제대로 해낼 수만 있다면, 모형 제작만큼 재미있는 일도 없지요. 하지만 고독한 세계입니다.

작업장이 이 층인데요. 올라가서 목재 같은 걸 보면 알겠지만, 징글징글하지요. 지금은 호류지 오중탑의 두 번째 모형을 만들고 있어요.

앞으로 모형을 몇 개나 만들 수 있을까요? 예순다섯까지 앞으로 이

십 년 남았다고 보고, 하나 만드는 데 이삼 년. 그러면 몇 개나 되죠? 십 년에 세 개 정도구나. 궁궐목수보다 하나 만드는 데 더 많은 시간이 걸리는 거지요.

나는 이름이나 돈, 그런 걸 좇는 게 아니에요. 내가 만든 것이 어딘가에 남아 있다는 것, 그게 좋은 거지. 그것뿐입니다. 이름이 남는다거나 그런 게 아니라 건물 자체가 남는다는 것. 인간이나 인생이나 다 짧은 거잖아요? 내가 만든 것을 보고 '이런 걸 만든 사람이 있었구나.' 누군가 그렇게 생각해 주는 것만으로도 족해요. 그게 늘 마음에 담아 왔던 바람이고. 여태 모형 말고는 아무것도 만들지 않았으니 지금 내가 있을 수 있는 거라고 생각해요. 그러니 어느 날 내가 죽는다고 해도 그걸로 끝이 아닌 거고.

탑을 만들었다, 당을 세웠다고 말하기는 하지만, 건축은 수많은 사람들이 모여서 해내는 거지요. 사실 그런 건축물보다 모형이 더 소중히 다뤄집니다. 모형은 건축물 안에 모셔지는 거잖아요? 불이 나서 다 타 버리지 않는 이상, 언제까지고 남는 거지요. 실제 탑이나 당 같은 건물은 나중에 누가 수리하지 않으면 그 형태가 변해 버리거든.

뭐, 말은 이렇게 하지만 억지 생떼를 부리는 거죠. 내가 못 하는 일을 저쪽에서는 하고 있는 거니까. 그쪽에서 못 하는 걸 내가 하고는 있지만, 나머지는 그냥 자기만족일 뿐이에요.

가끔 나도 바라기는 해요. 평생에 하나라도 좋으니 진짜 탑을 세워 보고 싶다고. 하지만 끝까지 모형만 만드는 게 나한테는 더 좋지 않을까 싶기도 하죠. 진짜 탑을 짜 올리려면 장인을 써야 하잖아요? 혼자서는 못 하니까요. 뭐, 내가 제자를 키울 만한 사람도 못 되고.

지금 만들고 있는 호류지 오중탑에 들어가는 건축재요? 만 개는 될 것 같다고요? 그만치 될까? 세어 본 적이 없어서 말이죠. 서까래하고 기와가 몇 개나 되더라? 수키와가 천 개, 암키와도 천 개, 서까래가 오백 개쯤, 그것 말고 마감용 판재도 있고. 지붕재만 해도 천 단위로 계속 쌓여 가고, 대접받침이 또 한 칠팔백 개쯤 될 테고. 아무튼 건축재 전부 정확하게 이십분의 일 축척입니다.

모형 전문 목수가 된 거요? 우연이지요. 오가와 씨하고 우연히 만나게 되었고, 그 양반이 나를 인정해 줬거든. 오가와 씨를 만나기 전에도 경험을 쌓아 왔으니까 실력은 어느 정도 되었지만요.

직접적인 계기는 이거였어요. 내가 후쿠오카로 돌아갈 무렵, 오가와 씨가 만든 감실을 보고 "이런 데 아교를 발라서야……."라며 깎아내린 적이 있었거든요. 아교를 쓰지 않고도 짜 맞춰 올릴 수 있으니까, 이 정도라면 아교 없이 만들 수 있다고 말했지요. 나중에 니시오카 대목장께 여쭤 봤더니 아교 일이 최고의 기술이 필요한 일이라고 하시는 거예요. 어디가 최고냐고 물으니 각도가 정확히 맞지 않는 곳은 아교를 발라도 서로 달라붙지 않는다고 하셨지요. 못을 쓰면 억지로 부재를 연결할 수 있지만, 아교를 쓸 때는 각도와 면이 정확히 맞지 않으면 아무리 아교를 발라도 안 된다고. 대패건 끌이건 정확하게 연장질을 하지 않으면 두 부재가 연결되지 않는다는 말이었던 겁니다.

나는 못을 쓴다는 생각은 애초부터 없었어요. 부재를 연결하기 위해서는 어떻게든 얼개를 짜야 하고, 그렇지 않으면 각각의 부재가 서로 떨어져 버린다는 생각이었지. 아교 같은 걸로 붙여 놔도 금세 떨어진다는 생각으로 그렇게 말했던 거였고.

아무튼 그 일을 계기로 오가와 씨가 모형 일을 나한테 준 겁니다. '그렇다면 한번 해 봐라.' 뭐, 그런 마음이었는지도 모르지요.

만들어 보고 싶은 모형이요? 모형 전문 목수가 된 뒤로 야쿠시지 삼중탑을 만들어 본 적이 없어요. 제일 처음 만든 모형이 야쿠시지 삼중탑이었듯이, 내가 만드는 마지막 모형도 야쿠시지 삼중탑일지 모르지요. 야쿠시지 삼중탑을 마지막 즐거움으로 남겨 두자, 생각하고 있습니다.

(오키나가 고이치, 당시 마흔여섯 살)

● 목수, 가와모토 도시하루 川本敏春

1954년에 태어났고, 히로시마 출신입니다.

목수가 되고 싶다고 생각한 건 중학교 때부터였어요. 고등학교 갈 때 내 수준에는 좀 어려운 공립 고등학교를 지원했는데, 만약 떨어지면 그대로 목수가 되겠다는, 뭐 그런 마음이었습니다. 붙기는 했지만 고등학교에 들어가서도 썩 공부할 마음은 없었습니다. 언제 그만둬도 좋다는 생각으로 놀기만 했으니까요. 졸업만 하자, 그랬죠.

고등학교를 졸업하고, 일 년짜리 직업 훈련 학교에 건축과가 있어서 거기 들어갔습니다. 부모님은 반대하지 않으셨어요. 하고 싶은 일이 있으면 해라, 좋아하는 일이라면 그쪽 길을 선택해라, 하셨으니까요.

훈련 학교에 들어간 거요? 거기를 나오면 2급 건축사 시험을 칠 수 있는 자격을 주거든요. 그래서 들어갔던 거죠. 그해에는 떨어졌지만 그 다음 해 자격증을 땄습니다. 자격증을 따기는 땄지만, 2급 건축사로 살아간다는 건 생각도 못 했어요. 저는 목수가 좋았습니다. 초등학교 때부터, 비둘기 집 같은 걸 친구들한테 만들어 주고 그랬으니까요.

일단 훈련 학교에서 소개해 준 곳에 목수 견습생으로 들어갔습니다. 들어가긴 했습니다만, 수습 기간이죠, 아무튼 일 주일 만에 금방 그만두고 나왔습니다. 그리고 그 다음에는 친척 어른한테 신세를 졌습니다. 그분이 하시는 건축 사무소에 들어가 삼 년 있었습니다. 들어갈 때 계약서는 쓰지 않았지만, 제 스스로 삼 년이라고 기간을 정했습니다.

이 년째 되기 조금 전부터 그 건축 사무소에서 조립식 건축 일을 하기 시작했어요. 조립식 주택 같은 건 제가 할 일이 아닌 것 같아 바로 그만두고 싶었지만 거기 책임자가 좋은 사람이었습니다. 베풀어 주신 은혜도 있고 해서 삼 년은 일하자 싶었습니다. 월급도 받았습니다. 처음부터 받았죠. 입주 제자 형식으로 하루에 거의 천오백 엔이나 받았으니, 꽤 좋은 조건이었어요. 처우는 좋았지만, 아무래도 하는 일이 마뜩찮으면 어쩔 수가 없는 것이죠. 그쪽 사부님도 좋은 분이긴 했지만.

결국 그 다음에는 직업 훈련 학교 친구한테 부탁해 살림집 짓는 곳에 들어갔습니다. 거기서 도제 수업을 새로 받았다고나 할까요, 아무래도 그 시점에서 내가 할 수 있는 일이 어떤 건지 드러났으니까요. 살림집 일에서는, 날붙이를 가는 걸 그리 중요하게 치지는 않습니다. 하지만 꽤나 오래된 고전적인 일, 그러니까 대패와 큰자귀, 손도끼 같은 일은 전부 거기서 배웠습니다. 그때 배운 것들이 굉장히 많은 도움이 되었어요. 거기서도 삼 년 있었습니다.

그때, 책을 한 권 읽었습니다. 《이카루가의 명장, 궁궐목수 삼 대》라는 책이었어요. 이런 사람이 있다는 걸 안 이상, 가만히 있을 수가 없었습니다. 니시오카 대목장이 있는 곳으로 가고 싶었지요. 하지만 바로는 못 갔습니다. 사부님도 제 심정을 이해해 주셨지만 이런 말씀을 하셨어요.

"하지만 너, 우리 집에 있으면서 처음부터 일을 맡아 해 본 적은 한 번도 없잖아? 적당한 게 하나 있으니까 그걸 한번 만들어 봐. 성가신 내장은 하지 않아도 좋아. 그런 거야 하다 보면 다 되는 거니까."

그렇게 살림집 한 채를 지을 수 있게 해 주셨습니다. 졸업 시험이었던 거지요. 삼사십 평쯤 되는 집이었고, 그걸 말끔하게 완성한 뒤에 합격점을 받을 수 있었습니다.

그 일을 끝내고 니시오카 씨를 찾아갔습니다. 책에는 전화번호가 없었어요. 그러니 일단은 나라로 갈 수밖에 없었습니다. 가 보지 않고는 별다른 방도가 없는 셈이라, 차를 몰고 나라로 갔습니다. 집을 찾으려고 어슬렁거렸지만 못 찾겠더군요. 겨울이라 해가 짧았습니다. 그래서 공중전화 부스로 들어가 〈전화번호부〉를 뒤져 전화를 드렸습니다. 여덟 시 반이었나, 아마 시간이 벌써 그쯤 되었을 겁니다. 그때는 별말씀 없으셨지만, 다음 날 야쿠시지로 오라는 말을 듣고 현장에 갔다가 니시오카 대목장께 혼이 났습니다. 옆에 오가와 씨도 계셨지요.

"너냐? 어젯밤에 전화한 녀석이!"

현장에 들어서자마자 혼이 났죠. 야쿠시지 서탑 일이 거의 끝나 갈 무렵이었습니다.

"뭐, 오가와도 지금 일이 없으니, 제자는 들일 수가 없어."

니시오카 대목장은 대신 이케다 건설에 전화를 해 주겠다고 하셨습니다. 이케다 건설이라는 데가 어떤 곳인지 몰랐지만, 본능적으로 "그럴 필요 없습니다."라고 거절했습니다. 그때 오가와 씨가 "4월이 되면 연락을 주겠네." 하셨고, 그길로 고향으로 되돌아갔습니다.

이제 세 달 말미가 있으니, 고향 집 증축 공사를 할 수 있겠다 싶어서 돌아가자마자 자재를 주문했습니다. 그런데 주문한 자재가 도착하기 전날 오가와 씨가 "와 보지 않겠나?" 하고 전화를 주셨어요. 서탑 문을 짜는 일이 있다고 하셨습니다. 다시 가기는 했지만, 저도 심경에 뭔가 변화가 있었던 모양인지, 이러이러하니 아무래도 4월까지는 일을 하러 갈 수 없겠다고 말씀드렸습니다. 그렇게 첫 번째 기회를 놓치고 말았지요. 약속대로 4월에 갔더니 이번엔 8월에 오라고 하셨고……, 뭐, 계속 그런 식이었습니다.

그렇게 두 해 남짓 기다렸습니다. 몇 번을 가도 같은 형편이었고, "조금만 더 기다려.", "지금은 사람이 꽉 찼어." 그런 말만 들었으니까요. 두 번째 갔을 때 오가와 씨의 형제 제자뻘 되는 분이 일을 거들러 오지 않겠냐고 하셔서 거기에 간 적이 있습니다. 그때 오가와 씨는 도쿄 안논지랑 나라 현 야마토코리야마大和郡山의 지불당大持仏堂 일을 하고 있었는데, 완성되기 전에 한번 와서 보라고 하시더군요. 마음은 이미 포기한 상태였지만, 일부러 전화까지 주신 것이라 너무 기뻤죠.

그때 오가와 씨가 정말 대단해 보였습니다. 저하고 나이 차이는 여섯 살밖에 안 나지만, 실력 차이라고나 할까요, 직급부터가 다르기도 했고, 그 당시는 지금보다 그런 느낌이 훨씬 더 컸습니다. 지금이야 여섯 살이라는 나이 차이만큼, 그런 느낌이지만요. 그렇다고 오가와 씨가 일부러 잘난 체했다는 게 아니라, 제 눈에 그렇게 대단해 보였다는 말입니다.

그전에 찾아갔을 때, "옆에 있고 싶습니다. 돈도, 아무것도 필요 없어요. 청소하겠습니다. 그냥 옆에만 있게 해 주십시오." 하고 부탁했지만 돌아온 대답은 "필요 없어."였습니다. 제가 그런 처지가 되고 나서야 알았지만, 옆에 그런 사람이 있어 봤자 거치적거리기만 할 뿐입니다. 육 년이나 목수 수업을 받고 왔다는 건 아무 소용이 없어요. 연장을 조금 쓸 줄 안다는 것뿐이니까요.

그때 오가와 씨한테 이런 말을 들었습니다. 제자로 받아 달라고 하는 사람은 제자로 받지 않는다고. 제자로 받게 되면 평생 그 사람을 보살펴야 하기 때문이라고 했습니다. 아무튼 처음으로 찾아갔을 때가 스물여섯이었고, 이카루가코샤에 입사하게 된 건 스물여덟 살 때 일이었습니다.

역시나 일이 너무 좋았습니다. 결혼할 마음도 전혀 없었고요. 야쿠시지 금당이 완성된 걸 보니, 지금도 이런 걸 만드는 목수가 있구나, 좋아서 어쩔 줄을 몰랐죠. 더 이상 궁궐목수라고 할 만한 사람은 없다고 할까, 아무튼 그렇게 깊이 있게 일을 하는 사람은 없을 거다, 여기고 있었거든요.

당시 이카루가코샤에는 서른을 넘기면 숙사를 나가야 한다는 규칙이 있었습니다. 그래서 그때까지 숙사에 있었습니다. 미와타, 아이카와, 이렇게 두 사람이 함께 있었지요. 기타무라 씨는 아직 도쿄에 일이 남아서 그쪽 현장에 있었습니다.

이전까지 살림집 일을 했던 터라, 그래도 조금은 일을 할 줄 안다고 생각해 왔습니다. 하지만 오가와 씨의 끌 같은 걸 처음 봤을 때는 좀 열이 받더군요. 그런 적은 처음이었습니다. 아, 이 정도까지 날붙이를 간단 말인가, 싶었던 거죠. 그래서 정말 열심히 날붙이를 갈았습니다. 제대로 갈 수 있을 때까지 꽤 많은 시간이 걸렸어요. 그 전까지는 다 제멋대로였습니다. '뭐, 이 정도면 되지 않을까?' 하는 게 여기서는 용납되지 않았죠. 다들 정말 제대로 날붙이를 갈고 있으니까요.

이 년쯤 숙사에서 지냈습니다. 여기 들어와 제일 처음 했던 일이 사당 짓는 일이었습니다. 지붕 짜 맞추기부터 시작한 사당 일이 끝나자, 야마다山田에 있는 기쓰키진자杵築神社의 미즈야와 배례전 공사를 했습니다. 그 다음에는 니시오카 대목장 댁 별당을 지었고요. 그때부터 대부분 일을 저한테 맡겨 주셨다고 해야 하나, 아무튼 제자들 중에 제가 제일 위였습니다.

운이 좋았다고나 할까요, 시기가 좋았다고 해야 할까요, 저를 꽤나 예뻐해 주셨습니다. 가령 제 실력이 5일 때에는 6이나 7 정도로 어려운 일, 즉 더 윗단계의 일을 주셨고, 그걸 해내면 다시 8, 9, 이런 식으로 일을 주셨으니까요.

저도 지금에 와서야 알게 되었습니다. 젊은 제자를 들인다면 현장에서 배우게 해야 한다는 사실을요. 그렇게 맡긴 일을 해낸다면 그 제자는 일을 할 줄 아는 녀석이고, 그러면 또 다음 단계의 일을 맡기는 거지요. 일을 배운다는 건 그런 것이라고 생각합니다.

그러니 배짱이 없으면 못 합니다. 도면 같은 일을 주며 "이거 해 봐." 할 때, 전혀 아무것도 모르겠다면 안 되겠지만, 조금이라도 가망이 있다면, 모르는 부분을 필사적으로 공부해서 해내는 겁니다. 결국 스스로 배워 해내는 거지요.

목재의 크기도 전혀 다릅니다. 처음 보면 깜짝 놀라죠. 한 번 해 보면 알지만, 먹줄 긋기 같은 것도 처음에는 좀처럼 손을 못 댑니다. 그걸 해내면 어지간히 익숙해지는 거죠. 그렇게 익숙해지면 자동차 운전이나 마찬가지로 가끔 실수도 합니다. 저도 한 번 그런 적이 있어요. 산문에 쓸 나무를 짧게 잘라 버린 거지요. 그렇게 되면 아무튼 그 목재는 못 씁니다. 못 쓰게 된 나뭇값은 장인이 내야 하는 것이 당연하지만, 이카루가코샤는 그걸 대신 내줍니다. 이카루가코샤는 그런 일로 화를 내거나 혼을 내지 않아요. 그러니 본인이 제일 참담한 심경이죠. 혼나는 것보다 더요. '내가 그것밖에 안 되는구나.' 하고 스스로 생각하게 된다면, 그거야말로 본인에게 충격이니까요. 하지만 그렇게 해서 다들 커 가고 있습니다.

숙사를 나와서는 아파트에서 살았습니다. 야쿠시지 근처였죠. 아파트에 짐을 어느 정도 둔 채 그 다음에는 나고야 현장으로 갔고, 거기에서 결혼했습니다.

슬슬 결혼할 때가 됐다고 해야 하나, 주변에서도 결혼하라고 성화였고, 그래서 열심히 결혼 상대를 찾았습니다. 맞선도 여러 번 봤고요. "궁궐목수세요? 대단하시네요."라고 말해 주는 여자가 없었습니다.

우리더러 '이카루가코샤의 졸업생'이라고들 하시지만, 잘 실감이 되진 않습니다. '좋아. 일에 대해 전부 알았다. 그러니 이제 무서울 건 하나도 없다.' 뭐, 이런 마음으로 나갔던 게 아니니까요.

지금 하고 있는 오사카 일이 끝나면 히로시마로 돌아갈 생각을 하고 있습니다. 독립해서 내 회사를 차려 볼까 하는 생각도 가끔 합니다. 이름이야 어찌 됐건 상관없지만, 그렇게 해서 내 사람이라고 할까, 아무튼 그런 조직을 꾸리고 싶습니다. 저도 나이가 마흔하나라 점점 체

력적으로도 힘들고, 혼자서는 할 수 없는 일이니까요. 그렇다고 다른
데서 온 장인들을 쓰자니 믿음도 안 가고요. 그래서 제가 있는 곳에서
도 장인을 키울 생각입니다. 이카루가코샤와 서로 오가며 일을 해 나
갈 수 있다면 좋겠지요.

(가와모토 도시하루, 당시 마흔한 살)

3. 니시오카 쓰네카즈가 손자 제자들에게

니시오카 쓰네카즈가 손자 제자들에게 전한 것

1993년 12월 26일, 호류지 앞에 있는 음식점 '도미사토寫里'에, 일을 마친 이카루가코샤의 젊은이들이 모였다. 각지의 현장에서 모여든 제자들이었다. 이카루가코샤의 송년회가 벌어질 예정이었다. 오가와는 바로 옆에 있는 니시오카 쓰네카즈의 집으로 대목장을 모시러 갔다. 올해 송년회는 니시오카 대목장의 쾌유와 문화 공로상 수상을 함께 축하하는 자리였다. 그래서 오늘은 니시오카 대목장의 부인, 아들, 딸, 손주들도 초대되었다.

니시오카 대목장은 지팡이를 짚고 등장했다. 요즘 들어 걸음걸이가 불안해졌기 때문이다. 그렇지만 사람들 앞에 나설 때에는 변함없이 단정하게 차려입고 나온다. 그날도 대목장은 베레모에 재킷, 반질반질하게 잘 닦인 구두를 신고 있었다.

송년회장은 이 층 큰방이었다. 니시오카 대목장 부부가 윗자리에 앉았고, 맞은편 왼쪽으로 이카루가코샤의 젊은이들이 오가와를 필두로 기타무라, 오노, 가쿠마 순으로 자리 잡고 앉아 있었다. 맞은편 오른쪽으로는 니시오카 쓰네카즈의 가족들, 장남 다로, 차남 겐지, 그들의 식솔들, 따님, 손주들이 앉아 있었다.

이카루가코샤의 젊은이들이 니시오카 쓰네카즈와 그의 가족들 얼굴을 마주하는 것은 그날이 처음이었다. 이카루가코샤의 젊은이들 중에는 니시오카 쓰네카즈의 책을 읽고 이 길로 들어선 사람도 많았다. 그들에게 니시오카 쓰네카즈는 교과서에 나오는 사람이자, 구름 위에 있는 듯 쉽사리 접할 수 없는 인물이기도 했다.

오가와가 이런 자리를 만든 것은 니시오카 대목장이 건강할 때 모든 제자들과 만나 볼 수 있게 하자는 생각 때문이었다. 니시오카 대목장은 젊은이들에게 한마디 전해 두고 싶은 것이 있었고, 니시오카의 아들들은 아버지를 존경하고 그 뒤를 잇는 사람들에게 고맙다는 인사를 전하고 싶었다.

그날, 니시오카와 오가와, 그리고 그 제자들로 이어지는 궁궐목수 삼 대가 한자리에 모였다. 그리하여 그날 송년회는 예기치 않게도 '궁궐목수 일문'의 모임이 되었다.

이때의 모습을 소개하고자 한다. 니시오카가 제자들을 어떻게 생각하고, 제자들이 니시오카를 어떻게 우러르는지, 본래 뒤를 이어야 했던 아들들이 궁궐목수의 일과 이카루가코샤를 어떻게 생각하고 있는지 알 수 있기 때문이다.

송년회는 오가와의 인사말로 시작되었다.

"오늘은 대목장과 대목장의 자제분들, 이분들과 지금껏 한 번도 얼굴을 마주한 적 없었던 이카루가코샤의 손자 제자들이 한자리에 모였습니다. 문화 공로상을 시작으로, 지금까지 대목장께서 받은 상을 축하하는 자리와 송년회를 겸해 이런 모임을 마련할 수 있게 되어 기쁘게 생각합니다. 대목장께는 지인들이 많습니다. 그분들은 대목장을 받드는 모임을 만들자거나, 대목장의 수상 축하 자리를 마련해야 한다고 늘 말씀하십니다. 하지만 정작 당신의 제자와 자녀들은 그런 것에 마음을 쓰지 못했고, 이렇게 미뤄지고 말았습니다. 부디 너그러이 용서해 주시기를 바랍니다. 머리 좋은 사람이 별로 없어서 그런 어려운 일에는 생각이 못 미치고 말았고, 오늘에서야 이런 자리를 마련하게 되었습니다.

니시오카 대목장 집안은 옆에서 보기만 해도 실로 행복한 가정입니다. 그리고 이카루가코샤도 다들 이렇게 젊고, 최선을 다해 열심히 하고 있습니다.

12월 26일인 오늘은 대목장께서 1908년 9월 4일에 태어나신 뒤, 삼만 칠백구십사 일째 되는 날입니다. 그 삼만 칠백구십사 일을 매일같이 착실하게 보내 오신 덕분에, 오늘과 같은 날을 맞이할 수 있었고, 지금의 대목장이 계실 수 있는 것이리라 생각합니다. 우리도 대목장을 본받아, 서두르지 않고, 허둥대지 않고, 태만함이 없는 하루하루를 보냈으면 좋겠습니다. 부디 앞으로도 많은 가르침을 부탁드립니다."

이어서 니시오카 쓰네카즈가 인사말을 했다. 다리가 불편해 앉은 채였지만, 크고 또렷한 목소리였다. 이카루가코샤의 젊은이들은 다들 정좌하고 앉아 등줄기를 곧추세운 채 듣고 있었다.

"여러분, 안녕하십니까. 제 얼굴을 처음 보는 사람도 있을 것입니다. 오늘은 이카루가코샤의 제자 스물한 사람이 한데 모였다고 들었습니다. 이만큼 모였으니 어떤 것이든 완성해 낼 수 있는 힘이 있을 것입니다. 그러니 열심히, 그 무엇도 두려워 말고 궁궐목수 일에 열중해 주기를 바랍니다.

명인이니 뭐니 말들은 많지만, 명인에도 여러 종류가 있습니다. '손을 베고, 음경을 내보이고, 못을 흘리고 다니는' 그런 폐만 끼치는 '메이진迷人▪'도 있는가 하면, 진정한 의미의 '메이진名人'도 있습니다. 여러분들은 진정한 명

▪ 메이진迷人 : 명인名人과 폐를 끼치는 사람이란 뜻의 '迷人' 일본어 소릿값은 둘 다 '메이진'이다.

인을 목표로 전진해 주시기를 바랍니다. 이 말로 간단하게나마 인사를 대신 합니다."

니시오카 대목장의 인사말 가운데 "손을 베고, 음경을 내보이고, 못을 흘리고 다니는"이라는 말은, 목수들 사이에서 '폐만 끼치는 목수'를 일컫는 말이다. "손을 베고, 음경을 내보이고, 못을 흘리고 다니며, 곱자를 잃어버려 허둥지둥대는 목수"라는 말의 일부로, 손을 벤다거나, 옷차림이 칠칠치 않아 성기가 옷 밖으로 드러난다거나, 못을 흘리며 걸어 다닌다거나, 소중한 곱자를 어디 뒀는지 잊어버려 여기저기 찾으러 다니는 사람은 목수 중에서도 폐만 끼치는 자라는 경구이다.

이후 제자들은 기타무라부터 이름, 고향, 입사 이력 따위를 말하며 차례차례 자기소개를 했다. 니시오카 대목장으로서는 처음 만나는 제자도 있었고, 자신을 찾아와서 오가와 쪽으로 연결시켜 준 제자, 이전부터 몇 차례 만났던 제자도 있었다. 제자들은 자리에서 일어나 큰 소리로 인사를 했다. 그들의 말 한 마디 한 마디를 니시오카 대목장은 고개를 끄덕이며 듣고 있었다.

스물한 명의 자기소개가 끝나자, 니시오카 집안을 대표해 차남인 니시오카 겐지가 일어났다. 건배사를 하기 위해서였다. 겐지는 니시사토 근처에 살며 제약 회사에 다닌다.

"저는 둘째아들 겐지라고 합니다. 태어나 자란 곳은 나라 현 호류지입니다. 오늘은 대단히 외람되지만, 제가 건배 선창을 하게 되었습니다. 다들 잘 부탁드립니다.

호화로운 요리를 앞에 두고 길게 인사를 드리는 것도 예의가 아닌 것 같아, 오늘은 이 자리를 빌려 여러분께 한마디만 감사 말씀을 올리고자 합니다.

여러분. 여기 앉아 있는 저희 형, 장남 다로와 차남인 저, 이렇게 둘이나 되는 아들들은 아버지를 제대로 보필하지 못했습니다. 그런데 여러분들이 아버지를 섬겨 주셨고, 이렇게 아버지의 명예를 쌓아 주셨습니다. 저희 두 사람 모두 이 자리에 대단히 괴로운 마음으로 나왔습니다. 전혀 다른 집안에서 태어나 전혀 다른 곳에서 자란 여러분들이 저희들이 해내지 못한 것을 해 주고 계시기 때문입니다. 여러분은 아버지의 뜻을 어어 주고 계실 뿐 아니라, 앞으로도 오랫동안 이어질 목조 건축 기술을 전승해 주고 계십니다. 본디는 저희들이 해야 하는 일이었습니다. 하지만 저희가 버리고 만 길을, 오가와 씨를 시작으로 이카루가코샤 여러분들이 계승해 주셨다는 것은 저희에게 대단히 부끄러운 일이기도 합니다. 또한 항상 고마운 마음을 품고 있습니다.

오늘, 이렇게나 성대한 축하와 송년회 자리를 마련해 주셔서 감사한 마음에 가슴이 벅찹니다. 더 이상 말하면 눈물이 날 것 같네요. 제가 원래 단순하고 눈물이 많습니다. 주절주절 긴 이야기를 늘어놓고 말았습니다. 그러면 여러분, 술잔을 들어 주시고, 건배를 해 볼까 합니다. 이카루가코샤 스물한 명, 모든 제자분들의 건강을 빌며, 여러분들의 기량이 점점 더 빛을 발하길 바랍니다. 또한 우리 아버지 니시오카 대목장께서 점점 더 건강해지시고 오래 사시기를, 그리고 우리 어머니, 형, 가족 모두의 건강과 번영을 기원하며 건배를 하고자 합니다. 건배!"

차남 겐지와 장남 다로는 이카루가코샤 제자들의 아버지뻘 되는 나이였다. 젊은 제자들은 니시오카 쓰네카즈를 우러렀고, 대개는 어렵게 제자로 받아들여진 만큼, 아들들이 왜 니시오카의 뒤를 잇지 않았는지 그 이유를 모를 것이다. 니시오카 대목장은 여러 책에서 왜 아이들에게 굳이 뒤를 잇게 하지 않았는지 썼고, 오가와도 책 속에 그런 사정을 적어 두었다. 나 역시 대목장의 아내와 자식들에게 그간의 사정을 들은 적이 있다. 그것을 간추려 설명하고 넘어가자.

니시오카 집안은 대대로 호류지의 목수였고, 할아버지 대부터 그 목수들의 우두머리 노릇을 해 왔다. 그러나 그 생활은 녹록지 않았다. 니시오카의 할아버지는 니시오카를 "일이 없을 때는 밭을 갈고 벼농사를 짓도록" 가르쳤다. "절대로 민가를 지어서는 안 된다. 돈을 좇다 보면 일이 조잡해진다."며 자신들이 먹을거리는 스스로 마련할 수 있도록 대대로 논밭을 물리며 부쳐 왔다. 아내도 밭을 갈았고 아이들도 그 일을 도왔다. 그러나 지금처럼 거대한 건물을 세워 올릴 기회는 없었고, 신사를 고친다거나 사찰의 잡기를 만드는 나날이었다. 잘되면 대규모 해체 수리라는 일을 만날 수 있었지만, 그 당시에는 일본과 호류지가 그 정도로 풍족하지는 못했다. 일이 없는 시대가 계속되었다. 그럼에도 장인의 일이란 '집안'에서 잇는 것이었다.

니시오카 쓰네카즈는 아이들이 한참 커 나갈 무렵 결핵에 걸렸다. 아내에게도 결핵이 전염되었고, 구사일생으로 겨우 목숨을 건질 수 있었다. 할아버지께 받은 가르침을 지켜 살림집 일을 하지 않고, 어디까지나 궁궐목수다운 자세를 지키며 생활을 해 나간다는 것은 이만저만한 고생이 아니었다. 논밭을 팔아서 근근이 먹고살았다. 자식들은 그간의 고생을 잘 알고 있었고, 그 고생을 알기에 대대로 물려 온 궁궐목수의 뒤를 잇지 않았다. 니시오카 대목장도 자식들에게 억지로 자신의 뒤를 잇게 하지 않았다. 그런 사실을 잘 알기 때문이었다.

오가와가 제자로 들어온 것은 그런 시대가 한 고비를 넘긴 후였다. 오가와가 처음 찾아갔을 때, 니시오카 대목장은 호류지 작업장에서 냄비 뚜껑을 깎고 있었다. 그리고 일이 생길 때까지 기다려야 한다고 오가와에게 말했다. 그런 시대를 뒤돌아보면, 지금 수많은 젊은이들이 궁궐목수가 되겠다고 찾아오는 것이 니시오카 대목장으로서는 내심 신기할 수도 있을 것이다.

다로와 겐지는 아버지의 뒤를 잇지 않았던 것, 아버지 혼자 학자들과 맞서 논쟁을 벌이는 모습을 보고도 돕지 못했던 것을 내도록 가슴 아프게 생각했다. 그런 것들이 이날 인사말에 드러났던 것이다. 인사말이 끝난 후 두 아들은 연회장을 돌며 이카루가코샤의 젊은 제자들 한 사람 한 사람에게 고맙다는 인사를 건네며 맥주를 따랐다.

식사가 시작되었고, 중간에 하라다 마사루가 고향 민요인 '가고시마 고하라부시鹿児島小原節'를 부르며 춤을 췄고, 마쓰모토 겐쿠로는 고향의 전통 북인 '류진타이코'를 쳤다. 제자들이 노래를 부르면 겐지와 손주들이 답가를 불렀다. 그리고 이카루가코샤 제자들 모두가 노동요인 '나무 옮기기 노래木遣り'를 합창했다.

예전부터 니시오카 대목장은 술이라면 한 방울도 입에 대지 않았다. 술은 자신을 망각하게 하기 때문이다. 이날도 그는 차와 주스를 마시며 음식을 먹었다. 니시오카 대목장은 손자 제자들을 부드러운 눈으로 바라보았고, 노래가 끝날 때마다 젓가락을 내려놓고 박수를 쳐 주었다. 식사가 끝나 가자 장남인 다로가 인사말을 하기 위해 일어섰다.

"아버지의 수상을 축하하는 자리이니 일가족과 제자 모두 참석하라고 해서 별 고민 없이 참석하게 되었습니다만, 여러분들에게 저는 대단히 죄송스러운 마음을 품고 있었습니다. 오늘 이런 자리가, 변명할 기회를 주신 거라는 생각도 하게 됩니다. 하지만 무엇보다도 우선 여러분들께 정말 감사하다는 말씀을 전하고 싶습니다.

저희 아버지시지만, 옛날 일을 돌이켜보면 귀신처럼 무서운 분이셨습니다. 저희 자식들한테는 호랑이 같은 아버지셨지요. 이런 아버지를 제자 여러분들이 공경해 주시니 정말 고맙습니다. 보시다시피 지금 아버지는 완전히 호호 할아버지처럼 부드러워지셨습니다. 가끔 옛날 성격을 슬쩍 드러내실 때도 있지만요. 조금만 더 빨리 지금처럼 호호 할아버지가 되셨다면 저희 자식들 생각도 조금 달라지지 않았을까 하는 생각도 하게 됩니다. 여러분 정말 고맙습니다. 노래 한 곡 하겠습니다."

다로는 '스바루昴'라는 노래를 불렀다. 니시오카 대목장은 "호랑이 같은 아버지였다."는 장남의 인사말에도 흐뭇하게 웃고 있었다. '호류지 귀신'이라 불리며 세상 사람들에게 두려움을 사고, 집에서도 결코 그 자세를 흐트러트리지 않았다는 엄격한 모습은 그 어디에도 없었다. 니시오카 쓰네카즈는 그해 여든여섯이었고, 제자인 오가와 미쓰오는 마흔일곱이었다. 다로의 노래가 끝난 뒤, 앉은 채로 마이크를 건네받은 니시오카는 마지막 인사말을 전했다.

"감사하다는 말씀을 드리겠습니다. 여러분, 오늘 이런 자리를 마련해 주셔서 정말 고맙습니다. 이카루가코샤 여러분, 두둑한 배짱으로 일에 몰두하길 바랍니다. 그럼 마지막으로 '남자의 노래男の歌를 부르겠습니다.'"

노래가 끝나자 오가와는 니시오카 대목장이 이카루가코샤의 제자들에게 주고자 시키시를 준비해 왔다고 밝혔다. 이날을 위해 조금씩 붓을 놀려 시키시를 만들어 두었던 것이다.

니시오카는 시키시를 집어 들며 말했다.

"다들, 읽기 전에 들어 주길 바랍니다. '가람을 지을 때는 사신 상응의 땅을 고르라.', 그리고 '당탑을 세울 땅은 탑의 높이를 기준으로 나누라.'는 구전이 있습니다. 두 번째 구전은 가람을 지을 땅을 가를 때, 탑의 높이가 모든 것의 기준이라는 것입니다. 그것을 잘 기억해 두어야 합니다."

시키시 한 장 한 장, 니시오카 대목장이 쓴 글은 호류지 목수에게 전해 오는 구전이었다. 오가와가 이름을 부르면 한 사람씩 니시오카 대목장 앞으로 나와 시키시를 받았다. 그 시키시는 니시오카가 손자 제자들에게 남긴 것 중, 무언가 형태가 있는 최초의 것이었다. 그리고 아마도 최후의 것이 될지도 몰랐다. 니시오카는 한 사람 한 사람 모두에게 말을 건넸다.

"오노 씨. 도편수 대리 노릇, 잘 부탁하네."

"겐쿠로, 아버지는 어떠신가?"

마쓰모토 겐쿠로의 아버지는 예전에 니시오카 쓰네카즈의 부도편수로서, 야쿠시지 가람 재건을 도운 뛰어난 장인이었다.

"탑의 높이가 가람 토지 분할의 기준이라는 말, 꼭 명심하게."

이렇게 이카루가코샤의 젊은이들은 각자 니시오카와 얼굴을 마주했고, 이야기를 나누었으며, 니시오카 쓰네카즈가 이어 온 호류지 목수의 구전을 시키시라는 형태로 전해 받게 되었다. 그 종이에 쓰인 모든 문장은 호류지의 대목장이 새기고 행해야 할, '나무의 마음'을 헤아려 '나무의 생명'을 살려야 한다는 구전이었다.

이카루가코샤의 젊은이들에게 고한다.

스승에게만 기대지 말 것.

일의전심一意專心, 스승을 넘어서기 위해 절차탁마 공부할 것.

이것이 장인의 길을 가는 자가 지녀야 할 문화의 핵심이다.

항상 말하는 데 조심할 것.

호류지·야쿠시지 우두머리 목수

니시오카 쓰네카즈

새로운 출발

1994년 10월 13일, 이카루가코샤의 젊은이들이 이바라키 현 류가사키에 있는 쇼신지 숙사에 모였다. 쇼신지는 이미 상량을 마쳤고, 기와를 깔기 시작했다. 그해 봄까지는 아무런 형태도 없었지만, 작업장에 산처럼 쌓여 있던 목재가 기둥, 들보, 인방이 되었고, 하나의 건물로 짜 맞춰 올려진 것이었다.

도치기 숙사에서는 가쿠마가 밑에 있는 젊은이들을 데리고 참석했고, 나라에서는 오가와가 왔다. 쇼신지 일이 끝을 가늠할 수 있게 된 터라, 새로운 일을 할 사람들을 꾸려야 했다. 그 내용을 발표하고자 오가와가 모두를 모은 것이다. 그날 현장은 다섯 시에 일을 마쳤다.

오가와 료이치와 마에다 세이키가 일터 뒷정리를 했고, 부엌에서는 하나타니 다이키가 새로 들어온 다니구치 노부유키谷ロ信후와 함께, 곧 벌어질 뒤풀이 준비를 하고 있었다. 가쿠마와 제자들 몇 사람은 이곳 숙사에서 쓰던 세탁기

한 대, 냉장고 한 대, 침대 세 개를 끌고 온 짐차에 옮겨 싣고 있었다. 하라다 마사루는 초밥집에 가서 초밥과 간단한 안줏거리를 사 왔다.

준비가 끝나자 모두가 식당에 모여 앉았다. 오가와가 일어서서 쇼신지 진행 상태를 발표하며, 젊은 제자들의 노고를 치하했다. 그리고 새로 짠 작업 인원을 발표하기 시작했다.

다음 대규모 공사는 사이타마埼玉 현 히가시마쓰야마東松山 시에 있는 사이묘지였다. 가쿠마가 도편수를 맡아 목재 준비를 진행하고 있으며, 얼마 전 현장 근처에 새로운 숙사가 완성된 참이었다.

내부 공사만 남겨 둔 참이라 쇼신지 현장에 있던 지바 마나부, 후지타 다이, 오하시 마코토가 사이묘지로 가게 되었다. 마에다 세이키는 기타무라 도모노리가 책임지고 있는 나라 현 스사노오진자素盞嗚神社로 간다. 건물 규모가 작은 현장이지만, 처음부터 끝까지 모든 일을 경험해 볼 수 있을 것이다.

마쓰모토 겐쿠로는, 이카루가코샤를 졸업하고 독립해 나간 다카사키를 도우러 도치기로 가게 됐다. 마지막으로 오가와 료이치는 살림집 건축을 배우기 위해 이시모토 밑에서 삼 년 동안 수업하게 되었다.

발표가 끝나자 새로 입사한 다니구치 노부유키를 소개했다. 오가와는 그의 경력과 이력을 소개하지 않고 "새로 들어온 다니구치입니다. 가쿠마가 있는 사이묘지 현장에 견습으로 들어갑니다."라고만 할 뿐이었다. 견습으로 들어온 자의 과거나 경력, 가족에 관한 것들이 목수 수업과는 아무 상관 없는 것이라 생각하기 때문이었다.

다니구치는 고등학교 때 학년을 유급했고, 결국 자퇴했다. 공부가 하기 싫기도 했고, 후배들과 배우는 것도 싫었기 때문이다. 그렇다고 새로운 길을 찾고 있었던 것도 아니었다. 다니구치는 도로 공사 막노동 일을 찾아갔다. 거기서 일하던 어느 날, 선배들을 통해 오가와 미쓰오의 이야기가 담긴 《다시, 나무에게 배운다木のいのち木のこころ-地》를 읽게 되었다. 이카루가코샤를 알게 된 다

니구치는 9월 초에 면접을 보았고, 그렇게 입사한 지 얼마 되지 않던 터였다.

발표가 끝나자 맥주로 건배했다. 오가와는 쇼신지 공사에 대한 것들을 물으며 모두와 이야기를 나눴다.

"그것 봐. 하면 되는 거다. 목재가 쌓여 있을 때, 이런 건물이 완성되리라고 누구도 생각 못 했을 거다. 훌륭해. 다부지게 잘 세웠다. 이걸 만든 건, 바로 너희들이다."

다들 정말 그렇다고 생각했다. 도치기 현장에서 일하던 제자들도 쇼신지 공사를 도와주러 온 적이 있었다. 이 건물을 짓기 시작할 때에 입사한 사람도 많았다.

"오노가 해낸 일이다."

오가와의 이 말에 오노는 쑥스러워하며 웃었다.

오가와는 맥주를 마시며, 살림집 일을 가르치기 위해 아들인 료이치를 다른 곳에 보내게 됐다는 것, 그리고 이카루가코샤에 계속 남을 의지가 있는 사람은 나중에 차례대로 다른 곳으로 보내 경험을 쌓게 할 생각이라는 말을 했다.

바로 그날까지 함께 일하던 동료들이었지만, 멀리 다른 일터로 떠난다는 걸 그다지 아쉬워하지 않았다. 옛날이야기를 하거나 하지도 않았고, 새로운 현장에 대한 걸 묻지도 않았다. 맥주를 마시며 초밥과 안주를 먹었고, 농담을 하며 왁자지껄 웃었다. 이카루가코샤 야구단의 주역들은 사이타마 현장으로 옮겨가게 되었다. 그런 이야기들을 나누며 웃고 떠들었다.

"일 등은 상금 일만 엔!"

오가와가 그렇게 외치자, 팔씨름 대회가 시작됐다. 제비뽑기로 대전 상대가 결정됐고, 그해 봄 입사한 하나타니, 9월에 입사한 다니구치, 강력한 우승 후보인 오노는 물론, 오가와도 참가했다. 다들 완력에는 자신이 있었다.

이 회전에서 료이치가 오노를 꺾었다. 그리고 오가와를 꺾고 결승전에 오른 지바와 맞붙었다. 이번 팔씨름 대회의 우승자는 료이치였다. 모두가 깜짝 놀랐다.

고교 중퇴에, 시너를 들이마시고 놀던 료이치가 그 전까지의 불규칙적인 생활에서 벗어나 오노 밑으로 들어간 지 이 년. 그동안 날붙이 갈기는 모든 이들이 인정할 만큼 훌륭해졌다. 그리고 그런 료이치가 지금, 새로운 출발을 맞이하여 열린 팔씨름 대회에서 우승한 것이다. 상금을 전한 뒤, 여섯 시부터 시작된 뒤풀이가 끝났다.

다른 현장으로 가게 된 자들은 내일, 자신의 연장과 침구를 들고 떠난다.

남게 된 자들은 내일도 변함없이 하던 일을 계속한다. 사이묘지 현장의 제자들은 짐과 연장을 짐차에 싣고 떠났다. 하나타니와 다니구치가 뒷정리 중이고, 료이치와 마에다는 조금 전까지 쓰던 연장을 정리해 연장통에 넣고 있다.

사람은 현장에서 일을 하고, 배우며, 성장한다. 오가와는 항상 말한다. 진보의 기초는 "티 없이 순수한 마음으로 있는 그대로를 받아들이는 것"이라고 말이다.

배움을 시작한 젊은이들이 새로운 마음으로 돌아가, 스스로 자신의 계단을 한 단계 더 올라섰다. 그날은 그런 날이었다.

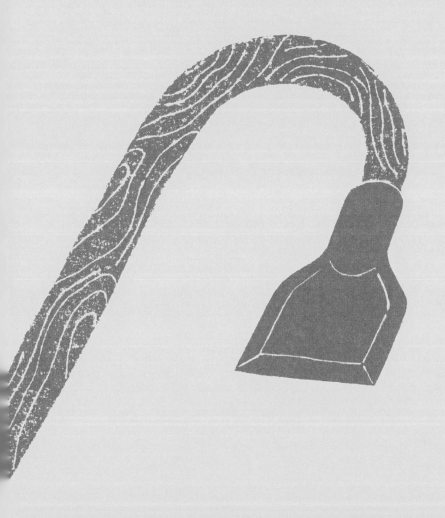

부록

후기 _ 듣고 정리한 자의 이야기

처음으로 니시오카 쓰네카즈 씨의 이야기를 들으러 간 날은 1985년 1월 21일이었다. 아웃도어 잡지에 궁궐목수 대목장의 인터뷰를 연재하기 위해, 야쿠시지 사경실 뒤에 있던 사찰 관리소를 찾아갔다. 니시오카 씨는 1908년 9월 4일생으로, 당시 일흔여덟이었지만 정정한 모습이었다. 감색으로 물들인 작업복 윗옷에 잘 다림질된 바지, 작업복 안에는 셔츠에 넥타이를 매고 있었다.

방 한쪽에 간단한 손님맞이 탁자가 있었고 거기에서 이야기를 들었다. 니시오카 씨의 목소리는 굵고 울림이 좋았고, 이야기에 망설임이 없었다. 이야기는 목수의 실전 기술이나 연장에 관한 것뿐만 아니라, 대목장으로서 사람의 마음을 장악하는 방법, 나무의 성질, 자연관, 사회관에까지 이르렀다. 이야기를 나누는 동안 야쿠시지와 호류지를 여러 번 거닐었다. 그때마다 그는 늘 손에 곱자를 쥐고 있었다.

그때 연재한 글은 1988년 《나무한테 배워라》라는 단행본으로 출판됐다. 그리고 사 년쯤 흐른 뒤에, 소시샤草思社에서 니시오카 씨가 마지막 책을 정리하고 싶어 한다며 다시 한 번 이야기를 들어 줄 수 없겠냐고 물어 왔다. 망설였다. 나로서는 이전 책에서 묻고 싶은 것을 다 물었다고 생각했기 때문이었다.

단지 하나, 할아버지인 쓰네키치, 아버지인 나라미쓰, 그리고 니시오카 쓰네카즈 본인으로 이어져 온 기술과 구전이 앞으로는 어떻게 이어질 것인가 하는 문제만큼은 마음에 걸렸다. 그래서 니시오카 씨가 유일하게 집에 들여 기른 제자, 오가와 미쓰오 씨가 인터뷰 장에 나와 주는 것을 조건으로 달았고, 다시 한 번 니시오카 씨의 이야기를 듣고 정리하기로 했다. 스승의 기술을 이어받은 오가와 씨가 자리에 함께하면 새로운 부분이 드러날 수 있으리라 여겼다. 스승의 이야기를 들을 수 있는 좋은 기회라며, 오가와 씨도 흔쾌히 수락해 주었다.

그리하여 1992년부터 나라를 오가는 생활이 다시 시작되었다. 니시오카 씨는 이미 여든다섯, 현장을 떠나 가끔 사찰 관리소에 얼굴을 내미는 정도였다.

인터뷰는 니시오카 씨 댁의 방이나 거실에서 했다. 여름에는 시원한 시간에, 추운 시기에는 따뜻한 날을 골라 이야기를 나눴다. 검사를 받고자 입원했을 때에는 "지루하니 이야기하러 오지 않겠나?" 하고 불러 주셔서 병실에서도 인터뷰를 했다. 자신이 죽더라도 기술을 이을 사람이 있고, 야쿠시지 가람을 재건하는 일 또한 도면을 그려 남겨 됐으니 여한이 없다고 하는 그에게, '호류지 귀신'이라 불리던 시절 모습은 더는 남아 있지 않았다. 결국 《나무에게 배운다》가 니시오카 씨가 남긴 마지막 인터뷰가 되었다. 그 자리에서 오가와 씨가 들려준 스승에 대한 이야기, 일에 얽힌 이야기, 스승과는 다른 방법으로 제자를 기를 수밖에 없었던 이야기는 《다시, 나무에게 배운다》 '地'편으로 묶었다.

1993년 12월 9일, 문화 공로상 수상 축하를 겸해, 스승과 제자의 인터뷰집 동시 출간을 기념하는 잔치가 열렸다. 오가와 씨의 부축을 받으며 단상에 선 니시오카 씨는 "이렇게 수상할 수 있었던 것은 여러분 덕분입니다. 감사합니다."라고 아주 간단한 인사말을 했을 뿐이었다. 같은 달 26일, 호류지 근처 식당에서 송년회가 열렸다. 오가와 미쓰오 씨와 이카루가코샤 제자들이 모인 그 자리에서 니시오카 대목장은 자신의 손자 제자인 이카루가코샤의 젊은이들에게 시키시를 건네주며 "여러분이 뒤를 이어 주시니 안심이 됩니다. 잘 부탁드립니다."라며 기쁜 얼굴로 인사말을 했다. 상당히 인상적인 장면이었다. 삼 대에 걸쳐 기술과 정신이 대물림되는 자리에 함께하고 있다는 느낌이었기 때문이다.

이카루가코샤는 오가와 씨가 이끄는 궁궐목수 장인 집단이다.

스승의 기술, 삶의 방식은 일과 수업을 통해 제자들에게 옮겨 간다. 그러나 제자에게는 스승의 시대와는 다른 '제자의 시대'가 있다. 시대란 늘, 인간이 살아가는 방식에 커다란 영향을 미친다. 오가와 씨에게는 수많은 제자가 있다. 그들은 자기 스승을 어떻게 바라보고 있으며, 어떻게 생각하고 있을까? 또한 이카루가코샤만의 독특한 수업 방식을 어떻게 생각하고 있을까? 이런 흥미가 《다시, 나무에게 배운다》 'ㅅ'편을 만들어 냈다. 《다시, 나무에게 배운다》 'ㅅ'

편에 등장하는 이들은 1994년 여름, 이카루가코샤에 소속되어 있던 젊은이들이었다. 인터뷰를 할 무렵 열여덟 명의 젊은 제자가 있었다. 그러나 그 뒤로 이카루가코샤를 떠난 사람도 있고, 독립해 나간 사람도 있고, 새롭게 들어온 사람도 있다.

하라다 군은 민가 건축을 배우기 위해 목수인 아버지 곁으로 돌아갔다. 요시다 군은 자신이 태어나 자란 홋카이도로 돌아갔다. 시바타 군은 목수 연장을 배낭에 넣고 미국 여행을 떠났다. 마쓰나가 군은 가업을 잇기 위해 오 년에 걸친 수업을 마치고 고향으로 갔다가, 이카루가코샤로 다시 돌아왔다. 오하시 군, 하나타니 군, 시미즈 군은 수업을 절반쯤 마쳤을 때, 저마다 다른 사정으로 이카루가코샤를 그만두고 나가 다른 길을 걷고 있다. 겐짱은 고향으로 돌아갔고, 나카자와 군은 십 년 목수 수업을 마치고 장인으로서 이카루가코샤의 일을 하고 있다. 후지타 군, 아이바 군, 지바 군은 결혼해 아이가 태어났고, 이카루가코샤에서 독립해 나갔다.

쇼신지 금당을 완성시킨 오노 군은 십 년 수업의 졸업 증명인 니노미야 긴지로 동상을 받고, 2000년 가을 독립해 고향인 지치부로 되돌아갔다. 아직 배우고 싶은 것은 많았지만, 지금부터는 새로운 길 위에서 배우자고 결심했기 때문이다. 가쿠마 군도 2005년 초여름, 니노미야 긴지로 동상을 받았다. 기타무라 군, 가쿠마 군, 료이치 군은 현장 도편수를 맡아 일을 해 나가고 있다.

2005년 6월 현재, 이카루가코샤에는 서른 명의 제자가 있다. 새로 들어온 젊은이들은 오늘도 매일같이 숙사에서 날붙이를 갈고, 현장에서 땀을 흘리고 있다. 시간이 느긋하게 흐르는 것 같은 이카루가코샤이지만, 그 시간 속에서 이카루가코샤도 변해 가고 있다. 언젠가는 이카루가코샤의 제자들도 스승이 될 것이고, 자신의 제자를 키우게 될 것이다. 그때 다시 그 제자들의 이야기를 들어 볼 생각이다.

1994년 12월 8일, 《다시, 나무에게 배운다》 'ᄉ'편을 들고 니시오카 대목장을 찾아갔다. 그리고 그날이 그와 마주한 마지막 날이 되고 말았다. 이듬해인

1995년 4월 11일, 니시오카 대목장은 여든여덟의 나이로 세상을 떠났다. 사인은 전립샘암이었다. 생활 그 자체는 물론, 신념, 기술에 이르기까지 그 모든 것을 겸비했던 호류지 마지막 목수의 죽음이었다.

인터뷰를 풀어 쓰는 이야기는 말하는 이의 언어를 엮는 것이라 사회적인 평가나 다른 사람이 어떻게 생각하고 있는지를 드러내기가 어렵다. 《다시, 나무에게 배운다》 '地'편에서는 오가와 씨가 본 니시오카 대목장의 모습이, 《다시, 나무에게 배운다》 '人'편에서는 제자들이 본 오가와 씨의 모습이 드러나고 있어, 두 글을 함께 읽을 때 비로소 다른 이들의 눈에 비친 입체적 인물상이 처음으로 떠오를 수 있을 것이다. 《나무에게 배운다》와 《다시, 나무에게 배운다》를 통해, 삼 대에 걸친 기술의 대물림, 시대별로 달라져 온 궁궐목수의 모습도 볼 수 있게 되었다.

시대가 변하며 궁궐목수의 수업법이나 생활 방식도 변해 갔다. 그러나 그들이 견본見本으로 삼았던 호류지는 지금도 그 자리에 굳건히 서 있다. 니시오카 대목장이 세상을 떠난 지 정확하게 십 년, 天·地·人 세 권으로 나뉘어 있던 책을 신초샤新潮社로 가져와 하나로 묶어 펴낼 수 있게 된 것도 어떤 인연이지 않을까 싶다.

2005년 6월
시오노 요네마쓰

대담 _ 탑을 세우고 사람을 키운다

오가와 미쓰오 + 이토이 시게사토^{糸井重里}■

이토이 오가와 씨는 쉬는 날이 있으세요?

오가와 '나라의 집에 하루 종일 있는 날'은 일 년에 이틀입니다. 정월 초하룻날 집에 있는데, 그것도 저한테는 좀 버겁습니다. 그리고 또 하루는 숙취로 머리가 띵해서 누워 있는 날 정도겠네요. 집에 가만히 있는 게 저한테는 힘든 일이다 보니, 정월 초하루가 엄청 길게 느껴집니다. 그러니 뭐, 초이튿날부터는 현장에 갑니다. 현장에 있을 때가 제일 편합니다. 마음도 여유로워지고요.

이토이 현장에서 마음이 제일 편하다는 말씀이신데, 쉬고 싶다는 마음은 안드십니까?

오가와 없어요. 일을 하고 있을 때가 제일 편합니다. 긴장도 풀리고요.

이토이 누구나 다들 그런 기분으로 일을 하고 싶어 하지만 좀처럼 쉽지는 않은 일인데……. 오가와 씨는 직업을 선택할 때 이게 나한테 '가장 좋은 일'이라는 걸 직감하셨습니까?

오가와 그랬던 것 같습니다. 고등학교 수학여행에서 호류지 오중탑을 보고 천삼백 년 전에 세워진 것이라는 이야기를 들었을 때부터, '재목으로 쓸 나무를 어떤 식으로 옮겨 왔을까?', '탑머리를 어떻게 올렸을까? 그런 생각을 하는 게 즐거웠으니까요.

이토이 첫 느낌이 계속 이어져 온 것이로군요.

오가와 그래서 고등학교를 졸업하고 니시오카 대목장을 찾아갔던 겁니다. 그런데 그때 곧장 제자로 받아들여지지 않았던 게 다행이었다고 할 수 있어

■ 이토이 시게사토^{糸井重里} : 방문자가 하루에 오십만 명이 넘는 〈거의 일간 이토이 신문 www.1101.com〉을 이끌고 있다. 사이트 안에서 불리는 애칭은 '자기^{ダーリン}'. 1948년생으로 학생 운동에 투신하기도 했지만, 내부 투쟁의 음험함에 치를 떨며 학교를 그만두었다. 카피라이터로서, 스튜디오 지브리의 대표작 카피를 싹쓸이하며 이름을 날리기도 했고, 에세이스트, 번역가, 배우, 작사가로서도 꾸준히 활동해 왔다. 한때 게임 회사를 세워 좁지만 열광적인 팬들을 거느리기도 했다.

요. 제자 입문이 겨우 허락된 건, 그로부터 삼 년을 꽉 채우고 사 년째 되던 해 봄이었습니다. 바로 제자로 들어올 수 있었다면 그렇게 절실한 마음은 아마 없었겠죠.

이토이 어릴 때부터 꿈꾸던 프로 야구 선수가 된 사람들도 쉴 때는 쉬지 않습니까? 그런 의미에서, 일하는 게 제일 편하다는 오가와 씨 같은 분이 그리 흔치는 않을 것 같은데요.

오가와 그럴 리가요. 우리 제자들도 날마다 밤 열한 시가 넘어서까지 일을 합니다. "열한 시 넘었으니 그만 자라." 하고 화를 낼 정도니까요.

이토이 저도 제 일이 재미있고 사원들도 밤늦은 시간까지 회사에 있긴 하지만, 휴식이 중요하다는 생각을 요즘 들어 하기 시작했습니다. 제대로 쉬지 못하고, '그냥 아무것도 하지 않는 시간'과 '힘들지만 하던 걸 계속할 수밖에 없는 시간'이 되풀이되는 이 순환을 어떻게 해 보고는 싶지만 잘 안 되거든요. 오가와 씨 이야기를 들으니 휴식이 일 속에 들어 있는 것 같군요.

오가와 그렇습니다.

이토이 저도 그럴 수 있으면 좋겠는데 말이죠.

마지못해 하는 일로는 탑을 완성시킬 수 없다

오가와 "호류지가 천삼백 년을 견뎠으니 우리가 만든 것도 천삼백 년 넘게 견딜 수 있게 해야 한다."고 말하는 사람도 있어요. 하지만 그건 아닙니다. 천삼백 년 전 사람들은 오래 견뎌야 한다는 생각으로 지은 게 아닙니다. 우연히 그렇게 된 거죠. 기술도 중요하지만, 산에서 나무를 베어 내 현장까지 옮겨 왔다면, 건물은 완성된 것이나 마찬가집니다. 나무를 쓰러트려 현장까지 옮겨 갈 만한 지혜가 있다면, 건물을 세우는 것쯤은 가능하다는 거죠.

우리가 만든 건축물은 천삼백 년은 못 견딜 겁니다. 재료도 기초도 다르기 때문이에요. 우리는 기초에 콘크리트를 사용했지만, 호류지는 콘크리트를 쓰지 않았습니다. 호류지는 지반이 훌륭하거든요. 겉흙을 일 미터 정도 파면 딱

딱한 지반이 드러납니다. "곡괭이도 박히지 않는다."고 니시오카 대목장도 말씀하셨으니까요.

이토이 호류지는 천혜의 환경 위에 어마어마한 육체노동이 쌓여 세워진 것이로군요.

오가와 "중국 대륙에서 목수가 건너와서 궁궐목수의 기술이 시작되었다."고들 합니다. 누군가 기와 만드는 기술이나 다른 여러 가지 것들을 대륙에서 배워 왔을 테지만, 그것만으로는 아무것도 가능하지 않아요.

중국 근방은 비가 적기 때문에 건물 처마가 굉장히 짧습니다. 하지만 일본은 비가 많죠. 그 습기를 막으려다 보니 기단을 높이고 처마를 깊게 뺍니다. 이런 건 대륙에는 없는 방식입니다. 당시 일본에는 일본의 기후와 풍토에 맞게 건물을 세울 줄 알고 목공 기술도 뛰어난 사람이 분명 있었을 겁니다. 대륙의 기술을 배웠지만 그것을 그대로 받아들이기보다는 자기 것으로 소화시켜, 일본 건축을 위해 그 방식을 바꿨다고 생각합니다. 일본인은 무턱대고 남의 흉내를 잘 낸다고들 하지 않습니까? 하지만 대륙의 기술을 배워 일본 특유의 것을 만들었다는 점이 대단한 겁니다.

아마 그 무렵 일본에는 상당한 목공 기술이 있었다고 봅니다. 일본이라는 나라에 맞는 건물을 수십 년이라는 짧은 세월 동안 한꺼번에 지어 올렸죠. 그것이 가장 대단한 점이라고 생각합니다. 일본만의 방식으로 세웠기 때문에 지금까지 건재할 수 있었던 겁니다.

이토이 옛 일본인은 그런 사람들이었군요.

오가와 그런 건축물을 처음 세우는 것이었으니 경험자도 없었을 겁니다. 그럼에도 이렇게나 훌륭한 것을 만들어 냈던 것이니까요.

이토이 "된다고 생각하는 마음이 있기 때문에 건축물이 완성된다."는 말을 듣고는, 호류지를 보고 느꼈던 놀라움의 근원이 갑자기 이해되는 기분이었습니다. 피라미드는 돌로 만든 건조물이지만, 이집트에서 피라미드를 봤을 때도 비슷한 충격을 받았습니다. 이전까지 피라미드라고 하면, 무지하게 불쌍한 노예들이 만들었구나 하는 인상이었어요. 그런 정보밖에 없었으니까요. 하지만 현장에 가서 직접 보니, '마지못해 하는 일이라면 불가능하다.'는 사실을 순식간에 깨달을 수 있었습니다. 그런 엄청난 규모의 것들은 마지못해 하는 마음으로는 불가능하지 않을까요?

오가와 그렇지요. 마지못해 억지로 해서는 끝까지 해내지 못합니다. 나라의 옛 도읍도 마찬가지입니다.

이토이 보기 흉한 건 마지못해서라도 만들 수 있지만, 아름다운 것은 다르다고 생각합니다. 다들 진심으로 힘을 모아야만 만들어 낼 수 있는 것이죠. 그렇게 생각하니 피라미드 앞에 섰을 때, 눈물이 났습니다. 오가와 씨 말씀을 들으니 그런 기분으로 다시 한 번 호류지를 보고 싶어지네요.

오가와 아무래도 마지못해 하다 보면 일도 날림으로 하게 됩니다. 그렇지 않았으니까 지금까지 그 건축물들이 견뎌 낼 수 있었던 것이죠. 저도 같은 일을 하고 있기 때문에 잘 압니다. 가령, 처음에는 권력이라든가 이런저런 것에 떠밀려 눈물 쏟아 가며 만들지도 모르죠. 그런데 그것이 형태를 드러내기 시작하고, 마침내 완성되고 나면 다들 괴로움을 잊어버리게 됩니다. 기쁨밖에 남지 않는 것이죠. 그것이 무언가를 만드는 사람이라는 겁니다. 과정은 힘들지 모르지만요.

이토이 그리고 그것이 혼자로는 불가능하다는 점 또한 훌륭하다고 봅니다.

오가와 그러니 제멋대로 해서는 건축을 할 수 없습니다. 도예가는 마음에 안 차는 작품은 내놓지 않으면 됩니다. 하지만 건축은, 일을 맡은 이상, 좋건 나쁘건 만들어 내지 않으면 안 됩니다. 그러니 제멋대로란 게 불가능하죠. 그리고 혼자서도 불가능합니다. 여러 사람의 힘을 빌리지 않으면 할 수 없는 일입니다.

최선을 다해 만들어야 한다

오가와 우리는 무언가를 만들어 내는 처지에 놓인 사람들입니다. 니시오카 대목장이 있으니 제가 있을 수 있는 것이죠. 니시오카 대목장께 배운 대로 제자들을 가르쳐 갑니다. 그것을 전통이라 하는 사람도 있겠지만, 니시오카 대목장과 저 사이에는 전통을 잇는다거나 하는 그런 생각은 없습니다. 대목장과 저는 야쿠시지 탑, 호린지 탑 같은 걸 만들어 왔고, 지금은 저와 제자들이 여러 가지 것들을 만들어 가고 있습니다. 그런데 그게 '기술을 남긴다.' 하는 건 아닙니다. '만든 것이 남게 되'는 것뿐인 거죠. 건축물을 남기면 저절로 무언가가 전해집니다. 그것을 전통이라 부를 수도 있겠지만, 틀에 박힌 모양으로, 교과서대로 무언가를 전달하는 것하고는 전혀 다른 이야기입니다.

예를 들면 이런 겁니다. "자신이 할 수 있는 것을 거짓 없이, 최선을 다해 해야 한다."는 말을 제자들한테 자주 합니다. 최선을 다해 하루하루 일을 해내는 거죠. 그 최선이 미숙한 것이어도 괜찮습니다. 미숙하든 어떻든 간에, 그 때의 자신은 자신을 속이려 들지 않았기 때문입니다. 미숙하더라도 거짓이 없는 것, 최선을 다해 끝까지 완성해 낸 것은 몇백 년 뒤에 그 건축물을 해체 수리할 때 누군가 그 진의를 간파해 줄 것입니다. '아⋯⋯, 헤이세이平成 시대* 목수들은 이렇게 생각했구나.'라고 말이지요. 이렇게 들여다보는 사람이 있기 때문에 최선을 다해 만들 수밖에 없습니다. 거짓이 있느냐 없느냐 하는 것은 건축물 속에 고스란히 드러나는 거죠.

니시오카 대목장과 장인들이 천삼백 년 전에 만들어진 건축물을 대대적으로 수리한 적이 있었습니다. 누가 어떻게 호류지를 그런 형태로 그 시대에 만들었는지, 건축물에 대한 자료는 전혀 남아 있지 않습니다. 하지만 실제로 건축물을 해체했을 때, 니시오카 대목장과 장인들은 천삼백 년 전의 목수들과 대화할 수 있었습니다. 그랬기 때문에 천삼백 년 전의 건축물을 쇼와 시대에 복원할 수 있었던 겁니다. 건축물을 짓고자 한다면, 절대로 거짓이 없는, 최선의 것을 남겨야 하는 거라고 생각하게 되었습니다. 그런 과정을 지켜봐 왔기

*헤이세이平成 시대 : 1989년부터 지금까지, 아키히토 일왕의 재위 기간을 이른다.

때문이지요.

사람을 키운다는 것

오가와 '내가 기술을 가지고 있다.'는 것과 '사람을 키운다.'는 건 전혀 별개의 문제입니다. 제자로 들어오는 사람은 대개 목수 일과 무관한 사람들입니다. 아직 아무것도 할 줄 모르는 사람이 궁궐목수가 되고 싶다며 들어오는 거죠. 제일 먼저 뭘 하게 되냐면, 아무것도 할 줄 아는 게 없으니 밥 당번을 시킵니다. 일은 못해도 모두를 위해 밥을 짓거나 청소를 할 수는 있으니까요. 그러다 보면 그 사람의 일머리나 배려심 같은 것도 알게 됩니다. 만약 '오늘은 이 음식을 하자.'고 생각했다면, 만드는 순서나 방법 같은 일머리를 잡아야 하고, 청소를 한다면, 그 사람의 성격이 반드시 드러나게 되거든요. 한 해쯤 보다 보면 '이 녀석은 이런 부분이 서투르니 이것만은 고쳐야 한다.'는 것을 알게 됩니다. 함께 있으면 그걸 고칠 수 있죠. 함께 있지 않으면 안 되는 일입니다. 제자들도 힘들겠지만 가르치는 쪽도 힘든 일이지요.

이토이 우리가 상상하는 것 이상으로 가르치는 쪽도 힘들겠군요.

오가와 하지만 함께 생활한다는 그 부분이 중요합니다. 함께 생활하다 보면 '다들 이렇게나 열심히 하고 있구나.'라는 마음이 저절로 생겨나게 됩니다. 선배가 고운 대팻밥을 밀어 내고 있으면 멋있어 보입니다. 동경하는 마음도 생기고요. 나도 저런 대패질을 해 봤으면, 그런 생각을 하고 있을 때, 대패를 빌려 주고 해 보라고 합니다. "한번 밀어 봐." 그러는 거죠. 그러면 너무 기뻐서 나무판이 얇아질 정도로 대패질을 하게 됩니다. 그러고 나면 그 녀석의 날붙이 갈기가 그날 밤부터 완전히 달라집니다.

이토이 그날로 날붙이 갈기가 완전히 달라진다고요?

오가와 달라집니다. 만약 처음부터 "대패는 이런 것이고 대패질은 이렇게 하는 것이다."라고 가르쳐 본댔자, 괴롭기만 할 뿐입니다. 해 봤자 제대로 안 되니까요. 그러니까, 진심으로 대패질을 하고 싶다는 기분이 끓어오를 때까지

내버려 두지 않으면 안 됩니다. 미리 가르쳐 줘 버리면 여러 가지 것들을 깨닫지 못하게 되니까요.

이토이 누구든, 반드시, 언젠가는, 배울 수 있는 겁니까?

오가와 사람에 따라 차이는 있습니다. 우리가 할 일은 조용히 입을 닫고 그 무엇에도 상관하지 않는 겁니다. 먼 길을 돌아오는 제자를 기다려 줄 수 있다면 되는 거죠. 가령 보통 회사에서는 하나, 둘, 차례대로 가르치기 때문에 기량이 조금씩 나아집니다. 그런데 우리는 가르치지 않습니다. 칠팔 년 지났을 때 "이런 방법도 있지 않을까?" 정도, 그렇게 한마디 정도만 해 줄 뿐입니다. 그러면 1이었던 그 아이의 기량이 10이나 100으로 확 열리게 됩니다. 거기서부터 단숨에 올라가는 겁니다. 이것저것 가르친 녀석이나 스스로 깨친 녀석이나 십 년 정도면 다들 실력이 비슷합니다. 하지만 거기서부터 앞으로가 다릅니다. 발전하는 폭이 다른 거죠.

이토이 제자는 물론이겠고, 오가와 씨한테도 그때의 기쁨이란 큰 것이겠군요.

오가와 그렇죠. 장인이라는 자들은 단숨에 바뀔 수 있는 사람들입니다. 본인도 기쁘니까 활기가 넘치기 시작하죠. 보고 있으면 금방 압니다. "저 녀석, 요즘 일하는 게 대단한데." 하며, 주변 사람들은 다들 눈치채죠.

이토이 오가와 씨는 건축물도 세우지만 사람도 키워 가시잖아요? 그러니 오가와 씨가 하는 일이란 게 다른 목수들과는 다르리라고 생각됩니다.

오가와 맞아요. 그래서 우리한테 일을 맡기는 게 쉽지 않은 모양인데, 우리가 맡았던 절이나 신사 쪽 관계자들은 다들 만족해하셨습니다.

이토이 이전에 작업 현장을 둘러본 적이 있었는데, 스님들이 엄청 기뻐하고 계셨습니다. 절이 세워진다는 기쁨에 취해 계셨지요.

오가와 기쁨에 취하게 만드는 것도 우리들 실력이죠. 돈을 받아 내는 것만 생각해서는 안 됩니다. 사찰 관계자들, 시주자분들을 기쁘게 만드는 것도 우리 일 중에 하나니까요. 그렇게 해야만 하고, 그렇게 하자면 거짓이 있어서는 안 됩니다. 그러니 최선을 다해 하는 겁니다.

　이토이 그렇게 힘써 일을 하시다가 쓰러지거나 하는 일은 없습니까?

　오가와 아니오. 우리는 부드러우니까요. 열심히 한다고 해도 억지로 강하게 밀어붙이는 게 아니니까요.

　이토이 그 부분이 듣고 싶습니다. 도대체 그게 어떤 겁니까?

　오가와 좋아서 하는 일이라 그럴 겁니다. 마지못해 하는 일이 아니니까요. 즐기는 마음으로 하고 있다고나 할까요?

　이토이 제자들도 즐기는 마음으로 하고 있는 것인가요?

　오가와 나는 결코 "이렇게 해라." 말하지 않습니다. 그러니 자기들이 좋아하는 대로, 내키는 대로 하고 있지요.

　이토이 다른 회사들도 그런 방식이 효과를 낼 것 같은데요.

　오가와 효과를 내죠. 하지만 책임자가 인내력이 없으면 불가능합니다. 그게 제일 어려운 부분입니다. 책임자도 그 밑의 사람들도 참고 견뎌야 합니다. 그 견디는 힘이 일에서 폭발해 가는 것이니까요. 일을 통해 긴장을 풀어 가는 거죠. 하지만 기업 같은 데 가서 이런 이야기를 할 때는 "이런 말 듣고 참고하는 기업이라면 망하고 말 텐데, 스스로 생각해서 하는 게 어떻겠습니까?"라고 하죠.(웃음) 아무튼 학교 안에서 아무리 가르친다 해도 이런 건 다 못 가르칩니다. 함께 밥을 먹고, 같은 공기를 마시고, 같은 목적 아래 생활하지 않으면 전해지지 않는 것이니까요.

　　　　　(2002년 5월 28일, 2005년 4월 25일, www.1101.com/life에 실렸다.)

대담 _ 인터뷰의 참맛

시오노 요네마쓰 + 이토이 시게사토

구체적인 경험이 재미있다

이토이 《나무에게 배운다》와 《다시, 나무에게 배운다》는 어떻게 읽느냐에 따라 말이 안 된다고 느낄 수도 있고, 어른들 설교처럼 여길 수도 있겠지만, 젊은이들이 진지하게 읽고 공감할 수 있는 부분이 있어서 좋다고 생각합니다. 젊었을 때 저는 삐딱한 눈으로 세상을 보느라고, 많은 것들을 있는 그대로 받아들이지 못해 큰 손해를 봤습니다. 하지만 요즘 들어 '마음'의 존재를 느끼는 사람이 많고, 지나치게 가볍기만 한 젊은이들 사이에서도 그러한 사고방식을 더러 발견할 수 있다는 사실이 기뻐요. 세상이 온통 나쁘기만 한 건 아니라고 느껴지거든요.

이 책을 소개하기 위해서는, 내용을 설명하는 것보다 '듣고 정리하는' 시오노 씨의 방식에 대해 이야기하는 편이 독자 여러분께 더 친절한 해설이 되겠다 생각합니다.

시오노 씨의 인터뷰를 보면 '일단 모든 것을 듣고 난 뒤에, 그걸 다시 짜 맞췄다.'는 흔적이 드러납니다. 눈앞에 있는 사람의 생각을 듣고 그것을 다시 쌓아 올리는 작업이라, 직접 여기저기 걷고 난 뒤에, 지도를 새로이 만드는 것처럼 힘든 과정이라고 할 수 있을 것 같습니다.

시오노 일반적으로 하듯 취재한 것을 추리기만 한다면 일이 훨씬 빠르겠지만, 저는 가장 우둔한 방법으로 하고 있어요. 시간도 몇 년 단위라 손도 많이 가는 작업이죠. 하지만 다른 사람에게 넘기고 싶지 않을 만큼 재미있는 일입니다. 어쩌면 다른 사람들은 이렇게 느리고 답답한 작업은 하고 싶지 않아 할지도 모르겠네요.

이토이 저도 시오노 씨처럼 《벼락출세 — How to be BIG》﹡이라는 책을 만들었기 때문에 인터뷰의 참맛을 알고 있습니다. 재미있는 작업이죠.

시오노 인터뷰는 소설 같은 것과는 달리, 어떤 것을 서술하는 작업 가운데 꽤나 편집자적인 방식의 서술이라고 생각합니다. 저는 인터뷰를 정원사가 하는 일과 비슷하다고 생각하고 있어요. 일단은 듣습니다. 그런 다음, 칠 건 쳐 내고 새로 배열해서 완성해 내죠. 제 경우, 듣는 시간이 엄청나게 깁니다. 니시오카 대목장과는, 《나무한테 배워라》부터 《나무에게 배운다》에 이르기까지가 십 년이었습니다. 시간이 그만큼 흐르니, 눈을 감고 있어도 니시오카 대목장의 말씀을 적어 갈 수 있을 것 같아졌고, 뒷문에서 인사하듯 격식에 매이지 않는 질문도 할 수 있게 되었습니다. 오래도록 만나다 보면, 저도 모르는 사이, 니시오카 대목장의 이야기 방식은 물론, 내용도 조금씩 변화해 갑니다. 그런 의미에서도 인터뷰는 그 과정이 재미있습니다.

이토이 시오노 씨도 시간에 따라 변해 갈 테고 말입니다. 인터뷰란 종이에 적은 질문으로 진행되는 것이 아니기 때문에 더 재미있는 것이겠습니다. 혼자서 쓰는 글이라면 저자가 다음에 쓸 내용을 미리 알고 있죠. 하지만 인터뷰는 질문과 답을 어떻게 주고받느냐에 따라 그 내용이 달라지기 때문에 예상 밖의 이야기가 나오기도 합니다. 본인도 다음 전개를 예상하지 못하기 때문에 재미있는 거죠. 이야기를 하면서 서로 통하지 않는 말은 쓰지 않으니 이해하기도 쉽고요.

시오노 질문지를 준비해서 그것만을 묻는다면 그 인터뷰는 얄팍한 것이 되고 마니까요.

이토이 인터뷰 취재 방식을 가르쳐 본 적이 있으십니까?

시오노 매년 여름, 전국에서 응모한 고등학생 백 명을 모아 '인터뷰 고시엔'이라는 행사를 여는데, 거기에서 가르치고 있습니다.

"인터뷰는 상대와 자신이 말하는 분량이 대체로 반반씩이라, 자신이라는 인간을 이해시키기 위한 이야기를 해야만 상대방도 제대로 된 이야기를 해 준

■ 《벼락출세 — How to be BIG》: 일본의 전설적인 로키 야자와 에이키치矢沢永吉를 인터뷰한 책. 가도카와분코角川文庫에서 나왔다.

다. 그러니 내가 할 말을 준비하는 것이 좋다."는 말을 해 주죠.

　이토이 도움이 되는 말이네요. 정확한 말씀입니다. 그리고 또 어떤 얘기를 해 주시나요?

　시오노 이야기를 들으러 가는 게 간단해 보이지만, 실제로는 무척 어려운 일입니다. 그저 잡담만 하고 돌아와서는 인터뷰라고 할 수 없으니까요. 그러니 아무튼 구체적인 걸 질문하라고 합니다. 사람의 인생이란 소소한 것에 그 재미가 있는 것이니까요.

　예를 들어, 채종하는 직업이 있다고 합시다. 그 양반을 만나러 가서 "삼나무를 심을 때는 일단 씨앗을 받을 나무에 올라가 씨를 잔뜩 모아 온다고. 그 씨를 뿌려 묘목을 키워."라는 이야기를 들었다고 했을 때, "아, 그렇군요." 하고 넘어가면 이야기는 거기서 끝이 나고 맙니다. 하지만 "씨는 어떤 모양이고, 몇 센티미터나 됩니까?", "씨를 받을 나무는 어떻게 고릅니까?", "나무에서 떨어진 적은 없습니까?" 이런 식으로 궁금한 것을 구체적으로 물어보라고 가르치는 거죠.

　해 보고 나면 깨닫게 됩니다. 자기가 모르는 것이 얼마나 많은지에 대해서 말이죠. 나무 타는 방법 하나 아는 게 없고, 씨앗을 맨손으로 받는 게 어떤 건지 아무것도 모르니까요. 실제로 노인들을 만나고 나면 다들 그런 면에서 놀라고, 만나고 나서는 모두 기쁜 마음으로 돌아옵니다.

　이토이 인터뷰할 때, '시오노'라는 사람이 어떤 식으로 인터뷰 속에 존재합니까?

　시오노 제 경우, 인터뷰란 기본적으로 상대의 발언만으로 이루어집니다. 그러면 저라는 사람은 듣고 정리한 원고 속에서 사라지게 되지만, 상대의 대답에 제 질문이 포함되어 있기 때문에 마치 거울처럼 그 답 속에 제가 섞여 들게 되지요. 그러니까 일부러 제가 이렇다 저렇다 말하지 않아도 되는 겁니다.

　이토이 상대방이 달라지면 말의 내용도 바뀌고, 나와 상대의 관계 속에 있다고나 할까요? 현장에서 승부를 겨룬다는 묘한 점이 인터뷰의 재미 중에 하나이기도 하지요.

시오노 네. 재미있어요. 제가 한 질문은 지우는 데다가, 책 속에 실려 독자 눈에 닿게 되는 대답이라 해 봤자 대략 전체의 십분의 일 정도라, 대부분의 이야기들은 상대방과 저만 공유하게 되죠. 그분의 아내나 아이들도 모르는 이야기도 많고, 본인도 잊고 있다가 제가 물어서야 처음으로 떠올리는 것도 있습니다. 질문을 받고 이야기를 하다가 기억의 바닥에서 끌어올려진 것들이지요. 그렇기 때문에 듣고 정리하는 인터뷰 일에 완전히 빠져들게 됩니다. 처음에는 서로가 연못 속에 작은 돌을 던지듯 이야기를 나누지만, 마지막이 되어 가면 연못 속에 커다란 나무를 던져 넣어 볼까, 어떤 반응을 보일까, 그런 생각을 하며 이야기를 하게 됩니다. 웃음을 노리지는 않지만, 만담을 주고받는 것과 비슷하죠. 서로가 마주한 그 자리에서 상대방의 이야기를 끌어낼 무언가를 찾는 겁니다.

이토이 하나의 실마리로 이야기의 산을 오른다는 점에서는 암벽 등반이나 인터뷰가 비슷하군요. 몸이 단련된다면 저도 정말 해 보고 싶긴 한데 말이죠.

시오노 암벽 등반, 재미있을 것 같네요. 인터뷰도 마찬가지로, 전혀 대답을 해 주지 않으면 속수무책이지만, 손가락 하나 정도 들어갈 여지라도 있으면 어떻게든 되니 말입니다.

이토이 얼핏 보기엔 이걸로 끝이구나 싶을 때에도, 어떻게든 해 보자, 하고 생각하니까요.

시오노 네. 저는, 대부분 아무런 자료 없이 언제 태어났는지부터 이야기를 듣기 시작하거든요.

이토이 그렇군요. 시오노 씨가 인터뷰하는 분들은 유명인이 아니니까 더 그렇겠어요.

시오노 기본적으로 제가 하지 않아도 될 인터뷰는 하지 않습니다. 원고를 쓸 수 있는 사람은 스스로 하면 될 테니, 제가 인터뷰하는 사람들은 대부분 문자로 소개되는 게 처음인 분들일 겁니다. 그러니 인터뷰할 사람에 대한 자료가 늘 없죠.

"말씀해 주신 생년월일이 진짜 태어난 날 맞습니까?"

"호적상은 그렇지만, 실은 한 달 전쯤에 태어났어. 아버지가 게을러서 출생신고를 안 했던 거지."

이런 식으로 처음에는 무엇이든 이야깃거리로 삼고 접근합니다.

이토이 흩어진 단서들을 발견해 하나로 엮어 가는 재미가 있겠군요.

시오노 만약 제가 형사였다면 조서를 상당히 잘 받아 냈을 것 같아요.

이토이 (웃음) 단, 범죄의 정체를 밝혀내는 건 못 했을지도 모르죠.

시오노 네. 그 사람이 재미있어서 언제까지고 그 이야기를 듣고만 있었을 테니까요.

이토이 "죽였는지 안 죽였는지는 상관없어. 너라는 인간이 알고 싶은 거니까!"라면서 말이죠.

시오노 방법 면에서 효과적인 것은 같은 것을 다른 각도에서 묻는 겁니다. 무언가 숨겨져 있을 것 같은 일이라면 두 번, 세 번 물었던 것도 다시 묻는 거죠.

이토이 어르신들과 이야기를 나누다 보면, 왠지는 모르겠지만 '또다시 이야기가 그쪽으로 흘러가는구나.' 싶을 때가 자주 있죠. 익숙해지면 그런 것도 재미있지만, 정말 완벽하게 같은 이야기를 하시는구나 싶습니다. 하지만 세부적인 부분에서 선물 같은 이야기가 따라 나오면 그게 또 기쁜 부분이고요.

거짓이 진실이고, 진실이 거짓이다

이토이 무명인 사람을 인터뷰하는 가운데, 니시오카 대목장처럼 유명세를 타기 시작할 때가 있지요. 그 변화를 어떻게 보십니까?

시오노 유명하게 만들어 버렸으니, 내가 나쁜 짓을 한 건 아닐까, 그런 마음도 더러 들기는 합니다. 오가와 미쓰오 씨만 해도, 조용히 있었으면 일만 열심히 하면 됐을 텐데, 여기저기서 강의해 달라고 부탁이 오고 방송국에서도 찾아오니까요. 제자들한테도 폐가 되겠구나 싶지요. 제 마음대로 하는 생각이지만, 그래도 그것도 나쁘지 않다고 생각합니다.

이토이 그 사람 스스로의 선택이라는 말씀이시군요. 인터뷰를 해서 이런 일이 생기고, 뜻한 바와는 달리 '높은 곳'이라든가 '진흙탕 같은 데' 서게 됐다고 했을 때, 만약 잡지였다면 말썽이 날 법한 일이죠.

시오노 제가 취재한 사람 중에도 인터뷰 기사 덕분에 텔레비전에 출연하게 되고, 그러면서 자신이 뭔가 대단한 사람이라도 된 듯 착각 속에 빠진 사람도 있습니다. 실례가 되는 말인지 모르겠지만, 그 역시 그 사람의 천성이 선택한 길이라고 생각합니다. 같은 상황에서도 여전히 아름답게 빛나는 사람도 있으니까요.

이토이 다들 누군가에게 받은 영향 안에서 살아가는 거니까요. 그러고 보니 어딘가 연애랑도 비슷하네요. 나하고 연애했던 걸 원망하지 않길 바라는 마음이라고나 할까요.

시오노 "마음을 터놓게 되어 쏟아 놓은 이런저런 원망들이니, 원고에는 싣지 말아 주십시오." 하는 부탁을 들을 때도 있습니다. 그럴 때는 제 손에 든 녹음테이프에만 그 '원망'이 남게 되죠.

지난날 괴로운 일을 떠올리며 상대방이 눈물을 흘리기 시작하면, 같이 울며 이야기를 듣습니다. 제가 울보거든요. 두 사람 말고는 아무도 없으니까 거리낌 없이 울 수 있는 거겠죠.

이토이 공감할 줄 아는 능력이 부족한 사람은 인터뷰를 하기 어려울 겁니다. 상대방과 나를 완벽하게 분리한 채 이야기를 하면 이야기가 도중에 끊어져 버리기도 하니까요.

시오노 씨의 원고는 당사자가 내보이길 꺼리는 건 싣지 않는다는 느낌이라, 그것이 저하고도 잘 맞는 것 같습니다. 그런데 사실 그런 미공개 원고가 몇 번이고 읽어도 좋을 부분일 거라는 생각도 들어요. 아마도 시오노 씨만의 원칙이 있어서 그렇게 하시는 것이겠지요?

시오노 물론입니다. 사람한테 상처 주려고 인터뷰하러 가는 게 아니니까요. 본인이 싫어하는 것을 싣지 않는 대신, 그 사람이 책을 읽고 하는 말이나 텔레비전에서 본 이차 정보 같은 건 전부 걷어 내 버립니다.

이토이 자기 것이 아닌 건 전부 지운다는 거군요.

시오노 그런 건 금방 눈에 띕니다. 본인은 일부러 공부까지 했는데 그 내용이 빠져 있으니 서운하게 여길 수도 있습니다만……. 가령 대장장이라면, '매실 장아찌 같은 색', '노을을 닮은 색', '귤 알맹이를 싸고 있는 얇은 껍질을 벗겨 낸 듯한 색', 이런 식으로 불의 빛깔로 온도를 얼추 가늠하는 사람들입니다. 그런데 공부를 하고 오면 "칠백팔십오 도쯤 되면 변태점에 도달한다."는 말을 하기 시작합니다. 속으로는 책에서 본 지식 같은 건 말하지 않았으면 좋겠다고 생각하죠. 하지만 "변태점에 도달하면 어떻게 됩니까?"라고 다시 물었을 때, "딱딱했던 쇠가 부드러운 양초처럼 되지."라든가 "두드리면 형태가 잡혀."처럼, 자신의 말로 이야기해 주기도 합니다. 그런 게 듣고 싶은 이야기죠.

이토이 "칠백팔십오 도쯤 되면 변태점에 도달한다."는 말은 흔해빠져서 재미가 없네요. 개인사나 주관, 감정이나 의미 같은 것들이 뒤섞인 말들이 더 흥미롭잖아요.

시오노 객관적인 사실이란 없기 때문에 학생들에게 이런 말을 해 줍니다. 같은 사람을 인터뷰한 것이라 하더라도, 고등학생인 네가 들은 내용과 내가 들은 내용은 전혀 다르다고 말이죠. "너희들이 할 수 있는 질문을 나는 절대 못 한다. 머릿속에 지식이 가득 차 있어서 한마디만 듣고서도 이해하는 것들이 아주 많다. 하지만 너희들은 한마디만 듣고서는 이해 못 하는 것이 더 많다. 그 만큼 자기 지식에 휘둘리지 않는 순수한 질문을 할 수 있고, 그래서 돌아오는 대답도 솔직하다. 만약 너희가 만난 할아버지가 십 년 뒤에도 건강하다면 다시 한 번 찾아 가 보는 것도 좋다. 분명 전혀 다른 이야기를 해 주실 것이다." 그런 이야기를 해 줍니다. 상대에 따라서도 이야기가 달라지니까요.

이토이 그렇죠. 진실이 거짓이기도 하고, 거짓이 진실이기도 하니까요.

시오노 인터뷰를 풀어 쓴 글에는 내가 들은 이야기가 '진실인지 거짓인지 알 수 없다.'는 커다란 결점이 있습니다.

이토이 그래서도 더더욱 '그까짓 사실 따위'라고 할 수 있을 만한 자신이 없 다면 인터뷰라는 놀이는 성립되지 못하는 거죠.

시오노 맞습니다. 그러니까 인터뷰를 풀어 쓴 책은 '그 사람이 이렇게 말했 다.' 하는 책인 거죠. 그렇게 이야기한 사람이 그 자리에 분명 존재했다는 것, 그 사람이 인터뷰 도중에 이런 것에 대해 이야기했다는 것, 그리고 그것이 저 에게 흥미로웠던 겁니다.

이토이 그것이 요즘 세상에 부족한 부분일 수도 있습니다. 다들 객관적인 사실을 모으는 연구자가 되고 싶어 하니까요. 그러다 보니 '칠백팔십오 도'가 어쩌고 하는 이야기를 하게 되는 거겠죠. 시오노 씨가 듣고 정리한 글에는 그 런 것이 없어요. 그 사람이 뱉어 내는 날것의 언어가 들려오기 때문에 설득력 이 있고, 읽기도 쉬운 것입니다. 마음속에 파고드는 거죠. 앞으로도 계속 바뀌 어 갈 시오노 씨의 작업을 기대하고 있겠습니다.

(2005년 4월 22일 www.1101.com/kikigaki에 실렸다.)

다시, 나무에게 배운다

구술 오가와 미쓰오와 제자들
듣고 정리 시오노 요네마쓰
옮김 정영희
그림 이광익

초판 1쇄 펴냄 2014년 5월 15일

편집 서혜영, 전광진
장정 강문정

인쇄 (주)로얄 프로세스
제책 상지사 P&B
도서 주문·영업 대행 책의 미래 전화 02-332-0815 팩스 02-6091-0815

펴낸 곳 상추쌈 출판사 ㅣ **펴낸이** 전광진 ㅣ **출판 등록** 2009년 10월 8일 제 544-2009-2호
주소 경남 하동군 악양면 정동리 554 우편번호 667-811
전화 055-882-2008 ㅣ **전자 우편** ssam@ssambook.net

ISBN 978-89-967514-3-4 03830
CIP 2014002141

값 18,000원